早安,亲爱的你

雾十 著

重庆出版集团 重庆出版社

图书在版编目（CIP）数据

早安，亲爱的你 / 雾十著．—重庆：重庆出版社，2019.1
ISBN 978-7-229-11163-2

Ⅰ．①早… Ⅱ．①雾… Ⅲ．①长篇小说—中国—当代
Ⅳ．① I247.5

中国版本图书馆 CIP 数据核字 (2016) 第 164129 号

早安，亲爱的你
ZAOAN QINAI DE NI
雾 十 著

责任编辑：李 雯
责任校对：刘小燕

重庆出版集团 出版
重庆出版社

重庆市南岸区南滨路 162 号 1 幢　邮政编码：400061　http://www.cqph.com
重庆市鹏程印务有限公司印刷
重庆出版集团图书发行有限公司发行
E-MAIL:fxchu@cqph.com　邮购电话：023-61520646
全国新华书店经销

开本：890 mm×1240 mm　1/32　印张：10.5　字数：350 千
2019 年 1 月第 1 版　2019 年 1 月第 1 次印刷
ISBN 978-7-229-11163-2
定价：39.80 元

如有印装质量问题，请向本集团图书发行公司调换：023-61520678

版权所有　侵权必究

001
对总裁的第一印象：
女的！

002
对总裁的第二印象：
有钱！任性！

020
对总裁的第三印象：
她是个好人。

043
对总裁的第四印象：
出师未捷身先死，总裁大人严重缺乏追人技巧。

065
对总裁的第五印象：
失败乃成功之母，总裁大人特别锲而不舍。

082
对总裁的第六印象：
拒绝让误会发生在自己身上。

106
对总裁的第七印象：
付出的信任只有一次。

126
对总裁的第八印象：
楚清让的女神。

目录
CONTENTS

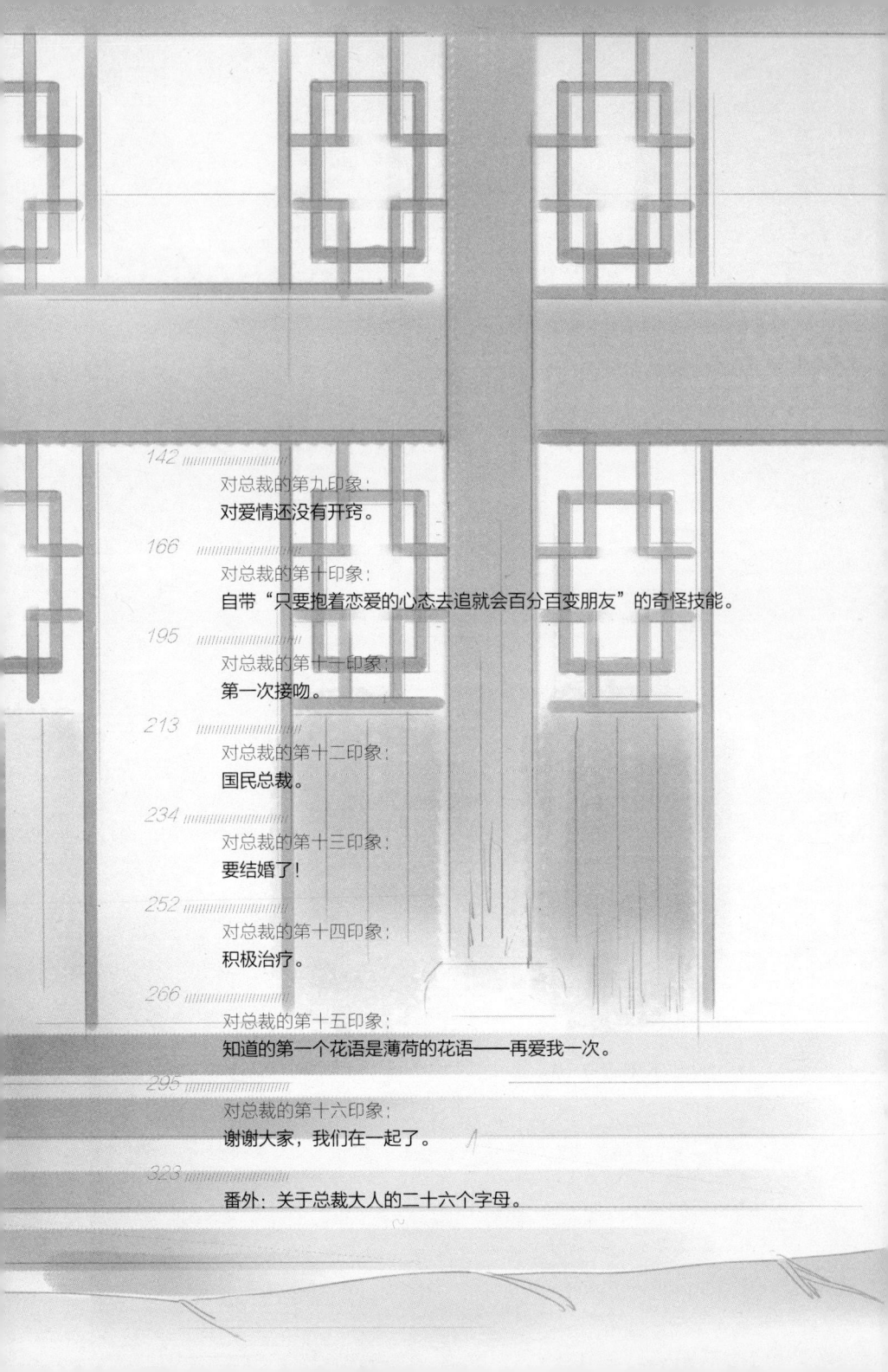

142
对总裁的第九印象：
对爱情还没有开窍。

166
对总裁的第十印象：
自带"只要抱着恋爱的心态去追就会百分百变朋友"的奇怪技能。

195
对总裁的第十一印象：
第一次接吻。

213
对总裁的第十二印象：
国民总裁。

234
对总裁的第十三印象：
要结婚了！

252
对总裁的第十四印象：
积极治疗。

266
对总裁的第十五印象：
知道的第一个花语是薄荷的花语——再爱我一次。

295
对总裁的第十六印象：
谢谢大家，我们在一起了。

323
番外：关于总裁大人的二十六个字母。

对总裁的第一印象：女的！

霍总裁和大多数从小就拥有信托基金的世家子弟一样，含着金汤勺出生，一流名校毕业，年纪不大，拥有的公司挺大。处女座，工作狂，性格严谨，家教良好，闲时喜欢极限运动和古典乐，从不出入声色场所，高冷到只有隔壁副总一个朋友。

霍总秘书团的秘书小姐，对友人这样介绍自己的上司。

友人只关心一个问题："有未婚妻吗？"

"……没有。"秘书小姐迟疑了一下，摇了摇头道，"不是所有世家家长都有早早给他们的儿女拴一桩婚姻的奇怪癖好。"

"女朋友呢？"友人双眼一亮。

"根本不可能有。"秘书小姐果断道。

"同性恋？"友人捂嘴惊呼。

"当然不是！你怎么会这么想？"

"那你为什么不抓住身为秘书的大好机会，钓上这个金龟婿？哪怕试试也好啊！"友人急切得就差直接摇着秘书小姐瘦弱的肩膀高声大喊"这么好的资源你不要给我啊"了。

"因为我和她都是女的。"

对总裁的第二印象：有钱！任性！

C国，LV市，南山半坡富人区，六月仲夏的某日早上。

霍家的管家先生和往常一样，正在乳白色的长条餐桌上为一天的开始做着准备：精致营养的早餐，低咖啡因的黑咖啡，熨烫好已经全部翻到经济版的当日晨报，以及一捧还带着晨露的娇艳花朵。

当咖啡放到温度正好又香气浓郁的时候，西装笔挺的霍家家主正好从三楼的主卧走了下来。

伺候了霍家上下近四十年，管家先生向来能够精准把握主人们的日程安排。

霍家家主霍以瑱，三十岁出头，研究生还没毕业就匆匆接手了霍家，至今已有差不多十个年头。霍家父母给了霍以瑱一副冷峻的好面容，花费二十年的时间食不厌精、脍不厌细地把他养尊处优地带大，最后用突兀的死亡和残酷的现实磨砺了他如今杀伐果断的上位者气场。

哪怕是照顾霍以瑱长大的管家先生，无意中对上这位家主的眼神时都会有点小紧张。

我们家先生简直高冷到没朋友。

霍大哥坐下展开报纸，开始浏览一天的时事要闻，顺便等待一般和自己下楼前后时间差不了几分钟的小妹霍以瑾。

霍以瑾，女，霍以瑱一母同胞的亲妹妹，与霍以瑱同样的貌美，同样的性格强势，这位二小姐大概是整个霍家唯一不惧怕霍以瑱的人了。

这天早上注定是一个与以往不同的日子，直至霍大哥把几版不同的报纸都看完了，他也没能等到他一向准时的妹妹。

霍以瑱看了看手表，不禁皱眉对老管家道："以瑾今天晨跑还没回来？"

霍以瑾自小就有晨跑的习惯，风雨无阻，霜雪不辍。她往往都会比霍大哥早起一小时，慢跑半小时，洗漱换衣半小时，然后再和霍大哥起床差不多的时间下楼吃早餐。

"今天小姐没出门晨跑。"老管家尽职尽责地回答道。

"生病了吗？"没等管家回答，霍大哥已经起身，三步并做两步，难掩担心地去了楼上妹妹的房间。

霍以瑾有哮喘，身体一直都不算特别好——最起码在霍大哥心中是这样坚持认为的。

管家先生默默地看着人去楼空的餐桌，立于原地耐心等待，决定把嘴里那句还没出口的"小姐的哮喘已经是快二十年前的事情了吧，您以为小姐到底是为什么会这么执着于在餐桌上看见鲜花"咽回肚里。在天上的老爷和夫人看到先生和小姐长大了也还是这么亲密一定会很欣慰的。

于是，当霍大哥因着急而没敲门就闯进自家小妹的房间时，他其实……并没有找到他妹妹。

霍以瑾在隔壁的更衣室里。

"你没事吧？"霍大哥快步走到隔壁，满心都是自家小妹。

纤细单薄的身体，白皙到更像是苍白如纸的皮肤，一头显得脸很小的中分长卷发。没有故意板起的脸和会让人显得很严肃的正装衬托，霍家小妹此时看上去羸弱而又脆弱。——还是来自霍家大哥自我修正后的脑补。

"什么？"霍以瑾一愣，面对突然出现的大哥，她有点没搞清楚状况。

霍大哥这才注意到小妹与往常不同的装扮——睡衣。

霍以瑾小时候因为哮喘要打激素而胖得不忍直视，等哮喘好了终于成功减肥瘦下来了，她就对外表产生了过分要求的心理偏执，哪怕是在自家人面前她也是绝对不会只穿着睡衣就出现的。

这很不对劲儿，相当不对劲儿！霍大哥更加坚持了"妹妹生病了"的这一既定认知。

"哪里不舒服？胸闷吗？呼吸困难吗？吃药了吗？呼吸机呢？要不去医院吧？你倒是说句话啊！你想急死我吗？沈医生呢？对了，打急救电话！"

"……"你倒是给我一个说话的机会啊！

霍小妹对冰山一秒变话痨这事总是百看不厌。等霍大哥说完了，她才平心静气道："我没事，只是发现我没衣服穿了。"

霍大哥挑眉看了一眼身侧整整一个房间的衣服——按照季节、用途、颜色整齐排列——没有衣服穿了？你逗我？

"对于女性来说，我们理解意义里的'没有衣服穿了'是说'没有新衣服穿了'。"霍以瑾解释道。

霍大哥没说话，只是继续平静地看了看左侧第一排前几天送来的新一季度专门为霍以瑾量身定制的衣服,一件都还没拆封。

"好吧,我说实话,不是新不新的问题,而是我发现我以往喜欢的风格里并没有适合谈恋爱穿的衣服。"霍以瑾根本不想承认这么羞耻的事情,但以免自家大哥继续担心下去也就只能老实说了。

"你谈恋爱了?"

"还没,正准备谈。"

"有目标了?"

"也没,正准备找。"

霍大哥直勾勾地盯着妹妹看了好几秒钟,然后才十分捧场又有违他冰山性格地笑了起来:"很好笑,你的幽默感终于进步了呢。"

"我是认真的。"

"……"

这事吧,还要从霍以瑾终于学会了看"朋友圈"说起。

众所周知的,"朋友圈"这等邪物一旦解开封印,就会像潘多拉的魔盒一样,释放出来自大宇宙的恶意——全世界都在晒男友、晒老公、晒孩子,只有你孤家寡人。

多么痛的领悟。

霍以瑾倒是不介意孤家寡人,在很多年前,她提早进入中二期后,她就已经明白了高处不胜寒的道理,而她爱死了这种站在二十八层高楼玻璃落地窗前俯瞰众生的感觉。

只是……

她从小就是大人口中的"别家小孩儿",在该玩的年纪提前进入中二期,打遍同龄人无敌手;在该上学念书的年纪长期稳居前三,高考还得了一个理科的省状元;在该上班的年纪顺利接手了母亲的产业,成功给自己冠上了总裁的头衔;在该结婚的年纪……愕然发现自己首先要有一个男朋友!

从来都是霍以瑾先人一步成为表率的,她又怎能容忍得了自己输在区区"男朋友"的身上呢?那必须不能够!简直逼死强迫症的好吗?哪怕根本没考虑过谈恋爱这回事,霍以瑾也觉得自己很有必要找个结婚对象了。

嗯,就这么愉快地决定了。

沉默三秒钟,霍以瑾利索地按下了办公桌上公司的内部座机,通知秘书让隔壁的副总来她办公室一趟。

一个电话不到的工夫,精明干练、架着一副无框眼镜的谢副总,就敲响了总裁办公室的大门。这位年轻的副总是霍以瑾的青梅竹马,也是她从小到大唯一的朋友。一双桃花眼要笑不笑,实则爱情观乱得一塌糊涂,生动形象地诠释了"衣冠禽兽"这四个大字。

"我办公室就在你对面,相隔着一个不到一米宽的走廊,你找我的时候敢不敢自己来?或者直接给我打电话也行啊。叫秘书代办是几个意思?"

"不敢。"霍以瑾理直气壮。

"……为什么?"

"我懒——"依旧理直气壮得不可思议。

"……"有钱就可以这么任性吗?

"——得和你再一次重申你我之间的上下级关系。"

"还记得除了副总这个身份以外,我同时还是你的同窗好友吗?一起逃过课,一起分过赃的那种!"当初大学刚毕业信誓旦旦地对我说有你一口肉就决不让我喝汤的霍以瑾你出来,我保证不打死你!

"绝对没有。"霍以瑾自我感觉还是很遵纪守法的,逃课分赃什么的绝不可能有。

"……找我什么事儿?"谢副总单方面休战了,他不想因为"被气死"这种理由与世长辞。

"我需要一个丈夫。"

谢副总眨了一下眼,又眨了一下眼,好一会儿才反应过来他没听错,霍以瑾也没说错。"你意识到你的语气就好像在说'我需要一支钢笔'又或者'我需要一杯咖啡'一样随便吗?"谢副总问。

霍以瑾想了想,严肃着一张脸重新开口:"我很认真地说,我需要一个丈夫。"

"这不是你随随便便加一句'我很认真',就真的能认真起来的啊!"谢副总与霍总裁相处多年,成功把"咆哮"和"吐槽"这两项技能运用到了炉火纯青。——和霍以瑾这种人当朋友,分分钟得原谅她八百回,这段友谊才能顺利地继续下去。

"切,好麻烦。"霍以瑾撇撇嘴,嫌弃极了。

"你竟然还敢'切'?!"

"我没有。"霍以瑾矢口否认,作为一个死要面子的完美主义者,她怎么可能允许自己有刚刚那么不优雅的举动呢？

"你有！"副总坚持还原真相。

"没有！"

"有！"

霍以瑾投降，为了她仅剩的友谊："你怎么能这么幼稚？人也老大不小了，真是拿你没办法。"

"到底是谁幼稚？"话说我当初到底是有多想不开才会和你做朋友？——谢副总今天也在很努力地怀疑着自己童年时的择友标准呢。

"总之，我需要一个能在三个月后结婚的丈夫，就交给你来办了，小副。"

"小副是个什么鬼啊！我有名字的好吗？谢燮，《尚书》中'燮友，柔克'的'燮'，和南朝知名文学家同名，《早梅》背过吗？！"说着说着，谢副总自己先闭了嘴，因为他很小的时候就已经意识到了，无论他把谢燮这个名字解释得多么高大上，燮字也读"xie"，所以叫他的名字读起来基本等于"谢谢"……他决定转移话题："什么叫就交给我来办了？你以为是收购隔壁企业呢？还三个月！话说，为什么是三个月？"

一波三折的吐槽对于已经习惯了全身都是槽点的谢副总来说，那根本就不叫事儿。

"因为我看过行程表了，我只有在三个月后的第一个周六中午有三个小时的空闲时间。"

"你以为结婚这么神圣的事情到底是什么？早午餐会议吗？可以随随便便对楼下员工说一句'我中午抽空去结个婚，你们照常工作，咱们下午三点照常开会？'"谢副总真的是要给霍以瑾跪下了，女人，你的想法为何如此神奇！

霍以瑾面色凝重，似有所悟后惭愧地低下了头。

谢副总环胸，哼了一声。终于醒悟了吗，凡人？

"没想到结婚还要通知员工，好麻烦。"霍以瑾一边嫌弃地自言自语，一边提笔"唰唰唰"地在行程表上又添了几笔。

谢副总表示他绝不会承认他真的看到霍以瑾一本正经地在三个月后的某一页写下了"通知员工婚讯"这六个大字，绝不！

这样的好友真的没办法要了。

"……结婚首先要有个结婚对象，你对此有什么要求吗？"谢副总最终还是无奈妥协了。毕竟是这么多年的朋友，他不可能说上一句霍以瑾这个朋友没办法要了就真的不要了。这位二小姐智商上肯定有富余，但情商明显严重欠费！

霍以瑾快速回答了谢副总的问题："你以为我真的就这么随便吗？我也是经过深思熟虑的，最起码我知道我的结婚对象要是个男的。"

"然后呢？"

"什么然后？'男性'不就是标准要求吗？哦，对了，还有一条'活的'。"霍以瑾用食指点了点下巴，无师自通了微博上已经玩烂了的择偶梗，最后还神来一笔勉强地加了一条，"活多久都可以，只要能撑过三个月后的婚礼就好。"

"霍以瑾！再管你我就是狗！"谢副总摔门而出。

霍以瑾怔怔地看着像旋风一样旋出房间绝尘而去的谢副总，有点不明白她到底哪句话不对触了雷，能让小副如此暴躁，明明都是很正常的对话啊。

十分钟后，整理好情绪重出江湖的谢副总，很努力地以最平静的态度坐到了霍以瑾的对面，微笑道："谁让我就是属狗的呢。我相信你刚刚一定是在和我开玩笑，你是有更详细的择偶标准的，对吧？"

谢副总与其说是询问，不如说是威胁，很有一种"你要是没有一个正经答案，我就再也不管你了"的潜台词。

"我想要个乖巧听话的，在我忙的时候能自己在一边玩，等我闲下来可以逗我开心。"

"……狗吗？！"

"你听我把话说完啊，最好没有工作，能一直安生地待在家里，也不用他打扫家务做饭什么的，这些都有用人，我只是希望他能24/7（英语国家的普遍用法，代表全天候服务）地随叫随到。还要对服饰有一定品位，我出席会议和晚宴都需要他来帮我提前准备好适合的衣服……"霍以瑾这次学聪明了，洋洋洒洒说了一大篇，她觉得谢副总肯定会满意的。

"满意你个鬼啊！你这是找对象还是招生活助理？"

"你是说我可以和我的生活助理结婚？但她是个女的啊，我前面说了，要男的。"在这点上霍以瑾是很坚持的。

谢副总不再咆哮，只是微微一笑，淡淡地下了定语："你就等着这辈子孤独终老吧。"

"还真是一句恶毒的诅咒呢!"霍以瑾感慨,于是很顺其自然地就回了一句,"至今还没找过女朋友的你没有资格说我。"

这一次离开办公室的谢副总是真的走了,再没回头。不一会儿,霍以瑾就从监控屏幕里看到谢副总开着车消失在了地下车库口。

"啊,真是太任性了。"霍以瑾这么感慨。

回忆结束。

"总之就是这样了。"霍以瑾耸肩,对自家大哥把事情一字不漏地复述了一遍,"原来副总这个职务真的不包总裁的婚姻安排的。"

"……"霍大哥挑眉,"你觉得我会信你这一本正经的胡说八道吗?"

"为什么不?"霍以瑾睁着一双杏仁般大的眼睛看向自己的大哥。她说的都是实话!

"好好在家休息,公司今天就不要去了,管家会负责监督你。乖乖的,不听话就一周都不许去,哥哥会在工作的时候想你的!"这是霍大哥自说自话的回答。

霍以瑾押着妹妹躺回床上盖好被子,还贴心地给妹妹重新拉上了窗帘,关灯关门,之后悄无声息地离开了。没一会儿,霍家的别墅外面就传来了霍大哥的汽车发动声,他该去集团总部了。

在床上躺了有一会儿,霍以瑾才想起来打手机控诉他大哥没有权力禁止她去她的公司上班:"赔的又不是你的钱你当然不心疼!"

霍大哥继承了父亲的霍氏国际,霍以瑾的公司则是母亲的嫁妆。嫁妆的规模肯定是比不过父辈的祖业,霍以瑾最初接手时,得到的只是一个供霍母发展业余爱好的工作室,她接手后拼了老命地工作才把公司发展到了如今的规模。

"我帮你代管,赚了算你的,赔了算我的。"霍大哥比自家妹妹还要任性。

"我没有生病!"霍以瑾觉得这才是关键。

"别闹,说自己没病的人往往都不可能真的没病,你看精神病院里哪个病人会承认自己有精神病?"

"……你说得好有道理,我竟无言以对。"

"所以你要老老实实在家休息,不要放弃治疗。如果实在是不想躺了,也可以出门放松心情,但是不能去公司。"说完霍大哥就利索地挂了电话表示谈话结束,再没有任何可商量的余地。

霍大哥对自己的表现满意极了，觉得自己对妹妹简直不能更宠溺，真是一个好哥哥！

被宠溺的妹妹却一点儿都没感觉到这份爱，她正在给自己唯一的朋友——谢副总打求救电话。

"救我出去，我要工作！"意简言赅。

霍以瑾的话让谢副总不禁勾起了曾经年少求学时的痛苦回忆，在所有人都想老师少布置一些卷子当作业时，只有霍以瑾在皱着眉头抱怨："卷子这么少怎么能达到练习的目的呢？"

"呵呵。"

有霍以瑾作为对照，谢副总的童年可想而知，简直生无可恋。

谢副总今天也在很努力地想自己为什么会和霍以瑾成为朋友呢。

"在家休息一天也好，你正好可以趁机想想怎么找对象。"谢副总觉得自己这绝对不是在等着看霍以瑾的笑话，也不是幸灾乐祸，真的！

但谢副总怎么都没想到霍以瑾会回答说："我找到办法了。"

"嗯？"

"秘书前段日子给我推荐了几本言情小说，我从其中找到了很符合我身份的套路。"霍以瑾是真的完全没发现任何问题地在很兴奋地和朋友分享着自己的新发现，那种新世界的大门自此打开的感觉，"我最满意的两本是《霸道总裁的小娇妻》和《霸道总裁爱上我》。"

"……你先别说，让我猜，你对自己的定位是那里面的总裁？"

"当然。"她不是总裁是什么，"我分析过了，像我这类总裁呢，对于这种傻缺，'圣母到不可思议什么都能原谅'的另一半总是会毫无抵抗力。"

谢副总忍笑忍得特别辛苦："你觉得那些言情小说写得很好看？"

"不，蠢死了。"霍以瑾不假思索道，"怎么可能有人整天不好好工作只一心谈恋爱的？公司还动辄就是世界第一、第二的，好像没个几百亿都不好意思出门和人打招呼。真要是这样，那我这么多年的努力算什么？笑话吗？"

"听你的意思，你这是看了很多本？"谢副总不禁要问，这是怎么样的一种病啊。

"嗯，看了很多。"霍以瑾性格认真，凡事爱追求完美，哪怕是追人也会做足功课，"存在即合理嘛，这种类型的小说也还是有一定启发性的。"

谢副总想：它能启发你什么？如何奔赴在作死的大道上？

"好比对于总裁另一半的要求。无脑说明对方像菟丝花一样全身心地依赖着我，我可以全凭心意地把他揉扁搓圆；傻说明对方没有野心，即便有野心也没那个能力威胁到我；圣母就更不用说了，无论我做了什么他都会心软原谅我，不会背叛我。多完美，这不正是我所需要的嘛！"

"……所以你觉得按照小说里的来，你就一定也能碰到这么傻的女主角，咳，不对，男主角？"谢副总真心感谢这么多年和霍以瑾的相处，能让他如此之快地对接上霍以瑾诡异的脑回路。

"当然，我总结了几种很容易遇到这种人的情况。"

"愿闻其详。"

"第一种，三流大学、三流专业毕业的职场新人，稀里糊涂地就把简历投到了世界百强企业，而那个企业的总裁也总会偏偏于千万封简历中一眼看到主角的独特，又或者是在面试时无意中撞到对方，因为觉得有趣就把对方招入了公司近身观察。不过这个我已经排除了，我特意看过咱们公司最近的招新简历，根本没什么三流大学、三流专业的人。"

"……呵，录用不到这方面的傻缺还真是对不起啊。我会去和人事部主管、招聘的副经理好好谈谈人生的。你继续。"谢副总这完全就是看热闹还嫌事儿不大的语气。

"第二种的身份一般都会是总裁的秘书助理，精明优秀，十项全能，其最出色的技能却往往都是帮总裁处理身边过尽千帆、片叶不沾身后的一夜情对象。这个也只能排除了，我不喜欢不断地换对象，我身边的秘书又都是女的，男助理目前看来也没有谁点亮了这方面的技能。"

谢副总觉得他前段日子被霍以瑾气得肝火上升的憋屈全指着这赚回来了。

"第三种也是公司的员工，只是性格比较迷糊，好比上班迟到啊、早退啊、摸鱼啊又或者上错高层领导专用电梯与总裁不期而遇之类的。这个我也已经在公司试过了，也不知道怎么搞的，最近竟然没有人迟到。去突击检查的时候也没见谁上班玩游戏，又或者是乘错电梯，亏我还特意在电梯里上上下下了好几次。"

画面感强烈得谢副总都不忍心想了。

"……所以说你最近几天奇怪地守在电梯前、总是去别的楼层巡视，这不是在抓公司纪律，而是在邂逅'迷糊职员'？"公司最近战战兢兢的员工们真是白担心了。

"嗯，但是没遇到。"霍以瑾据实以告，"也不知道是不是我偶遇的方式不对，还是我穿的衣服太正式。我今天特意看了一下更衣室，里面竟然一套小说里描写的那种骚包、张扬又或者恨不能全身上下都写满'我很有钱'的衣服都没有。"

"这个可能真没有。"哪怕谢副总想看霍以瑾的笑话，也不想破坏霍以瑾的形象和品位。

霍以瑾继续道："第四种就离我远了点，酒吧或酒店一夜情。我不喜欢酒吧的气氛，也没有去外地出差谈合作还要找人陪睡的习惯。呃，如果真遇到去外地出差的机会说不定也可以试试不关房门的运气。"

"我们一定有这个机会的。"谢副总的语气真诚极了，哪怕没有，他也会创造。

"第五种是养成类，这个我也没办法，先不说我没有那些言情小说里总裁们的特殊能力——只是因为在人群中多看了一眼，就能肯定某个小孩儿将来一定会长成一个适合自己的性感尤物。即便有这种能力，我现在去孤儿院里领养一个，养他长大也来不及了。"

谢副总一边附和说："你说得对！"一边在电话那头笑得前仰后合。

不过很快谢副总就笑不出来了。

"最后就只剩下指腹为婚类了。就是一开始总裁看不上自己的新婚妻子，各种为了虐而虐，还会打胎啊、找外遇啊什么的，结果后来分开了又莫名其妙地喜欢上了，妻子往往还会带球跑。其实我不太喜欢这种，因为对方一般肯定会对总裁来一次'今天你对我爱搭不理，明天我让你高攀不起'的逆袭，虽然结局还是会和总裁在一起，但是太折腾，我心累。最主要的是我父母没有给我指定未婚夫，而我在圈子里唯一的好友就是你……"

"把话说清楚，圈子里只有我一个好友怎么了？你话里那嫌弃的语气是怎么回事？"谢副总刚刚对于他没及时纠正霍以瑾错误的恋爱观还有点愧疚，现在真是一点儿都没有了。没等霍以瑾回答，他就迫不及待地建议道："不就是邂逅人嘛，我给你支一着，你明显漏了一种。"

"哪种？"霍以瑾一直以来都是认真刻苦的学霸，她自认在做笔记的方面就没输过谁，怎么可能有漏下的言情类型。

"最近流行娱乐圈的小说。契约妻啊，呃，不对，是契约夫什么的不要太多。"

"小副，你平时也很喜欢看这种小说？"霍以瑾的语气有点纠结，好友能如此把握时下流行，明显是比自己看得还多，这很危险啊，"真没想到你会有一颗少女心。啊，说起来，我也看过一篇类似的文章呢，叫《粉红总裁的少女心》，里面的套路应该挺适合你的，要我把网址发给你吗？"

"……不用了，谢谢。"

"我懂了。"霍以瑾笑得意味深长。

"不不不，你懂什么了，把话说清楚啊，跪求不要懂！"

作为一个智商和情商都很正常的人类，面对一个除了智商哪里都不太正常的女神经病，谢副总唯有转移话题这一条路："你大哥最近不是投资了一部以你们祖母为原型的电影吗，你刚好可以趁着在家休息的时间去片场碰碰运气。电影叫什么名字来着？"

"《无与伦比的伊莎贝拉》，为纪念我祖母逝世十周年。"

霍以瑾兄妹的祖母叫伊莎贝拉，外国人，年轻时曾是红极一时的国际影后，被视作一个时代的银幕经典，哪怕是在逝世十周年的今天也是粉丝遍地。霍家兄妹俩的好相貌百分之七十都源自这位祖母。

九年前伊莎贝拉病逝，为纪念她，在即将十周年的今年，生前和伊莎贝拉有着深厚交情的老牌导演翁陵就筹拍了这部以她为原型的纪录电影，霍家是主要投资人。

LV市影视基地内，第一摄影棚，《无与伦比的伊莎贝拉》的拍摄现场。

去年国际上的新晋双料影帝、国民男神楚清让，此时正在试装。这是他自获奖回国后开始的第一个工作，不是主角，甚至都不能算配角，只是一个在电影片头出现不过五分钟，有不到十句台词的友情客串，但他却很重视，甚至愿意零片酬及带资进组参演。

很多人对此表示了质疑与不理解，对手公司甚至在嘲笑说："楚清让这个影帝或许演技看上去不错，但明显智商不行，脑子进了太多水。"

而让对手公司更高兴的是，楚清让所在的经纪人公司白齐娱乐貌似也脑子里进了水，他们竟然对楚清让的这一决定没有任何异议，表示出了百分之百的支持。连敌对公司里默默喜欢楚清让的女员工都不禁要腹诽一句，白齐娱乐这是和楚男神有多大仇？

白齐娱乐和楚清让没仇也没冤，他们之所以不阻止，是因为楚清让不仅是他们目前最大的摇钱树，更是他们公司的隐性股东……胳膊根本拗不过大腿的好吗？

幸而"楚大腿"是个脑子清楚的人，不可能做亏本买卖。

楚清让会同意接下这个角色，是因为他踏入影视圈的机会正是年迈的伊莎贝拉给的，毫不夸张地说，没有伊莎贝拉，就没有他的今天。

他在电影里饰演的正是他自己，年少时一穷二白的自己。在一个很偶然的机遇下，他于医院邂逅了重病的伊莎贝拉，是她的肯定和鼓励成全了他想当一个演员的梦想，一个试镜的机会，改变了他的整个人生。

最起码电影剧本里是这么写的。

楚清让已经和导演商量好了，等过段时间就把这段往事在"无意"中泄露到网上，找几个影响力大的段子手团队画个漫画转一转，既宣传了电影，又给楚清让塑造了一个心怀感恩的正面形象，同时还能把本就已经被神化了的伊莎贝拉烘托得更加传奇，谁不爱慧眼识英雄的桥段呢？简直充满正能量好吗？！这就是所谓的一箭三雕。

当然了，促使楚清让零片酬参演甚至还在电影里投资了一部分钱的原因，不可能只有为了给自己塑造形象这么简单，不过那些就不是能对外人说道的事情了。

"这可是翁导的封山之作，谁不想插一脚。"场务自以为看得很明白。

作为C国导演界少有的实力派常青树，已年过古稀的翁陵翁导一生拍片无数，获奖无数，捧红了不知道多少明星大腕。有了翁导的电影，基本就是有了票房和口碑的双重保证，又有哪个明星或者是投资商会放过这个机会呢？

"说起翁导，真不知道霍家人在想什么，作为主要投资人，他们竟然能同意这部电影由翁导来拍，他们疯了吗？还是商人都是这样赚钱不要节操的？"新来的助理实习生小赵在给楚清让递上咖啡的同时小小地八卦了一下，也是为了和男神多找一些话题聊，"怪不得人家是传承了好几百年的大世家，我却只是个普通人。"

楚男神优雅地接过咖啡微微一笑，道了一句谢，却没有回答小赵的问题，很显然这并不是一个适合在片场讨论的话题。

美人总是不缺几段或香艳、或传奇、或唏嘘的爱情史，哪怕没有，哪怕伊莎贝拉和丈夫恩爱了一辈子，媒体也会为了博眼球而想尽办法让她有。

翁导正是伊莎贝拉一生的绯闻中最著名的追求者，终生未婚。与其他子虚乌有的绯闻不同的是，翁导是真的。在伊莎贝拉去世那年，他用天价拍下了伊莎贝拉唯一进行慈善义卖的私人收藏画作——《向你献上我最炽热的爱》，他用这种独特又不容置疑的方式向全世界昭告了他隐忍克制了半个世纪的爱情。

向来对外以占有欲和攻击性著称的霍家人，又怎么可能和这样的翁导合作呢？

"这绝不可能！"去年刚传来电影要开拍的消息时，无数媒体和资深评论家都是这样信誓旦旦地笃定。

结果时隔一年，霍家和翁导就把这个不可能变成了可能，《无与伦比的伊莎贝拉》正式开拍了。

楚清让和化妆师、造型师们也在做一件让不可能变成可能的事情——在鬼斧神工的化装技巧之下，把优质成熟的男神影帝，变成青涩稚嫩的十六岁少年。

看着镜中陌生而又熟悉的自己，楚清让尝试着摆了几个不同的表情，才终于艰难地找到了那个曾经的自己，尖锐、冷漠、与世界格格不入，对外人充满了戒备与敌意。

这个糟糕的世界曾经给了楚清让太多的不公和恶意，简单来说就是：他残暴的养父至今还在监狱里住着，杀人罪，无期徒刑；他的养母在精神病院疗养，永久性伤害，连楚清让这个养子都不记得了；而他的弟弟——养父养母的亲生儿子——正是他养父入狱的理由，他的养父在醉酒又一次殴打家人泄愤时，生生打死了自己的亲儿子。

这些都是媒体披露过的真相，每次在旧事重提时，他们总会紧接着道一句——能有如今的成就和对谁都友善的性格，楚清让真的不可谓不励志。

但……谁又能真的对深深地伤害过自己的世界和人全无一丝芥蒂呢？最起码楚清让是不会信的。

太过完美的人要不是圣人，就是在伪装。

楚清让很显然是后者。

镜子里冷漠戒备的楚清让很快就变成了人畜无害的翩翩少年，唇角轻微上扬，带着一往无前的朝气和冲劲，好似早春最灿烂的阳光。

这才是这部纪录电影里要求的楚清让该有的模样。虚假得都让他想吐了。

　　真是对不起啊，我最终也成长为了这样糟糕的大人。楚清让掏出钱夹，对着放照片的位置看了许久后才终于重新平静下来。钱夹放照片的位置上其实并没有放着真正的照片，只有一张用水彩笔勾勒出的火柴人自画像，画法拙劣又幼稚。画纸已然泛黄，记忆却始终鲜活。

　　狗血初恋梗，总裁文里总会这么写。

　　"又在看你的白月光？"熟知楚清让底细的经纪人阿罗插话进来。

　　楚清让的钱夹里藏着一张宝贝到不允许任何人碰的小像，画的到底是谁无从可知，但熟悉楚清让的人都知道，那是阻止楚清让朝着更加变态的方向拔足狂奔的不二良方。

　　看到肖像心情总会很不错的楚清让给了阿罗一个发自真心的柔软微笑，满目情深："嗯。"

　　"她到底有多漂亮啊，让你这么多年了都念念不忘？我看你还是早点放弃吧，根本找不到人的，你也说了，你们认识的时候年龄都不大，她又有很严重的哮喘……"能不能活到今天还未可知。

　　楚清让的眼神一下子凌厉到了极致，成功练就了以眼杀人的不世绝技，让阿罗闭了嘴。

　　"她是全世界最漂亮的人。"楚清让低语，漂亮到非她不可。

　　"比她还漂亮？"阿罗昂起下巴，用眼神示意楚清让看向摄影棚门口，正朝着导演走来的一小队自带闪光效果的精英人士。

　　楚清让抬眼看去，被簇拥在中间，走在最前面的是一个穿着黑色西装套裙、披着中分长卷发的年轻女性，所有人都不自觉地与她保持着最少半个身子的距离。那女子身材高挑，皮肤白皙，还有一双让人过目难忘的大眼睛。在不缺美人的娱乐圈里，这容貌也属上上乘了，更难得的是来人的气质，进退有度，天生的女王范儿。

　　每个总裁文里都会有这样一个场景，或早或晚，总裁大人总会有一段被簇拥其中受万众瞩目、光芒万丈的出场描写，而小说女主角则默默在一边围观。

　　"那是谁？"小助理惊呼，他虽然才刚开始混娱乐圈，但自问参加工作之前也是做足了功课的，没可能在娱乐圈里有这么一个出色的美人他却一点都不知道。

　　"二老板。"阿罗瞥了一眼小助理道，"人家混的是金融圈不是娱乐圈。"

满头银发的翁导起身亲自到录影棚门口迎接，领着二老板和背后乌泱泱的一队人去了后面的工作室谈话。

导演都走了，电影自然也拍不成了。

楚清让继续在自己的专属位置上休息，丝毫没有去和二老板联络感情的打算。要是大老板霍以瑱来了，说不定楚清让就要上前寒暄一二了。

"霍以瑾，霍家的二小姐，NOBLE服饰的老总，祖父是霍家的前任家主，祖母是知名影后伊莎贝拉，一母同胞的兄长霍以瑱是霍家的现任家主，父母因空难去世……"经纪人阿罗对霍以瑾的履历表可以说是如数家珍。

"你怎么会知道这些？"楚清让侧目。

"对于你接高档奢侈品牌代言人的潜在客户群，身为经纪人的我当然要全盘掌握。"阿罗可是专业的，只不过在智多近妖的楚清让身边才会显得没什么用武之地而已，"这位可是白富美，怎么样，不比你的白月光差吧？"

"差远了。"楚清让想都没想地就给否了。

"这还差？"阿罗不免在心中腹诽，你遇见你的初恋白月光当时才多大？六岁有吗？你能看出个什么啊。

"嗯，太白，太瘦。"

"你这完全是鸡蛋里挑骨头，总不会在你看来又黑又胖才算漂亮吧？"

阿罗本来只是想开个玩笑，但他怎么都没想到楚清让真的"嗯"了一声。

"……"少年你的萌点有点歪啊。

阿罗愣了整整有一分钟，他终于明白了，为什么这么多年来楚清让能对成打投怀送抱的美人都不假辞色，不是因为他心中有个初恋白月光，而是他审美异常！

谁心中的女神会是个黑大壮啊？

别人家艺人是男神，我家艺人却是男神经病。

楚清让遇到他的女神之前，还没有被亲生父母找到改姓楚，当时正叫着"赵小树"这个土到掉渣的名字，住在一个虽然山清水秀却十分偏僻的小县城。

他头发枯黄，衣服破旧，全身瘦得只剩下了皮包骨头，猛地看去长得跟豆芽菜似的。他性格软弱，只知道蹲在墙角，连哭都不敢哭出声，根本不知道被人打时还有"反抗"这一选项。是真的不知道那种，他以为他天生就该被人打、被人出气的。

直至某一天，赵小树迎来了他的女神，又高又壮，外号也真叫"大壮"的女汉子，张开双臂护在他前面时的模样就像是山一样可靠。

逆着光，赵小树特别努力地向上仰着头，就像向日葵在始终追逐着阳光。但阳光太刺眼，让他看不清记忆里女神的样子，只记得她蜜色的皮肤，洁白的牙齿，以及比阳光还要灿烂的笑容。她对他说："他们打你，你不会打回去吗？你两只手是白长的吗？是包子就别怪狗惦记！"

那是第一次有人告诉赵小树，被打是可以还手的，被骂是可以骂回去的，身体很疼的时候是可以号啕大哭而不用管是否会吵醒养父的。

自此楚清让就认定了，他的女神是这个世界上最漂亮的人。

与楚影帝的审美南辕北辙的霍以瑾，在楚清让回忆过去的时候已经带队离开了剧组。等楚清让注意到动静时，她已经走出了摄影棚，背影昙花一现，仿佛消失在了阳光里。恍神间，那背影给了楚清让一种似曾相识的感觉。

"魂兮——归来！"阿罗出声打断了楚清让的出神，扮得道大仙状，假模假样地摸了摸自己下巴上根本不存在的白须，"施主，你的心，乱了。"

"这么会演？要不要我跟相熟的导演推荐一下你？"楚清让恢复状态，哪怕心中再不爽，也只是笑着看向阿罗。在外面时，他永远都不会把自己暴戾的一面表现出来，只会微笑以对。

了解楚清让的人都知道，他笑得越灿烂，他的敌人就会死得越惨。知道这点的人不多，不巧，阿罗正是其中之一。

霍以瑾在剧组待了大概五分钟就离开了，但整个剧组准备数天、辛苦了一上午的工作却就在这短短五分钟之内被全盘否定。

"凭什么啊？"助理小赵表示不服。

然后，助理小赵就被阿罗狠狠地敲了一下后脑勺，在回家的路上："凭什么？凭她是这部电影的主要投资商，凭她祖母是这部电影的原型，凭她觉得饰演她少女时代的演员不合格——"

总结起来不过四个字：有钱，任性。

"——凭给你开工资的不是剧组,而是白齐娱乐和楚清让。以后再敢在剧组多话,我就……"阿罗眯起了眼睛。

"你就如何啊?"小赵也很硬气,瞪视回去。

"我就告诉表姐,领大爷您回家。"阿罗陪楚清让回国不久,身边值得信赖的人不多,便只能任人唯亲地把自己待业的表侄添进了助理的队伍。

小赵还在愤愤不平:"有事没事就会告家长,你以为你是小学生吗?"

领人时表姐说:"这孩子没眼色,你多担待。"

阿罗以为表姐是在客气,哪里想到表姐会朴实如斯,说的都是真的……如今木已成舟,无法退货了。心里实在不解恨的阿罗就又照着小赵的后脑勺来了一下。

小赵终于闭嘴了,捂着头,敢怒不敢言地瞅着自家表叔。

"你自己如今的职务不也是潜规则的产物吗?五十步笑百步,有意思?"阿罗环胸冷笑,使出撒手锏成功镇压了小赵。

楚清让自始至终都没说话,在片场听到换剧本的消息时他连眉头都没有皱一下,从影多年,他早就习惯了。只不过在驱车回家的路上,他决定开始讨厌这个叫霍以瑾的人,外行胡乱指导内行,总是不叫人喜欢的。希望以后能不要再遇到她。

但无巧不成书,冤家之间的路,窄得不可思议。心理学上有个专业名词来形容这种巧合——巴德尔·迈因霍夫现象。

当你注意到一个以前完全没有注意到的名词或者人时,你会在接下来接二连三地遇到。简单来说就是当楚清让对霍以瑾产生了某种不可说的抵触情绪之后,他愕然发现这位霍二小姐简直无处不在!

回家的当天,楚清让就在小区的地下车库里又一次与霍以瑾不期而遇了。

楚清让整个人都不好了,这一点都不科学好吗?

霍家祖宅的住址众所周知,建立在世家扎堆的南山半坡,依山傍水,植被环伺,左右邻居非富即贵,都是经济、政治类报纸上的常客,被不知道多少媒体报道过。而楚清让住在北城新开发区的一个高档小区里,一南一北横跨了整个城市,更不用说他当初买房时,"世家绝不会出现"可是一个极重要的参考选项……怎么想霍以瑾都不应该出现在这里。

霍以瑾一般也确实不会出现在北城,不过谁让她刚巧也有个买房时同样会附带"世家绝不会出现"这样的选择条件的好友谢燮呢。北城区刚开发，唯一还算不错的小区也就是"望庭川"这个高档社区，撞不上才比较奇怪。

从剧组离开之后，霍以瑾就直奔谢副总家来了。她突然意识到谢副总这个时候必然是不会在家的，换句话说就是谢副总养的那只名叫儿子的狗是她的了！

霍二小姐从小就宠物缘奇差，也不知道老天爷在创造她的时候哪个中间环节出了差错，导致了她对宠物只能单相思，不要说猫那种本身就很特立独行的高傲物种了，哪怕是"人类最好的朋友"的狗大多也都不爱亲近她。

我本有心向明月，奈何明月照沟渠。

每次霍以瑾想抱抱"儿子"，不是被对方用软垫子的狗爪糊脸，就是在她怀里发出凄厉的惨叫，好像她在虐待它似的。

谢副总独居，养狗聊慰寂寞，那真的是宠孩子宠得不行，平时防霍以瑾这个"宠物杀手"就跟防贼似的。

霍以瑾如今好不容易逮住一个谢副总不在的机会，那必须是不能放过的。

拿起谢副总放在她这里的备用钥匙，在谢副总勤勤恳恳给她工作时，来谢副总的单身公寓调戏他的狗。结局可想而知……

根本打不过愚蠢的人类的小狗，和虽然很想亲近又怕伤着狗投鼠忌器的人类，两者只能是两败俱伤。

霍以瑾最后只能带着手臂上的抓痕和被打击了的自信心下楼，准备驱车回家，然后就这么在停车场遇到了刚刚回家的楚清让一行人。

"啊！"这是霍以瑾时隔多年再见楚清让后说的第一句话，"果然是你，好久不见。"

对总裁的第三印象：她是个好人。

楚清让对于霍以瑾的"好久不见"还没什么表示呢，他旁边的经纪人阿罗和助理实习生小赵已经搭配了一脸"我懂了""我悟了""我和我的小伙伴都惊呆了"的表情。

"这莫不就是楚哥的白月光？"小赵戳了戳阿罗的腰小声问道。

这事儿实在是太巧了，刚刚他们才讨论过楚清让的初恋女神，霍以瑾就以一句"好久不见"当了开场白。很多电视剧不都是这么演的嘛，多年以前矮矬穷，多年以后白富美，久别重逢……小赵想得特别高兴。

阿罗没说话，虽然他觉得这阵仗看上去也有那么一点像。但以楚清让那个复杂的身世来看，也不能排除别的可能。

"好久不见。"楚清让在心中暗道了一声倒霉，明明在剧组的时候已经躲过去了，没想到还是给遇到了，真是孽缘。不过楚清让的脸上却打起了十二万分的精神，摆出最标准的职业笑容上前与霍以瑾寒暄，保持在一个令人愉悦又不会过分热情的程度上。

您的好友"史上最虚伪楚清让"已上线。

"九年前，我奶奶的病房外面，还记得吗？"

这位霍总与寻常言情小说里的总裁有些不一样，好比她引以为傲的从来不是自制力，而是记忆力。

"再次感谢你介绍了你奶奶给我认识。"楚清让道。当年要是没有霍以瑾，以伊莎贝拉病房外面那个保镖团的数量和质量，他根本没可能见到伊莎贝拉。

只是……

楚清让遇到霍以瑾时正处于他中二病最严重的黑历史时期。他遇到不公正待遇，被人陷害，还学不会正确的反击方式。那时的他只余下了满肚子的愤世嫉俗和阴暗想法，手段幼稚，马脚颇多。这在今天的他看来那就是无论如何都不想旧事重提的。

但霍以瑾并不知道这些，因为在她的记忆里，楚清让只是个帮她解了围的三好少年。

九年前，霍以瑾十六岁，正在读高二。父母空难、年轻没经验的霍大哥刚接管霍氏国际,忙得脚不沾地。他们兄妹仅剩的家人——祖母伊莎贝拉又被诊断出了癌症晚期。可以说,那是霍以瑾顺遂的一生中为数不多的艰难经历之一。

挫折可以使人成长,也可以让自以为长成了的人做些一时脑热的奇怪事情。

好比霍以瑾。

伊莎贝拉因化疗失去了一头哪怕已全是霜色却依旧如锦缎般丝滑的秀发,而当时的霍以瑾觉得媒体的嘴巴似剑似毒,她祖母没了头发的照片再怎么防也难免会流出去被大肆报道,所以她就连声招呼都没打地剃光了自己的头,想着能稍微分散一下媒体的注意也是好的。

等伊莎贝拉和霍大哥知道的时候,霍以瑾的头发已经没了,锃光瓦亮的一个光头比灯泡儿都亮。

家里仅剩下的两个大人对此不是不感动的。只是……只是他们真不需要霍以瑾剃光头发。

后来,霍以瑾的光头还被很多人,包括楚清让,看了个正着。

事情的经过是这样的:伊莎贝拉住院后,霍以瑾每天都会坚持在中午放学后去仁爱私人医院探望她的祖母。而她自中学起就坚持不再让家里派车接送她上学了,也不要保镖。她的中学就在南山半坡,学生基本都是附近的名人子弟,治安绝对有保证。也就是说,霍以瑾下午上学的时候,每天都需要从医院步行回学校。

出门在外,伊莎贝拉总会强硬地要求霍以瑾戴上假发。而在某一天,也不知道哪里刮来了一阵邪风,吹掉了霍以瑾黑长直的假发。

白底T恤、水色牛仔裤、帆布鞋、黑书包,这就是霍以瑾当时全部的打扮了,远没有外人想象里的那种恨不能全身都被各种浮夸的首饰和奢侈品堆满的土豪气。

但当霍以瑾头上的假发被吹掉时,阳光少女一秒钟变秃头什么的这就有点尴尬了。

不明真相的路人因前后反差太大,都在因为这份滑稽指指点点地大笑。只有楚清让冲上来把自己的棒球帽一把扣在了霍以瑾的头上,一边指责围观之人嘲笑的不道德,一边拉着霍以瑾跑出了人群。

故事结束。

"没想到你以前还有英雄救美、乐于助人的时候,还真看不出来啊。"

等霍以瑾走了，回到楚清让的小跃层里，只剩下楚清让和阿罗时，阿罗这样打趣楚清让道。

在阿罗眼里，楚清让的本质就是个生性凉薄的鬼畜变态，而变态的小时候自然只能是个小变态。万万没想到，楚清让以前的画风和现在能差别这么大。

楚清让并没搭理"抽风罗"。

阿罗却不想就此放过，他随手拿起卷成筒状的杂志权作话筒，假意采访道："做好事不留名的红领巾骤然变态，这到底是人性的扭曲，还是社会的不公？就让我们来采访一下当事人，这些年他到底经历了什么吧。"

"你怎知我做好事没留名？"楚清让看着手里的德文原版书，连眉毛都没抬一下，"你以为当年与霍以瑾全无交集的我到底是怎么被她介绍给她祖母的？靠脸吗？"

当年楚清让做出了那样的事，在国内他根本待不下去，楚家巴不得送他出国，却不会乐意给他很多钱，也就是说他急需钱。他思来想去，觉得当演员是最适合他的路子，他会演戏，而且演戏来钱快，又能让楚家人以为他这辈子也就是个戏子了。那是他把这局棋下活的唯一机会。而国内众所周知的，伊莎贝拉的推荐是打开国内影视圈最好的敲门砖。

这个世界上没有巧合，有的只是人为的必然。当年楚清让可是在仁爱医院外面蹲点了小半个月，好不容易才碰上了霍以瑾这么一个机会。

当然了，自认为已经对这个世界的人性不抱任何期望的楚清让，是死不会承认的，当时看到那么多人嘲笑一个小女孩，他心中少有的被激起了一股血性，他真的觉得那些人太过分了，哪怕凉薄如他都不会如此嘲笑一个女孩子。

后来听到了霍以瑾解释自己光头的由来，楚清让就更加坚定了心里的认知——铺桥修路忠骨埋，杀人放火儿女多，好人在这个世界上是不会有什么好报的。不过楚清让对待霍以瑾的态度还是不自觉地柔软了许多，他学着小时候他女神告诉他的对霍以瑾说："头发可是女孩子的生命。"

霍以瑾笑着回答："我祖母也是这么告诉我的，头发是女孩子的生命，不论长短，总该有个样子。"

与此同时，城市的另一端，霍以瑾在电话里对谢副总讲起这段往事，嘴角会不自觉地上扬："你有没有觉得当时的少年楚清让很温柔？长大以后一定也不差，嗯！"

而楚清让这边对阿罗讲述的视角则是后来事情就这样水到渠成，霍以瑾主动提起她祖母伊莎贝拉，楚清让趁势说："我知道她，她是我的偶像，听说她病重住院，真想去看看她。"以霍以瑾的性格，自然是很大方地对"恩人"说："好啊，我介绍我奶奶给你认识，今天下午放学见？"

　　"嗯，说好了，放学见。"

　　楚清让就这样在霍以瑾的引荐下，去"看了看"伊莎贝拉。楚清让与伊莎贝拉在病房里到底谈了什么，外人不得而知，但所有人都知道伊莎贝拉一个电话把楚清让介绍给了她在 A 国当导演的朋友。楚清让饰演该名导新电影里主角少年时代的外国友人一角，戏份不多，却可以说是整部电影的灵魂人物。后来那电影拿了当年的小金人，楚清让一夜成名。

　　"我找人打个电话约霍以瑾出来吃个饭，让你好好感谢她一下？"阿罗这样建议，"据说 NOBLE 服饰的代言人快到期了，咱们正好可以趁机争取一下。"

　　"……"楚清让默默地看了阿罗一眼。

　　"你这么看我是几个意思？我知道利用这段往事拉关系有点那啥，但我是为了谁？在商言商，有这个关系当然不能错过。NOBLE 服饰的代言很有可能会成为你打入国内超一流奢侈品牌的敲门砖，这是双赢啊。以你在时下年轻人中如日中天的人气，对 NOBLE 服饰也是一个扩大宣传的好机会，能增加不少不差钱的年轻人消费群体。"

　　楚清让耸肩："没什么意思，就是我终于明白了为什么我会和你成为朋友。"

　　"夸奖吗？谢谢噢。"阿罗有点小羞涩。

　　直至阿罗晚上回了自己家他才转过弯来，这不还是在骂我吗！谁和你这个神经病有共同语言了！

　　楚清让不想再利用霍以瑾做什么，他三令五申地对阿罗说不要多事，但他怎么都没想到，接下来几天他还会频繁遇到霍以瑾，这让他不得不开始考虑这个世界上也许真的还是有"巧合"这种东西存在的。

　　要不完全解释不通霍以瑾在他周围出镜率如此之高的原因。

　　总不能是霍以瑾看上他了吧？

　　"为什么不？请你稍微有点天皇巨星的自觉好吗？还是你以为你的粉丝都是作假的？粉丝团里又不是没有世家名媛！霍以瑾也是人，她也会追星，很奇怪吗？"

"当然奇怪。霍以瑾不能说年龄很大,却也二十几了,她早过了那种会追偶像明星的年纪。我了解她。事实上哪怕在那个大部分人都会喜欢一两个明星的青春躁动期,她崇拜的也只会是福布斯排行榜上的女强人,又或者是历史名人。有个影后祖母,并不会让她对娱乐圈多一丝的关心。"

"你和她才见过几次,你就了解她?"阿罗不以为意。

当年为了见伊莎贝拉,制造和霍以瑾志趣相投的"邂逅",我刻苦地了解过霍以瑾的喜好,这种事你以为我会随便说?

都说三岁看小,七岁看老,楚清让有理由相信,二十五岁的霍以瑾和十六岁的她差别不会太大,最起码不会莫名其妙地喜欢上一个只见过几次的演员。倒不是说霍以瑾会瞧不起别人的正当职业,只是演员这个工作与她的价值取向差距实在是太大了。

很快,楚清让就自以为找到了真相——霍以瑾开始常驻《无与伦比的伊莎贝拉》剧组了。

在剧组主要人员的碰头会上,霍以瑾就坐在翁导旁边,让她的秘书给与会的每个人都发了一本画了不少红色圈点线的电影剧本。

这也算是电影开机后一个很常见的环节了——投资商对剧本不满,要重修。这个没什么时间限制,发工资的就是大爷,不要说电影才刚开拍,哪怕是快拍完了,投资商才意识到电影与自己三观不合,那也是只要投资方拿得出钱、经得起损耗就必然会重拍的。

待大家都看了一会儿剧本,心里有点数之后,霍以瑾首先将炮口对准了饰演她少女时代的年轻女演员离姗。

"我看了你拍的片段,很失望。"

离姗是童星出道,这些年也演了不少戏,演技不敢和老戏骨比,却也是比大部分的年轻演员要好太多了。再加上形体课刻意训练出来的优雅,在没见到霍以瑾本人之前,不少人都觉得这样的离姗已经和真正的霍家二小姐相差不多了。

不过——货比货得扔,人比人得死。当霍以瑾和离姗同处一室时,那浑然天成的气度高下立现。

但这并不是霍以瑾对离姗不满的地方。

"你演戏之前对你的角色有过最基本的了解吗?好比我不会在我祖母面前连说句话都要一边自称'人家'一边扭上个十回八回的,也不会含羞带怯地看着什么人,更不会一副迎风就倒的娇弱模样。看拍摄片段的时候我就想说了,你敢不敢挺直了腰板好好说话?"

"小女孩不都是这样吗?"离姗很不高兴。

霍以瑾倒是很平静,因为她以为她们只是在讨论工作:"我当年是个小女孩没错,但又不是个脑残。"

离姗的脸色一下子变得铁青,整个会议室立刻由安静变成了寂静。

只听见扑哧一声,楚清让本来只想坐在一边当一个安静的美男子的,却在乍然听到霍以瑾这么说后没能忍住笑声。虽然霍以瑾在外形上与他的女神一点儿都不一样,但在性格上倒是出乎意料地有相同点,她们都不爱当依附者,最看不上菟丝花。

自强自立,天生女王!

楚清让这个影帝公开表达了对霍以瑾的支持,离姗本就岌岌可危的面子彻底挂不住了。她觉得气愤又委屈,因为她不是没了解过霍以瑾的,事实上,正是因为了解过,她才决定了要这么演。

众所周知,有原型的人物都不好演。不论是二次元的动漫角色还是三次元的真实人物,公众对于这个角色在内心里已经有了既定认知,演员演得不像要挨骂,演得太像了又会被剧中的角色掩去自己的光芒,很难让人记住。

离姗自认是一个很有追求的女演员,换句话说就是很爱表现存在感,她必然不会乐意在好不容易才得到的翁导的戏里流于平庸。

但现实中的霍以瑾的人设实在是太过完美,太人生大赢家了。哪怕她什么都不做,都存在感爆棚。

离姗觉得她唯有另辟蹊径才能演绎出一个她理想中的"离姗版霍以瑾"。人无完人,如果她找到霍以瑾的缺点再加以改进,所有人不就都会说她的好了吗?说不定霍以瑾也会觉得高兴呢?

离姗分析,像霍以瑾这样从小就有大把的人捧着、追着、宠着的人,性格按照常理推断那肯定是已经被娇纵得说一不二、无法无天了。对此外人还非要套个好听的形容词——强势。这在离姗看来是很可笑的,她坚信这就是霍以瑾的缺点,过刚易折,她根本就不像个女人!

所以离姗觉得她该把霍以瑾的少女时代演得像个女人,呃,或者是少女,刚柔并济,在女强人的背后也有小女人的一面,多戳萌点啊!最重要的是离姗从童星出道,专注打造的就是清纯柔美的对外形象,演绎这样一个少女情怀的霍以瑾,刚好可以完美无痕迹地植入她的个人特色。

当然了，对外离姗不可能说是为了突显自己，她只会说她是想让这个角色显得更加丰满、立体，她在挖掘霍以瑾的另一面……

　　谎言说了一千遍也就成真了，现在连离姗自己都开始有点相信她就是这个意思了。

　　楚清让还没回国的时候，离姗已经先拍了一部分她的戏。翁导对她在戏里加的一些并不在剧本上的小动作也没说什么。

　　这就是说连翁导都觉得她演得对，她被默许了，她的理解没有错！离姗想到，霍以瑾看到之后也肯定会感谢我的！进而她大概会请我吃饭表达感谢，然后在和我的接触中喜欢上我，想和我当朋友，等我们成为朋友，她会不会想让我当她嫂子呢？就像是言情小说里那样，她故意安排我和她哥认识，她哥也看上了我，那我岂不是就要嫁入豪门，当个伊莎贝拉那样的阔太，走向人生巅峰了？！

　　就在离姗的妄想越开越大已经收不住的时候，迎来了霍以瑾的当头一棒，把她此前的努力全部否定，这对于离姗来说不啻于晴天霹雳。

　　"你演的根本不是'我'，而是一个叫着我名字的'你'。"

　　发掘角色的多面性没错，在角色中带上属于自己的特色也没错，但也不能胡乱给别人添加南辕北辙的属性和标签吧？

　　饰演伊莎贝拉的外国籍影后莉莉也在演绎着属于她的伊莎贝拉，怎么就没见什么不妥？盖因·伊莎贝拉对外的形象一贯走的是优雅大气的知性风，莉莉演的也是这样，只是会在不经意间带上属于她个人的小幽默，与角色本身的性格并不冲突，反而显得更加完美，让翁导都赞不绝口。

　　但是离姗呢？举个不恰当的例子，霍以瑾是女王，但离姗偏要演个小白花，连公主都不是，直接就变成矫揉造作的暴发户的女儿，这谁受得了？

　　特别是这种人还是霍以瑾最看不上的，现在离姗还要把这种性格在电影里安到霍以瑾身上……霍以瑾没直接换人，都已经算是仁至义尽了。

　　离姗自然不认："难道按照二小姐的意思，行为举止粗鲁得像是男人婆，哦，对了，现在网上有个新名词叫女汉子，您觉得把您演绎成这样才合适吗？那您每次外出时都打扮得这么精致要干吗？还不是给男人看？！这和我演的又有什么区别？还不都是小女生！"

　　当现实不符合自己的期望时，人就会变得过分失望，离姗此时还带着那么点小心思被当众戳穿的尴尬。于是，她对霍以瑾可以说是满怀怨怼。

霍以瑾没先急着说话，只是用一种很奇怪的眼神看着离姗。

"怎么，没话了？"离姗扬扬得意道，她觉得自己这是让霍以瑾哑口无言了。这个世界不就是这样吗？哪个女人敢说自己不想被人追着、捧着？只不过霍以瑾不缺这些，所以她才会矫情地开始说什么追求自立！

"我注重外表是为了让自己愉快，是为了自己一天的心情，是一种生活态度，不是为了给别人看。"霍以瑾的语气依旧没什么起伏，她只是在陈述她的观点。

"愉悦自己"与"取悦别人"，霍以瑾更倾向于第一种。

而霍以瑾表现得越是平静，离姗自卑又自傲的内心就越敏感。她觉得霍以瑾这完全就是在挑衅她，是高高在上的鄙视！在离姗的心里，她已经把霍以瑾的话脑补成了：只有某些自恋的男人和只能依附于男人而活的女人，才会觉得化妆是为了让男人看。很显然，你这种人是不会懂得我的意思的。

但这并不是霍以瑾的意思，只是离姗用她恶意的想象强硬附加给霍以瑾的。

于是，霍以瑾一脸莫名其妙地看着离姗，她还没说什么呢，怎么她就好像一副已经快要气炸了的模样？真奇怪。

"你一点儿女人样都没有！"离姗在冲动的支配下，释放了她内心的小魔鬼。

这个世界就是这么奇怪，女性稍表现得强势一点，不用男人站出来说什么，就已经有女人先跳出来嚷嚷着说这样成何体统？！

霍以瑾皱眉，什么叫女人样？非要一口一个"人家"，矫揉造作地扭上个十回八回吗？自强自立，自己让自己过得幸福就不叫女人样了？那还真是对不起啊，我不会撒娇，不会假哭，更不会假装柔弱。我只是我而已。

不过，这些可以先放在一边，霍以瑾奇怪的是另一件事——为什么我要和离姗在这里讨论这个问题？

霍以瑾无奈地发现她还是不可避免地准备和傻瓜吵架了，并且正被这个傻瓜拉向了她的水准，并企图用丰富的经验打败她。

幸而霍以瑾醒悟得早，重新回到了剧本的话题上："矫揉造作的反面不是行为粗鲁，而是活得像个正常人。你到底是怎么得出如果不像你这样一口一个'人家'地说话，就必须满口粗话，没有丝毫礼仪的结论的？"

离姗都快气疯了，但她还是忍了下去。因为她已经和霍家签了合同，她要是先无故退出,她就要赔偿违约金;而如果她想继续工作,就必须按照投资方觉得合适的戏路演。

"作为投资方,我觉得你演得很不合适。"霍以瑾简单粗暴地结束了这次讨论。

离姗不服气地在心里想:咱们走着瞧!

霍以瑾的秘书小姐默默给离姗点了根蜡,她看得分明,离姗大概已经气得一句话都说不出来了,觉得她家老板这是在故意针对她。但其实……她家老板根本就没这方面的意识,还有什么会比这更悲哀呢?你认定的敌人其实根本没把你看在眼里。

翁导前面没管离姗怎么演是因为他不关心。《无与伦比的伊莎贝拉》可以说是他拍给自己看的电影,他只在乎"伊莎贝拉"是否到位、是否传神,至于其他人,只要不出戏,他还真不太在乎。这意思反过来也能说得通,霍以瑾把离姗批得一无是处,他也不会管,哪怕是换个人呢,他都不会在乎。

霍以瑾对这部电影的挑剔其实也不多,特别是她祖母的部分,翁导已经苛责到了可怕的地步,她觉得不适合的也就是饰演她和她哥的演员,以及电影开头的一段。

"也请温编尊重一下事实,既然是要拍纪录片,就该以真相为准,艺术加工为辅,对吧?我祖母是见过楚清让没错,但我祖母的病房可不是什么人都能随便误入的,你这完全是在侮辱我们家保镖的智商。哪怕艺术高于生活,也请具有最起码的逻辑和常识,你们这么糊弄观众,这部片子真的可以过审吗?"霍以瑾工作时说话一向是很不客气的,因为她有这个不客气的资本。

楚清让微笑着坐在一边,内心走着事不关己地出神。

但霍以瑾的下一句话偏偏是替楚清让打抱不平:"楚清让能见到我祖母是因为我的引荐,而我带他去见我祖母是因为他帮我解过围,他是个很好的人,能不要写得像是个冲动的毛头小子吗?"

落地的玻璃窗前,楚清让终于正眼看向站得笔直的霍以瑾,他觉得她才是个真正的好人。他是知道霍以瑾有多在乎她的外表的,所以他才能更加明白当霍以瑾为了帮他证明他曾经做过的好人好事而自曝自己曾经剃过光头的举动有多么难得。

"感动了吗?这个世界也不都是乌七八糟的,富人里也有好人,认真对待工作，负责任又有担当。"开完会回去的路上，阿罗始终没忘记给楚清让极力推销霍以瑾。

这倒不是阿罗真的想让楚清让和霍以瑾有什么，只是他不甘心，他觉得已经很白富美的人在楚清让眼里什么都不是，那就像是在否定他的眼光。

"我前天实在是太武断了。"小赵也面有愧色。

电影剧本不厚，但要是想吃透整部电影，还要写好更加合理有看点的修改意见，并能在今天早上拿出来……这两天霍以瑾绝对熬夜了，单这份认真就让人无话可说。她不是外行指导内行的瞎指挥，她是真的在想要精益求精地给出意见。

楚清让若有所思地想了一会儿，才重新抬起头，轻轻地说了一句："太蠢了。"

"蠢？"阿罗一愣。

楚清让没说话，只是在心里想，放着分分钟几百万上千万的公司业务不去努力，反而为了一部只是自家拍来自娱自乐、未必能赚钱的小众文艺电影劳心劳力，不是蠢又是什么？

霍以瑾却表示，常驻剧组这事儿吧，除了蠢还是有"我是有别的原因"这个选项的！

以前霍以瑾也知道霍家出资拍了一部以她祖母为原型的电影，那个时候她怎么没有站出来提什么意见？因为她顾不上去计较一部她根本不会去看的电影的好坏。她顶多是在她哥跟她说的时候哦了一声，表达了"已阅"的意思。

当她突然关注起这部电影的时候她又被自家大哥禁了工作，工作狂的状态无处安放，正好拿来用在电影身上。

强迫症是完美主义的并发症。

至于霍以瑾为什么突然对电影上心了，只能说美色误国啊。霍家的这位二小姐一直都是个热爱把不可能变成可能的主，楚清让觉得她不可能看上他，但偏偏她就看上他了。

好吧，霍以瑾其实也不能算是"看上了"，而是觉得楚清让很适合当她的结婚对象。

"他简直就是为我量身打造的像言情小说女主角一样的男人！待人以礼，温润如玉，少孤，人生励志，还曾与我有一面之缘，还帮过我……

这不就是传说中的青梅竹马梗吗？连我俩的名字都是那么合适，拂堤以瑾醉清让，就像是一首诗一样。"霍以瑾是这么和谢副总说的。

电话那头，谢副总久久不能缓过神来，本来他打电话来只是想质问霍以瑾有关于他家狗的事情，最后却得到了这么一个信息。要什么有什么的霍以瑾，能看上除了一个影帝头衔以外就要什么没什么的楚清让？脸吗？

"最重要的是他身上具备了言情女主角全部人设，又不像那些女主角那么平凡。"

"好比？"影帝肯定不能算平凡的，但只这一点在世家眼里也不能算是有多出众吧？

"脸啊。带他出门肯定很有面子，在宴会上绝不会给我丢人。"霍以瑾说得理直气壮，她甚至有点意外这么简单的事情谢副总都看不出来，"哦，我想起来了，你还没见过楚清让的样子呢，我明天拍了照片发邮件给你。"

"……"谢副总对这个看脸的世界绝望了，他只能说，"你先别冲动，听我说完，这个世界上伪君子多了去了，特别是混娱乐圈拿演戏当饭吃的演员。虽然不能一棍子都打死吧，但干净的真心不多。你先让我派人去查查，确定没问题了，你再下手，行吗？"

这话说得怎么就这么别扭呢？！谢副总都快给霍以瑾这位雷厉风行的女士跪下了。

既然明着阻止不了霍以瑾，谢副总觉得他便只能使用拖字诀了。顺便他还不忘在心中痛骂自己，这不是没事找事嘛，非要给霍以瑾支着去剧组找什么真爱，现在好了，支出个楚清让！这要是让霍总知道主意是我出的……简直生无可恋好吗！

可惜，霍以瑾根本不上当。这位女士虽然没猜到谢副总的拖字诀，却用另外一个神奇的想法堵住了谢副总的浑身解数："你以为咱们活在言情小说里吗？张口闭口就要查别人祖宗十八代，你是开了天眼啊还是能掐会算，在楚清让刚出生时就料到我要对他下手，然后派人时刻守在他家门外监视他的一举一动？我说小副，爱看总裁小说是一回事儿，但把小说当现实可就脑残了。"

"……咱俩到底是谁把小说当现实？不对！谁爱看总裁小说了？也不对！谁说我要学总裁小说里那样张口就要人家从小到大事无巨细的资料

了？！我是说了解一下他的基本情况，好比父母啊，喜好啊，有没有犯罪记录啊之类的。"

谢副总很严肃认真地觉得和浑身都是槽点的霍以瑾当朋友一定是他这辈子最大的失误。

"父母有户籍可查，犯罪记录找人提取档案也能行……但喜好要怎么查？随便监控人家隐私这样不好。"霍以瑾皱眉道。

霍以瑾虽然想要个全身心依赖她，全天待在家里的丈夫，但她却很不喜欢小说里总裁常爱干的那种随随便便就监视别人一举一动的事儿，那不叫爱，是叫不尊重人。

"你以为楚清让是谁？"刚拿了小金人和小金球的国际影帝，炙手可热的天王巨星，他祖宗十八代指不定早已经被网上的粉丝给扒干净了。我们再找楚清让的经纪人和经纪人公司的高层开个饭局聊一聊，齐活儿。

"一个三流小明星？"霍以瑾不太确定地开口。

"你都不知道楚清让是谁你就要追？"谢副总的咆哮声仿佛都能透过电话线直扑霍以瑾的脸。

楚清让红得都快发紫了，霍以瑾竟然会以为对方是个小明星！谢副总内心的震惊已经无法用言语来形容了。是什么给了霍以瑾这样的错觉？

"他在电影里只有几句台词，几分钟的戏份，这能是当红明星的待遇？我看得电影少，你不要骗我。据翁导说还是零片酬，他为了能演戏露脸也是蛮拼的呢。"而且霍以瑾在心里补充，小说里都是这样说的啊，二十几的人了却还只是三线演员，在演艺圈里痛苦地摸爬滚打着，直至遇到金主，这才飞黄腾达走向人生巅峰。

霍以瑾是一点都不介意当这个冤大头似的金主的，要不她也不会那么执着于给楚清让加戏了不是？

"……"谢副总默默表示，他以前单以为霍以瑾情商低，没想到她的"奇思妙想"还很多，自我代入得真是毫无压力，他不禁嘲讽道，"那你怎么不直接砸钱，签个什么包养协议呢？"

霍以瑾终于有了点正常女性该有的小羞涩："那多不尊重人啊，我又不傻。"

一般包养文的剧情都会很闹腾的好吗？百分之五十的女主角为了表现气节会拒绝，百分之五十的女主角为了钱会答应，但哪怕是这种钱货两清的包养关系，女主角也肯定要在心里对拿钱砸人的男主角充满怨念，一边心安理得地占着便宜，一边觉得男主角不是个好东西。文章后面更是不可能直接有好结果，必然要各种虐恋情深，纠结来纠结去的……霍以瑾对此的态度还是那句话，太累。

"那你加油，我看好你。"谢副总完全不打算阻止了，因为他很肯定，以霍以瑾这个情商根本追不上！

楚清让的为人，谢副总在酒桌上也曾听别的商业小伙伴说过一二。

据说Ａ国想包养楚清让的富商如过江之鲫，却始终没人能成功。被打脸的倒是不少，最终却也没见谁最后有那个能力报复回来。

这只能说明一个问题，不是楚清让的神秘后台很硬，就是楚清让本人很有手段。无论如何，这类人的本质肯定都是很高傲的。谢副总笃定，以霍以瑾这种把天王当十八线艺人的态度，她肯定成不了。

而霍以瑾这个人呢，性格除了强势以外最大的特色就是极不喜欢丢脸，不要说是被人当面打脸了，哪怕是吃个不软不硬的钉子，她都能直接全部放弃了，老死不相往来。

所以谢副总乐观地觉得，他根本不用费什么劲儿地打消霍以瑾的念头，只要在不久的将来准备好如何安慰追人失败的霍以瑾就可以了。

但谢副总怎么都没想到，放霍以瑾这个低情商的人出去追人，先被她得罪的不是楚清让，反而是最近挺红的一个年轻女演员离姗。

这位虽没在微博上指名道姓，却已经引导着舆论，对霍以瑾展开了污蔑和谴责。

离姗这人谢副总以前也听过她的名字，因其豪迈的风格以及玩得很开的态度，整个富商圈都传遍了。最巧的是，离姗还曾想过要爬谢副总的床，这位年轻的女演员对老总啊什么的总是情有独钟。当然了，谢副总当时很干脆地就拒绝了，倒不是说谢副总是柳下惠，只能说离姗那丰富的干爹名单实在是让有心理洁癖的谢副总消受不起。

这样的离姗和霍以瑾发生矛盾，说实话，谢副总其实不太意外，他只是没想到事情会发生得这么快，闹得这么大。

他是说，离姗参演的是霍家出资拍的电影，有合同约束，再怎么生气，她也不应该这么快就失去理智和身为东家的霍以瑾翻脸。正常人都是等电影拍完之后静待时机，等着墙倒众人推的时候再报复的好吗！

霍家这种庞然大物可不是离姗一个小明星就能撼动的，一个处理不好，戳了霍家那个有名的妹控的愤怒点，却也是不用在娱乐圈混下去了。

离姗这是有多想不开才会直接开战？谢副总真心猜不透她在想什么。

与此同时，谢副总家楼下，被"十八线"了的楚男神正举杯遥遥地与长桌那头示意，笑容温柔，满目情深。漆黑一片的房间里，只有餐桌上的微弱烛光在跳跃着。投射在落地窗上的人影清晰地显示着楚清让影影绰绰的侧面剪影，而他的对面空无一人。

"你知道你这样吃饭很瘆人吗？"阿罗窝在不远处的懒人沙发上抱着手机做小可怜状。

"你知道你很多余吗？"楚清让冷眼。

微博上都说了，在家里停电的时候，和爱人吃上一顿烛光晚餐会是一件十分浪漫的事情。

"首先，你得有个爱人。"阿罗泼冷水道。

"我家停电是谁的错？"楚清让开始翻旧账。

"买房坚持要选这么一个破地方是谁？我哪里知道这里的电路会这么不堪一击？竟然连备用电源都没有！这在南山半坡是绝对不可能出现的情况。最后，我已经派我的侄子连夜去找物业解决问题了，你还想我怎么样？"

"你侄子还是我的助理呢！事实上，你们叔侄俩的工资都是我在付的。"

就在这个剑拔弩张的关键时刻，小赵回来了。逆着光，他眯眼看到的就是这么一个场景，他老板在烛光下优雅地吃着晚餐，他叔叔的脸被手机屏幕从下巴处往上打着幽光，在门被打开的下一刻，他们一起缓缓朝着门口的方向转来了苍白的脸。

"啊啊啊——"被半夜叫上来的物业当场就跪了。

"都是你的错。"楚清让和阿罗第一时间开口指责对方。

"我的错，行了吧？！"小赵崩溃了，前几天他还以为他老板君子如玉，他叔叔英明神武，都是不可多得的优质男神，今晚他才明白，男神都是男神经病！

楚清让和阿罗一起无视了小赵，只是一脸"刚刚什么都没发生"的表情，平静地仰头注视着客厅顶上的水晶吊灯重现光明。

"啊。"

"啊。"

两人同时出声。

小赵真心希望哪天能来位法力高深的长老，收了这对猴子请来的好病友。然后，他就任劳任怨地送受惊不小的物业离开了，顺便给了不少压惊钱，封住了对方的嘴。

门重新关上，阿罗眯眼质问楚清让："刚刚在来电的那一刻，你肯定是想说什么'神说要有光'了吧？"

"没有！"楚清让矢口否认，他早就从中二病进化成神经病了好吗？

"你就有！要不是我打断得快，你信不信分分钟你就又要上今晚和明天的微博热搜和热门话题了？"阿罗心酸得不行，带了个重度中二病艺人，他容易吗他。

阿罗无论如何都想不到，第二天，哪怕楚清让在物业面前什么没说，楚清让最后还是以一种神奇的方式出现在了微博上。

咳，那是后话了，压下暂且不表，先说回那晚楚清让和阿罗的"斗争"。

随着来电一起被打开的超薄电视里，正在播报着一则最近重复了好几次的新闻报道：据悉，老牌世家之一的楚家家主近日疑似突发脑溢血，已住进了南山半坡的仁爱医院，有媒体在医院附近拍到了楚家家主的妻子和儿子出入的照片。

楚清让却至今都没接到来自楚家的任何一通电话。

楚清让对阿罗道："你相信吗？报道里风度翩翩的楚先生和仁慈友爱的楚太太是我的亲爸妈，我是他们唯一有血缘的儿子，DNA检测了无数次的那种。"好像多检测几次，他就可以不是他们的儿子似的。

那是他的亲爸妈，却防他如狼似虎，呵。

阿罗不知道该如何安慰，只能道："不要用别人的过错惩罚自己。那句话怎么说的来着？尽管如此，世界依旧美丽。这个世界上还是有值得你珍惜的人的，她会对你很好，视你如珠如宝，你们会成为彼此生命里的唯一，早晚有天你会遇到的。"

"我知道。"楚清让笑了，仿佛那真的能温暖到心底。

"哪怕我的哮喘好不了，会一直这么胖、这么黑，长大之后你也会愿意当我的新郎吗？"

"哪怕我一直这么瘦小，这么没用，长大之后你也会愿意当我的新娘吗？"

大壮和小树在那个还会把"结婚"当作游戏的幼稚年纪里，只有彼此愿意给对方当新娘、新郎，他们很担心长大之后也还是会这样，所以他们约定无论将来对方如何改变,他们一长大就马上结婚。

又是一次回家的路上,阿罗后知后觉地意识到,又被楚清让给蒙混过关了!这家伙无论是演技还是冷心冷情都是满点的好吗?!他要是还能被他那对渣爹渣妈伤到,他也就不会是今天的楚清让了!

不过很快,阿罗就没空再继续纠结楚清让昨晚的小手段了。

第二天,离姗哭得吾见犹怜,暗指霍以瑾仗着投资商的身份欺负她。影帝楚清让和一众剧组的人为了巴结投资商一起落井下石的视频以飞一般的速度传遍了整个网络。

"我到底怎么她了?"霍以瑾坐在电脑前,茫然极了。

怎么了?离姗要是在霍以瑾面前的话,她一定会不顾形象地跳起来和霍以瑾拼命的。她让她剃头,竟然还问她怎么了?她自己都说了,头发是女人的生命!

霍以瑾强烈要求在电影里重现她和楚清让之间英雄救美的往事,这在阿罗看来自然是霍以瑾宁可自毁形象也要把楚清让过去的好人好事表现出来的高尚行为。但在离姗看来就只剩下深深的恶意了,毕竟要光头的那个人是她!哪怕不是真剃了,只是贴假头套,她也受不了。有几个人光着头的时候能好看得起来?这不是故意毁我形象嘛!

对,霍以瑾肯定是故意的,因为我在会议上顶撞了她!

离姗越想越气,越想越气……然后,她就在冲动之下先发了个好似受尽委屈的照片在微博上,一句配图的话都没有,却已经足够在粉丝的想象下引起轩然大波。

这还不算完,在看到粉丝一边倒地要帮她出气的评论之后,离姗时隔不到两个小时,又在完全没和经纪人商量的情况下发上了第二条微博——一个她哭诉的视频,也就是霍以瑾现在看到的这条。

视频里的离姗几次哭到失声,中心思想不过一个意思:再也没办法和《无与伦比的伊莎贝拉》剧组一起愉快地玩耍了。

离姗是个很典型的小女人,对"男人征服世界,女主角征服男人"的论调深信不疑,野心有,小聪明有,与欲望相匹配的智商没有。

在离姗看来,她所在的 MS 公司是国内三大娱乐公司之一,虽然在企业规模上和世代经营的霍氏国际不能比,但也不需要靠霍家吃饭,甚至 MS 与和霍氏国际多有合作的白齐娱乐可是死对头。天塌下来还有公司和她的干爹们顶着,她得罪个霍氏什么的真是毫无压力。

如果霍以瑾和谢副总知道离姗是怎么想的，他们一定会被这姑娘蠢哭的。MS确实不需要靠霍家吃饭，但那却不代表着MS会为了一个小小的女演员而开罪整个霍家啊。

简单来说就是离姗小瞧了霍家作为一个老牌世家的底蕴，又高看了她作为一个还没来得及在娱乐圈站稳脚跟的年轻女演员的存在价值。

但不论离姗的智商如何吧，我们都必须客观地说一句，这位装纯的手段还是很高的，很是圈养了一批同她一样智商的粉丝。

视频一出，粉丝彻底炸了营。

他们的论调是这样的：我们家清纯可爱的姗姗肯定是没有错的，前段日子还高高兴兴发微博说接了翁导的新戏，和影帝男神合作什么的，今天姗姗就突然说不干了，还说什么错都在我，一看就有问题！肯定是剧组的错！逼着我们家姗姗这么说，她得受了多大的委屈啊！

"绝不能让姗姗女神受欺负！"秉承着这样质朴的想法，很快，离姗的粉丝就攻讦到了《无与伦比的伊莎贝拉》剧组下面，官网、微博、公司全没放过。他们要求剧组相关人员必须给他们的女神道歉，不管是什么事儿吧，反正是要道歉的，还要把他们的女神恭恭敬敬地请回去，要不这事儿没完！

媒体也是闻风而动，犹如嗅到了腐肉的秃鹫，还没闹清楚始末，各种仅凭猜测的新闻就已经铺天盖地被炒了起来，俨然成为了又一个全国人民最关心的"民生大事"。

等离姗的经纪人知道这事时已成定局，哪怕他心里再气，也只能先顺水推舟，维持住离姗的受害者形象。想着等事情平息了再秋后算账，艺人擅作主张，这绝对不会是让经纪人高兴的事情。

但这件事注定没办法平息了，呃，不对，还是会平息的，但却不会是以离姗和她的经纪人希望的那种结果平息。

拜离姗和她的经纪人所赐，没怎么上过网（哪怕上网也就是接收个邮件，看个新闻之类的）的霍以瑾，因此事第一次正式接触社交网络之后，最先明白的是网络暴力。

虽然离姗在视频里没说霍以瑾的名字，却暗示得就差把霍以瑾的名字写到她脸上了，善用搜索的"机智"粉丝们很快就百度出了霍以瑾的身世。

好了，破案了，都不用再仔细研究一下霍以瑾的为人性格，只她的身世就可以给她定罪了，富二代能有几个好人？！

众人嘴上肯定不会这么直白,但在看到霍以瑾那逆天的背景之后,第一时间心里肯定都会这么想。

离姗几句闪烁其词的话,就这样被想象力丰富的粉丝、网民以及媒体一同地想成了又一场"我爸是李刚"的闹剧,什么导演编剧竟相巴结投资商,楚清让被女总裁潜规则的三百万字臆想张口就来。离姗则成为被邪恶势力压迫却不畏强权的小可怜,白莲花形象塑造得特别成功。

哪怕霍以瑾没有微博,也没有任何的社交账号,却也还是和"@楚清让"一起,以一种神奇的姿势登上了微博。

"正义"的键盘侠们就好像和霍以瑾有杀父之仇、夺妻之恨一般,高举着"路见不平"的大旗,对霍以瑾人人得而骂之。他们尖酸刻薄的模样仿佛骂都不解恨,还要再吐上几口唾沫,踩上几脚,让霍以瑾永世不得超生才能甘心。

"这些人都不带脑子上网的吗?我针对离姗干吗?她是比我有钱啊,还是比我能挣钱?"霍以瑾真的有点生气了,任谁被揣测得这么不堪入目都不会开心的,她根本就还没来得及潜规则楚清让好吗?

"有些人脑残起来不要说是带脑子上网了,他们干什么都不会带脑子的。"谢副总如是安慰。

辱骂愈演愈烈,事态终于失控了,连翁导也被骂了个狗血淋头。

于是乎,还没等霍以瑾出手,翁导、楚清让的粉丝已经轰轰烈烈地反掐了回去。翁导亲自带头发了第一个炮轰离姗的微博。

看到这条微博的所有人惊呆了。

翁导这个人吧,比较有特色。别人要是骂他的作品,他一般都会一笑了之,毕竟别人有喜欢他的权利,也有不喜欢他的权利。但要是骂了他的女神伊莎贝拉,还连累了他现在最珍视的这部纪录电影……那就对不起了,翁导年轻的时候可从来没什么好风度。

作为世界级的名导,翁导不说为国家捧回了多少国际上的荣誉大奖,只说他拍的几部很受上面重视的爱国电影,国家的官方媒体就不可能不给他面子。而由于翁导在电影界的特殊地位,他的粉丝跨度可以说是覆盖了各个阶层和年龄段,他这一开口,哪怕不怎么会上微博的父母、祖父母辈都知道了,竟相在他们主要活动的朋友圈疯狂转载,力挺翁导。

而楚清让虽然是Ａ国捧出来的影帝,但他在Ｃ国的粉丝也不少。一是看脸,二是Ｃ国人一般都很爱看Ａ国的影视作品。楚清让这么一个出过国，还被外国人赞不绝口的影帝，让 C 国粉丝觉得亲切的同时又会觉得分外长脸，他在粉丝心中的地位那绝对是国宝级的白月光，轻易不允许人动的。

离姗的粉丝听风就是雨地掐了这么两个人，结果可想而知。

霍以瑾看着基本已经从风口浪尖退居二线的自己的名字默默问谢副总："我还用做什么吗？"

离姗的粉丝已经疲倦不堪，又遍体鳞伤。说实话，在翁导、楚清让站出来，又紧接着有不少剧组的大牌明星出来站队之后，还能有粉丝力挺离姗，已经够让人匪夷所思了。

对付疲惫之师，霍以瑾真心觉得挺没意思的。

但名声受损了还是要挽救一下的。现在网络的地位越来越受重视，哪怕霍以瑾不怎么上网，也是知道这里面的利害关系的。

霍以瑾的性格一直都是直来直去，不怎么喜欢玩阴谋诡计。她祖母告诉过她，一力降十会，她已经站到了这样的位置上，要是还需要去玩弄什么小道就实在是太可笑了。所以霍以瑾对付人一向是大开大合的阳谋，让人很清楚地知道"我就是对付你了，我有理有据、有图有真相，站得住脚，不服你咬我啊！"

在对待离姗这件事情上，霍以瑾也是这么一个简单粗暴的指导思想，她根本不需要怎么准备，就可以大刀阔斧地按照一般攻略开始了。

首先……

"我要注册个微博。"

"你是活在上个世纪的老古董吗？"谢副总一边感慨着，一边给霍以瑾建了个微博账号。

谢燮同学是个长袖善舞而又八面玲珑的人，充分弥补了霍以瑾在人际应酬方面的情商缺陷。谢副总的朋友圈里什么总裁啊老板啊之类身份的人特别多，其中就有在酒桌上认识的微博运行商背后的传媒集团的董事长。

一个电话过去，在被对方吐槽了一句就没见过这么大材小用的之后，从开账号到加 V 到推荐关注，一条龙服务到家。霍以瑾就这样成为一个暂时只有几个粉丝的微博橙色大 V。

说实话，董事长先生对霍以瑾这事也挺好奇的，离姗被弄死是肯定的，他只是不知道这位霍以瑾口中的宝贝妹妹、谢副总口中的我家总裁到底准备怎么先自证清白。

霍以瑾表示，自证什么？法律上一向主张的是谁告发谁举证，断不可能存在没什么证据的把人告了结果还需要让对方先证明自己清白的道理。

作为被告方，霍以瑾开微博根本就不是为了解释什么。

总裁大人至今还没适应发微博的页面，她总共就发了两条微博，准确地说是——她口述，谢副总代发了两条微博：

1. 我是NOBLE服饰的行政总裁霍以瑾，我开微博了。

2. 起诉书。

起诉书的贴图里一清二楚地写着霍以瑾把离姗给告了。对，没错，告了。理由就是最常见的名誉损害，证据遍布网络，谢副总在第一时间就已经准备好了相关材料。

没有丝毫的拖泥带水。

这两条微博的转发量自然是相当高的，当天就上了微博热门话题和热门搜索。其中出力的人有很多，成分……很复杂。

最先转发的肯定是替霍以瑾处理微博的谢副总自己的微博和NOBLE服饰的官博，之后他就联系了管理霍以瑱微博的助理，霍以瑱的微博在霍以瑱本人大概都不太清楚的情况下，和霍氏国际的官博一起跟着转了一圈。（霍家大哥一直都是空中飞人，前几天又去出差了，霍以瑾这才得以重新回到自己的公司。）

谢副总的董事长朋友不好表明立场，却很给面子地让微博旗下一个官方性质的娱乐账号在第一时间转发了霍以瑾的起诉书。

而就在霍以瑾的微博发出去没多久，楚清让更是第一时间站出来进行了转发，速度之快就好像他们之前已经商量好了。

但当事的几个人都很清楚，他们这回真没有。

"这就是冥冥之中注定的缘分啊！少年！"阿罗调侃了楚清让一句。

楚清让依旧是那么一脸在外人面前轻易不会露出来的"愚蠢的凡人啊"的嘲讽脸："所有的巧合都是人为制造。只要稍微动一下脑子就能知道，霍以瑾和我一起被挂墙头，NOBLE服饰的官博不可能对总裁的名誉坐视不理，哪怕官博不好动手，还有霍以瑱和谢燮的微博，我对他们三个都设置了特别关注。"

阿罗耸肩，提出了一个大概是他这辈子最有智慧的疑问："你为什么要特别关注这三个微博？"

废话，当然是因为霍以瑾之前没有微博。

这话楚清让没说，因为当他想到这一句的时候，他自己反而先愣住了。他没事干关注霍以瑾干什么？虽然是他俩一起被挂墙头，但他只要把自己摘出去不就可以了？管霍以瑾的死活干吗？这可不符合他一贯的为人处世风格。

那一天，总是容易想太多的楚清让陷入了深深的沉思。

管挖不管埋的神助攻阿罗同学其实就随口一问，问完他连答案都没等就继续投身到了更有意义的事业里，打电话拜托他手上别的艺人来帮忙站队。

阿罗的整个职业生涯里其实就没带过几个艺人，但他却拥有了金牌经纪人的头衔。为什么？因为他深谙贵精不贵多的精髓，手下艺人的质量逆天，三个世界级影帝，一个手握十张钻石唱片的天王，不敢说后无来者吧，却肯定是前无古人了。

三个影帝中的祁谦虽然已经淡出了娱乐圈，不过一旦出现，基本也就代表了某件事情的最终舆论导向。

祁谦的粉丝团那才是真正的战斗机，不以脑残著称，而是以高素质的战斗力闻名。他们陪着祁谦一起长大，经历过祁谦成名后的大小风波。在唇枪舌剑的洗礼中，沐浴着一次次的血雨腥风，又各自都有了丰富的人生阅历，在网上掐架的能力绝对是满点的，对祁谦的忠诚度也因为这份长情而历久弥新。

阿罗把事情简单一说，祁谦在确定了真伪之后就毫不犹豫地带着他的粉丝旗帜鲜明地站在了霍以瑾一边。

因为祁谦以前也是个富二代，虽然他现在已经是个风度翩翩的长腿叔叔了，但他还是十分能理解霍以瑾这种只因为他们父母有钱有本事就被人否定了自己本身价值的感受。

祁谦在自己转完微博之后还不解恨，直接用他爹的账号也转了一条，然后是他家所有的亲戚。

祁谦的爹，刚巧也是个影帝，以演员的身份生生杀入某年世界富豪排行榜的人，其影响力积累到今天可想而知。而祁谦的亲戚们其实也没什么，不过是包括了一个获得过承泽亲王奖的知名作家，一个同在阿罗手下当艺人的天王，以及一个阿罗真正意义上的老板——白齐娱乐的拥有者。

"那一天人类终于回想起来了，被星二代支配的恐惧，被'我姨妈是白齐娱乐老总'这句话禁锢住的屈辱,家里亲戚多就是好。"目前正在国外小岛上度假的祁影帝有个鲜有人知道的毛病,他喜欢给自己的生活配旁白,正如那句话说的,人生如戏,全靠演技。

阿罗:为什么我带的艺人都是神经病?!

本来霍以瑾还因为楚清让的粉丝量吓了一跳,想着也许楚清让并不是什么十八线的小明星,结果等她再一看随后站出来的祁谦及其一票亲戚的粉丝后,霍以瑾就自以为是地悟了——不是楚清让腕大,而是娱乐圈就是这么魔性,哪怕是个小明星的粉丝量也能很吓人。

只能说,在误把祁谦这种地位超然的庞然大物当作普通大腕之后,霍以瑾眼中的娱乐圈就基本没什么大腕了。

嗯,也许还是应该重新定位一下的,霍以瑾想道,楚清让看上去比离姗要红一点。又或者是离姗太透明?这粉丝数够祁谦一个零头吗?还真是螳臂当车,不自量力。

在霍以瑾的微博粉丝也以一个疯狂的速度开始增长的时候,离姗那面也迅速做出了回应,你霍以瑾不是说没证据在损害你的名誉吗?那好,我给你证据!

离姗"写"了一封"情真意切"的信,把前因后果添油加醋地说了一下,当然,在信里邪恶的一方必须是霍以瑾,被欺负的小可怜只能是离姗。霍以瑾被形容得面目可憎,耽误剧组开工、胡乱指挥都已经不算什么了,离姗表示,因为角色演绎方式产生分歧,霍以瑾就报复她让她剃头。所以是霍以瑾违约在先,离姗被百般侮辱实在忍无可忍才愤而离组,她根本没有诋毁她的形象,只是说了实话。

坐在办公室里,霍以瑾无奈地摇了摇头:"竟然真的上当了,这也太好骗了吧,真没意思。"

对手太弱,有时候也很寂寞啊。

谢副总理都没理这种连烦恼都很奢侈的别家孩子,只是很平静地把他们早就准备好的第三条微博发到了网上。

还是毫无新意的起诉书,起诉离姗违约。顺便还附上了一页大部分被打了马赛克只有个别词句用红线标出来的合同页图片,上面阐明了投资方、剧组以及演员三方的责任和义务,其中有一条就是演员需要为了电影改变形象。

很多演员都是有品牌代言在身的,而作为形象代言,明星都会被一定的条件约束，好比有女星接了洗发水的广告，那么她们就有可能会被厂商要求这一年都必须保持黑长直的发型。

所以一般剧组和演员签合同之前，为了以防万一，也会准备一份与形象有关的附属合同。这份合同是可签可不签的，全看前面剧组和演员是怎么协商的。

而在离姗和剧组签约的这份合同上，白纸黑字的写得很清楚——剃光头也是在被允许的范围内的。

离姗为了多要一点钱，当初签合同的时候签得十分痛快，根本就没怎么仔细看过合同，也没听律师一一诵读条例，她只一心扑在了自己的更衣室大不大、能赚多少钱、在外面拍戏时能不能住总统套房以及能免费带几个助理等物质条件上。

所以说，离姗和精明的商人谈违约那基本就是在找死。

离姗这边已经不仅是形象的问题了，泄露电影剧情，无故旷工，贻误电影拍摄进程，对外抹黑剧组形象……

霍以瑾前面佯装要告离姗名誉损害，等的就是她后面口不择言把事情和盘托出，这样才有了这些告她的真正理由。

这就是阳谋了，霍以瑾走的每一步都光明磊落，她根本没那个空和离姗费什么口舌，更没空也执笔撰稿来一篇感人肺腑的自白。是非曲直自有公断，霍以瑾相信国家的法律系统，而她相信国家的大部分人民也会相信法律的公正性。

当霍以瑾赢了之后，离姗还有什么好说的呢？

至于打官司这方面，霍家重金打造的那一整个律师部门表示，打商业官司，我们特专业。

对总裁的第四印象：出师未捷身先死，总裁大人严重缺乏追人技巧。

虽然还没开庭，但随着霍以瑾简洁明了的两封起诉书，她微博下面一边倒的谩骂终于演变成了毁誉参半。

有人骂一句"为非作歹，浪费社会资源"，就有人评论说"总裁大人好帅，虐死那个黑莲花！"；有人说"力挺霍以瑾的都是有钱即是正义"，紧接着就有妹子回复"没看见之前总裁大人根本就没互粉几个人吗？大家都是因为这件事对总裁大人路人转粉的好吗？！"

其实，霍以瑾根本不太明白什么叫互粉，也不太知道什么叫路人转粉，还有人的ID叫"总裁大人的文件夹"等奇怪网名，这些五花八门的东西让霍以瑾真是大开眼界。右上角的新粉丝提示不断增长，转发量也是只见涨没见少，少了微博不提示，但霍以瑾不知道，评论就更不用说了，一刷新，一大堆新的评论就把霍以瑾刚刚看到的淹没在了人海。

最新被霍以瑾注意的是一条微博话题"总裁大人我想给你生猴子"。

对网络用语的认知还停留在朋友圈层面的霍以瑾歪头，睁大了一双杏仁眼看着谢副总，哪怕她什么都不说，一股求名词解释的气息也已经扑面而来。生猴子？

"这是好话，这位妹子在表达一种对你的喜欢和欣赏。"谢副总面色有点不自然地解释道。生猴子都是小意思，他微博下面还有直接叫老公的豪放派呢。让人都不知道该以何种表情面对这群妹子。

霍以瑾若有所思地点点头，网络文学还真是博大精深，一个妹子愿意给另外一个女性生猴子。一旦接受了这个设定，莫名地会觉得这话很生动贴切呢。

"想都不要想！"谢副总在霍以瑾眼前打了个停止的手势。

霍以瑾一脸困惑，我想什么了？

"你要是敢用这句去和楚清让表白，我现在就可以告诉你这辈子都别想和他有什么了！"谢副总的想象力总是比较天马行空，他已经联想到某一天霍以瑾深情款款地执起楚清让的手，在烛光和小提琴伴奏的背景音乐里对他道"我想给你生猴子"。那画面太美，他不敢想了。

霍以瑾深深地看了一眼谢副总，一句话都没说。只是这次轮到她来思考，那个横在她和谢副总之间亘古不变的话题了——他们到底是怎么和对方成为朋友的？

此时思考这个问题的人还有影帝祁谦。

在祁谦单方面发动亲戚朋友转发了霍以瑾的微博表示支持，并真的扭转了时局之后，阿罗再次打来了感谢电话，他表达感谢的方式是："我最近准备给你接一部金融犯罪类的电影，你在里面演一个高智商的冷峻大反派，戏份和第一男主角是一样的，开不开心？"

"……你明白'度假'这个词的意思吗？"

"你都度了三年了！"阿罗的声音幽怨极了，"又不是真退出了娱乐圈，你才多大啊你自己说？多少也该露个脸了吧？你知道我赚钱的方式是依靠你的片酬拿提成的吗？"

"你还记得很多年前你找我爹给我搭戏撑场子时，说的也是这一套词吗？"

"……"忘记这货的人设里有个技能叫照相机式的记忆能力了，阿罗只能厚着脸皮继续道，"山不在高，有仙则名，词不在老，有用就行。呃，所以……咬钩吗亲？"

祁谦无奈长叹："咬。"

阿罗这个经纪人是绝对专业的，为了自己的艺人很豁得出去，当年他带祁谦的时候是这样，现在他带楚清让自然也是如此。祁谦想着，也该他回馈一次社会了。

不过——"仅此一部。"

"成交！"

楚清让才回国，在国内的根基犹如空中楼阁，看上去好像被捧到了天上，但下面却都是空的。有祁谦这个国内外双修的大咖来为他打开局面，自然是极好的。

霍以瑾和离姗的官司还没解决，顶替离姗演霍以瑾的新演员已经就位进组了。

新来的演员是一个在外形上更加贴近霍以瑾的在校女大学生，表演专业的科班出身，之前已经拍过不少电影，在网上有着不输给离姗的知名度。

老场务拿这事教育助理："这就是娱乐圈，没有谁是无可取代的，懂了吗？识时务才是长远之计。"

顶替了离姗的新人进组后用一个简单的动作就虏获了大部分剧组成员的好感度——她摘下了她的帽子，露出了一个锃光瓦亮的秃头。

在所有人震惊的表情里，她很大方地笑着摸了摸自己的头道："我还以为我剃光了之后挺有个性的呢，拜托，就算现实并不是这样，只是我的记忆给我的脸自动美化了一下，大家也给点面子嘛。"

所有人都不自觉地笑了起来，气氛被调动得恰到好处。

说实话，这个造型确实挺有个性的。国内娱乐圈不是没有以光头形象出现过的女性，国外更是有不少走搞怪或者叛逆类型的女明星、女模特都尝试过类似的造型，这样的特立独行肯定是褒贬不一的，而这位新人成功地用她身上洋溢的自信与青春气息把这个造型撑了起来，配上合适的衣服，带给人一种很酷的中性风。

自信的女人才是最漂亮的。

新人会这样做，倒也不是为了比下离姗，又或者是讨好霍以瑾，她只是觉得贴头贴总不会比真的光了显得更真实，既然要演，要重现当年，那就必须全力以赴，尽她所能。这样一来无论结果如何，她都能无愧于心地说一句我尽力了。

"看来新演员会让你很满意了。"阿罗环胸对霍以瑾道。

霍以瑾诧异地看向阿罗："为什么这么说？"

"难道这样的你还不满意？！"这回轮到阿罗惊叹了。

"她还没开始演，我怎么能知道满意不满意？"霍以瑾匪夷所思地看了看阿罗，身为工作狂的她欣赏的只能是一个人的工作能力，她可不会随随便便因为喜欢什么人的态度就大开绿灯。

坐在不远处假装低头看剧本的楚清让微微勾起了一点嘴角，不要问他为什么，他也不知道！霍以瑾只对他一个人特例过……停！我到底在胡思乱想什么？！

重型集装箱车停车的声音在这时突然从摄影棚外面传来，还没正式开工的剧组人员不自觉地循着声音一起向外看去，带着一些好奇。没听说今天有什么大型道具要送来的消息啊，是什么被送来了？

不一会儿，一个穿着黄褐色工作制服的男人就从门口径直朝着楚清让走来，拿着文件夹板揭开了谜底，有一份快递需要楚清让签收。

"什么快递能直接运到这里，还需要集装箱？"阿罗第一个站出来表示了质疑。

《无与伦比的伊莎贝拉》的内景是在市内最大的影视基地拍摄的，有无数经典电影从这里诞生，明星大腕时常进出，门口请的安保团队甚至有实打实参加过战争的雇用兵，这里的安全等级不比瑞士银行差多少，寻常快递根本进不来，更不用说还开那么大一个引人注目的车了。换句话说，这送礼之人不是手眼通天就是不怀好意。

"是楚先生的追求者。我们签了保密协议，不能透露客户姓名。客户希望您能亲自去外面观看，我们不能说是什么，这是个惊喜。"工作人员一本正经道，还出示了相关证件来证明自己，很显然这事儿他没少经历。

跟着一起来的影视基地的安保人员也做了保证："我们已经事先查过物品的安全性了，请放心。"

这种土豪粉丝的追求方式楚清让和阿罗在A国时不是没有遇到过，只是在相对含蓄的C国，楚清让又是才回国没多久，他们才在一开始没联想到。

最后阿罗还是决定派助理小赵先去确认一下。小赵怀着有可能会被恐怖袭击的悲壮心情去了，然后带着一脸要笑不笑的古怪模样回来了，保证了真的不是危险物品，不会造成肉体上的伤害，但精神上的污染他就不敢保证了。后面这话小赵没说，只是带着点幸灾乐祸怂恿着楚清让出去。

楚清让看了一眼根本不懂得掩饰自己情绪的小赵，最终还是秉承着要照顾粉丝情绪的想法，带着剧组一票有空闲的人出发了。

然后所有人一起看到了等在外面事先用空气泵射向天空之后自然下落的漫天花雨，洋洋洒洒，如梦似幻，走在最前面的楚清让沐浴在花海里，整个人都怔住了，其他人也都傻了。

过了好一会儿，众人才实在是忍不住地狂笑出声。

霍以瑾面无表情地看着旁边笑得快喘不过来气的阿罗："有什么不对吗？你们笑什么？"

阿罗在心中感慨了一下这位霍家二小姐还真是如传言说的那样一点幽默感都没有，嘴上则耐心地解释道："这种追求女人的方式，正常男性都受不了吧？这个神秘的土豪到底是我们家楚楚的追求者啊还是和他有仇？"

"……"神秘土豪霍以瑾默默表示，只是追人的技巧生疏了一点而已！

虽然撒花失败了，还被嘲笑了，但总裁大人丝毫没有气馁，因为这也算是她追人攻略里的一部分。

花海攻势能延伸出两个不同的版本，成功或不成功。

成功如何就不说了，反正已经失败了。她已经铺垫好了与之对应的退路——送礼的时候是匿名的，楚清让不可能知道那人是她。

不成功也能带给她一些重要信息，好比绝对不能真的完全按照小说里那么夸张的追人套路来追人；也好比她知道了楚清让不喜欢花，很不喜欢，这与送花的方式无关，就是单纯的不喜欢。

"为什么？"霍以瑾状似无意地对阿罗问道，继续套取有用信息。

"呃……"因为他的初恋白月光有哮喘闻不得花粉，这种事情我怎么好意思说得出口？阿罗在心里如是想，于是他嘴上只能说："因为他是个男人，不喜欢女人喜欢的东西。"

"你这是性别歧视。"霍以瑾皱眉。

"抱歉，口误口误，这绝对不是什么女性就该玩洋娃娃，男性该玩小手枪的性别论调，我的意思是，呃，怎么说呢，想必您也肯定不喜欢花这种华而不实的东西，对吧？我们家楚楚也是一样的呢，他更喜欢脚踏实地的、有实际用途的东西。"具体来说是必须对楚清让有用的东西。

"我很喜欢花啊。"霍以瑾提出异议。小时候她因病不能靠近，长大了那必须是要狠狠地看个够本才行的。

"……"为什么屡试不爽的搭话技巧在霍以瑾这边总是会弄巧成拙？阿罗欲哭无泪。（楚楚这个昵称可真像言情女主角，简直不能更棒！霍以瑾在心里想）

"不过我很欣赏你家，呃，楚楚这种为人处世的态度，说一大堆漂亮话，不如踏踏实实地干一件漂亮事。说起来，我一直都没找到机会说，很抱歉前段日子因为我与离姗的个人恩怨连累了你们家楚楚以及整个剧组的声誉。你说我怎么补偿他比较合适？"

什么补偿合适？把NOBLE服饰的代言给我，咱们一定能立刻成为好朋友！阿罗的眼睛在霍以瑾开口的下一刻唰的一下就亮了。

但这话吧，肯定不能真这么直接，所以阿罗只能强忍着恨不能就地和霍以瑾签合同的心，假意客套谦虚道："哪里能说是什么连累呢？剧组因为这件事在网上炒起了不小的话题，你又回击得那么漂亮，不仅没有造成恶劣影响，反而扩大了宣传，简直是因祸得福。"

"谢谢。剧组我已经以个人的名义追加了投资,提高了每个人的红包,作为我对带来这一系列麻烦的歉意。但楚清让毕竟被传和我……咳,我知道这对一个洁身自好的明星来说不是好事,哪怕风波平息,事情也很难再说清楚了,所以无论如何都请让我补偿一下。"好比你看假戏真做怎么样?我和你家楚楚结婚,潜规则什么的就变成正常恋爱了。霍以瑾的内心深处是这么期待的。

阿罗再有想象力,也肯定想不到霍以瑾是这么想的,所以他的回答是:"能和您这样的美人传绯闻,那可是我们家楚楚赚到了,您不介意才是真的。"

"真的没什么我能补偿他的吗?"霍以瑾发自真心地希望能有个接近楚清让的机会。

"其实我这里还真就有一件挺棘手的事情想拜托您的。"有再一再二,不好有再三再四,阿罗这种精明的经纪人是十分明白什么叫适可而止的。欠别人人情和被人欠人情其实都会让人为难,特别是在欠了人情的一方比你更有权势的时候,最好的办法就是尽快找个台阶让对方下来,否则这份人情不仅不会帮到你,反而很可能成为你的催命符。

"你说。"霍以瑾果断极了。这种表现的机会怎么可能错过?!棘手不怕,怕的就是不棘手显不出她的重要意义!

"现在有个很棒的机遇摆在楚楚面前——和祁谦搭戏演主角。你知道谁是祁谦吧?"阿罗真的有点拿不准霍以瑾这样的工作狂到底知道多少娱乐圈名人。

"知道的。"霍以瑾很高兴这是一个基本参与人物她都知道的话题,"前几天祁谦转过我的微博,他对富二代总是被下意识误解偏见的总结一针见血,让我印象深刻。我的好友谢燮从小就很喜欢祁谦演的电影。这么好的机会楚清让不想接吗?为什么?"

又是一个阿罗不知道该如何解释的问题。

楚清让现在的重心根本不在演戏上,而是在一件很危险的事情上,他想把他拉回正轨。真话不能说,那就只能继续委婉了:"大概是没有什么自信吧,楚楚这个人你别看他看上去胸有成竹,其实本质上很害羞呢。正好你的祖母和楚楚过去有那么一段伯乐之谊,所以我就有了这个由你出面也许比我管用的想法。"

更符合言情女主角的设定了好吗?!霍以瑾高兴坏了,她觉得她对楚清让此时此刻这种雀跃的心情大概就是网上传说中的"萌"上了。

凌晨三点,谢副总被一通电话从梦中惊醒,来电的并不是与他同一时区的霍以瑾,而是比霍以瑾恐怖一百倍的霍家大哥霍以瑱。

"你不是去国外出差了吗?"睡蒙了的谢副总没来得及问好就把心里话给说了。

"这就是你联合我国内的助理,对我瞒下我妹妹出事的原因?"霍以瑱是从他在国外的合作伙伴口中无意间听到了"令妹巾帼不让须眉"的传奇事迹,"我人在国外,你就这么有恃无恐?"

谢副总心想道:我只是怕你这个妹控添乱而已!

谢副总嘴上说的却是:"你也知道以瑾的脾气,她自己能做好的事情就不肯麻烦别人,我总不能阳奉阴违吧?"

霍以瑱没说话,这说明谢副总这个回答勉强让他接受了。虽然被瞒着让他很生气,但如果有人卖了霍以瑾,哪怕是卖给他这个亲大哥,他也一定只有更加生气的。霍以瑾身边的助理、秘书在早期换了好几个,皆是因为她们看不透霍家大哥这份既希望了解妹妹的一举一动,又不希望情报来源是妹妹身边信任之人的复杂心理。

当然了,这份常规心情也有破例的时候,好比谢副总此时此刻用来转移霍以瑱注意的消息:"要是可能你还是早点回来吧,你妹这边有点情况。"

"怎么了?病了?!"

"……某种意义上吧。""没吃药""已经放弃治疗"这些形容词基本都能安在现在的霍以瑾身上,"她要投资电影,还开始插手她以前从来没管过的代言人问题。"

"所以?"

"是为了一个男演员。"

"……所以?"霍家大哥还是不太明白。

"是当年你祖母推荐去Ａ国的那个。"

"等我回来!"

《无与伦比的伊莎贝拉》的片场此时正在上演当年对外秘而不宣的楚清让与伊莎贝拉的对话。

当然,这个对话肯定不是真实版本,而是经过艺术加工的。

对此楚清让只有一个想法,编剧这个职业还真是可怕呢,文字就是他们的武器，只要稍微改动一二，黑的都能说成白的。

镜头里，饰演伊莎贝拉晚年的老戏骨笑着对楚清让说："你很有天赋，我的孩子。"

现实中，真正的伊莎贝拉对楚清让说："你不把这份见人说人话、见鬼说鬼话的伪装天赋用在演戏上实在是可惜了。"

镜头里，伊莎贝拉"幸福"地说："演戏是一件快乐的事。"

现实中，伊莎贝拉目光凌厉地看着楚清让，咄咄逼人："我不管你是不是已经习惯了把自己的快乐建立在欺骗别人身上，我只希望你能记住，你利用我家小天使来达到接近我的目的，这让我很不爽！我的孙女知道之后会很伤心，我的脾气就会很不好。所以你最好给我把这出戏演下去！演完美！否则我会让你这辈子都别想在娱乐圈混下去，哪怕是我死后。"

伊莎贝拉这位"伯乐"前辈，在将死的病房里教会楚清让的第一件事不是人间自有真情在，而是毫不客气的一句——要么别笑，要么就学会什么叫真诚的假笑，否则会很恶心人，就好比你现在的笑容。

"你这么两面派你的宝贝孙女知道吗？"楚清让问。

"重点不是她知不知道，而是她会相信我还是相信你。"伊莎贝拉答。

生动形象，简单直观地让楚清让记到了这一天，受用一生。

在场外看楚清让和老戏骨温情脉脉互动的人，大概没谁能料到这出戏下当年涌动着的暗流，包括霍以瑾这个可以称得上是当事人的人。

在霍以瑾心中，她的祖母伊莎贝拉永远都是优雅而又善良的，说话不徐不疾，从不会和人大声，哪怕是她做了再大的错事，她也只会抱着她说："哦，我的小天使，快别哭了，你哭得我心都要碎了。"

祖母的怀抱是那么温暖，带着她挚爱的香水味，不浓烈，却沁人心脾，很难再从记忆中淡忘。

"她演得真好，我好像都能在片场再一次闻到我祖母身上的香水味了。"霍以瑾对阿罗感慨道。

"我们家楚楚也不差啊。"

"我也这么觉得。"霍以瑾点点头，笑着把她本来就打算好要投资的事情告诉了阿罗，"所以我决定投资你说的那部金融犯罪类电影，只要他演男主角。"

土豪，咱们来做一辈子的朋友吧！

电影是阿罗和楚清让的东家，他俩同时也持有该东家的一部分股票的白齐娱乐准备投资拍摄的。本着风险均摊的原则,白齐娱乐不可能单干,如今霍以瑾主动送钱,简直是天降馅饼好吗?

"你这是想要找机会宣传NOBLE服饰?我们完全可以植入这个广告!"在金钱面前,阿罗表示,他从来都不知道节操是何物。

……其实我只是很单纯地对男主角演感兴趣。这话霍以瑾说不出口的,所以她赞同了阿罗给出的理由,加大NOBLE服饰的宣传。

"你可算是找对人了。我们这部电影是金融类,精英商战风,肯定需要一些高端订制来展现主角们的土豪身份!不对,主角本身工作的就可以是服装公司,NOBLE服饰!反正是搞金融嘛,在哪里不是搞,电影的导演和编剧我都认识,改起来很方便的。他们兄弟一手缔造过的票房奇迹,让我现在就敢把话撂下,投资绝对是一本万利的事!"

霍以瑾本来求的就是不要亏太多,现在看来还有得赚,不禁还有点小惊喜呢。——想想还真是言情小说的套路啊,男女主角相遇之后,无论如何他们都会互相旺。

不过霍以瑾对待事业还是很谨慎的:"具体数额等我的团队给出评估之后咱们再谈?"

"当然,当然,现在也就是说说,以后详谈,我们这边也需要准备一下资料和企划。"

皆大欢喜。

追人的第二步,当他的幕后金主,给他各种资源。成功!

"你不是说不打算包养楚清让吗?是谁说这种行为很不尊重人又还很折腾的?"在霍家大哥没回来之前,生怕自己的小身板拼不过霍以瑾又怕不小心打草惊蛇了的谢副总,正在想尽办法地插科打诨,拖延霍以瑾的丧心病狂。

"我确实没打算包养他啊,又不是选情人,我是真的打算在三个月后和他结婚的。呃,不对,现在只剩下两个多月。"霍以瑾的语气认真极了。

"那你这又是投资,又是有意让楚清让当公司代言人是要干什么?想学习雷锋吗?这可不太像当年那个借我一块钱就想从我身上榨出五百的你啊。还是说爱情真就这么伟大?我也是不懂了。"

"愚蠢!"霍以瑾毫不客气地回了谢副总一个"你怎么连这都不懂"的嫌弃眼神。

下班之后霍以瑾就以谈工作方便为名再一次登堂入室了,然后火速被谢副总的狗嫌弃了个彻底,如今好不容易才轮到霍以瑾来嫌弃谢副总以做报复,她肯定是不会放过这个机会的。

"请先生不吝赐教。"谢副总一直都是一条能屈能伸能卖蠢的真汉子。

"这叫感情投资,懂吗?"

"不懂。投资的时候哪有被投资方自己都不知道的?"谢副总不用问都能猜到这事儿楚清让肯定不知道。这位楚影帝在A国获得影帝之后的当晚就已经对媒体放出了话,他这次回国的目的主要是为了休息,无意参加更多的工作。也就是说,霍以瑾给楚清让提供工作,楚清让会觉得她和他有仇的概率绝对大过她要追他的猜测。

"这就是感情和生意的区别啦。放长线钓大鱼,虽然小说里大部分的追人方式都不太靠谱,但也有一些小细节让我觉得或可一试,其中就有这种,总裁在之前默默地为女主角做了一些事,女主角当时不知道,甚至有可能误解了总裁的举动,但事后女主角在了解了真相后就会很感动,会后悔自己误会了总裁。这是他们之间感情升温、催化的重要一环,我现在就是在为了我们的以后埋线。"

"呵呵。"谢副总表示,我真傻,真的,竟然会觉得霍以瑾对楚清让是来真的。霍以瑾这哪里是在追人,根本就是在把楚清让当一个商业投资案在努力拿下好吗?根本不可能成功的。

霍以瑾不关心谢副总在想什么,她只趁着谢副总一个没注意,高高兴兴地抱着一点都不高兴的狗出门遛弯去了。

这狗是条很纯正的西藏袖狗,别称宫廷犬,是C国最古老的犬种之一。和霍以瑾这种中西结合疗效好的不同,谢副总从小就十分的C国化,平时穿的是唐装,听的是古风,早餐更是坚持了十几年如一日的豆浆油条,哪怕养条狗也爱在C国自己的圈子里划拉。

最后,谢副总千挑万选地划拉到了"儿子",聪明伶俐,性格独立,是公认的十分优秀的伴侣犬。唯一的缺点大概就是神经质。

用霍以瑾的话来说就是静若处子,动若疯兔。

霍以瑾刚把"儿子"偷渡出门,绳还没来得及系上,"儿子"就已经快如闪电地蹿进了电梯里,也不知道怎么就这么巧,同层的邻居刚从电梯里走出来。要不说"儿子"聪明呢,它掐的时间刚刚好,等霍以瑾追上来时它已经在慢慢合上的电梯里欢快地摇起了小尾巴。

不过,狗再聪明毕竟还是有智商上限的,"儿子"搭乘电梯而下,是因为有人在地下车库摁了电梯向上。而这个人正是准备回家的楚清让。

一打开电梯，里面蹿出一条小巧到大概能放在袖子里的狗的怪事实在是不多见……楚清让却偏偏遇上了。

地下车库的电梯口肯定不大，楚清让、阿罗以及助理小赵三个大活人足够把口给堵得严严实实，"儿子"在没有别的选择的情况下，就这样慌不择路地直扑楚清让而来，然后被楚清让给抱了个满怀……又或者说是抓了个正着。

八双眼睛搁这儿大眼瞪小眼，大家都挺尴尬。

"儿子"虽然是世界上最小的犬种，却丝毫没有坏了与它同出西藏的藏獒威名，面对陌生人那必须是凶狠斗之的，不管能不能斗过吧，反正是要斗的！

于是，等霍以瑾搭乘着隔壁电梯紧跟着下来时，看到的就是她的对象正抱着她的狗。

果然是上天注定的缘分！又是地下车库！又是电梯口！惊喜万分的霍以瑾想。

楚清让这边却只有惊没有喜了，特别是当他看到他一直以为是职场精英类的霍以瑾一边叫着"儿子"一边直奔他而来的时候，那酸爽……

"我想她叫的是你手上的狗。"助理小赵善意提醒。

阿罗直接给了自己表外甥后脑勺一下："废话！"霍以瑾不是叫狗难道是叫楚清让吗？！

"实在是太谢谢你帮我找到'儿子'了。"霍以瑾上前就想接过"儿子"。

"呃，不用谢，不过……"楚清让有点不知道该不该把手上见霍以瑾过来反而叫得比之前更凶了的狗交过去，这真的是狗见到主人之后该有的反应？

"哦，它是我朋友的狗，有点小淘气。"

"……"楚清让三人一起默默地看了看"儿子"学着猫的样子竖起了全身的毛，毫不留情地挥舞着爪子直扑霍以瑾的脸而去。有点？小淘气？你确定你用对了形容词？

"我的动物缘从小就不太好。"霍以瑾尴尬地笑了笑，却带着某种哪怕在最狼狈的时候也能自信闪耀的大方气质，中长的卷发被松松地从后面扎起，有几缕垂在肩前，给人一种虽凌乱却不杂乱的居家美。

"好巧，我也有个朋友从小动物缘也不太好。"楚清让这次是真的充满意外地看向了霍以瑾，眼神里的疑惑一晃而逝，真有这么巧吗？

"然后？"

"然后他就答应这周六和我出去约会了呀！"霍以瑾兴奋地对谢副总道，"好吧，不能说是约会，只是我邀请他去看画展，他答应了，但我相信这一定会成为我们的第一次约会的！"

霍以瑾对此信心满满。她已经计划了一个肯定能拿下首杀的完美约会流程：先看画展，再吃晚饭，然后外面会下雨，她会送楚清让回家，运气好的话她能留宿，运气不好的话她会感冒，楚清让来看我，展开接下来的剧情。

"……"谢副总听后已经不知道该从何吐槽了，所以最后他只问了一个他早就想问的问题，"你怎么就肯定老天一定会下雨？"

"因为这个世界上有一种东西叫天气预报。"霍以瑾道。

谢副总整个人都不好了。他想到了很多种可能，连霍以瑾会笃定地对他说"小说里都是这么写的"这种严重不符合逻辑的事情都已经做好了接受的心理准备，却万万没想到霍以瑾这边的故事还能有这样的展开！霍以瑾这个女人真心很可怕呢。

"哪怕最终没下雨也没关系，早晚会碰上的！"总裁大人面对天气预报策略很有信心。

谢副总的心力交瘁最终千言万语地汇成了一句话："上吧，壮士！"

那是一个很寻常的周六，霍以瑾在下午三点踏上征程。主动开车载楚清让去了位于南山半坡内的一家成名已久的画廊。

楚清让，坐在火红色跑车副驾驶位上，看了看身边负责开车的霍以瑾，总觉得哪里不太对劲儿。

但……到底是哪里呢？

哪里都不对啊！远在北城经济开发新区的谢副总发出来自心的呐喊，不管这是不是约会，你见过哪对男女出去是女生开车接男生的啊你告诉我？！

霍以瑾却觉得这再正常不过，她振振有词："小说里都是这样的，总裁开车接女主角去吃饭，然后才有理由晚上再把女主角送回去啊。而无论是从经济学还是商业学的角度来讲，这都是在切断对方的……"

"停！"谢副总一点都不想再听霍以瑾的歪理邪说了，因为她说得好有道理，他竟无言以对。

至于为什么是下午三点才出门去画廊……

楚清让对此也有疑惑，一般画廊都是朝九晚五，甚至是晚三的营业时间，他们现在去，画廊不会关门的吗？

"就是因为关门了才正好去。"这是霍以瑾的回答。

虽然楚清让很不想往什么富家女其实是飞天大盗的剧情上想，也没有谁第一次就约关系普通没见过几次面的人去画廊偷画，但除了这个选项，恕他想象力浅薄，实在是找不到别的更好的理由了。

霍以瑾表示，楚清让哪怕是十八线，大小也算是个明星。特别是他俩前段时间还传过绯闻，在这个敏感的时候，哪怕再缺乏常识，她也是知道他俩现在不适合一起堂而皇之地出现在公众场所的。直接让画廊暂停营业专供他俩去看是个办法，等画廊下班之后利用关系让他俩进去看也是个办法。

因为天气预报里说的是今天晚间全市会有局部降雨，所以霍以瑾最终选择了后者。三点出发，以市内的交通状况，下午四点到都只能是一路飙车＋幸运的结果，稍有耽误就要向五点靠拢。欣赏完名画，天色肯定黑了，出于礼节问题，肯定要一起吃顿饭的，对吧？等他们吃完晚餐，那场霍总裁期待已久的夜雨也就该如期而至了。

"简直完美！是不是！"

"……"谢副总在最初听完这整个计划之后只纳闷儿一件事，上天既然给了霍以瑾智商，为什么不给她情商？如果决定了不给她情商，为什么还非要给她这样的智商！为什么？

下午四点半，1114画廊，游客和各方艺术名家早已离场，整个后现代画廊就只剩下了霍土豪和楚清让。

"霍小姐实在是费心了，大可不必包场，我个人其实很擅长变装。"楚清让目前只知道霍以瑾担心他被认出来所以才选择了下午来的这个理由。

"没什么大费周章的，这个画廊是我的。"霍以瑾有一说一，完全不懂得把事情夸张一下好凸显自己的费尽心思。

"……"不过哪怕是霍以瑾这样有一说一，内心深处很小市民的楚清让也还是有点想说：土豪的世界我不懂，你说你一个搞奢侈品私定的，开个画廊这么小清新是要闹哪样？！

"我祖母留给我的遗产。"霍以瑾进一步解释道,"据说十一月十四日是我祖父向我祖母求婚的日子,所以才会有了这家名叫1114的画廊。"

霍以瑾确实不是个小清新,她也清新不起来,但她有个很小清新的祖母。

一提起伊莎贝拉,楚清让就有点不想接话了。他对伊莎贝拉这位老前辈的感情很复杂,她对他说话很不客气,却也实打实地帮他牵了能给他今时今日地位的事业线。

楚清让从来没对别人说过,曾有那么一刻他是很羡慕霍以瑾的。她被她的家人保护得那么好,而他却被他的家人逼着不得不远走他乡。人类面对自己羡慕的事物往往会有两个极端的表现,要么想要保护,要么想要毁灭。说实话,楚清让对于他自己处于哪种心态,真的说不好。

"我其实不太懂这些艺术啊油画的,比起一幅画被形容得多么意义深远,我反而只能记住那幅画背后的价钱,是不是太世俗了?"霍以瑾自嘲道。她并没有发现楚清让的异常,因为楚清让遵守了对伊莎贝拉的承诺——他自始至终都在霍以瑾的面前演得很完美。

"我也一样。"楚清让是真的很诧异于霍以瑾这个大小姐也会有这样的想法,语言上不自觉地就亲近了许多,"这个只限于私下里和你说,我对于一幅画是否是名画的定义永远只有它被拍卖的价钱。"

共同话题有了,话匣子也就打开了。

霍以瑾也就是看上去高冷面瘫一点,面对她愿意与之说话的人也能变身成小话痨,再加上楚清让见人说人话、见鬼说鬼话的能力,两人之间水到渠成地出现了一段交流的小高潮,就像一对久别重逢曾无话不谈的少时好友。

楚清让发现霍以瑾并没有他想象里的那种不食人间烟火,而霍以瑾则意识到楚清让与她理解意义里在风雨中摇曳的小白花是有一定区别的。

这种前后反差的认知让他们心情愉快,觉得对方和自己还是可以很亲近的。

"人们好像总会不自觉地在美术馆、图书馆等场所放低声音和放轻动作,哪怕是在已经关闭了,不会打扰到别人的情况下,我一直很好奇为什么。当然,我说的是普通人,不是学者或艺术家,他们对他们的领域心怀敬意,这很能让人理解。但是一般人呢?不是说一般人对于艺术就没有敬意,可总还是会有打破常规的蠢蠢欲动的,不是吗?"

"大部分人都是惯性使然吧。"楚清让这样回答,"一种心理暗示,就像小孩子永远不敢去挑战来自父辈的权威。"

"那大部分人会在心里悄悄好奇在画廊里大喊或者奔跑会是什么样的一种感觉吗?"霍以瑾用一双狡黠的大眼睛看着楚清让,好像在期待着什么。

楚清让的耳边却在这时响起了夏日燥热的蝉鸣,响起了他的女神对他说:"你不是生来就该被人打的,站起来啊,反击啊,去反抗这个对你来说不公平的世界啊,胆小鬼!"

那年夏天,罩在年幼的楚清让身边的那层透明玻璃罩就这样迎来了来自外面世界的敲击,曾经仿佛怎么都挣脱不了、压得他都快喘不过来气的罩子很轻易地就被打破了。画在楚清让脚下的那条线不再具有威慑,他迈过去了,也不过如此。世界彻底暴露在他眼前,有着无限的可能。

这年,清凉寂静的画廊里,有个与楚清让的女神南辕北辙的女性再次对他发来了这样的邀请,这位女性的样子渐渐与他记忆里的女神重叠在一起,又或者是在覆盖他记忆里女神的位置。

楚清让望而却步了,他笑着摇摇头:"那样会很奇怪的,我们是成年人了。"

年幼的黑胖女神与霍以瑾重新分开,女神再次出现,缺了颗门牙的笑容依旧绚烂,在记忆里比钻石还要闪耀。

幸好,你还在。

"也对啊。"现实中的霍以瑾尴尬地笑了笑,"哪怕没有人,这样跑啊、叫啊的也太有失身份了,画廊里到处都是监控摄像头,警卫室里还坐着两个一刻不停地盯着监控屏幕的值班保安。"

不,我不是这个意思!楚清让与霍以瑾四目相对,霍以瑾在努力想要用笑容化解尴尬,楚清让却回了一个如初冬旭日般的温暖笑容,强制自己在心里想:看,梦醒了。之前无话不谈的假象终究只是两人互相迁就的结果,就像灰姑娘的华美马车会在午夜十二点重新变回南瓜,他们聊得突然,结束得便也会十分突兀。

画廊在那一刻重新归于寂静。

霍以瑾打起精神再次寻找话题,楚清让却已经跟不上了,又或者不想继续和霍以瑾迈入危险边缘的热切聊天。他退回到了他的安全地带,裹上温暖微笑的外表,变成了那个翩翩风度、谦谦君子的楚清让,不会给任何人造成困扰，人畜无害，却一点都不真实。

"这次请你来看画廊，是因为有幅画无论如何都想介绍给你。"霍以瑾引着楚清让走向二楼最中心的展厅，"就是这幅《对你献上我最炽热的爱》，我小时候总会来看。"

"这幅不是……"被翁导买走的那幅曾经属于伊莎贝拉，等她去世后唯一被公开拍卖的后现代名画吗？楚清让有点拿不准这个时候该不该把这样的背景再一次科普在霍以瑾面前，毕竟事件里的当事人一个是她的祖母，另一个却不是她的祖父。

"嗯，这就是被翁导拍走的那幅画。"霍以瑾倒是完全没有避讳。

"它真美。"楚清让觉得这才是个安全的话题，只聊画，不聊背后的故事。

"价格很美？"霍以瑾笑了。

"……是的。"楚清让觉得不懂艺术还要假装懂艺术才是对艺术最大的侮辱，不懂就是不懂，大大方方地说出来不丢人。

"我也这么觉得。"霍以瑾笑得更开心了，"想听一个小秘密吗？只限于你我知道。"

"愿闻其详。"楚清让虽然在心里不断地警告自己要与霍以瑾拉开距离，他们之间不应该出现这种过于亲密的分享彼此小秘密的瞬间，但他还是不自觉地答应了下来，甚至是在心里隐隐期待着能与霍以瑾更加亲密。

大概是那天画廊的灯光太柔和，而灯光下的霍以瑾的美丽超越了楚清让心中另类的审美。他想着：黑大壮是一种美，高挑、纤细、白皙也可以是一种美。

霍以瑾打电话联系了画廊的管理人员，遥控指挥着把保护在《对你献上我最炽热的爱》前面的玻璃罩打开了。

楚清让再也顾不上心里那点情不自禁，他已经被眼前发生的事惊住了。难道真的还是让他猜对了？富家女一秒变国际大盗？我记得这幅画已经不属于霍以瑾的祖母伊莎贝拉而是被翁导以天价买下了吧？！

霍以瑾没对楚清让解释什么，只是从包里拿出她一直都会放在身上的白手绢，然后就这样径直走到了那幅油画前，取了下来。

是的，她真的把一幅天价的油画就这样取了下来，并拿着它走了过来！

人生还真是处处都是惊喜啊。楚清让已经不知道那一刻自己在想什么了。

　　霍以瑾的目的很明确，她走到楚清让身边，把画翻过来让他看到了油画的背面，木质的画板上用碳素笔写着一行已经有些模糊了的字——我爱你，从第一眼看到你时就爱上了你。

　　楚清让随着霍以瑾的动作睁大了自己的眼睛，这次他真的是惊呆了。因为这幅画当年引起轰动时他是了解过的，很清楚原作者并没有在背后写过什么东西，所以说……

　　"这是一句表白。"

　　有那么一刻，楚清让真的以为霍以瑾是在借这样的动作跟他表白，他心跳如雷，那是好久未曾有过的悸动。

　　霍以瑾却只是把画又重新放回了防弹玻璃罩里，在放的过程中对楚清让讲了那句话背后的故事。

　　《对你献上我最炽热的爱》其实就是霍以瑾的祖母伊莎贝拉年轻时的作品，那个时候伊莎贝拉还不是影后，也没有加入娱乐圈，甚至她都不叫伊莎贝拉，而是个在Ａ国国立大学美术系学习、空有一腔向往艺术的热情却被一位业内有名的专栏评论家亲口评价为"毫无天赋，早点转行才能让你不至于饿死"的穷学生。

　　在被那位毒舌的评论家这样说之后，伊莎贝拉在空无一人的画室里整整哭了一夜，第二天她擦干眼泪……

　　"转行了？"楚清让觉得他找到了伊莎贝拉当年对他那么不客气的根源所在。

　　"不，我祖母是个很倔强的人。"霍以瑾摇摇头，缓缓把一个神转折了无数次的故事讲了下去。

　　年轻的伊莎贝拉把自己关在校外廉价的公寓里三个月，倾注了她对艺术全部的热情，画出了这幅画，被无数人赞誉，包括那位曾经毒舌过她的评论家，对方登报致歉。

　　但伊莎贝拉却急流勇退，放弃了美术。她对霍以瑾说过，她一辈子的灵感都用来完成这一幅画了，再也无法超越。她依旧热爱着美术，但她也必须承认她并没有太多绘画方面的天赋，只一次，燃尽了她的全部。

　　《对你献上我最炽热的爱》的意思不是对某个人的爱，而是伊莎贝拉对艺术最后的表白。

　　伊莎贝拉把这幅画卖给了那个评论家，得到了足够去Ａ国最好的表演学院学习的钱,请了个占卜师改名换姓加入娱乐圈,成就了日后的辉煌。结果在兜兜转转十几年后,这幅画被对此事一无所知的翁导买下又重新送给了伊莎贝拉。

"你祖母当时看到这幅画时的心情一定很复杂。"楚清让道。

霍以瑾点了点头,继续了她的故事。

心情复杂的伊莎贝拉看也没看就把画转送给了当时跟她还只是朋友的霍祖父。然后……霍祖父看到了那行本来是翁导准备用来对伊莎贝拉进行表白的话。

那个时候霍祖父其实就已经爱上了伊莎贝拉,而这句话鼓励了他,让他以为他们两情相悦,一时激动就表白了。伊莎贝拉也确实对霍祖父有那么一点意思,所以这幅画和那句阴差阳错的表白成为了他们的红娘,直至结婚后他们才发现了这个乌龙。

"因为这件事,我祖母和翁导尴尬了大概有半个世纪,在我祖母快去世之前,翁导才重新联系上了她,希望她死后能把那幅画进行公开拍卖,他想最后一次为他的错误买个单。"

这也是霍家大哥在九年后的今天同意投资这部为了纪念伊莎贝拉逝世十周年而拍摄的纪录电影的原因,他们的祖母伊莎贝拉一定会很愿意在电影里圆翁导一个梦的。一个"他不是用名画表白却阴差阳错促成了自己的爱人和情敌在一起,而是他堂堂正正地追了,把自己的感情传达给对方知道了,但对方不爱他,所以拒绝了他"的梦。

电影里翁导还给"自己"设计了一场盛大而又浪漫的表白场景,伊莎贝拉十分感动,最后却还是拒绝了他。

翁导买下画之后就把它继续寄放在了1114画廊里,他需要的其实不是画,而是解开一个心结。

霍以瑾看向楚清让,对这个故事做了一个总结:"这个故事告诉了我,有什么事情就要直白地去说、去做,不要怕说了之后被拒绝,因为最起码你尝试了,哪怕失败了,也总好过日后无数次后悔地想着要是我当时做了会怎么样。你懂我的意思吗?"

"阿罗找你来劝我接下《主守自盗》那部电影,对吧?"楚清让恍然,他就说嘛,本来和他没什么交集的霍以瑾怎么会突然约他出来看画,原来如此。

《主守自盗》就是阿罗对霍以瑾提及过的那部金融犯罪类电影,白齐娱乐是主要投资方,老牌影帝祁谦已确定加盟,导演和编辑是曾经创下过一比一百回报率的票房奇迹的严正、严义兄弟,现在万事俱备,就差主演楚清让点头了。

"我请你出来是别的理由,好比对离姗事件拉你一起挂墙头的歉意,也谢谢你那天帮我及时拦住了我朋友的狗。我劝你参演电影是因为我也是这部电影的投资方,我不想亏本,对娱乐圈我了解不多,所以我希望能由被我和我祖母都寄予厚望的你来主演。"当霍以瑾认真起来的时候,她总会看起来特别具有说服力。

楚清让看着霍以瑾,经过短暂的错愕之后,他觉得在霍以瑾的人设里一定有这么一条——当她很认真地去拜托一个人某件事时,对方会百分百地很难拒绝。

好比此时此刻,他是说,继续演戏和他本来的计划并不冲突,不是吗?

顺理成章地,为了预祝他们未来合作愉快,霍以瑾和楚清让在当晚离开画廊后去了位于南山半坡一家十分出名的米其林三星餐厅共进晚餐。

霍以瑾一个电话就轻松拿到了哪怕预约都已经排到了下半年的餐厅的 VIP 包厢。

"不要告诉我你继承遗产的部分里也刚巧包括这家餐厅。"楚清让在去的路上打趣。

"哦,不,怎么可能。"霍以瑾笑了。楚清让还没来得及跟着笑,就听霍以瑾紧接着道,"这是我哥继承的那部分遗产。"

霍氏国际是一家综合性的上市集团,世代经营下来,旗下的子公司什么都有,不过中心主旨肯定是离不开最初"吃喝玩乐"的四字方针的。米其林三星这种高档餐厅自然也肯定会被囊括其中。

万恶的有钱人!哪怕楚清让自己就是个有钱人,也拦不住他面对霍以瑾升起的那种仇富感。

"米其林三星?"

"还是你大哥的餐厅?"

"……你的想象力呢?"

谢副总在霍以瑾约会的过程里连发了三条短信表示嘲讽,希望能用这种泼冷水的方式达到让霍以瑾放弃追人计划的"邪恶"目的:不是说让楚清让挑餐厅才会显得不刻意吗?我不信他和你就这么默契,选择了你本来就准备好的如果他不选就去的备胎餐厅。

霍以瑾看完短信微微翘了翘唇角，并没有回谢副总，因为她和楚清让就是这么默契。在她提出由楚清让选择餐厅后，楚清让报上了她大哥的餐厅的名字。

在霍大哥的餐厅吃饭确实没什么新意，既不像言情小说里总裁蹲在街角和女主角一起吃路边摊那么接地气，也不如女主角或总裁在家里亲自下厨那般温馨，唯一的优点大概就是安保措施比较好，很注重隐私，不怕狗仔跟踪。

"这里的味道不错，我想你一定会喜欢。"楚清让选择这里的原因其实还是觉得这里和霍以瑾的身份比较搭，"没想到竟然是你大哥的餐厅，是我班门弄斧了。"

"不，我确实很喜欢这里，也谢谢你的喜欢和光顾。"无论是从商人还是追求者的角度，霍以瑾都肯定只会赞扬自家餐厅，"我让餐厅经理给你办了张VIP，欢迎你和你的朋友以后常来照顾生意。"

"这里根本不需要照顾吧？我刚刚可是在大厅看到不少有头有脸的富商名媛，连号称父亲住院衣不解带地亲侍床前的继承人都不忘百忙中抽出空来光顾呢。"

"长乐实业的董事长公子？"霍以瑾一点就透。

"你竟然知道？"楚清让比较惊讶，他一直以为霍以瑾是那种不太爱八卦的人。

霍以瑾确实不爱八卦，哪怕是世家圈内的小绯闻她知道的也未必有外人多，只不过这次情况比较特殊："我大哥近期大概要和长乐合作一个项目，他的特助做前期调查报告时我顺便听到的。说起来，长乐的董事长一家也姓楚呢。"

"好巧。"楚清让笑得意味深长，没再说，只是在等餐的过程里很自然地转移了话题，提起了霍以瑾的宠物缘不佳。

"我有个朋友说过你这个情况适合养鱼，这样就不用怕它们不亲近你了，隔着水族箱无论如何都不可能太亲近。鱼类也可以很可爱，你听过翻车鱼蠢蠢的死法吗？因为阳光太晒，紧张过度死了；因为身边的朋友死了，打击过大死了；因为附近的小伙伴大面积接二连三打击过大死了，自己干脆也死了吧。"

楚清让的这个朋友自然指的就是他的黑大壮女神了，当年他听他女神绷着小脸一本正经地说这段时笑了好久。

那年他们的兜比脸都干净，但他们简单的快乐却是现在的十倍、百倍。

楚清让用这件事来试探霍以瑾有没有可能就是他的女神。

霍以瑾没笑，她只是很考据地回答道："不，电视上已经辟谣了，这是毫无科学依据的。翻车鱼的鱼身最长可达三米多，重将近两千公斤，是海中霸主类的存在。一条鱼要长到这种规模需要至少二十年的时间，在平均寿命只有几年的鱼群里算是很长寿的了。作为一条长寿鱼，翻车鱼的心理承受能力不可能如此脆弱。"

霍以瑾会知道得这么详细是因为她小时候确实因为宠物缘不佳想过要养鱼，并认真地去了解了相关信息，之后就这样被现实打击得一败涂地，她心心念念的翻车鱼其实根本不是人们理解里的那种蠢萌。

本来是想借着这个话题试探一下，却得到具体科学知识科普的楚清让傻了。

你哥知道你这么不会和人聊天吗？

如何一本正经地扫兴。

再也没办法和女总裁这种来自星星的生物愉快地玩耍了。

但是楚楚并没有就这样放弃！他很坚挺，也很执着！

……好吧，主要是因为就在前菜上来之后，霍以瑾又说了一句和他的女神一样的话："地球上为什么会有胡萝卜这种反社会的蔬菜存在呢？"

然后楚清让就看着霍以瑾十分熟悉的动作，勤勤恳恳、兢兢业业地把前菜里所有细碎的胡萝卜丁挑了个干净，那是一项十分浩大的工程，任务艰巨，她却始终没想过放弃，直至胡萝卜丁堆满了盘子的一角才停下。这种处女座强迫症的举动真的是和他的女神小时候一模一样啊！

但紧接着不一样的地方就出现了，霍以瑾就像是一个梦想终结者，在给了楚清让期盼的下一刻就打破了那份希望。

霍以瑾在挑完胡萝卜丁之后并没有开吃，而是拿出手机给她大哥打电话。不管对方那头是几点，也不管对方在干什么，她就像是完成一项任务又或者是孩子气地幼稚挑衅，道了一句："哥，你猜怎么着？我现在面前有一盘胡萝卜，我就不吃！"之后利索地挂了电话。

楚清让和他手里的筷子都惊呆了。

"咳。"霍以瑾看到楚清让看过来的目光，腾的一下红了脸，极力假装镇定地解释道，"你小时候肯定也遇到过这种情况吧？很受不了某种食物的味道，煎炒烹炸无论怎么烹调都咽不下去，而这种食物里所包含的维生素和营养明明都有别的食材可以替代,但你的家人却非要说着'这是为了你好'的话强迫你吃下去。"

楚清让悟了,霍以瑾这其实是对幼年痛苦记忆的一种反击。他深深地看了一眼霍以瑾,笑了,他之前都在胡思乱想什么啊,霍以瑾果然不可能是他的女神。他的女神和他一样,从小被扔在偏僻的县城里没人管,而霍以瑾却是被万般宠爱着长大的大小姐。

等霍以瑾把作为甜点的冰激凌吃了个痛快之后,楚清让更加坚定了他的想法。他的女神因为哮喘没碰过一口冰品。

他之前怎么会以为霍以瑾是他的女神呢?楚清让终于下定了决心,他不能再和霍以瑾继续亲近下去了,这种亲近严重影响了他的判断力。

晚餐过后,南山半坡并没有下雨。

科学家告诉我们,以当今掌握的科技而言,天气预报的准确度一般在百分之八十左右。很不幸的,霍以瑾第一次和楚清让约会就遇到了科技都不能掌握的另外百分之二十。

霍以瑾看着餐厅落地窗外乌云密布就是不下雨的天空惆怅极了。虽然对谢副总说即便不下雨也没关系,但事到临头……真的好难受啊,这种事情并没有按照计划来的感觉,简直百爪挠心!

对总裁的第五印象：失败乃成功之母，总裁大人特别锲而不舍。

问：比你以为会下雨却没下雨更糟糕的是什么？
答：刚回家，雨就下起来了。
霍以瑾充分感觉到了来自大宇宙的恶意。

强迫症发作的霍以瑾被刺激了，在紧接着的下周周五晚上，她再一次在谢副总家楼下主动"偶遇"了楚清让。这次的"偶遇"肯定是需要打上引号的，它不再像前两次那么纯天然。

打完招呼后，霍以瑾就相请不如偶遇地问了一句："吃了吗？"隐藏含义：一起去吃晚饭吧！

已经打定主意要和霍以瑾拉开关系的楚清让果断拒绝了："不巧，刚吃过。"

"我还没吃，陪我吧，一个人去吃火锅会显得很凄凉啊。"总裁大人充耳不闻，自说自话道，她决定了的事情还没谁能人为地打乱。

"……"所以说你为什么要一个人去吃火锅啊？

楚同学就是个口是心非的属性，无论嘴里面怎么吐槽，身体上最终还是会诚实地顺应本心。

看着面前蒸腾着白雾的铜火锅，楚清让长叹一口气，一边想着：所以说我到底是为什么要陪着她一起来吃火锅啊，一边认命地拿起公筷，开吃！这家的肥牛金针菇和麻酱真是绝配，再点一份吧！

酣畅淋漓的火锅盛宴之后，外面依旧没有下雨，不过这次霍以瑾已经有了足够的应对经验："天还不算太晚，你想去听音乐会还是看电影？"

给别人选项时，A 或 B 的模式往往会让他忽略掉他其实还可以全部拒绝。

楚清让果然没有跳出霍以瑾的语言陷阱，又或者他也同样不想这么早就结束这晚，就当是最后一次的放纵。他笑着回答："看电影吧，音乐会对我这种俗人来说太高端了。"

"古典乐也不喜欢吗？"霍以瑾虽然欣赏不来绘画，却十分喜欢古典乐。

"不是不喜欢,而是不会欣赏。"每次听了都会不自觉地想睡觉。楚清让想着,自己果然和霍以瑾是不同的,那天在画廊里的说得来不过都是灯光太美的假象。

"听了之后很放松心情的。"总裁大人各种推荐,试图提前培养夫妻之间的共同兴趣爱好,"特别适合忙碌了一天之后回家躺下来静静听。"

"……"助眠吗?

等进了电影院,楚清让就后悔了。因为霍以瑾包了场的电影叫《新基督山伯爵》,引自Ａ国的名著翻拍电影,在国际上拿奖拿到手软,男主角是楚清让。

正是这部电影成就了楚清让的影帝桂冠。

片子不是霍以瑾选的,因为她平时根本没空看一部最少需要花费一个半小时的电影。这是谢副总给选的,他希望霍以瑾借此机会能明白楚清让并不是一个需要拯救的苦情励志女主角,但霍以瑾却觉得谢副总真是好哥们儿,千挑万选才终于找到了一部有楚清让当主角的电影,而且电影还是她看过原著的,不用再费心看影评查资料什么的。

楚清让对看自己演的电影其实没什么抵触,他只是不想看《新基督山伯爵》,因为他和阿罗在电影拍完之后的一席谈话。

阿罗问:"真的不能放弃你的计划吗?复仇是一条荆棘路,从你刚结束的这部电影的主角身上你还没明白什么吗?"

"明白原著真的是一部优秀的作品?主角爱憎分明,剧情跌宕起伏,浪漫主义的惩恶扬善,坏人总会得到报应。"楚清让一脸平静地回答。

《新基督山伯爵》的故事走向和原著大致一样,惨遭小人陷害入狱十八载的男主角,在一位神甫狱友的帮助下学习各种技能,并得到了基督山岛的宝藏。后来主角成功越狱,摇身一变以基督山伯爵的身份王者归来,复仇成功。

"你明知道我说的不是这个!"

一部好的电影自然要有它自己的创新和它想要表达的灵魂思想。《新基督山伯爵》也不例外,电影并没有结束在男主角复仇完的那一刻,最后还有长达十五分钟的主角成功之后远走他乡的剧情。

"你在电影里演得那么好,无数外媒都在夸你是继祁谦之后我国最优秀的演员,因为你把角色在复仇成功之后的狂喜荒诞与内心的空虚刻画得入木三分,引人心疼。物质上你富可敌国,仇人戮尽,精神上却变得一无所有。为什么现实生活中的你就不明白呢?"这一席话阿罗近乎是喊出来的,他想让楚清让醒一醒,不要被复仇之刃伤害到。

楚清让始终很平静,他说:"因为多愁善感是有钱人的奢侈游戏,有些人光是活着就已经拼尽全力了,又怎么可能有空去想别的?我也一样,哪怕复仇完之后会痛苦、会空虚,那也是复仇后爽过了的我该去操心的问题。现在的我只关心怎么才能让那些伤害过我的人付出代价!"

拥有困苦过去的言情女主角努力笑对人生,她们坚信尽管如此,世界依旧美丽。但楚清让不是言情女主角,所以他选择了在黑化这条路上一路狂奔,死不回头。

第二天,重新戴上完美面具的楚清让就飞回了国,开始了他的荆棘之路。

当楚清让回过神时,电影已经进行到了最后的十几分钟,楚清让东方异域版的基督山伯爵因为仇人的身死而狂欢、大笑、肆意地奔向海边。男主角在海边站定,逆着光,背对着镜头。观众都在大呼痛快,但电影的拍摄现场,入戏极深的楚清让却泪流满面。

连楚清让自己都说不清楚他当时为什么要哭,只是无论他怎么演绎这一段,带入主角的他最终都会泣不成声。

不是喜极而泣,他感觉得到,那是一种说不上来的悲壮。

"这个世界上还有什么会比这更糟糕的呢?我变成了我曾经最厌恶的那种人。为了报复,不择手段。"

楚清让不自觉地点头表示同意,然后他才意识到这话来自他旁边的霍以瑾。

一片黑暗里,霍以瑾对楚清让说:"你当时演这段的时候是这么想的吗?看到这一幕的时候,我也不知道怎么回事,突然就想到了这些。这算不算一种对名著的过度理解,反正肯定是带着我个人感情的,希望大仲马先生在天有灵不要怪罪。"

楚清让死死地盯着霍以瑾:"如果是你呢?知道自己会变成自己厌恶的那种人,所以会放弃复仇吗?"

"为什么要放弃?"

"嗯……嗯?"这和说好的不一样!一般到了这种时候不是都会劝导人放弃的吗?

"那些坏人罪有应得。到最后基督山伯爵也是采用了一定法律的手段来完成他的复仇计划。我一直相信法律的公正性,哪怕它现在还是有漏洞,不完美,但我始终愿意相信它存在的意义——公正公平。所以为什么要放弃复仇呢?只要手段正确,就不会变成那些糟糕的人。"

"如果控制不住自己呢?"楚清让情不自禁地问道。

"我会拉住你。"霍以瑾笑了,哪怕深处黑暗,也仿佛闪着亮光。

一见倾心。

"嗯?"楚清让好一会儿才终于反应过来,他们的对话貌似有点不对劲儿,阿罗总不能连他的复仇都和霍以瑾说了吧?

"电影开头女主角对男主角说的台词,我的记忆力不错吧?"霍以瑾笑了。

"一字不差,真厉害。"慌乱中,楚清让觉得他那颗曾经以为已经老了,乱不起来了的心,再一次激烈地跳动着,仿佛能直接破腔而出。

太可怕了!这个世界上不应该存在这样的人,不应该存在除了他的女神以外的第二个人。

电影落幕,灯光重新亮起,楚清让猛地起身,他迫切地想要离开。他根本不能和霍以瑾同处一室,有一种奇怪的病毒会在他和她独处时四溢,麻痹他的神经,蔓延到他的全身。

但偏偏就是这么天公不作美,你越不想来什么,就越会来什么。

电影院外霍以瑾期待的那场夜雨终于倾盆而下,风雨大作,电闪雷鸣,仿佛有大能在渡劫。虽然晚了点,却刚刚好。看着因为毫无准备而狼狈万分的路人,楚清让不得不上了霍以瑾的迈巴赫,被她送回家。

命运没让楚清让得偿所愿,自然也会十分公平地让霍以瑾不那么高兴。

在霍以瑾按照计划把楚清让送回家后,她终于意识到了自己的失算——车是直接开进小区地下停车场的,停车场的电梯又直通楼上的住户,她根本不可能遇到小说里那种总裁为了送女主角回家而淋雨感冒的情节。

那么问题来了,接下来的情节要怎么展开?

呵呵。

楚清让已经掉线多时的智商重新上线,他委婉地用一个让霍以瑾难以否决的理由把她请走了。

为什么委婉?楚清让坚持认为这是他一贯的对外态度,绝不是因为对霍以瑾心软不舍得说重话。

理由大意如下：你朋友就住我楼上，我就不用"天太晚，雨太急，路还堵，容易出车祸，要不今晚别走了"这种理由留你在我这里住了。

对此霍以瑾能说什么？她只能上楼大半夜不睡觉地折腾谢副总。

"为什么你要住在他家楼上？"

困得眼睛都睁不开的谢副总终于怒了，在睡意面前，哪怕半夜有个混血美女坐在他床上，他也提不起什么旖旎想法，更不用说这美女还是已经被他归类在"汉子"这一栏的青梅竹马："当初你在我家地下车库偶遇楚清让的时候怎么没见你抱怨我为什么住他楼上？！"

"汪汪——"就是就是。狗儿子在床脚下蹦高高，以壮自家人类爹的声势。

"是你傻到非要送他回来，而不是趁势说什么'雨这么大，路不好走，我家就在附近，要不干脆去我家凑合一晚'之类的话，这也能怪我？"

静。

寂静。

死一般的寂静。

"我不管！"反正不按照计划进行就是很不爽！

时间转瞬即逝，这么一周一磨蹭都没时间筹备婚礼了好吗？！最重要的是至今都不能在朋友圈把楚清让这个外貌满分的当男友晒简直心塞！

"我想管也管不了啊！"谢燮同学都快哭了，最终急中生智道，"要不你洗个冷水澡，晚上再不盖被子睡一觉试试。"

霍以瑾上下打量了一下谢副总抱着被子的模样，一脸"真是没想到啊，连你都叛变了"的表情说："你是准备等朕洗冷水澡洗挂了好谋朝篡位吗？"

"再管你老子就是狗！"

"嗷呜"狗儿子友情配音。

结果吧，哪怕霍以瑾当晚真的冲了冷水澡，她也没能如愿感冒。

"你真的冲冷水澡了？一晚没盖被子？结果还没事？老实交代吧，你的隐藏身份到底是超人还是蜘蛛侠？"谢副总只能说，"我真敬你是条汉子！"

然后在凌晨六点半，天刚蒙蒙亮的时候，谢副总就被他敬重的汉子拽着去感悟她为什么会身体这么好——风雨无阻、雨雪不辍地晨跑锻炼。

二十五分钟之后,谢副总连气都喘不上来了。

霍以瑾不得不提早结束了她的锻炼,搀着一副快不久于人世模样的谢副总往回走:"都跟你说了,你可以坐在一边看,不用跟着我跑。"

谢副总已经说不出来话了,却不影响他在心里回答:你说这话的时候难道就没看到旁边那些来晨练的大爷大妈的眼神儿吗?一个娇滴滴的女孩子对一个好歹也有一米八的大男人说"你就坐着看吧,别跟我跑了,我怕你跟不上"……但凡要点脸面的男人就不可能真坐下!

然后,霍以瑾和谢副总就以这样一个相互搀扶着的暧昧姿势在谢副总家门口遇上了昨晚根本没怎么睡,满脑子都是霍以瑾的楚清让。

"这是你住在我家楼上的……闺密?"来给霍以瑾送早点的楚清让愣住了,女总裁的闺密为什么会是个男的?!

谢副总侧目霍以瑾:"你对别人介绍我是你闺密?"

霍以瑾努力用眼神示意谢副总,我在追人啊大哥,我要是跟别人说我最好的朋友是个男的,这是注定孤独一生的节奏啊!配合一点好不好?

不好!事关面子,绝不退步!被"闺密"了的谢副总如是回看。

"别人都说男女之间没有纯友谊,不过一个苦苦暗恋,一个装傻到底。"楚清让拖着慢吞吞的调子。

霍以瑾对谢副总目露凶光,决定回头就修理他!

"不过还是有别的可能的吧?好比一个是同性恋,又或者关系已经好到在彼此心中没有性别。"楚清让大喘气地把话说完,他也不知道他为什么会主动给霍以瑾找理由,所以他欲盖弥彰地又补了一句,"就像我和霍总一样,也是纯洁的朋友关系。"

霍以瑾的心情成功完成了由谷底到巅峰再到谷底的疯狂过山车模式。

你俩果然天生一对。谢副总咬牙,继被"闺密"了之后,他竟然又被"无性"和"同性恋"了一把。他决定更加靠近霍以瑾,以一种可以说是挂在她身上的姿势,一边喘,一边冷视楚清让,妄图用意念杀死对方。

很显然,谢副总不会成功,楚清让不仅没死,还带着早点登堂入室的意思。

谢副总一边小媳妇似的围着围裙在半开放式的厨房里熬粥,一边恶狠狠地用平板电脑放着马丁·路德·金一段铿锵有力的演讲:

"到头来,

我们记住的,

不是敌人的攻击，

而是来自朋友的沉默！"

霍以瑾屏蔽了一切杂音，幸福地抱着楚清让买来的特调咖啡坐在沙发上，眯起眼睛想着：我的追求方式也并不是完全没有效果的嘛！

楚清让正襟危坐在霍以瑾旁边，目不斜视地看着前面电视里的新闻，脑子里却怎么都控制不住地想，阳光下慵懒地眯起眼睛的霍以瑾真像一只猫啊，好想摸一摸。冷静！不能摸！摸了就是要流氓了好吗？

最终，楚同学还是没能耍成流氓，这倒不是说他有多高的道德底线，而是谢副总的爱心早餐粥熬好了。由霍以瑾去负责盛粥和摆放餐具。

"凭什么！"霍以瑾在厨房里小声地对谢副总表示抗议。

"凭粥是我做的！"谢燮难得雄起一把。

"不干！"

"凭言情小说里总裁总需要在女主角面前展现一下自己的体贴。你不会做饭，至少也该摆个餐盘曲线救国一下吧？"谢副总改变策略。

"不早说！"霍以瑾毫不犹豫地上钩了。

论言情小说桥段的正确运用方式。——谢副总

播放着娱乐新闻的电视机前，乳白色的真皮沙发上，谢副总与楚影帝狭路相逢，二人四目相对，都很礼貌地面上带笑，气氛却尴尬得犹坠冰窖。

"我去帮忙。"楚清让起身，想要摆脱这份尴尬。

"你是客人，怎么能让你动手？"谢燮却以一种不容置疑的态度拦下了楚清让，趁着霍以瑾背过去和电砂锅里的皮蛋瘦肉粥死磕的空当，谢副总压低声音对楚清让威胁道，"以瑾在追求你，但你们不可能，清楚了吗？"

那一层窗户纸，终于还是被捅破了。

楚清让一双黑得仿佛能滴出墨的瞳孔猛地收缩了一下。

看着楚清让与想象里不一样的反应，谢副总眨眨眼，这才意识到自己也许干了一回蠢事，不仅没拆散成功，反而当了霍以瑾的神助攻！

楚清让的气质陡然而变，勾起了一个他绝对不会在霍以瑾面前暴露出来的邪性笑容，反压制住谢副总，挑衅的声音缓慢却坚定："我要是把这个不可能变成了可能，你又奈我何？"

楚清让好像一直都忘记说了，他这个人最讨厌别人说他不可能做到什么了。

年少时充满了愤怒的记忆里，有人这样说：

"你根本不可能在这个家里长住下去，没人欢迎你。"

"你不可能是我的儿子，不可能！"

"反正那孩子也不可能有多大出息了，送他去国外吧，破财免灾。"

每每想及此，楚清让背后的黑雾都仿佛能直接具象化出来。

谢副总的喉结滑动，不自觉地吞咽了一下口水，很努力地才稳住了心神。他怎么能被一个没什么背景的戏子吓到？"我会告诉以瑾你有一个深爱着的初恋的。你觉得到时候以瑾会怎么对你？既然有了别人就不要来招惹我的朋友！你不配！"谢副总说。

一针见血。

被过去的记忆左右了感情的楚清让理智回笼，他掩饰性地整理了一下谢副总的领角，拍了拍然后放开，身体退到一边，假装刚刚什么都没有发生。他在谢副总耳边小声道："如你所愿。"

谢副总心满意足，不再挑衅。

早餐桌上，楚清让和霍以瑾之间本来有点暧昧的气氛，荡然无存。

霍以瑾不知道发生了什么，情商低的她甚至没感受到这种气氛的转变。她依旧在按照她的步调平稳地走着她的既定人生。在吃完饭楚清让准备告辞时，她冷不丁地扔下一颗"炸弹"："我不是海黛（基督山伯爵里的女主角），你也不是埃德蒙（男主角），想必你也没什么需要隐姓埋名的深仇大恨要报，但我依旧想当那个能拉住你的人。我喜欢你，要和我以结婚为前提交往吗？"

昨晚霍以瑾辗转反侧地反思了一下，鉴于目前只剩下不到两个月的婚礼时间，她势必要缩短追求程序，好比把表白提到他们第二次约会之后什么的，她不介意走先结婚后恋爱的路线。

于是她就这样表白了。

一点儿心理准备都没有的谢副总和楚清让一起惊呆了。

霍以瑾收获了两个木头人，她有些无奈，没有鲜花，没有香槟，也没有华丽的背景确实不够浪漫，但也算是一种新意，对吧？真不知道他们在惊讶什么。最后，霍以瑾毫不犹豫地把谢副总和楚清让一起扔出了门。

"她这是？"楚清让被整得一愣一愣的。

"害羞了？"谢副总说这话的时候连他自己都不信。

两人再次一起被惊呆了。

"她劲儿可真大。"楚清让犹如梦游般道。

"是啊,人不可貌相。你能相信吗?我们校运动会,她是长跑、举重两项校冠军,体育生心中挥之不去的梦魇。"所以说我当初到底是为什么要和这样文武双全、样样都比我强的女人当朋友来着?

"女性也可以很强的。"楚清让缓过神,一边搭乘电梯下楼,一边给谢副总科普他心目中黑大壮的女神形象。

谢副总表示,他一点都不关心好吗!他只关心一件事:"你想好拿她的告白怎么办了吗?"

"我会私底下找她谈一下的,在不伤害她面子的情况下拒绝她。"

谢副总很努力不把自己想象成强硬要拆散织女和牛郎的王母,硬着头皮道:"霍大哥最近不在家,我会尽快安排你们在她家私底下见一面,你的隐私绝对有保证,希望你能说到做到。"

楚清让打开门,站在门里,一手握着门把手,一手搭在门边对谢副总笑了,灿烂异常:"我果然很讨厌你。"

"彼此彼此。"谢副总回嘴。

楚清让的笑容更大了,打量了一下谢副总被推出来的时候匆忙错穿的霍以瑾的粉红色兔耳朵毛绒拖鞋:"你意识到了一件事吗?霍以瑾把你和我都赶了出来,我有家回,而你……"

连句再见也没有,楚清让毫不客气地当着谢副总的面摔上了门。

门内,不需要再伪装的楚清让变得极其颓废,他将自己像是扔沙袋一样扔到沙发上,默默在心里告诉自己,你的决定是对的,谢燮说的也是对的,霍以瑾值得更好的人,而他也只应该爱他的女神。

楚清让始终相信,爱情是从一而终的美好情感,不论世事如何,也不论别人如何,更不论他的女神长大之后是什么模样,甚至是生是死也无所谓,他都会坚持爱下去,因为他只剩下那段感情了。

"你这样的状态真的能拒绝得了霍以瑾?"楚清让扪心自问。

"当然,我好歹也是个演员啊。"他自问自答道。

楚清让这么说的时候绝对想不到,霍以瑾自认好歹也是个霸道总裁啊。

谢副总说会尽快安排楚清让去拒绝霍以瑾,但楚清让怎么都没想到会这么快,就在他还没有整理好情绪的当天下午,谢副总下楼敲响了他家的门,一脸兴奋地对他说:"你可以去拒绝她了!"

"你和霍以瑾多大仇？"楚清让不禁要问。

而随着谢燮的进一步解释，楚清让明白了，这俩没准儿仇真挺深的。

霍以瑾"病了"，谢副总站在好友的角度本应该是来转达这个消息好让楚清让去探望。但谢副总说的却是："她在装病，你放心，拒绝她的时候千万不要犹豫，也不要有什么心理压力。我会在事后负责安慰她的。当然，我同样可以向你保证，你拒绝她之后不会遭到什么打击报复，我们家以瑾是个很有原则的人，谈感情伤钱，她不会意气用事的。"

谢副总卖队友的能力简直突破天际。

"意思就是坏人我来做，好人你来呗？"还真是小看了谢燮这个人，楚清让想到，他简单的几句话不仅卖了霍以瑾还卖了他，兵不血刃就轻松达成了"双杀"成就。

"勉强算吧，但做人不要这么消极嘛。"谢副总积极地想要挖掘出楚清让人性中真善美的一面。

"她为什么要装病？"楚清让没理谢副总，只问了他比较关心的问题。他真的有点不明白霍以瑾为什么要装病，总不可能是霍以瑾已经预知到了他要拒绝她的未来，所以决定提前装病好让他开不了口吧？

因为霍以瑾想按照传统总裁小说的套路攻略你，结果昨晚她按照计划送你回家却没能如愿生病，半夜洗冷水澡也没生病，中午重新翻总裁小说的时候才意识到她可以装病……这种神经病一样的理由你让我怎么好意思开口？谢副总如是想，挣扎半晌，他决定还是给霍以瑾留点面子："你不需要知道她为什么装病。你只需要去拒绝她，然后不理她直接走人就可以了。管这么多你是有钱拿还是能拯救世界？"

说完，谢副总没等楚清让回答就直接走人了。

有钱人也许各有各的性格，但绝对有相同的讨人厌气质！楚清让如是想。呃，霍以瑾除外。她身上有种说不上来的会让人觉得很可爱、想会心一笑的地方。

哪怕霍以瑾板着脸一本正经的时候也跟喵星人似的，让人无论如何都讨厌不起来。就好像她天赋异禀，在灵魂深处喷了一种名为"楚清让百分百毫无招架之力"的香水。

一遇到她，以前他觉得别人身上名为"蠢"的行为在她身上就只剩下了"萌"，"傻得可以"变成了"仗义执言"，连他内心深处本质的仇富心理都能生生转成"要是没有那么多钱衬着，她这个性格要遭多少罪啊，幸好她有钱"。

楚清让就这样想着霍以瑾怔怔出神,直至金乌西沉,退无可退的时候,他才打起精神准备前往霍家。

临出门前,在门口的镜子里,楚清让看到了自己的嘴角弧度是已经多少年都少有的真正上扬。那么陌生,又如此熟悉。他停下重新整理了下表情,等终于找到让自己满意的假笑之后才终止,然后抬手打板:"Action!"

《拒绝霍以瑾的告白》,第一场第一幕,也是最终场最终幕,没有机位镜头。

为了很好地生成一种"无论如何都会拒绝霍以瑾"的冷酷情绪,楚清让的车在开进南山半坡这个世家扎堆的富人区后,还特意到楚家绕了一圈,看着那栋在记忆里十分深刻但其实他几乎没住过几天的白色庄园,楚清让眼里的杀气挡都挡不住。

楚清让不得不在从楚家开去霍家的路上不断默念那句心理医生建议他去看的尼采名言:杀不死我的恶意只会让我变得更强大。

于是,当霍家的老管家打开门时,欢迎的就是一个内敛压抑到极致,也危险暴戾到极致的楚清让。

楚清让笑着递上拜访的礼物,然后就被老管家引到了霍以瑾正在"生病休养"的后院暖房。那是一幢外墙全部由透明玻璃构建的玻璃花房,摆满了霍以瑾祖父母生前一直在侍弄的名贵花草。一开门,让人心旷神怡的花香就会扑面而来。

霍以瑾正盖着薄毯躺在摇椅上,听着荡漾在花房每个角落里的《金婚式》。那是霍以瑾在她祖父母五十年的结婚纪念日上弹奏的录音,用欢快诙谐的曲调祝福她祖父母多年婚姻的始终不渝。她这次特意翻出来选择在这个时候听,就是希望她和楚清让的未来也能如她祖父母一般。

但等管家走后,霍以瑾等到的却是楚清让直白的拒绝:

"抱歉,我不能和你在一起。

"你很好,可是我已经有喜欢的人了,我很爱她,虽然我们现在不能在一起,但我会等她的。

"我不想耽误你,也不想伤害你。我能做的只是当面和你把这件事情说清楚,祝你找到比我更值得你爱的人。"

作为一个国际上的知名影帝,楚清让拒绝了无数次的告白,却没有哪一次会比这次更让他手足无措,明明来之前已经想好了比这更好、更委婉的话，但在看到霍以瑾的那一刻他大脑就一片空白了。硬着头皮上的结果就是这么一个表白拒绝语了。

"好人卡""朋友卡""你能找到比我更好的人"什么的，已经烂大街到连小孩子都耳熟能详的地步，听起来就一点都不走心，敷衍至极。

说完的下一刻，楚清让下意识地闭上了眼，他已经做好为这个糟糕拒绝买单的心理准备。

"好的。"霍以瑾点点头，一副买卖不成仁义在的商人样，全然不见一丝负面情绪，很有风度道，"我很高兴你能跟我直说，我这个人一向不喜欢拐弯抹角，喜欢就是喜欢，不喜欢就是不喜欢。很抱歉之前给你造成困扰了，既然没有缘分，希望你能不介意多我这个朋友。"

"当然，只要你不介意就好。"楚清让很意外，却也对答如流，"真的很抱歉，在你生病的时候跟你说这个。"

"我也不介意。不过是你情我愿的事情，大家都是成年人了。"霍以瑾的语气很是真诚，"要留下吃晚饭吗？我哥哥新请了一个Ａ国厨师。"

"我的荣幸。"

苦等霍以瑾被拒绝后来求安慰却始终没等到的谢副总，在最后实在是坐不住了就干脆亲自来了霍家看人，结果他看到的却是霍以瑾和楚清让这样宾主尽欢、一起吃晚饭的愉快场面。

霍以瑾态度十分自然地问谢副总："吃了吗？"

谢副总咔咔地摇摇头，活像是一个机器人："还没。"

"那一起吧，让管家给你添副碗筷。"

谢副总僵硬地入席，利用餐桌上花瓶的视线死角挡住自己，用眼神示意楚清让："还没拒绝？"

"拒了。"

"那这怎么回事？"谢副总看了看那边没事儿人一样的霍以瑾。任谁在病了，哪怕是假装生病，还被追求的人拒绝之后都应该会很伤心的吧？以霍以瑾的性格，她不会一蹶不振，但以她的骄傲也不可能再去搭理楚清让，最起码不会这么笑语晏晏地留人吃晚饭！

"我怎么知道！"楚清让也很郁闷。

虽然能和霍以瑾以这样一种"没有伤害到谁，继续当朋友"的关系结束是他所希望的，但当霍以瑾对这件事真表现得这么看得开的时候，他反而有点不那么舒服了，说不清道不明的失落。

这大概就是人类的劣根性了。楚清让这么告诉自己。

吃完饭之后楚清让就告辞了，这次霍以瑾也没再说要送他的话，就好像她真的已经重新退回了朋友的那条线之内。

楚清让很不是滋味，明明来的时候做好的心理准备是对即将伤害霍以瑾的歉意，怎么到最后感觉被伤害到的反而是自己呢？这一点都不科学！

霍家隔壁的豪宅里，长乐实业的太子爷楚天赐站在乳白色的露天阳台上，笑着目送楚清让的车从霍家离开。他歪头问身边的特助："楚清让最近和霍家有联系？"

"有娱乐杂志报道说楚清让在和霍氏的二小姐交往。"

楚天赐哦了一声，点点头，神色淡淡，也不知道到底是关心，还是不关心，只是很快就转身投入到了一楼大厅的狂欢里。

霍宅内，谢副总还在装傻充愣："怎么样？装病这招成功了吗？"

"他十分感动但还是拒绝了。"

"你没事吧？"谢副总火速把自己调到了"知心姐姐"模式，他就是为了这个来的！

"你在说什么啊？"霍以瑾愣住了。

"嗯？"谢副总也愣了，他对霍以瑾张开的双臂就这样被搁在了半空中，"你被拒绝了啊，你就一点都不难过的吗？没事啊，不要压抑你的本性，哭出来吧，咱俩谁跟谁，我不会笑话你的。哭完了，擦干眼泪，咱们明儿再找个更好的。"

"我不难过，为什么我有一种你巴不得我难过的感觉？"霍以瑾眯眼看向谢副总，"说！你是不是有什么瞒着我！"

"天地良心！霍以瑾你这个人怎么这么不识好人心呢？"谢副总立刻用强势的反击作为自己心虚的掩饰。

"不是就不是呗，吵吵什么。"霍以瑾其实就是诈呼一下谢副总，见诈不出来什么也就退让了，"算我考虑得不妥当行了吧？我忘记了你的智商不太够，不一定能跟得上我的思路。来，我慢慢分析给你听啊。"

——这就是你的退让了？！

谢副总愤愤地用眼神问管家，我能抽她吗？

两鬓斑白的老管家笑得一脸骄傲：您抽不过我家小姐的。

谢副总表示，这个连管家都这么会嘲讽的世界简直生无可恋。

霍以瑾是这么给谢副总分析的："他在我表白之后果断而干脆地拒绝了我，所以他一定是我的真命天女，不对，天男。"

谢副总真心挺好奇霍以瑾的脑回路的，是什么让她在告白被拒之后还坚持认为楚清让是她的本命？

"不是，你听我把话说完。"总裁大人表示，最讨厌别人在我没说完话的时候打断我了好吗，"我就问你一个问题，你说有哪本总裁小说里女主角是一下子就喜欢男主角的？"

"这是个陷阱！我根本就没怎么看过言情小说！"谢副总到现在都还记得霍以瑾冤枉他喜欢看三流总裁小说的事，也不知道霍以瑾是怎么和她的秘书说的，以前总爱在他面前争奇斗艳的总裁办的秘书小姐们现在都拿他当时尚顾问了！

大部分女性会觉得同性恋具有很好的服饰搭配眼光和时尚感。

"……就算你不爱看好了，那就你有限的看书经验，有女主角一下子就爱上总裁的吗？"

"什么叫就算我不爱看？我确实不爱看！"谢副总决定要在这件事上和霍以瑾死磕到底。

"回答问题！"霍总怒了。

"没在小说里看到过。"谢副总立刻萎了，回答完之后他就缩在了墙角开始哭，为什么我就这样屈服了，为什么！

"是吧？女主角虽然在最后肯定会选择总裁，但在一开始她总会先爱上一个温柔善良的男二，什么青梅竹马、阳光学长、公司前辈的。在文章初期，女主角肯定会对男二坚定不移，甚至为了他毫不犹豫地拒绝了多金深情的总裁。小说往往想用这种形式来突显出女主角不媚俗的正直形象，也顺便能让女主角不喜欢'人人都肯定会喜欢'的总裁桥段合理化，好方便制造剧情冲突。这……"

"这不正是你和楚清让嘛，对吧？"谢副总没等霍以瑾的话说完就接着说了下去，"你觉得这样直接对你讲出他有一个初恋真爱然后拒绝了你的楚清让很勇敢、很高尚？"

"是啊。"

是你个鬼噢！莫名其妙真当了一回神助攻的谢副总这回真哭了。霍大哥回来的时候一定会宰了我的吧？提前自杀还来得及吗？

最后谢副总还是没有放弃治疗，他决定稍微抢救一下："在他毫不犹豫地拒绝了你，说他已经有了喜欢的人时，你就真的一点都不伤心、不难过、不嫉妒？哪怕你只是为了找个结婚对象，并没有真的爱上他，人类正常的占有欲都不可能让你像刚刚那么淡定。你要是敢说什么因为总裁文的最后女主角总是会和总裁在一起，我一定咬死你！说总裁不会接受让他不满意的答案也不行！"

霍以瑾回了谢副总一个"就说你智商低吧你还不承认"的鄙视眼神，不紧不慢道："谁说我没有这些负面情绪的？"

"没谁说，我两只眼睛看到的，就刚刚吃饭的时候，你笑得不要太开心噢。"

"为了刺激他啊。"霍以瑾耸肩，用一副这不是一件很正常的事情吗的语气说着完全不正常的话，"我看了那么多总裁文，对女主角的性格也算是小有总结，无论那些女主角的人设是怎么样的，她们都会有一个不可避免的共同点——嘴上说着不要，身体却很诚实。"

"我们是不是不自觉地进入了什么少儿不宜的话题？"

"你想太多了！"霍以瑾对谢副总的嫌弃达到了巅峰，"我是说女主角嘴上说着不喜欢总裁，不想让总裁对她纠缠不休，但要是总裁真放弃了肯定没几个能心平气和地接受的，读者就更不用说了，'换男主角'这种话绝对会大面积地刷屏。"

"所以你反其道行之，假装大度，不仅能让楚清让难受，也能让他感受到他其实并没有真的那么想拒绝你？这样一来还扯平了你被他拒绝时的受伤感……"

"对！"斩钉截铁。其实她本来也不准备这么狠的，但谁让时间不等人呢？她必须加快脚步。面对谢副总死一般的沉默，本来挺自信的霍以瑾又有了那么一点不自信："呃，我是不是哪里想得不太全面？"

"不，你就这样挺好，真的。"谢副总这句话绝对发自真心。

老管家后退半步，默默地在心里给也算是他从小看到大的谢少爷点了根蜡。

霍以瑾狞笑着磨刀霍霍向谢燮，一阵惨不忍睹的鸡飞狗跳之后，被扇得脸都肿了的谢副总索性一不做二不休，在口齿不清的情况下，把楚清让并不是十八线的小艺人，而是楚影帝的事情说给了霍以瑾听。

霍以瑾短暂的错愕之后，右手握拳轻敲在左手掌面上，做恍然大悟状："怪不得我追不上呢，原来从一开始我就攻错了方向。"

谢副总表示，这理解能力，一个字，服！有理有据，使人信服的简称！

行动力一流的霍以瑾遂决定邀请楚清让去她的公司参观学习。

楚清让已经完成了《无与伦比的伊莎贝拉》的拍摄，正在投身准备着即将由他领衔主演的新电影《主守自盗》。剧本里代表着正义一方、银幕形象比较讨喜的公司，已经确定为了霍以瑾的 NOBLE 服饰公司。

所以霍以瑾觉得让并没有经营过公司的楚清让来实地考察一下，他肯定不会拒绝，顺便还能再刷一刷好感。

楚清让本来是拒绝的，但被霍以瑾一句："是你说不要介意那件事，大家来做朋友的。现在你却拒绝了，这是说明你其实还在介意吗？"给堵了个哑口无言。

朋友牌真的是很好用的。

谢副总对于楚清让深表同情："我大概又忘记告诉你了，这姑娘以前还是校辩论队的 ACE。"

"那她一定很厉害。"楚清让感慨。

"我们大学连续得了四年全国大学生辩论赛的第一，你说呢？她甚至在'正方觉得当反方比较好，反方觉得当正方比较好'的奇葩论题中辩赢了，正反两次！"第一场霍以瑾赢了之后双方交换立场。她的对手无耻地剽窃了她的论点，然后，所有人目瞪口呆地看着霍以瑾口若悬河地辩赢了刚刚的自己。

"她肯定早就知道对方会这么无耻，所以提前设好了套。"楚清让觉得他仿佛都能想象到霍以瑾当时骄傲的样子了。

"你怎么知道？"谢副总很是惊讶。

楚清让不自觉地勾起唇角，低喃了一句近乎情人般的耳语："我就是知道。"

双拳难敌四手，黑胖妹不可能以一己之力一直护着赵小树。来一个她能打倒，两个也没问题，四个就有点困难了。于是终于在某一天，一群小孩儿把大壮和小树堵死在了小巷里，她倒下了，面色青紫，呼吸困难。

赵小树发了疯，冲上去护着大壮道："她有哮喘，她会死的，她要是死了，你们所有人都是杀人犯，不仅要坐牢，还要判死刑！快去找大人来啊！"

一开始孩子们还半信半疑，随着大壮慢慢地不再抽动，仿佛已经没了呼吸的灰白模样，他们慌了神，尖叫着一哄而散，却没有人去喊大人。

孩子的天性里其实是有一种很可怕的自我保护意识的,他们好像天生就知道谁好欺负谁不好欺负,以及他们在闯祸之后该如何掩盖这件事情让自己免于责任。

只有赵小树抱着大壮号啕大哭,他好像一直都在哭,除了这个什么都不会:"我怎么这么没用?"

"你很厉害的,要自信一点!"躺在地上的大壮诈尸了。

"你没事?"

大壮拍了拍尘土站起来,摆了个展示自己的造型:"只要别继续让我躺在地上,吸入过多尘土就没事。"

"你刚刚是骗他们的?这样太危险了。"

"放心啦,我早就算好了的,管家……管我的妈妈之前已经和我约好了时间,如果刚刚那些人没有被你吓跑走,她一会儿也肯定会过来教训他们的。这也是没办法的事,他们那么多人,咱俩肯定打不过,只能另想办法。等这次回去我就开始装病,你一定要和他们形容我病得快死了,懂吗?这样一来,人少的打不过我,人多的不敢惹我,咱们就安全啦。"

"你好聪明啊!"小树对大壮崇拜极了。

"那当然咯,我说过了嘛,我会罩着你的。只要我不生病。"

"什么会让你生病?"

"挺多的,鲜花啊、尘土啊、冰激凌什么的,哦,对了,还有胡萝卜,我对胡萝卜过敏!"小女孩一本正经道。

"那我以后帮你把午餐里的胡萝卜都吃掉。"

"一言为定!"大壮高兴极了。

小树没觉得这样的对话有什么问题,他只觉得在他世界里最聪明、最美丽、最勇敢的大壮的黑眼睛在那一刻闪闪发亮,漂亮得不可思议。

等赵小树长到足以明白人是不会对胡萝卜过敏的年纪时,他才知道当初他爱极了的闪闪发亮叫狡黠。

时光荏苒,白云苍狗。很多人和很多事情都已经变得面目全非,只有小树爱着的大壮的那些特质依旧在记忆里熠熠生辉,从未改变。

对总裁的第六印象：拒绝让误会发生在自己身上。

霍大哥算准了时间在妹妹早上吃饭的时候给她打了一通视频电话，询问她的近况，关心她有没有生病，以及最主要的："大哥好想你，你想大哥了吗？"

站在霍以瑾背后的特助哪怕看了这么多年自家总裁妹控的另一面，也始终还是没能习惯这种冰山一秒钟变活火山。

"我们昨天晚上才通过话。"霍以瑾丝毫不给面子道。

二小姐还是正常的。特助先生各种感动。

最后好不容易，霍以瑾才艰难地挂了她大哥电话，看着大哥的悲伤脸总会让霍以瑾有一种负罪感，觉得自己做了什么天怒人怨的坏事。

"你能想象吗？就是他，在中二期的时候还想给我贴上邮票直接快递到外太空去。"霍以瑾跟老管家吐槽道。

霍大哥比霍以瑾大很多，在霍以瑾还是个小婴儿的时候，霍大哥就已经提前进入了叛逆的中二期。面对霍以瑾这个家庭新成员，霍以瑾是真的把她当作阶级敌人和入侵者敌对的，费尽心思地想把这个吸引了全家注意力的幼妹送走。

老管家笑了，霍家兄妹从小就有一种能自娱自乐的技能，无论干什么都显得很可爱："没想到您竟然还有印象。"当时还是他给霍以瑾找的邮票呢，纪念版的生肖套。

"怎么可能有印象。"霍以瑾耸肩，"我是听祖母说的。我有记忆的时候他就已经是这副恨不能把我揣兜里，走哪儿带哪儿保护过度的样子了。你知道他是怎么从一个极端转变到另外一个极端的吗？"

"对您的爱。"

"别闹。"

一如往常，霍以瑾没能问出真实的答案，她也没有坚持，她只要知道她哥现在是真的爱她也就可以了。

拿过管家递上来的与以往风格略有不同的新包，霍以瑾怀着充满期待和愉悦的心情去了公司。楚清让版的助理先生已经在公司里等着她了。

办公室恋情什么的简直不能更棒。

隔壁的谢副总有话说：简直是地狱好吗？！

今天是楚清让去 NOBLE 服饰体验生活的第三天，公司里的女员工已经不会再一见到他就控制不住地惊声尖叫，但依旧会在他路过之后交头接耳地窃窃私语，"快看""快看"什么的，仿佛他是从动物园里逃出来的国宝大熊猫。

楚清让早已习惯了这样的场面，会一直很好地维持风度，从容地完成一个助理该做的本职工作。

总裁助理并不等于总裁秘书，这其实是两个完全不同的概念。秘书小姐主要负责的是文件的分类整理、办公室的整洁卫生以及给总裁端咖啡等最基本的日常工作，而助理的工作重点则是"协助"总裁工作，简单来说就是总裁要求做的要完美执行，总裁没想到的但对工作有益的要主动提醒、建议总裁去做。有时候总裁助理的行事是可以约等于总裁的。

这也是大部分富二代进入自家公司总会从"助理"这个职务开始的原因，那并不是什么真的从底层做起，又或者是来自长辈的考验和磨砺，只是一个很普通的过渡，帮助他们尽快适应助理名称前面那个称谓的工作内容，进而好把"助理"两个字拿掉上位。

霍以瑾在大学实习的时候当的就是她大哥的助理。而霍以瑾和她大哥现在身边的优秀助理们，外放出去独自掌管一个分公司都是完全没有问题的。

所以，想让楚清让最快地了解到一个大公司是如何运作的，再没有什么职位会比总裁助理更适合，他们还能全天候地在一起。

谢副总：其实这才是重点吧，我早就看穿你了！

当然了，大部分工作还是别的助理带着楚清让，他只用负责看。

楚清让是个会不断带给人惊喜的存在，在这短短的两天工作里，他出色地帮霍以瑾完成了一个挺重要的合同。

"他做得很好，好到都有点超乎我们所有人的预料了，你确定他真的只是个普通明星吗？"谢副总在私下里和霍以瑾讨论，他也不知道自己是不是被霍以瑾最近喋喋不休的总裁小说洗脑了，只是楚清让在公务处理上的游刃有余真的让他很难觉得对方就是个小戏子。

"一般人把这称之为天赋。"霍以瑾打断了谢副总的天马行空，"这不正说明了我们是天生一对吗？也许结婚之后他可以不用待在家里，继续给我当助理会是很棒的主意。"

"呵呵。"但凡有点骨气的男人都不可能吃软饭吃到这种程度好吗？

和喜欢的人一起工作的时间总会过得飞快，一上午的时间就这样从眼前了无痕迹地划过了。

在中午吃饭的时候，霍以瑾对楚清让提议："下午要不要去我大哥的公司看看？霍氏国际的总部可比我这个小公司要复杂多了。"

"小公司"？ 作为这家"小公司"的副总，谢燮表示不服。

霍以瑾没搭理谢副总，继续游说楚清让："正好下午我要去那边开例会，你可以在我哥办公室那层转转，安全和隐私也有保证。"

霍以瑾分遗产的时候得到了 NOBLE 服饰，但那并不代表着她没了霍氏国际的股份。事实上，她现在是仅次于她哥的大股东，只不过他们兄妹两人一体，在重要的决策上从来都是共进退。董事局的例会也只是在霍大哥出国在外的日子里她才会出席，她哥肯定也会开视频会议加入，但还是有个人在现场比较让人放心。

"下午开例会？那国外的时间上……"楚清让的关注点有点偏，霍以瑾还真是跟传说中的一样拼啊。

"他这次出国去了好几个国家，现在在最后一站，和咱们这边只差两个小时。"正好在那边下班结束后能什么都不耽误地开国内的例会。

真拼！这个世界上最可怕的不过如此，比你优秀、比你命好的富二代其实比你还努力。

在去霍氏国际总部的路上，与霍以瑾同坐在后排的楚清让突然问道："你们兄妹很缺钱吗？"

霍以瑾看了楚清让整整有一分钟才愣愣地回答："不啊。"

竟然会有人问她缺钱吗？这可以说是霍以瑾人生里前所未有的体验了。

"那为什么你们还这么拼？"楚清让是真的想不明白，他拼有他要复仇的理由，但是霍家兄妹呢？他们完全不用如此。

"啊，这个。"霍以瑾笑了，她经常会被问到类似的问题，"你可以当我是天生的工作狂，闲下来反而会难受。我希望在天上的祖父母和父母能以我为荣，不想自己变得像别的富二代那样堕落让我哥担心。而且，前人种树后人乘凉，我现在消耗享受的是我的祖先奋斗的结果，如果我不努力，我的子孙后代享受不到了怎么办？"

"如果他们让你失望了呢？他们有可能不像你这么努力，他们会纸醉金迷、铺张浪费，他们会和你期待的南辕北辙。"楚清让也不知道他为什么要这么泼冷水，但他还是问了，他莫名地很在意那个答案。

"那就更要努力了啊。"霍以瑾不假思索道。

"啊？"

"好赚上让他们败也败不完的钱，总不能让他们一分钱都无法留给自己的孩子吧？我们可是一家人啊，他错了，我会想办法帮助他改正；他对了，哪怕死后我也会在天国为他喝彩。"霍以瑾本质上其实是个很护短的人，家人就是她的软肋，一丝一毫都不会让别人动。

这就是了！楚清让面色如常，心里却激动万分，这么多年来他一直在等待的就是这样一个答案。他想，真想和你成为一家人啊。

希望和欲望最简单的区别就是希望能让你感觉到开心，而欲望只会让你痛苦不堪。

楚清让面无表情地看着车窗外快速掠过的高楼大厦，最终还是在脑海里把"和霍以瑾成为一家人"的想法归类到了欲望里，它让他痛苦，因为它不可能实现。先不说他才拒绝了霍以瑾的告白没多久，只说他的黑大壮女神他就不可能放弃寻找她。

还真是糟糕啊，楚清让在心里唾弃自己，男人好像总是会有这种红、白玫瑰的劣根性，但他不应该如此贪婪的。他曾坚定地认为就算他的性格变得阴暗、变得不择手段，他也有比他糟糕的两任家人优越的地方——他不会变成一个渣男。但他高估了自己。在明知道自己还放不下童年女神的情况下，又会为了霍以瑾心动。还有比他更糟糕的人吗？

"你在想什么？"霍以瑾出声打断了楚清让越来越深的自我厌弃。

楚清让回神看向霍以瑾，心想，幸好你比我看得开，早早地脱离了苦海，不会再卷入我糟糕的生活里。这样对谁都好。他近乎强迫地让自己继续与霍以瑾保持距离，生硬地开始了别的话题："我在想你哥哥努力的理由，也和你一样吗？"

霍以瑾摇摇头："他是那种如果子孙后代不努力就打断他们狗腿的人。"

"那他对你？"楚清让也不知道自己还在期待什么，他只是莫名地希望霍以瑾和她大哥的关系并不如外界传得那么好，这样他就能再一次找到霍以瑾和他女神的共同点——有一个并不亲密的哥哥。

记忆里黑胖的小女孩失落地坐在马路边："你也很讨厌你爸妈偏爱

的弟弟吗？怪不得我大哥那么讨厌我，他从来都不接我的电话，在家里的时候也不许我进他的房间，不和我玩。"

可惜，霍以瑾再一次成为梦想终结者："我大哥对我很好，从来没要求过我什么。事实上，大部分时间都是他强迫我停止工作去休息。他这个人很古板，才三十几岁活得像六十岁的老头子，笃信男孩穷养、女孩富养的理论。"

"哦。"楚清让点头笑了一下，谈不上有多失望吧，因为他根本不敢怀抱希望。

"有时候我自己也有点搞不懂我大哥在想什么，为什么这么拼。不过我可以给你举个相同的例子，你知道A国有名的天使投资人女神风投吗？他们那个据说是这世界上最神秘的老总兰瑟一直在被媒体拿来和我哥相比较——"

同样的富有！同样的眼光奇准！同样的金融天才！金融杂志用了三个排比惊叹号。

"虽然我哥因为男人之间莫名其妙的竞争关系不太喜欢兰瑟，说他肯定是个老头子，但私底下我只和你说，我其实蛮欣赏他的，就像是很多人把你当作偶像崇拜一样，我把兰瑟当作我的偶像。"

真被楚清让当初和阿罗说对了，霍以瑾的偶像只可能是同在商海沉浮的金融大鳄。

楚清让神情微妙地看着霍以瑾，声音有点干涩："你崇拜他什么？"

"没上过大学，白手起家，在不到十年内缔造出这样规模的金融帝国。连我大哥都承认如果他俩的情况对调，他肯定达不到对方如今的成就⋯⋯哪一点都足够让我崇拜他。"

楚清让没说话，只是用眼神鼓励着霍以瑾说更多，他很喜欢听。

"兰瑟在接受电话采访时说过这样一句话，当钱对于他来说只是不断变化的数字之后，他得到的就不再是钱，而是一种成就感。我想我大哥大概也是这样吧，他肯定是不缺物质生活的，所以使他不断向上的动力大概就只剩下了精神。"霍以瑾说完之后还不忘问楚清让，"你呢？是什么让你想要成为一个演员并当上影帝的？"

三百六十行，行行出状元。霍以瑾虽然不太关注娱乐圈，但那并不代表着她不会对这一行优秀杰出的人才保持一份尊敬。

当然是为了钱和复仇！楚清让想都不用想地在心里回答，嘴上却说着已经对媒体说烂了的套话:"对演戏的热爱,有可能你会觉得这很假,但……"

"我相信。"霍以瑾不假思索地打断了楚清让准备好的能把人绕晕的长篇大论。

"你祖母也肯定是这样对你说的吧?"楚清让表示理解,正是霍以瑾的祖母伊莎贝拉教会了他什么叫戏如人生,人生如戏。

霍以瑾摇摇头:"不,我只是想要相信你。"

楚清让的脸再一次很不争气地红了。

说动听的情话一定是总裁这种生物的天赋技能。

霍以瑾笑弯了一双眼睛,嘿嘿。

很快,霍氏国际的总部就到了。霍以瑾是个极其不喜欢迟到的人,无论是别人迟到,还是她自己迟到,这在她看来都是十分不尊重人的。所以在他们一行人到达时,离例会开始还有十五分钟的时间。

霍氏国际的总部是位于市内寸土寸金的中央商务区中心的一个半扇形的联排大厦,中间的主大厦高一百八十八米(五十层),共有两千五百名以上的员工在里面工作。由E国著名建筑所耗时多年打造。这是一座主体百分之九十以上都是由包含再生材料的钢结构组成的环保型摩天大楼,未来科技感十足,是市内地标性的建筑之一。

看着大厦前空旷得犹如一个小型公园的广场,楚清让感慨,霍家果然很有钱,别人恨不能把在CBD中心的每一寸土地都利用起来,霍家却用来建喂鸽子的广场。

霍以瑾的迈巴赫到达时,门口并没有出现影视作品里那样早早地在大厦门口列队迎接的宏大场面,用霍以瑾的话来说就是:"我又不是没有腿或者不认识路,只是去自己家的公司,天天要人迎接这一套累不累?"

她一路走来,畅通无阻。她搭乘电梯时也不需要员工磁卡,因为专门为高层准备的几部电梯是自带指纹和虹膜扫描的智能电梯,搭乘电梯之前,需要先在三层挑高的电梯大厅准备的几个智能机上选择要去的楼层和搭乘人数,然后在指定的电梯门口等待,这提高了电梯的使用效率。霍以瑾刚出生时资料就被录入了信息库,保证了不会有自家二小姐被自家公司拒之门外的情景出现。

"我父母很忙,总要加班。小时候我经常和我哥一起在放学后被司机送过来,在办公室的套间里写作业,留下不会的题目等着爸妈忙完之后辅导。"

霍家很重视亲情，他们觉得忙事业并不能成为无法照顾孩子的借口。

"所以我和我哥不断地努力也有可能是父母言传身教的影响。"霍妈妈也是个能干的女强人，她的陪嫁 NOBLE 服饰在她手上时之所以始终只是个小规模的工作室，那是因为她把全部的精力都投入到了协助丈夫工作以及照顾两个孩子身上。

"他们听起来很幸福。"

霍以瑾毫不掩饰自己对父母的骄傲："是的，他们夫妻感情很好，在工作上默契，在生活中恩爱，就像是我祖父母的翻版，我很希望我将来也能延续这样的家庭传统。"

"祝你早日找到你的良配。"楚清让发现这样的套话他说起来已经变得尤为艰难。

进了大厦之后，霍以瑾一行人倒是遇到了不少员工打招呼的场景，好像整个总部就没人不认识霍以瑾的，因为……

楚清让无语地看着充斥了整个总裁办公室的各种照片，主角只有一个——霍以瑾。

集团总裁是个无可救药的妹控。

霍以瑾甚至能直接用自己的虹膜打开霍以琪办公室的门，这就好像在说他对她敞开了怀抱，全无保留。兄妹关系好到这样，在经常会为了财产打得头破血流的世家里，是十分罕见的。

看着楚清让有点古怪的神情，霍以瑾赶忙解释："这个通行证不是我哥设置的，从我祖父开始我就可以自由出入了，只是接下来的我爸和我哥都没有更改设置。"

进门之后，霍以瑾还指了一些照片框跟楚清让介绍。这是我爸放的，这是我妈放的，这是我祖父、祖母的最爱，她最后总结了一下："大家的审美不太一样，所以放的照片多了点，这里并不都是我大哥一个人的杰作，他没有那么，呃，那么……"

所以说这是全家都宠霍以瑾的节奏吗？

总裁董事长们的办公室总是会各有各的风格，唯一不变的是他们都爱在办公室里展示他们引以为傲的东西——古董字画、奖杯成就以及个人特殊收藏等，展示家人照片的也不是没有，但炫耀到霍家这个程度的也算是少见了。楚清让发誓他甚至在其中看到了一张小学三年级以下组读写大赛一等奖的奖状。

如果我有这么一个样样优秀，还能把很随意的生活照拍得像是艺术照的家人，我肯定只会比霍家人做得更夸张。楚清让最后在心里如是想。

"你随意，我大哥出差前已经把重要的东西都锁到左边的房间里了，摆出来的就是能让别人看到的，不要太拘束。你想喝什么？茶？咖啡？红酒？"霍以瑾一边给楚清让介绍，一边驾轻就熟地从实木吧台里找出了玻璃杯和酒水饮料。

"白水就好。"楚清让正站在透明的落地玻璃窗前向外眺望，将整个CBD都尽收眼下。

霍大哥的办公室差不多是霍以瑾办公室的两倍大，右边是一室一卫用来休息的套间，左边则有个专门用来存放重要文件和东西的房间，需要输入指纹、虹膜、二十四小时变动一次的智能密码以及一个固定不变的初始密码之后才能打开。这里比大部分人一辈子居住的家还大，各种设施应有尽有，书柜、沙发、吧台甚至包括一个室内迷你高尔夫机。

并不是所有的工作狂都不懂得该如何享受生活的。

"有发现什么感兴趣的事情吗？"霍以瑾不仅给楚清让倒了水，还给他拿了几本他哥书柜上相对不那么枯燥的书。

"我发现自两岁之后你小时候的照片就很少了，幼儿园时期更是一张都没有，真好奇你那时候是什么样的。"把办公室里的照片一圈看下来，就会像是经历了一次霍以瑾的成长史，从小女婴变成小女孩再到少女、成年，他迫不及待想要补全幼儿园时期的空白，一定是同样竖着黑长直发型的萌萝莉。

"我以死相逼没让我的家人把照片摆在这里。"

"哈。"楚清让笑了，他觉得霍以瑾偶尔的冷幽默还是很搞笑的。

霍以瑾奇怪地看了楚清让一眼，她刚刚说了什么搞笑的话吗？她确实是以死相逼，家里人才勉强放弃了把她堪称黑历史的黑胖照也摆到这里。

霍以瑾给楚清让倒完水之后拿出了一个乳白色的浅口小碗继续倒……儿童香蕉牛奶。

"哪儿来的牛奶？"楚清让觉得他能接受冰山总裁非常宠爱妹妹的设定，但绝对接受不了这位总裁像小孩子似的抱着香蕉牛奶喝的画面。

"哦，这个啊，我哥以为我喜欢喝，但其实我是用来喂下面设计部一组偷养的猫，那是只血统很正的蓝色系英国短毛猫，名字叫小主。"会画画的人好像总是对猫类有一种特殊情结，无论是画漫画还是搞绘画设计都一样，"这是个秘密，别告诉我大哥，他会发火的。"

霍大哥也是不容易，自家妹妹帮着自家员工一起瞒着他偷偷在自家公司里养英国短毛猫。不对！"猫不是不能喝牛奶吗？说是大部分猫有乳糖不耐。"楚清让说。

"我一开始也以为不能，但后来我发现小主大概是那一小部分，喝得不要太高兴，一切正常。"霍以瑾动作娴熟地拌好了加了维生素的牛奶，"一会儿我去开会的时候你能下楼帮我喂一下吗？设计部那些人不知道我其实知道他们在偷偷养猫。我动物缘不佳，每次喂猫都很艰难。"

楚清让来之前得到了一张总部的临时员工卡，能在今天之内自由出入整个霍氏国际的大楼。

"当然，我很乐意。"楚清让答应得很痛快。心想着，这样对动物始终不渝的单相思的霍以瑾真是很可爱。就像是他的女神一样，哪怕知道自己不招小动物喜欢，也还是很难硬起心肠去不喜欢那些毛茸茸的生物。

霍以瑾就像是完成了一件多么重要的交代，得到楚清让的再三保证之后，这才放下心带着秘书和助理去开会了。

楚清让与霍以瑾一起搭乘电梯离开了顶楼，在不同楼层分别，一个喂猫，一个开会。

合上的电梯门掩去了霍以瑾飒爽的背影，也紧紧地闭上了楚清让的心房。他笔直而立，合上眼睛，回想着在来之前手机上收到的"楚天赐已经到达了霍氏国际"的邮件，直至电梯到达指定楼层的叮当的一声提醒音响起，他这才重新睁开了双眼，那里只剩下了终年化不开的寒冰。

好戏开始了，楚清让对自己说。

与此同时，霍氏国际最大的会议室里，董事会的成员已经全部入席，所有人都知道霍氏兄妹极其讨厌别人不守时，他们本人也会像机器人一般严格遵守约定的时间。

但这次的会议却注定没办法正点开始了，因为……

"我对面的几个空椅子是给谁准备的？"霍以瑾皱眉。董事会的座位一般都是按照股份持有数的多少安排好的固定座位，如果这次会议需要加上议题的相关人员，好比别的公司的重要合作伙伴，对方的位置就会是总裁对面。

"临时通知要来的长乐实业的楚公子。"霍氏国际即将和长乐实业就新能源开展一个合作项目。

霍以瑾的脑海里很快就有了对应的印象，最近每天早上晨跑都会遇到的那个穿着白色运动服的男人，面容精致，身体颀长，无论什么时候说话都会刻意拖着慢吞吞的语调，端着一副贵公子的架子。据说对方年少时生过一场大病，身体不算特别好，虽然最后被抢救回来了，但还是不能做剧烈运动。明明只能陪霍以瑾跑一段，却非要天天坚持，让人都不知道该如何形容他好了。

"通知他是这个时间点开会了吗？"霍以瑾再问。

"我们确认过两遍。"

意思就是对方真的迟到了。

霍氏兄妹同时沉下了脸，眼睛里酝酿着几乎一模一样的标志性暴风，与他们合作过的人不可能不知道他们的行事风格，即将合作的人也会提前打听清楚，这样都还能迟到，呵呵。

"也许是有什么事情耽误了，我这就去联系。"霍以瑱留在总部的秘书小姐慌了，如果对方没出什么意外只是简单的迟到，那么作为联系人的她也肯定会受到牵连，她一点都不想因为这么一件小事就失去一份高薪工作！

从出门到拨打电话的整个过程里，秘书小姐已经在心里诅咒了那位楚公子无数次，不负责任的富二代，为什么他们不能像我们家总裁一样？

结果等联系上楚天赐的助理听到他们发生了什么的时候，秘书小姐傻了。

对方并不是故意迟到的，只是他们出的事让秘书小姐有点不知道该如何向霍以瑾汇报。最后秘书小姐还是走到霍以瑾身边，贴耳小声道："楚公子（楚天赐）在楼下设计部被楚助理（楚清让）泼了一身牛奶。"

"……他为什么会出现在那里？"霍以瑾在带人前往现场的路上对秘书小姐询问道，"人没事吧？"

"我、我不知道，楚助理的卡可以去任何他想去的楼层，我也不知道他怎么就去了设计部。"还拿着牛奶，放在浅口小碗里。她甚至不敢告诉霍以瑾，就对方助理所说的，楚清让是故意的。楚影帝这是要闹哪样啊？二小姐一定气疯了，毕竟是她把人带进来的："幸好楚公子没什么事儿，只是需要换套西装。"

霍以瑾看上去更不高兴了，直接无视了霍以瑱的秘书，转而看向自己的助理小钱，示意对方说。

"楚公子据说很重视这次会议，就我了解到的，他比您还早到了五分钟，总部的几个经理看时间还早，就带他先去参观了这次主要合作的几个部门。"助理已经在短短的几分钟内通过他的渠道了解到了事情的始末。

霍以瑾这才满意地点了点头。

霍大哥的秘书好半天才反应过来自己究竟哪里让二小姐不满了——她搞错了刚刚二小姐的问题，她以为她问的是"楚清让为什么出现在设计部，楚天赐没事吧"，没想到霍以瑾其实是问"楚天赐为什么出现在设计部，楚清让没事吧"。

"楚助理是不是被诬陷的？"钱助理和楚清让相处的时间不多，但已经足够让他明白霍以瑾对楚清让的重视，所以他尽可能地在霍以瑾面前为楚清让开脱。一如霍以瑾的秘书做的，楚天赐是霍氏国际未来重要的合作伙伴，所以她会在报告的时候站在楚天赐的角度来讲这个事。

霍以瑾其实没有角度，她没为楚天赐说话，也同样没站在楚清让一边，她问钱助理："他们诬陷彼此能得到什么好处？"

众所周知，名门楚氏有一个优秀的继承人叫楚天赐，楚家给予了很高的期望。但很少有人知道，楚家还有一个小儿子，还在襁褓时便被人从医院抱走拐卖到了偏远的小县城，直至十三岁时才被找回。

楚清让就是这么个倒霉孩子。

楚家并没有对外大肆宣扬这件事，因为就在小儿子楚清让被找回来的那年，大儿子楚天赐得了白血病。

对，没错，就是那个在韩剧中出镜率高达百分之七十以上的男女主角必得的绝症。

而这其实还只是个跳不过的开头而已。

就在十三岁的楚清让被带回楚家不久，刚查出白血病的楚天赐就再一次进了医院，病因是一时不慎从二楼滚了下去。对于伤口很难愈合的白血病患者来说，这种见血方式简直就是在要他们的命。

仁爱私人医院的重症室外，楚母伤心不已："用人都说了，天赐从二楼滚下去的时候只有清让在楼梯口，不是清让推的，难道是天赐自己摔的吗？我儿子能活多久还不一定，他这么以命相搏地诬陷清让干吗？他是能让清让替他死啊还是得到什么好处？我不管，反正清让绝对不能再在这个家里待下去了，今天他能把天赐推下楼，明天指不定还能干出什么来呢！"

"天赐是你儿子，清让就不是了吗？"楚父拔高声音反问。

"是，清让当然是，两个孩子我都爱。但清让明显对天赐充满了敌意和怨恨，继续放任他们在一个屋子里长大，不仅会害了天赐也会害了清让。他该怨恨的是当年那个偷偷抱走他的女人，他也可以怨恨没有保护好他的我，但我的天赐做错了什么？他是无辜的。我们不能再放任清让这么偏激下去了，溺子如杀子。"

"那么，被送走的不该是天赐吗？"楚父表现得冷酷极了，他需要的是一个健康的优秀的继承人，"反正那孩子也活不了多久了。"

"你知道你在说什么吗？这还是人话吗？天赐养在我们身边十几年，清让才几天？我死也不会让你把我的天赐送走的。"

楚父笑得更冷了："所以就活该把清让送走？你又比我好到了哪里去？最起码我光明磊落，而你连偏心都偏得这么虚伪！"

"……又不是送清让去别的城市，只是我们在别处的房子。"见丈夫如此强势，楚母只能软下态度，"等天赐去了，我们再接清让回来好不好？正好还能让清让在别处安心学习，不被天赐干扰，变成符合你期望的继承人。就当是我求你了，我知道是我对不起清让，我以后会对他好的，我们和他有一辈子的时间相处，我可怜的天赐又能活几年呢？"

事实证明，祸害遗千年，白血病不是彻底的绝症，尤其是儿童，有百分之八十的治愈可能。楚天赐奇迹般地好了，并越活越健康、越活越折腾。——楚清让对此深有体会。

十三岁时楚清让还只是因为楚天赐被避让到别处的房子，十六岁时他就直接被送到了Ａ国。

那天董事会即将开始的时候，楚清让端着喂小主的香蕉牛奶，就这样狭路相逢了参观霍氏国际的楚天赐。

楚天赐和楚清让差不多大，西装革履，精英范儿十足，身子略显消瘦，面色比一般人更加苍白，一张好似修得过于精致的面孔像极了时下流行的小鲜肉，全身上下都透着一股刻意经营出来的"别碰、别摸、别奢望"的所谓"贵气"。

楚清让一直记得他们年少时第一次见面的场景，他刚被楚家找回，站在与他格格不入的大厅，看着楚天赐从铺着红毯的楼上缓步而下，就像是直接从童话故事的配图里走出来的王子。

可惜王子是个黑心儿的。

在爸妈面前，楚天赐热情地对楚清让说，"在定制的衣服做好之前，弟弟介意先穿我还没来得及穿的衣服吗？总好过穿那些流水生产线生产的大众牌子"；在爸妈背后，楚天赐却神情倨傲地嘲讽"穿上龙袍也不像太子"。

楚清让和楚天赐是彻头彻尾的两种人，如果不提前点明他们的兄弟身份绝对不会有人误会他们有什么血缘关系。

换句话说就是他们兄弟俩的风格相差太大。无论楚清让再怎么拼命地学习礼仪风度，穿着本来是为楚天赐量身打造、带着很浓厚的楚天赐个人风格的定制衣，楚清让总会给人一种强烈的违和感。而这正是楚天赐的目的，他要让所有人在第一时间就明白，他这个突然冒出来的弟弟根本和他没有任何可比性！

这是加入娱乐圈恶补了衣着打扮的楚清让后来才明白的事实，而当时对此一无所知的他只感觉到了来自心底深处的自卑。

他在小县城长大，养父是个喝醉了就打人的酒鬼，养母有亲生儿子，夫妻俩不要说照顾他的日常生活了，连九年义务教育都没怎么让他上过。他当时唯一学会的就是挥起拳头保护自己，冲动又无脑，粗鲁得就像是直接从蛮荒时代穿越而来。

连楚清让自己都看不起自己，也就更不用说别人了，噩梦从此开始。

多年后兄弟俩再相见，楚清让终于找到了他的定位——成熟优质的温柔影帝，找对角度的微笑会给人一种满目深情的致命诱惑。

再面对楚天赐时，楚清让不会再觉得自卑、紧张，因为他发现楚天赐的贵气是一种刻意经营，他说话缓慢的调子矫揉又造作，他对他看似嫌弃的瞧不上，不过是在掩饰他对他的敌视与紧张。他和他确实没有可比性，只不过是楚天赐比不上他楚清让！

"你在这里做什么？"私下里，楚天赐面对楚清让时永远都学不会什么叫客气，他看他的眼神就像是看到了什么脏东西，想要用这种虚张声势抢占先机，"又或者我应该问，你竟然回国了？爸妈都没跟我说过这件事，还是说其实他们也不知道？他们好像总是不太关心你，真可怜，要不要哥哥我帮你和爸妈聊聊？"

一个人越缺少什么，他就越会炫耀什么。楚清让在心里勾唇冷笑。他并没有理会楚天赐的挑衅，只是很平静地指了指自己手里的盘子道："喂猫，长着眼睛的人都能看出来。"

"真是同人不同命，嗯？我为了这个家忙得要死，大老远来霍氏国际开会，你却有闲心到处乱晃地喂猫。当明星都是这么闲的吗？啊，我忘了，爸妈给了你不少生活费，明星的工作也不过是玩玩。我可真羡慕你，能不求上进得这么理直气壮。"楚天赐话里话外的嘲讽和指责之意明显得就差直接写在脸上。

楚氏兄弟的矛盾，从已经是少年的楚清让被冷不丁地找回楚家，出现在与他差不多大的楚天赐面前时，就已经注定没办法调和了。因为他们当时已经明白了什么叫资源、金钱以及残酷的现实。

"要不咱俩换换？"楚清让微笑。

"哈，换换？是什么给了你这么可笑的自信？霍以瑾吗？别白日做梦了，她不过是把你当个玩意儿在摆弄而已。信不信只要我开口，晚上你就要自己想办法从这里打车回家了？"楚天赐一直都很喜欢压楚清让一头，只有这样他才能感到安心，"就像爸妈当年一样。没有人会喜欢你的，不过就是一张脸能看，等他们知道了你的本来面目你就没戏唱了。"

"本来面目？怎么？你又要故伎重施了？"楚清让看了看自己手上的牛奶碟子，"你以为你还是初中生吗？又或者小女生？手段也稍微升升级吧。"

"对付你足够了。因为你永远都是那个青城来的小流氓，没有教养，蠢笨至极，别人笑话你时你都听不出来。"

在楚天赐没有主动撞上牛奶碟子然后说成是楚清让故意泼他之前，楚清让已经抢先一步把牛奶浇到了楚天赐的头上，从脸上流下，破坏了一身昂贵的定制西装。当年被诬陷说是他把楚天赐推下楼之后他就一直想这么试试看了——做一件他确实做了的坏事。

秘书小姐对霍以瑾的报告其实并不全面，楚清让不仅在众目睽睽之下泼了楚天赐一身香蕉牛奶，他还毫不客气地揍了他一顿。

让你装，你不是说我欺负你吗，我就是打你了，怎么着啊？

那一口积年的恶气，终于长舒而出。

一开始众人并没有注意到角落里发生的事，等楚天赐倒下后才发现了不对劲儿。楚清让打了楚天赐，这是所有人看到的事实。

"看，我说吧，对付你，足够了。"在只有楚清让看得到的地方，楚天赐笑得漂亮极了。

小时候楚天赐还会自己滚下楼梯，诬陷说是楚清让推的，长大后他已经不用再自己去做这种杀敌一千自损八百的事情了，因为他出言挑衅之后性格冲动的楚清让就会主动把把柄送到他手上，谁让世人总是会不问缘由地胡乱同情"弱势"的一方呢？谁先爆粗、动手，谁就先输了，简直赢得轻松到不可思议。

　　千夫所指的楚清让也笑了，在心里。

　　看着楚天赐竟然这么轻易地就上当相信了他依旧如过去一样冲动，说实话，楚清让对楚天赐简直失望透了，虽然从刚刚见到他的外表时他就已经有了这种预感，但他没想到他曾经以为的算无遗策、仿佛无所不能的楚天赐会好骗到这种程度。

　　枉他这么多年精心设计了那么多的计划，唯恐对付不了楚天赐。

　　很多时候，我们以为无论如何都迈不过去的坎、打不倒的敌人，等长大之后再看都会惊奇过去自己为什么会输在这样的事、这样的人身上。

　　对方也不过如此。

　　就在众人认出了楚清让和楚天赐，并对他们刚刚的行为和相同的姓氏议论纷纷时，接到消息的霍以瑾终于带着人匆匆赶到了现场。

　　"读不懂雇用合同7.7.2条的人，现在就可以收拾东西走人了。"霍以瑾用很简单的一句话作为她的开场白，也是她的结束语。

　　本来还兴致勃勃拿手机拍照或者是录实况的员工立刻噤若寒蝉，全都蔫了，都不用霍以瑾带来的人上前检查，现场围观的员工已经十分自觉地开始低头删手机内容了。

　　霍氏国际雇用合同的第七大条是有关于保密条例的——不经允许，任何员工都不能把在大楼内发生的任何事以任何的形式记录下来。一旦被发现，没有辞退补偿的三倍工资就直接被解雇已经算是他们最小的问题了。

　　霍氏经营了这么多年，给员工准备的雇用合同早已经细致到了一个略微有点恐怖的程度，方便他们随时得到他们想要的结果。

　　没能如愿在网上破坏一下楚影帝的形象让楚天赐有点遗憾，同样让他遗憾的是他没有了机会表达对不懂事的弟弟的"大度原谅"。不过这些都是小细节，可有可无。他想到，他真正在意的只是霍以瑾对楚清让的态度。

　　虽然楚清让不足为惧，但要是真让楚清让搭上了霍家的大船，霍以瑾也许未必会有多爱楚清让，会为了他冲冠一怒为蓝颜什么的，但以霍氏兄妹的精明，他们完全有可能利用楚清让的身份来插手楚家事物，在身体已经日薄西山的楚父去世后趁机蚕食掉整个楚家。反正如果双方立场对调，楚天赐觉得他肯定会这么干的。

很是忌惮霍氏兄妹的楚天赐，这才不得不冒险在霍家真正的掌事人霍以瑱回来之前，先会一会霍以瑾，哪怕有可能打草惊蛇，他也认了。

霍以瑾接下来的第二句话降低了楚天赐的担心。

霍以瑾对楚清让毫不客气道："还傻愣着干什么？回办公室去！我没说话不许出来。"

然后没等楚清让回答，霍以瑾就转而对楚天赐道："先去会客室的套房里换一下衣服吧？我已经让秘书去买了，很快就能回来。我哥让我代为转达歉意，让你在霍氏遇到这种不愉快的事情。我们会为了你推迟整个会议，不着急，慢慢来。"

楚天赐得意地看了一眼已经匆匆离开的楚清让的背影，看吧，霍以瑾也相信了我，不会为了你而得罪我，你只能如丧家之犬一般离开。

"你对他还真保护啊，嘶——"楚天赐倒吸一口凉气，脸被打得可真疼。

没有人会关心地问一句你的脸怎么了，因为楚天赐为了表现大度刻意让身边的人只说了牛奶的事情，对被楚清让打的事情绝口不提，而霍以瑾觉得身为未来潜在的合作伙伴，她有义务配合楚天赐实现他的愿望。

至于楚天赐是不是明着隐瞒，暗里却迫切希望霍以瑾提起，那就不是霍以瑾需要考虑的问题了，她就是这么一个耿直的人。

楚清让此时也在冷笑，霍以瑾让他们兄弟两个一个回了霍以瑱的办公室，一个却被客客气气地请到了会议室的套间，傻子都能明白这里面的亲疏远近好吗？

更不说霍以瑾在楚天赐被带去换衣服的空当，还特意上楼去找楚清让又解释了一下。

霍以瑾对于和楚清让发生那种总裁文里经常会有的"我不说，你不懂"真的是一点兴趣都没有。

有时候她真心搞不懂那些总裁文里的逻辑，明明几句话就能说清楚的误会，总裁却打死也不和女主角说。要是有什么难言的苦衷也算，但他只是帮了她一把啊，她不理解总裁的解围方式，那就解释一下嘛，都费那么大的劲儿帮忙了，再配个解说能有多难？一个大老爷们儿还不如个女人痛快。这种逻辑不通的误会必须坚决抵制！怎么能为了虐而虐呢？

现在，霍以瑾曾经付出的吐血三升的憋屈终于得到了回报，她条理清晰分步骤地开始了和楚清让的沟通。

她先是开诚布公地解释了自己当时为什么会那么武断地处理。

隐瞒一件说不清楚的绯闻最好的办法不是解释它，而是提都不要提。多说多错，少说少错，不说不错。霍以瑾尽快把两人都带走，没了当事人，已经删了照片和录像的员工也就没了继续深究的谈资。最多不过是私下里互相说说，对楚清让的影响不会太大，甚至这个消息最后也只会在设计部流传，同在一栋大楼里工作的员工都未必能知道。

再是为她"没来得及事先通知楚清让，有可能在当时伤害了楚清让感情"的做法道歉；最后她握着楚清让的手道："别多想，我始终都相信你不是有意的。"

楚清让到最后也只是干巴巴地回了一句："我真没多想。"

霍以瑾真的是深谙各种破解误会桥段手法的技巧，楚清让觉得吧，哪怕他一开始很天真地误会了霍以瑾，现在经过这样掰开了揉碎了的反复讲解他也懂了。而让楚清让觉得最可怕的是，他竟然从头到尾一点都没怀疑过霍以瑾会误会他。

要知道他当年可是遭受过亲爹亲妈都不信他的糟糕往事的，他以为他已经失去了这种盲目地信任一个人会相信他的能力，但现实却告诉他，你错了。

楚清让近乎盲目地觉得霍以瑾会相信他，就是那种哪怕全天下都在说他的坏话，霍以瑾也不会武断地说出什么"啊，真是看错你了，我对你好失望啊"之类很不负责任的话，她会坚定不移地相信他不是那样的，并想尽办法去证明。

霍以瑾这个人真是太糟糕了！

"直接说一句我很感动，我也相信着霍以瑾能有多难？""直白楚"扪心自问。

"我、我才不会这么想！""傲娇楚"强烈反驳。

"如果我说我确实是故意的呢？不是他碰撞到了我然后诬陷我，确实是我自己主动浇了他一头并打了他。"

楚清让也不知道自己为什么要这么说，连他都觉得自己这么问实在是太过分了，但他还是坚持没有收回他的话，并期待着他也不知道到底在期待着什么答案。

霍以瑾笑着给出了那个答案："那就请你相信我，我会替你处理好的。"

楚清让不自觉地就想到了他演过的一部电影里的旁白："这个世界上并没有无缘无故的爱，只有连我们自己都意识不到的爱上的理由。这与那人好看不好看、聪明不聪明、富有不富有没关系，只是在很特殊的某一刻，那人给了我别人给不了的深刻感情，也许只是恰到好处的一句话、一个微笑甚至是一个简单的挥手，他就会成为我的全世界。"

自楚天赐从楼梯上滚下之后，楚清让和楚家之间又发生了很多事，他们已经没办法回头了。但在无数次午夜梦回，楚清让还是会忍不住地想，要是没有发生那件事，要是他的母亲如霍以瑾这般毫无理由地选择了相信他，那么一切是不是就会变得不一样？

那个时候的他刚上初中，养父还没杀人，他也没因为亲手把养父送到监狱的事情东窗事发而被生父生母忌惮送到Ａ国，他还手握希望。

他已经错过了他的生母，他不能再错过霍以瑾！楚清让在心里这样告诉自己。

于是紧接着他就对霍以瑾脱口而出："我骗你的，我不是故意要打他的，而是……"

有那么一刻，楚清让是想把一切都对霍以瑾和盘托出的，他的女神，他的过去，他的复仇计划。但就在他有了这个想法的下一刻他意识到，他和霍以瑾认识了才一个多月，连和他认识了七八年的阿罗都还不知道他的全部。不那么有底线的阿罗都不太赞同他的做法，始终坚持原则的霍以瑾就更不可能了。

最后，楚清让还是怯场了，在临门一脚的时候，他犯了一个几乎每本言情小说里的女主角都会犯的错误——因为种种原因，女主角做下了一些不可挽回的事情，为了不破坏总裁心中自己的形象，她决定开口欺骗，苦苦隐瞒。

"……是他先挑衅我的，他激怒了我，我一时没控制住自己才做了这样的事情，我不是有意的，你信我。"

比起在霍以瑾心中当一个过于有算计城府的人，楚清让宁可当一个略显冲动的人。

"我说了啊，我信你，你完全不用试探的。"霍以瑾抬手做了一件当初楚清让想做而没做的事——摸头顺毛，手感一级棒，霍以瑾在脑内"找个爱人的十大好处"中又添了一条——爱人可以弥补没办法随意抚摸小动物的遗憾。

"很抱歉给你惹了这么大的麻烦,你不用帮我的,我会自己负起这个责任。我也不知道我是怎么了,只是一听到他说、说你……他不该那么说的!"楚清让开始误导霍以瑾,让她以为是楚天赐说了霍以瑾什么难听的话他才会失去理智。毕竟位高权重的女性总会在男性多的领域备受诟病,不少刚开始和霍以瑾合作的人都会在背后议论她。

"冷静,我懂你的意思。你没有给我造成什么困扰,你做得再过分一点我也不会生气,我很乐意帮忙处理这件事。"

楚清让虽然没问出口,但他的表情很明显,为什么要对我这么好?

谁让我宠你呢。霍以瑾回了这样一个"此时无声胜有声"。

霍以瑾觉得自己简直帅爆了!她完美地执行了霸道总裁在女主角闯祸之后该做的所有事!

"确实挺帅的,如果你最后没加这段自恋独白的话。"谢副总在电话里发表了他的感想。

霍以瑾和楚清让说完之后,她就迫不及待地出门和谢副总打电话分享了这件事:"我仿佛已经听到了教堂钟声的响起。"

"……我不明白。"谢副总对于话题的跳跃度有点跟不上,"从楚清让闯祸了由你来收拾的这件事情里你是怎么听到未来婚礼的钟声的?你一次次给他收拾麻烦,好让他就这样一点点地喜欢上你?我以为你讨厌这样的折腾。"

"都说人丑就要多读书,你连书都不读,以后可怎么办?"霍以瑾为自己的朋友担心极了,"恕我纠正一点,他已经喜欢上我了。"

谢副总这次是真的被吓倒了,吓到他都没反抗霍以瑾对他的智商和外貌的嘲讽。他是说,以前大学里多少人喜欢霍以瑾,暗恋、明恋甚至直接开口说"我喜欢你"的都大有人在。但霍以瑾愣是能不知道,多少男同学哭晕在厕所。时隔多年的今天,霍以瑾还是那个霍以瑾,可她却突然开窍了,世界真奇妙。

"你也很意外吧!"霍以瑾全身上下都透出一副想要嘚瑟又不好太嘚瑟,免得秀恩爱分得快的矜持感。

"不,我对于他喜欢上你的这件事完全不意外,我只意外你是怎么发现的。"

"因为他嫉妒了。他以为楚天赐想追我，所以他失去了理智。以楚楚平时的为人，他怎么可能干得出就因为别人随意挑衅两句就打人的事情呢？"

"……你是怎么以为的'他以为楚天赐想追你'？"

"很简单的分析嘛，楚天赐和楚楚按理来说应该是完全不认识彼此的对吧？他们除了都姓楚以外几乎没有任何共同点，除了我。你我都知道楚天赐接近我只是想通过刷我的好感度来达到讨好我大哥的目的，但楚楚不知道。那么楚天赐作为一个未婚的优秀的企业继承人最近频繁地接近我，在楚楚看来会是什么原因呢？"霍以瑾一步步地启发着谢副总。

"他想追你。"谢副总觉得这绝对不是霍以瑾以为的楚清让误会了的事情，楚天赐很有可能是真的在追霍以瑾，只不过霍以瑾完全没看出来而已。

"正确！"

谢副总明智地没再问楚天赐为什么要针对楚清让，因为他觉得他已经知道了真相——楚天赐就是在追霍以瑾，所以他才会对楚清让抱有强烈的敌意。但既然霍以瑾没看出这点，那他还是不提醒她了，免得再当一次楚天赐的神助攻。

"所以楚楚嫉妒了，就像是每个总裁文小说里女主角那样，嘴上说着希望总裁不要追她去纠缠别人，但等总裁身边真的出现别人了她们又会很嫉妒，进而发现自己对总裁的真正感情。如果用一本小说来衡量我和楚楚的进展，那我们现在势必已经进展到了主角即将两情相悦之前的那一波高潮。"

一旦他俩确立关系，霍以瑾肯定自己不会像别的小说里那样给现实再生事端的机会，会果断结婚。换句话说就是现在的情况在她看来完全就是好事将近的节奏，她已经可以开始订婚纱样式了。

"我总觉得还有别的理由。"谢副总苦苦挣扎。

"那你说还有什么别的可能嘛。"霍以瑾很大度，准备听听谢副总的想法。

有限的情报让谢副总推断不出真相，所以他只能默默地想着，貌似还真没别的可能了。霍以瑾一直都说得好有道理，让他无言以对。

"不过为了以防万一，我决定再试探一下。"

"怎么试探？"

"利用楚天赐呀。"在霍以瑾的人生里,她是绝对不会让这种能利用起来的大好资源白白浪费的。

"别作死啊亲!你知道有多少小说都是因为总裁的这么一个小小的嫉妒性试探,生生写出了又一个百万字的吗?"

"我又不是真要和他有什么,只是稍微试探一下。"

"请神容易送神难!"谢副总觉得吧,他们的世界已经够乱的了,真不太适合再插进来一个楚天赐。

"我当然懂。安心啦,我会注意尺度,不让楚天赐误会的。我才不要当那种同时玩弄了两个无辜女人感情的渣男呢。"

"哈,终于暴露你的真实性别了!"

"小心我抽你。"说完这句后霍以瑾就挂断了电话。

利用楚天赐试探楚清让的事就这样被愉快地决定了下来。

谢副总:明明是单方面告知好吗!

霍以瑾试探楚清让的机会很快就来了——会议之后楚天赐主动送上门找霍以瑾攀谈。

当时霍以瑾并楚清让一行人正在大楼的一楼大厅里等待她助理把车从停车场开过来,同样在等车的楚天赐就这样借机和霍以瑾聊了起来。霍以瑾也没有拒绝,在楚天赐希望借一步说话时更是十分配合地借了一步,站在一个别人能看到他俩却听不到他俩说什么的地方开始了和楚天赐的没话找话。

霍以瑾全程面带微笑,在听不到他们聊什么的前提下,这会给人一种他们好像聊得很投机的错觉……也就是错觉而已。

真实对话的几个范例如下:

"贵公司可真人性化,楚清让'不小心'洒到我身上的牛奶据说是用来喂猫的。但据我了解,猫不能喝牛奶。"

"谢谢关心,一样米养百样人,猫也一样。牛奶是我让喂的,有好几年了,一直没事。"

楚天赐想了很多种可能,好比猫其实子虚乌有,也好比即便猫真实存在,用有可能会害了它的牛奶去喂,楚清让也只会落个伪善者的形象。但他却怎么都想不到猫竟然是看上去完全不会养小动物的霍以瑾养的。

上眼药失败。

"我们竟然是中学同学你知道吗?怪不得我会觉得你那么面善,要知道晨练搭讪可不是我一贯会用的套路。"

"真是抱歉啊，我没认出你。"霍以瑾回答得顺溜极了，一看就常遇到这种情况。

我没想得到你的道歉啊！要不是特意找了年鉴，我也认不出来你啊，要不要搞得好像我心心念念你好多年，你却对我一点印象都没有，很伤面子的好吗？快崩溃了的楚天赐套近乎失败。

"晚上要不要赏光一起吃个饭？我保证只是工作餐。"

"除了工作餐还能是什么？"

"……当然没什么。"

"抱歉，我拒绝，我大哥很快就会回来了，你该吃工作餐的对象是他。我下班了，恕不奉陪。"

既然无论如何都会拒绝，那你再一次强调工作餐要干吗啊，给人希望又让人失望很高兴吗？

借晚餐之机让楚清让打车回家的计划失败。

楚天赐被噎得有好几次都差点没绷住脾气，要不是怕引起霍以瑾的警觉之后不好在背后下手让她为她的无礼和看不起他的行为付出代价，他早就翻脸走人了。

霍以瑾对于楚天赐的心理变化毫无察觉，因为她和他说话的时候根本没走心，完全就是在依据本能敷衍，她全部的注意力都集中到了那边的楚清让身上。看着他频频向他们看来的举动，脸上掩都掩不住的在意表情，她在心里欢呼，楚清让这肯定是吃醋了！

在霍以瑾又一次朝楚天赐靠了靠之后，楚清让终于按捺不住地动了，朝着他俩径直而来，霍以瑾都快维持不住自己的严肃脸了。

可惜，楚清让来不是为了直接拽走霍以瑾，只是说了一句："车来了，霍总。"

霍以瑾和楚天赐尴尬的谈话被打断，终于能告一段落了的庆幸两个人同时都感觉到了。

霍以瑾：虽然楚清让的举动不是自己最想要的，但对于别扭的楚清让来说已经算是不错了。

楚天赐：怪不得霍以瑾会和楚清让在一起，他俩都是这么讨人厌！我一定要让他们好看！

在回去的路上，楚清让也果然如霍以瑾所料的那样，对楚天赐如临大敌，开始各种拐弯抹角地想要阻止他们继续深交。

先是试探。

"你和楚天赐私交不错？"

"还好，中学同学。"现学现卖。

再是深究。

"即便是同学，他也不能来参加霍氏国际的董事会议吧？我是说，他可是长乐实业董事长的儿子。你和他有合作？如果是商业机密就不用告诉我了。"

"不算是什么秘密。如果你很想知道的话我可以告诉你。"

"请务必告诉我，我很想知道。"楚清让也算是豁出去了。

"楚天赐在和我大哥谈有关于新能源应用的合作。你知道几十年前发生的天外来客的传言吗？说是某一天晚上某市有很多市民同时都看到了从天上而降的外星人飞船，后来证实了那不过是陨石。而那些陨石中的一块砸出了一个天坑，当地政府在天坑的浅表层下挖到了一直深埋地下经过万年变化的矿产，经过多年研究，这个新型矿产很有可能取代石油、天然气成为一种节能的新能源。楚家研究出了利用新能源作为驱动力的办法，他们一家吃不下，想和霍氏国际联合。这里面和我关系不大，我只是暂代我大哥而已。"

试探够了，就该不着痕迹地表达自己和别人是清白的事实了。霍以瑾想到。

最后是警告。

楚清让明显松了一口气，但还是不忘对霍以瑾道："楚天赐很危险，你……和你哥都要小心他。"

"他能不怀好意什么？我们霍家和他无冤无仇的。"霍以瑾觉得吃醋到已经有点不讲逻辑的楚清让简直可爱极了！怪不得总裁们总是喜欢故意各种逗女主角吃醋，还真是一项娱乐身心的活动。

"总之答应我，离他远点好吗？我不会害你的。"

不就是想让我离他远点嘛，你这个磨人的小妖精，安心啦，只要你和我在一起，我保证不会看别人一眼！……这么羞耻的话，哪怕神经粗如霍以瑾最终也就只敢在心里想想，没能说出口。

回去之后，谢副总早已等在了霍以瑾的办公室里，打断了霍以瑾本来准备的再次对楚清让告白的计划。

在女主角吃醋之后，往往是总裁们告白的最佳时机，既能解释清楚事情，还能快刀斩乱麻地趁着女主角看破自己的真实情感一举将人拿下。

"你有很重要的事？"霍以瑾的言下之意就是没有重要的事就先出去。

"很重要。"谢副总听懂了霍以瑾的话，却没有退让。

"你坚持？"

"很坚持。"

霍以瑾只能遗憾地与楚清让说再见。工作第一，告白的机会以后多的是。

关上门，霍以瑾坐到了她哥专门为她从国外定制的据说十分符合人体力学、久坐也不会感觉到疲倦的真皮总裁椅上，眯眼对谢副总道："你最好给我一个很紧急的理由。"

"你哥和长乐实业的新能源计划被长乐实业的老对手 Anti-chu 知道了，这个理由够不够紧急？"

对总裁的第七印象：付出的信任只有一次。

"这不可能！"听到谢副总带来的坏消息，霍以瑾的第一反应就是否认，这倒不是她在逃避现实，而是她真心觉得这事儿没可能。

一是因为今天下午才是他们的第一次会议，开会之前连霍以瑾都不太清楚合作项目的具体内容，而因为牛奶事件，下午的会议只能草草收场，他们自己都还没怎么讨论出个什么呢，Anti-chu能知道什么？

二则是因为与会高层大部分现在还在到处都是监控摄像头的总部上班呢，公司的网络又有一整个小队的技术人员在后台监控，稍有个高一点的下载或者上传峰值流量就会提醒预警，多少人上班偷偷用公司的网络下载视频都是这么暴露在技术人员眼前的。明知道这点的高层人员要怎么往外传递会议内容？Anti-chu又怎么知道？并且还被谢副总知道了他们知道了。这是什么速度？超人吗？

"我也希望这不可能，但对方确实是知道了。在这个高科技时代，一切都有可能。而正是因为这次的速度过快，才让我们能把怀疑对象圈定在一个很小的范围内。"提前准备好提出计划的长乐实业，以及在消息传来之前就已经离开了总部大楼的人。

"你最好祈祷消息不是我们这边泄露的，否则……"霍氏国际就要作为主要责任人，摊上一场必输的官司了。

Anti-chu能被称之为长乐实业的老对手，自然是因为这两个公司有不少人所共知的恩怨旧史。其中最出名的就是Anti-chu喜欢抢长乐实业的计划提前推向市场。大学课本上最新的经典商业间谍案例里总少不了Anti-chu活跃的身影，哪怕被抓了，被警告了，被罚款了，他们也是坚决不认错，死不悔改，积极地和长乐实业各种作对。

人们不知道Anti-chu和长乐实业这是什么仇什么怨，他们只知道作为被Anti-chu主要针对的对象，长乐实业对Anti-chu的警惕性已经达到了空前变态的程度，不要说履历里之前有在Anti-chu任职经历的人，哪怕亲戚里有，也是不会被长乐实业雇用的。

所以最近两年Anti-chu改变了他们的风格，开始转而找和长乐实业合作的对象下手窃取情报。

魔高一丈道高一丈，长乐实业在吃过暗亏后也幡然醒悟，走上了一条和曾经的合作对象要求赔偿的致富之路。

两个公司同时投入大量的人力物力合作，却被 Anti-chu 的商业间谍摘了果子，作为丢失情报的主要责任方，不仅要承担全部的损失还要对被连累的长乐实业进行补偿。这可能吗？

长乐实业用官司全胜的辉煌战绩告诉了人们，可能。他们不仅真的向法院起诉了自己曾经的合作对象，还赢了，三次。

这种最大限度地降低了自己的损失转嫁危机给合作伙伴的手段虽然不够地道，但也无可厚非，毕竟如果合作成功，长乐实业赚到的会是他们得到的补偿的几倍甚至是十几倍，严格意义上来讲他们也算是赔了，还搭上了世代经营出的好名声，如今毁誉参半，让人对其的感情十分复杂。

长乐实业作为一个经营多年的上市集团，他们与别的公司有合作的项目可以说是不胜枚举，只出了三个翻脸的例子，也只能算是个例，还不至于引起别的公司的警觉，哪个公司能没有过和合作对象翻脸的历史呢？所以该合作还是会合作，这其中就包括了在此之前两家完全没有接触的霍氏国际。

"长乐实业的律师团现如今已经打出了经验、打出了水平。他们对把和自己有过合作的小伙伴因为这种情报泄露的事情告上法庭可谓是得心应手，未尝败绩。要不是除了赔偿金以外长乐实业实在是没得到什么好处，我都快要怀疑这是不是长乐实业和 Anti-chu 一起玩的名为敌对，实为合作的把戏了。"

"也不是没可能。"霍以瑾道，如果不算过程，只说结果，那这完全就是长乐实业和 Anti-chu 的双赢局面，长乐实业可是趁机吞并了不少被连累到倾家荡产的企业。

"就像你说的，你大哥才和长乐实业开始合作，这是第一次会议，即便是个圈套，收网的时间是不是太早了一点？而且长乐实业为什么要给霍氏设套？这样的小损失根本不会妨碍霍氏什么，反而一个操作不当，等你大哥腾出手来那就是长乐实业的死期了。之前他们告过的合作对象都是本身就对付不了他们或者经营不善的企业。"

"所以说来说去你要告诉我的还是我们这边出了差错？"

谢副总一脸沉重地点了点头："我们必须提前做好准备，不用我提醒你董事会那边有多少老爷子一直都在想抓你的小辫子好让你安生一点吧?"

霍以瑾要不是有个什么都能答应她的亲哥,这些年的发展也不会如此顺利,甚至直到今天还有不少董事会成员觉得霍以瑾的存在意义是联姻,并忌惮着婚后她会把本该属于她母亲的陪嫁如今被视为霍氏不可分割的一部分的 NOBLE 服饰带走,便宜了未来的夫家。

"那些老爷子不过是闲得没事整天在俱乐部里打高尔夫打坏了脑子。我现在比较关心的是大哥对这件事情怎么说。"

"他还不知道呢,但我有理由相信快了。"

"那你是怎么知道的?"霍以瑾一愣,她还以为谢燮是从她大哥口中知道的消息⋯⋯等等,谢燮怎么可能比她大哥还快?这不科学!

"有人给我的邮箱里发了一些有趣的东西。"

"栽赃?"霍以瑾几乎是第一时间就想到了这个已经被无数小说用烂了的梗,通过邮件发视频、照片什么的栽赃嫁祸。

"也有可能是披露真相。我也有我的一些门路,我是先知道了 Anti-chu 的事情之后才收到了这封没办法追踪来源的邮件。"谢副总看完之后整个人都不好了,所以他才会坐在霍以瑾的办公室里等她回来,希望第一时间和她面对面沟通一下。

"那邮件里到底有什么?"霍以瑾有一种很不好的预感。

"你也许该问是有关于谁的,然后自己看。我个人不太想转述邮件内容,因为那会带有鲜明的偏见,不太公正。"

"是谁?"霍以瑾虽然问了,但其实她内心深处已经有了答案。

"楚清让。"

果然。霍以瑾抿唇,闭眼。

"邮件里的内容其实总结一下就是他做这件事情的动机、手法以及有点模糊的证据。我都打印出来整理好后放到了你桌子上的牛皮档案袋里,由你来决定看或者不看。"虽然谢副总不喜欢楚清让,觉得他一边有个情深似海的初恋,一边又来招惹霍以瑾的行为很渣,但他也不会在这种事情上插手,替霍以瑾做决定。

"你的意见呢?"霍以瑾靠在椅背上,突然觉得很累。

"你的意见就是我的意见。看了邮件之后我也不知道该不该相信,所以我决定听你的,一如我们过去遇到问题时的处理办法,你信,我就信;你不信,我们就来想办法查查幕后黑手是谁。"谢副总对霍以瑾十分信任。

"给我点时间。"

"我知道,要不我现在报告的对象就不会是你,而是你哥了。"谢副总体贴地留给了霍以瑾足够思考的私人空间。

霍以瑾盯着桌上的牛皮纸袋一直到华灯初上,整个NOBLE服饰的写字楼里只剩下了她和保安,连清洁工都做完清扫工作下班走人了。离下午的会议也不过几个小时,她却觉得像是过了一个世纪那么漫长。

明明天平的一边是她最重要的大哥和工作,另一边只有楚清让而已,她却还是少有的犹豫不决了。

谢燮十分了解霍以瑾,所以在吃晚饭的时间他发来了短信:其实你现在能做的不过有二,要么看了之后选择相信或者不信,要么直接把袋子扔进碎纸机里,一点都不信。无论如何都不要和自己的胃过不去,胃溃疡、胃穿孔、胃癌可都不是什么好词。

霍以瑾看着短信笑了,她终于做出了决定,她选择三——带着档案袋敲响了楚清让家的门:"介意让我来蹭一顿晚饭吗?"

"当然不介意,欢迎,快进来,我刚做好晚饭。呃,就是简陋了一点。"

霍以瑾看着桌上的泡面愣了好一会儿才道:"你管泡面叫简陋了一点?我听谢燮说你好歹也是年薪千万起的影帝,这样的晚饭会不会对不起国际影帝的格调?我以为你会做饭。"

"是什么给了你这样的错觉?"

总裁小说里就没有哪个年少艰苦的女主角不会做饭的好吗?

"我最忙的时候同时接了五部戏,三个广告,以及我也不记得具体数字的通告,一回家就恨不能倒在床上再也不起来,根本没时间去发掘厨艺方面的天赋。我实在是找不到一个比三分钟泡面更速成省时的食物,连速冻水饺、火锅底料以及意大利面都只能望其项背。"最重要的是他没找到亲自下厨的理由,毕竟吃饭的只有他自己,怎么都能凑合。

"但你现在并不忙。"

"是啊,可我已经习惯成自然了。泡面真的是个不错的东西。"楚清让边说边走向了厨房,"电视剧里不也总是这么说吗,做人呢,最重要的就是开心,好啦,不要不开心了,你饿不饿,我给你下碗面吃?"

霍以瑾一愣:"你怎么知道我不开心?"

楚清让面对一脸认真回答的霍以瑾也愣了,她真不是来搞笑的?他只是在念台词啊,竟然就这么误打误撞地遇上了她心情不佳……

"你一集电视剧都没看过?"

"没有。"

懂了。

不知道这些网络流行梗的霍以瑾好萌怎么办?!这一次楚清让终于心随意动地笑着抬手揉了一把霍以瑾的头,完美得到了对方的瞪视,笑得更开心了。真的像是猫一样啊,只有她动别人的份儿,别人要是敢动她的,保准挠人一脸。

"别只顾着笑,你还没回答问题呢,你怎么知道我不开心?"

"因为我就是知道。"楚清让情不自禁地起了逗弄之情,"你可以把这当作魔法,男人特有的天赋,以及……"

"你对我的了解?"

"我……我为什么要了解你啊!霍以瑾这种生物简直无理取闹!"傲娇楚。

"心有灵犀什么的,嘿嘿。"直白楚。

楚清让红着耳根,转过身开始专心致志地打火煮面。

"泡面到底不错在哪里?"霍以瑾决定当一个体贴的好总裁,不戳穿楚清让的傲娇,"我是说除了你刚刚那奇怪的说法以外的不错。"

"呃,不错在我现在能让你随意选择口味,还能让你想加荷包蛋培根就加荷包蛋培根,最重要的是可以用一千块一升的CHATELDON煮泡面,我打赌你一定没吃过用王室专用水煮出来的泡面。"

CHATELDON霍以瑾知道,这个可以说是矿泉水界的奢侈品了。在1650年就被确定为某国王室的专用饮水,在现代社会因稀缺性而昂贵,只有米其林两星及以上的高档餐厅及当地的奢侈品超市才能买到。但霍以瑾对此却不太感冒,因为水在静置几天后水分子结构都会被破坏,失去活性,哪怕是最昂贵的矿泉水也没办法违背自然科学,所以所有的水都是一样的,没什么高低贵贱之分。

"和用普通白开水煮出来的泡面有什么区别?"不太懂泡面的霍以瑾最后还是决定虚心请教。

"没有。"楚清让毫不犹豫地摇了摇头,这事儿他很有经验,"但你可以想象。"

"想象不出来。"霍以瑾照实回答。

"为什么?"楚清让诧异地回头。

"我就没吃过泡面。"

"那今天就是你的第一次了,我也是第一次煮泡面给别人吃,你想吃什么口味?我这里有叻沙、咖喱、海鲜、排骨以及辛味拉面。"

本来找楚清让是问清楚霍氏和长乐实业合作内容泄密的事情,最后却反而莫名其妙地坐在他家餐桌上吃起了人生中的第一碗泡面……霍以瑾想了好久都没能明白这一切到底是怎么发生的,好像从进门开始就这么自然而然了。

夸张的长条餐桌上,霍以瑾和楚清让相对而坐,默默无言地各自吃完了一碗闻起来很香,吃后却会有点想吐的泡面。

"所有的泡面都具有这样的特质吗?还是只有你做出来的黑暗料理会如此。"霍以瑾情不自禁地发问。

"所有的泡面都是这样。"楚清让立马开始为自己的厨艺申辩。

霍以瑾在把泡面归类到绝对不会想再尝试一遍的食物列表后深吸一口气,打开了楚清让家的音响,决定放点舒缓的音乐以缓解接下来可能出现的尴尬气氛。她在微博上看到说主角在干一件大事前都是这样干的。

在全部准备妥当之后,霍以瑾把档案袋推向了楚清让。

"这是?"楚清让绝不会承认他刚刚以为霍以瑾放音乐的动作是准备再告白一次!绝不!

"据说我们和长乐实业的会议内容外泄,已经被长乐实业的敌对公司 Anti-chu 知道了,有人发了邮件指认你是第一嫌疑人,这里面是那封邮件里提供的证据,你做这事的动机、手法都在里面。"

楚清让在听到 Anti-chu 的名字时就挑了一下眉,心领神会地收起了笑脸,严肃以对,两人之间本来不错的气氛陡然而变。再舒缓的音乐都没用,该尴尬的还是会尴尬。

"我还没看过内容,因为我说了,我信你。但我也要对我哥和我们家的公司负责,所以我来找你,希望能从你口中了解事情的始末,而不是从别人口中了解你。"

霍以瑾一直觉得从别人口中了解另外一个人是人类判知中最大的错误,一如前段时间她和离姗的事情爆发时一样,大部分不理智的网友都是从对她有敌意的离姗口中了解的她,然后就武断地下了结论。

好吧,霍以瑾到现在还坚信着楚清让是被诬陷了。最简单的理由,下午开会时楚清让根本不在会议室里,他不可能知道会议内容,她在车上也只是告诉了他合作项目的名字，而不是内容。

"你不怕我骗你吗？"楚清让的关注点有点偏，因为他觉得这才是对于他来说比较重要的事情。

"不怕。"霍以瑾缓缓地摇了摇头，很小的时候她的祖母就告诉过她，对喜欢的人付出信任并不可怕，因为如果信对了那就是一辈子的幸福，如果被骗了也就是一次宝贵的经验教训，怎么想都不亏的，只需要做到……"我的信任只有一次，你骗了我，我就不会再原谅你。"

很多人被骗得倾家荡产、跳楼自杀并不是因为他们轻信了对方一次，而是他们一错再错。在第一次发现上了小当时并没有及时抽身，反而上赶着找死，这才酿成大祸。

霍以瑾一直严格地遵循着这点，用人不疑，疑人不用，一旦被骗，就绝对不会再给对方第二次机会。

"看来在'霍以瑾的信任'这个游戏里我只有一条命啊。"楚清让笑得很轻松。

"是的，所以好好把握。"霍以瑾很配合。

"我能先看看袋子里的内容吗？其实我已经有一些猜测了，但在没有确定之前不好妄下结论，等我确定了才好对你解释我为什么会陷到这样的局面里。"

"当然。"霍以瑾拿文件来的目的就是得到楚清让的解释。

楚清让打开袋子只扫了几眼就笑了，确定和他的猜想一样："你先听我大略地讲一下袋子里的内容，还是自己先看一遍？"

霍以瑾接过了文件袋却没看："我想听你说。"

反正文件就摆在这里，楚清让想骗也骗不了她，为免第一印象受到恶意影响，她决定先听楚清让是怎么说的，然后再看。

楚清让点点头，摆出一副长谈的模样，平静开口：

"那就由我来说好了。

"首先是动机，我肯定和你以及霍家没仇没冤，也和 Anti-chu 没关系，那文件里说我会泄密是因为我和楚家有仇。

"这点我没办法否认，我确实和楚家有仇，准确地说是和楚天赐有仇，一如文件里说的。我一直没有告诉你，我其实是楚家的小儿子，楚天赐是我的兄弟，小时候我被抱走，十三岁才被楚家找回，十六岁又因为楚天赐的原因被送往了国外。

"我想说的是，我之所以没有告诉你不是有意瞒着你，也不是为了恶意接近你好伺机报复楚家。我只是不想认这门亲戚。既然连身为我生父生母的楚先生和楚太太都不太想认我，那我也没必要上赶着认他们，对吧？

"不过在这个故事里，他们不是重点，重点是我和楚天赐的私仇。

"文件里提了两个论据：

"一，我十三岁被认回去那年，对在楚家长大的天之骄子楚天赐心怀怨恨，把当时身患白血病的他从二楼推下，差点造成他的死亡。

"二，我十六岁那年设套让从小对我拳脚相加的养父杀了他的亲子，亲手把他送进了监狱，楚天赐向楚先生和楚太太告发了此事，我因此被送往了国外接受精神治疗，也就是我第一次在仁爱医院外面遇到你的时候。

"我想解释的点有三：

"一，不是我推楚天赐下楼的，是他当时以为自己活不长了会被楚先生抛弃，本着他不好过也不让我好过的心态，从我面前滚了下去。很可惜，我没有证据证明这点。但袋子里的文件却有身为我生母的楚太太对我的指控。

"二，不是我设套让我的养父杀了他的亲子，而是他和他的儿子想杀我。当时屋子里只有我养父一家三口和我四个人，扭打中我的养父错手杀了他的儿子，养母接受不了打击精神失常，我把养父打晕，报了警。我怀疑是楚天赐给了我养父钱让他来杀我，但我还是没有证据证明这点，只是个人推断，信不信由你。

"三，楚天赐为什么从我进门开始就对我心怀怨怼，想尽办法地诬陷我呢？因为我和他不是亲兄弟，我们之间的故事很狗血。"

楚清让和楚天赐之间的狗血故事一言以蔽之就是男版的《蓝色生死恋》。

两个家庭抱错了孩子，一家富到极点，一家穷到极点。韩剧里讲的是被错抱到富人家的穷人家的女孩各种真善美，最后却得了白血病挂掉的故事。而楚清让在楚太太眼中，担任的就是剧中那个被错抱到穷人家的富人家的女孩的角色，也就是传说中的恶毒女配。楚天赐自然就是可怜的得了白血病的女主角。

和韩剧不同的是，楚天赐得病的时间比较早，正是因为这个病才暴露了他不是楚家亲子的事。然后楚家经过多方调查终于找回了楚清让，但在把亲生儿子找回来之后，在楚母和楚天赐的坚持下，两家却没有交换孩子，而是全部被楚家养了起来。

楚母就像是韩剧里那个明明亲生女儿就在身边，却生生想养女想到重病的富家母亲一样，觉得生恩不如养恩，心心念念的只有自己养大的儿子，而对亲子熟视无睹。

"从我被楚家找回去之后，楚天赐就一直害怕着我们早晚会身份对调，被我抢走他的爸妈和财产。哈，他的爸妈和他的财产，可笑吗？而楚太太也坚信着，我会因为楚天赐占据了本该属于我的位置而对他心怀怨怼，想办法和他过不去。

"为了照顾楚天赐'脆弱'的心理，楚太太更是对外拒不承认楚天赐不是她的儿子，只说我是比楚天赐小一岁的弟弟，还在襁褓里就被人从医院抱走了。

"其实这还不是最可笑的地方，最可笑的是楚太太一面恨着我的养母抱走了本属于她的儿子，一面又在忌惮着我的养母会把本该属于她的楚天赐抢走，她的楚天赐。

"因为楚天赐的病需要我养母和她小儿子的骨髓，以免白血病复发将来还会用到，楚太太一直在用钱精心养着曾经对我拳脚相加、家庭暴力的那一家人。在他们想要杀我，我只是自卫的时候，她不问缘由上来就责问我为什么会这么对养父。我实在是不知道该感谢他们什么，谢谢他们打我？谢谢他们想杀了我？"

说到最后，楚清让红了一双眼睛，却抿唇坚持没让自己更丢脸，他不断在心里默念尼采的名言：杀不死我的恶意最终只会让我变得更强大。

"你养父一早就知道你不是他的儿子？"要不当年也不会对楚清让家暴了。

"我养母是改嫁。"楚清让言简意赅道。

"抱歉。"都说有了后妈就会有后爹，有了后爹就会有后妈，被抱错，童年又摊上这么一个家庭，楚清让投胎之前一定忘了点亮"幸运"的技能树。

"那都是过去的事情了，不会再对我造成影响。"楚清让笑得云淡风轻，好像真的已经不再在意，"毕竟我和楚先生楚太太也没什么感情，他们不认我，我也不认他们好了。"

霍以瑾在为楚清让糟糕而又狗血的过去遗憾的同时也终于明白了一件事，今天下午她确实想得有点多，楚清让根本就不是什么嫉妒，只是在好心提醒她，楚天赐是个表里不一的人。幸好她没再一次告白，要不就糗大了。

"不过说句良心话,楚天赐要只是为了陷害我就耗费如此大的手笔,甚至不惜损失自己的利益,我感觉这说不通。"楚清让较为客观地说了一句。

"如果加上我也得罪了他呢?"霍以瑾从谢副总那里得到消息后就一直在回想最近发生的事,她后知后觉地意识到自己今天下午离开总部之前为引起楚清让的注意而对楚天赐的敷衍态度,绝对能算得上是得罪他了。

"就我个人经验来说,如果你也得罪了他,那就没什么好奇怪的了。不过还是有别的可能,只是恰好找我当了替罪羊,我不希望你因为我而失去判断力。"

霍以瑾点点头,表示她自有她的想法,不会轻易因为别人而改变:"继续,文件里还说了什么?"

"接下来就是手法和证据了。

"文件里说我和楚天赐在设计部发生冲突时,了解到了你今天的会议内容是和长乐实业有关的合作,然后我就恶向胆边生地决定把会议内容卖给长乐实业的老对手。

"这里的证据是我的私人账户在今天晚上突然多了一笔来源不明的转款,我确实多了一笔我也解释不清楚来源的转款。

"而消息之所以走漏得这么快则是因为我不是在会议之后才把会议内容卖了,而是你们一边开会,我一边就把会议室里的监控视频通过你哥办公室的电脑传了出去。

"这里提供的证据是一句话——技术部的监控后台一定留着今天下午你哥办公室里电脑的流量活动。"

总裁的电脑上到底干了什么,这个肯定是没办法在后台知晓追踪的,但有流量活动却能看到。而霍以瑱身为集团总裁和董事长,他办公室的电脑和霍以瑾的电脑一样,有随时能调取整个公司监控视频的权力,其中就包括会议室里的。

这些霍以瑾都知道,她只是有一点不明白:"你动我哥的电脑了?"

"动了。"

"为什么?"

我怀疑你是我的女神,哪怕明知道可能性不大,但我还是想从你哥的电脑里看能不能找到你幼儿园时期的照片好彻底死心,这种事你让我怎么好意思开口?

"当时阿罗通过邮件给我发了个电影台词的压缩包,手机没办法打开,你又说过你哥摆出来的东西就是能让人碰的,没什么机密,我就用你哥的电脑上了我的邮箱下载了压缩包。"楚清让只能这么骗霍以瑾。

霍以瑾懊恼地想着她该死的确实说过这句话:"等等,我哥的电脑需要人脸识别和指纹的双重操作才能打开,你是怎么打开的?"

"人脸识别靠的是你哥办公室里无处不在的他和你的合影,这点你可以用你的手机试试,那个抓拍人脸的功能对着照片也有用。指纹则是电脑系统为了怕机器不灵敏指纹过不去,一般都会有个密码的双重保险,我输入了密码。"

"你怎么知道密码的?!"

"我就是用你的私人电话号码试了一下,本来也没抱多大希望的,想着要是不成功就算了,哪想到……"一次就成了。宠妹妹这种软肋真的很容易出问题,就像我电脑的密码是"heidazhuang+我和我女神初见的年份"一样,了解情况的人其实很好碰对答案。

"我会提醒我哥这个漏洞的。"以前她哥用她的出生年月日当密码时她就已经说过他一次了,结果哪想到他换密码换得还是这么没有技术含量!

"你哥真的不是猴子请来的吗?"半夜,谢副总家里,谢燮同学对霍以瑾如是吐槽。

"有本事你和我哥说去。"霍以瑾表示简直烦死了。

一说直面霍大哥,谢副总立刻蔫巴了:"那现在咱们怎么办?要不要告诉你大哥?你相信楚清让的说辞吗?"

"我信他,因为一旦他被洗清了,那么楚天赐就会成为最大嫌疑人,他传消息的便捷性可比楚清让这种利用我哥电脑的手法要站得住脚。最重要的是如果是他贼喊捉贼,霍氏就没事了。"霍以瑾第一次如此感情用事。

"在这点上我不得不赞同楚清让。"谢副总皱眉,"确实,怀疑楚天赐是最简单也是对咱们最有利的,但你不能因为你想怀疑他所以就疑人偷斧。长乐实业这样根本得不到什么好处,新能源的利用可不是随随便便能舍得出去的小财,这关系到长乐实业能不能更进一步。楚天赐除非疯了才会这么干。不过他小时候那种玉石俱焚的做法确实有点神经病的潜质。"

"所以我们只需要证实两件事就可以知道是不是他了。"

"哪两件?"

"一，长乐实业和Anti-chu到底什么关系。二，楚先生对待楚天赐到底是个什么态度。"

楚清让的生母楚太太有可能会对非自己亲生的儿子视如亲子，因为女性都是感性的，连霍以瑾本人都无法否认这点，她也觉得生恩不如养恩大。但楚先生可就未必了，同样是世家，霍以瑾即便没有和楚先生接触过，她多少也能知道楚先生那一辈人的想法，优秀的继承人固然重要，自己的血脉更重要。不是亲生的始终不是亲生的，要不楚天赐对楚清让也不会有非要置他于死地的危机感和敌意了。

"如果楚先生对楚清让一点儿感情都没有，根本就不会送他出国上学，提供给他衣食无忧的生活费，直至今天。哪怕对儿子失望了，也会把他当一个备选项目。"

"所以你的意思是楚先生不是重病住院，而是发现了楚天赐和Anti-chu背后的眉来眼去，然后被楚天赐囚禁在了医院里？"

"我真好奇你是怎么长大的。能滋生如此阴暗的想法。"

霍以瑾表示，我根本就没这么想过好吗？！不过，真顺着这条思路一想，好像更能说得通了。楚先生住院的时间实在是太巧了，就在楚清让回国的那几天。如果楚先生发现了楚天赐的不争气，想要把楚清让找回来，却又做得不够隐蔽被丧心病狂的楚天赐发现，而楚太太不仅好糊弄还一直帮着楚天赐……简直不敢再想下去了好吗？！

"最后两个问题，一，你准备什么时候告诉你哥；二，楚清让对你接下来的调查方向就没什么表示？"

"明天早上我哥给我打电话的时候我就告诉他，顺便问问他一般合作之前都会对合作对象进行的基础调查里有没有楚家两个儿子的私事。至于楚清让那里，他说他会先给楚太太打电话试探一下口风，让我暂时不要管，但你也知道我的性格的……"

"你不可能不管。"谢副总默契道。

不说霍以瑾性格里本身就存在感很强的掌控欲，单说这次受到牵连的都是霍以瑾最重视的存在，护短的她就不可能不插手。

"楚楚真的就像所有言情女主角一样，那么善良柔软，没有攻击力……"

对于这个评价，经历过楚清让恐吓的谢副总持保留意见。

"作为他命中注定的总裁，我怎么可能让我的人受委屈？必须是由我来替他找回场子！即便这次泄密的事情不是楚天赐做的，我觉得我也该去和楚太太谈谈，不是说养子不能爱，但最起码的公平总要做到吧？楚楚嘴上说着不在乎，可如果亲情是这么好割舍的也就不能被称之为亲情了。楚太太日后要是拿孝道压楚楚，他肯定还是会妥协。这个时候就需要一个支持他不能当'包子'、替他唱红脸的人了。"

总裁文里总会有这么一个套路，面对女主角的极品亲戚，总裁必会出马打脸、安抚以及替女主角解决后顾之忧，无论是现实生活中还是道义上的。

"我就没见过楚太太这样的！"霍以瑾不解气地再次着重说了一句。

"这不能说明三次元没有，只能说明你海角论坛上得少，多少现实比八卦比小说还狗血。"谢副总上班摸鱼的空闲时间可没少看这种八卦。霍以瑾的家庭和睦、亲友正常，自然很难明白为什么有的家庭会那么扭曲以及不正常。

"我一定要帮楚楚讨回公道！"

谢副总长叹一口气，他就知道，霍以瑾的内心深处有着浓重的英雄情结。而这正是谢副总和霍以瑾成为朋友的原因。

他终于回想起来了，那个在他无数次的吐槽中，被渐渐模糊了的他们最初成为朋友的原因。

那年谢燮同学还年少，还没用会让人显得犀利起来的金边眼镜遮住自己的一脸呆样，他因为家庭原因突然转学到了世家子弟扎堆的朝夕第一中学。

朝夕第一中学不算是传统意义上的贵族中学，因为学校里的学生泾渭分明地分为两个完全不同的阶层，住在南山半坡的世家子弟以及为那些世家子弟服务的雇用人员的子女。

骑自行车上学的未必就是普通人家的孩子，好比霍以瑾；坐豪车来上学的也未必就是世家子弟，还有可能是司机的儿子。

谢燮是里面最特别的，内心深处他还保留着生活了十几年的草根认知，但身份上他却是谢家新任家主的儿子，再没有比他更纯的世家子弟了。

这种情况，会做人的会被两个不同的阶层都当为自己人；不会做人的就是刚入校的谢燮。用人的孩子嫌他身处高位，世家子弟又嫌他草根出身，入学一个月，他始终没被任何圈子接纳，形单影只得犹如一个幽灵。

直至秋高气爽，校运动会即将开始，各班报上了参加比赛的学生名单。

男子三千米长跑在都是世家子弟的 Ａ 班无人问津，白斩鸡似的谢燮自然也没兴趣，但也不知道是谁恶作剧，在校方最后确认的名单中加上了他的名字。

谢燮肯定是不想跑的，但他却不知道该怎么做，只能先前去和当初申报名单的体育委员林楼沟通，林楼表示他也没辙，然后就把谢燮推给了身为班长的霍以瑾。

"我知道了，但木已成舟，你现在只有两条路可以选：

"一，找你爸出马，让他给校领导打个电话，谢家家主的面子，在校运动会这种小事上校领导不可能不顾及，甚至他们还有可能帮你查出恶整你的'真凶'，但同时你很有可能会被全班孤立，谁也不喜欢只会告家长的人不是吗？你会在事后遭到更加猛烈的打击报复。

"二，每天早上跟我一起跑步上学，勤加练习，好在校运动会上一鸣惊人，让恶整你的人看不了你的笑话，偷鸡蚀把米地给你一个为班级争光露脸的机会。

"你选哪个？"

最后不争馒头争口气的谢燮同学选择了二，他倒不是真被霍以瑾描述的前景说动了，而是霍以瑾这么一个看上去身娇肉贵的大小姐竟然都自愿跑女子三千米了，他一个大男人怎么能输给女人？

后来，谢副总输了个彻底。

再怎么临时抱佛脚的练习，也只能帮谢燮坚持跑完三千米，而不能帮他成为飞人。他虽然不是最后一名，但跑下来的时间肯定是比不过霍以瑾的。

"这是当然的了，好歹我也是女子组的第一。"霍以瑾安慰道。

"……"真是一点都不想被你这么安慰呢！谢燮在心里开始了第一次对霍以瑾的吐槽。

虽然成绩不理想，但谢副总身边从开学后不久就没断过的恶作剧终于告一段落，就好像真的应了霍以瑾最初告诉他的，他终于用他的实力赢得了同学的认可。虽然他还是没被哪个圈子接纳，却也不再形单影只，因为他成了全校闻名的霍女神的小跟班。

当然了，长大之后的谢副总才知道，哪里是他坚持跑完三千米赢得了同学的认可，根本是他每天风雨无阻地跑步努力赢得了霍以瑾的认可，然后护短的霍以瑾就私下里替他去和那几个一直在针对他的世家子弟谈了谈人生。在保护了他的同时,还顺便又收获了几个拜倒在她校服下的追随者。

因这段往事,如今的谢副总又一次一边嘴上抱怨着"找人调查,不就是又要我没有工资地额外加班"一边在心里笑着开始了他的任劳任怨。

因为他啊,真的不想他最喜欢的霍以瑾有一丝一毫的改变。

在谢副总家住下的霍以瑾辗转反侧,无心睡眠,然后她就再一次摸到了谢副总的床前。

"早晚有天我会被你吓出心脏病的。"谢副总紧紧地捂着被子,想要遮住自己的身体,他和霍以瑾之间一定有一个人有性别认知障碍!但那个人不会是他!

"别啊,在有心脏病之前先帮我个忙。"

"你又要干什么啊?"谢副总警惕地看着霍以瑾,"这次的泄密案还不够你忙的吗?"

"再忙那也是等给你调查事情的人带回来答复之后的事情了,至于合作项目,反正泄露的也就是第一次的会议内容,霍氏国际在前期还没开始投入,没什么好损失的。即便楚家得到消息之后要打官司,我们也绝对能奉陪到底。法律是讲究流程的,你看我告离姗的事情到现在法庭不还没判嘛。霍氏和长乐实业这么大的纠纷,只有更慢的道理,足够咱们找到证据了。"

"我大哥总教育我要劳逸结合,工作是工作,也要有属于自己的私人时间。现在就是我的私人时间,我有一个很私人的感情问题要咨询你,楚清让对楚天赐的敌意并不是因为吃醋,那我怎么才能和他修成正果呢?"

我当初到底是为什么要和你做朋友来着?果然人年纪大了,就容易记不住事儿呢。

"相信我,你要是能帮楚清让洗清罪名,再解决掉楚天赐这个心腹大患,他一定会哭着喊着要当你的腿部挂件的。"

"毫无逻辑可言的狗血总裁小说里都懂的道理你怎么就不懂呢?感激不能代表感情,我帮他是因为我愿意,见不得我的人被欺负,要是挟恩图报那也太低级了。"霍以瑾皱眉,感情要基于双方自愿而不是欺骗、监视、胁迫又或者是更极端的限制别人行动的囚禁,这不仅在道德上是不对的,还严重地违反了法律法规。

"说要按照小说那套追人的是你,最后又说这套不行的也是你。"

谢副总无奈极了，"你到底想怎样？"

"我寻思着吧，还是找个人让他嫉妒一下比较靠谱。你想想嘛，哪个文里总裁是能没有未婚妻、女友或青梅竹马呀？也就是传说中的恶毒女配。这样既能制造剧情冲突，又能从侧面描写中突出总裁的优秀，让女主角产生危机感。怎么想我都觉得这是个不错的主意。"

"但你没有未婚夫、男友或青梅竹马啊。你要是有，咱们现在也不用费这劲儿和楚清让死磕了。"早知今日霍以瑾能这么折腾，当年在学校的时候说什么他都会给霍以瑾找个情缘的！

"所以，嘿嘿。"霍以瑾笑看着谢副总，"我的意思是呢，我不是有你吗。"

"我？"愣了有好几秒，谢副总才明白了霍以瑾的意思，他第一反应就是说，"想都不要想！真是谢谢你了，还记得吗？前不久我才出演了你的'闺密'一角，没这么快被掰直的。"

至今谢副总还在怨念着楚清让那天说他是同性恋的话。

霍以瑾没再说话，只是坐在床边，睁着一双水汪汪的眼睛，可怜兮兮地看着谢副总，摆出一副狗儿子平时祈求吃一顿好的时的表情——我就这样静静地看着你不说话。

谢副总不断地告诉自己要坚强、要坚强，但心旌开始摇曳，情绪起伏，难以自持。

最终，谢燮在即将屈服的前一秒，悄悄把手伸到枕头底下，艰难地拨通了霍大哥的电话，决定还是派他出马收拾他妹妹。

电话几乎是在拨出去的瞬间就被接通了。

谢副总手忙脚乱地快速把手机递给霍以瑾，两人闭息凝神，相对而视，默契地同时对口型道：你接！基于对霍大哥的了解，在这个点他还能这么快地接通谢副总的电话，这只能说明一点……

你和我哥有奸情！

呸！什么鬼！说好的默契呢？明明是你哥已经知道合作泄密的事情，正在连夜处理！

"你们这是打算通过这种方式告诉我你们在一起了？秀恩爱的方式好别致。"视频电话的那头，被晾了有一会儿的霍大哥决定说话。

深更半夜，他妹妹和一个男人在床上，男人还没穿衣服，怎么想都找不到一个合理的解释。

"啊——"谢副总只剩下尖叫了。

"不不不,哥,你误会了,你听我解释,我和他没什么的,真的,你不能这么侮辱我的品位!"

"啊"字音还没叫完的谢副总中场收声,怒瞪霍以瑾:"你这话几个意思?"

"看不上你的意思。"霍大哥替妹妹直言,"麻烦下次给我打电话的时候穿上衣服,你不介意,我的眼睛还介意呢。"一块腹肌都没有的上身什么的真是毫无看点。

"这是我的家,我的床,大半夜,我凭什么不能不穿衣服!"被嫌弃得很彻底的谢副总决定一会儿就去绕着跑步机跑五圈!

"呵呵。"霍氏兄妹表情一致地冷笑。

一阵兵荒马乱之后,霍以瑾和终于穿上了裤子和上衣的谢副总安静地并排坐在一起,听霍大哥怒骂。

果然如谢副总所料,没等霍以瑾说,远在国外的霍大哥也已经收到了消息,还得到了一封和谢副总一样的邮件。

"你们明明下午开完会之后就知道了,为什么不和我说?"霍大哥很生气。

"我想先找楚清让了解清楚情况。"霍以瑾弱弱地辩解道,然后大略把楚清让告诉她的转述给了她哥知道,以防她哥一个不小心被那个断章取义的邮件蒙蔽了。

霍以瑱一直保持沉默,直至霍以瑾说完才说了一句:"你想过我其实已经知道了的可能性吗?"

霍大哥对合作伙伴的调查是很详细的。

"那你为什么还要和楚天赐那种心胸狭窄的两面派合作?"霍以瑾表示不忿。

因为能赚钱。霍大哥是个商人,又不是居委会大妈,他的工作范围可不包括调解别人的家庭矛盾。他知道了楚天赐是个什么样的人,自信能在合作中掌握他,获取更大利润,他为什么不合作?

"现在你傻了吧。"楚天赐没被掌控住。霍以瑾难得遇到一次她大哥也会犯错的时候。

那是因为我没算到楚清让这个变数!

今天下午在设计部的牛奶事件,楚清让根本就是故意的,他就差把提醒楚天赐这是一个对付他的大好良机的话直接写在脸上了。他让楚天赐以为他还是和过去一样好对付，一样冲动易怒，然后再在事后私底下通过别的事挑拨刺激楚天赐，楚天赐要是还能忍着不动手，也就不会是今天的楚天赐了。

换句话说就是现在的诬陷邮件也在楚清让的预料之中，他很清楚他那么做会面临什么。他早算计好了一切，就等着楚天赐把情报卖给 Anti-chu 陷害他，好展开下一步的报复。

从几年前 Anti-chu 异军突起开始，楚清让就已经在布局了。楚天赐以为和 Anti-chu 联手是出自他的本心，却不知道给他种下这个想法的种子的就是楚清让。也就只有霍以瑾会傻到相信楚清让能有多包子、多好欺负。某一瞬间楚清让表现出来的凉薄心性让霍大哥都会忍不住背脊发凉。

事实上，很多年前，比楚清让找上伊莎贝拉更早之前，霍大哥就见过楚清让，他料定他不会是一个安分的人，现实也证明了他的前瞻性。

楚母能同情"病弱"的养子，为什么不能同情从小接受家庭虐待的亲子？这里面固然有她偏心的因素在，但也有她在接回楚清让时，已经不是楚清让在被家庭暴力，而是他在暴力别人的因素影响。

那个只会哭，不懂得反抗的豆芽菜一样的小男孩早在六岁之后就彻底改变了。楚先生和楚太太怀着最期待的心情去接亲子，看到的却是梳着杀马特发型的楚清让在台球厅用啤酒瓶给别人开瓢，血流了一地。

楚清让十六岁时，他的养父杀死了自己的亲子。楚父楚母比警察更早赶到第一现场，楚清让就安静地坐在客厅的沙发上，守着一具尸体，看着一个昏了的男人和一个疯癫的女人，优雅地微笑。

不过确实是楚天赐给了楚清让养父钱让他杀人，但一直受楚家供养的养父为什么会因为一点钱就铤而走险呢？因为楚清让从十三岁到十六岁三年期间给他养父量身定做了一个专门针对他的赌桌骗局，让他欠下了大笔的高利债，照当时那个趋势下去，没有楚天赐，楚清让的养父也离死亡或监狱不远了。

事物总有两面性，霍以瑾明白不要从别人口中了解一个人的道理，却不懂人这种生物在洗白自己时也是会撒得一手好谎的。

但这些霍大哥都不可能跟霍以瑾说，霍以瑾想要楚清让，他就给她楚清让。楚清让很危险没错，可他手上也有能让楚清让乖乖听话的底牌。只要楚清让能保证会骗霍以瑾一辈子，不让她掺和到他那堆破事里，他是不介意配合他圆谎的，因为打老鼠还怕摔了玉瓶呢。

"好了，泄密的事情我会处理，你不用操心了，我保证楚天赐不敢对霍家怎么样，他和 Anti-chu 的小把戏我很清楚，只是没料到他敢在新能源这么重要的事情上也来这一手。只要有这个把柄在，他就会消停的。"霍大哥比霍小妹还要简单粗暴。

"你明明什么都知道，却不告诉我！"白担心一场的霍以瑾郁闷地看着自家大哥，"特别是楚清让的事，我简直丢死人了。"

"你也没告诉我你想追楚清让啊。"霍大哥故作轻松，耸肩和妹妹开玩笑道。

"……那我现在追了，你有什么表示没？"霍以瑾突然福灵心至，一双大眼睛充满期待地看向她哥，既然谢副总不愿意再次友情出演，那就只剩下最后一个终极大招了——来自总裁家人的天价支票！

这绝对是男女主角感情升华前至关重要的一个波折，一个BOSS关卡。

不到万不得已，霍以瑾是不太想用到这招的，要是大哥和丈夫因为这件事互相仇视，她简直得不偿失。特别是在她肯定会选自家大哥之后，想哄丈夫消气可不容易。不过为了能拿下楚清让，也只能先如此，以后再想办法化解矛盾了。

"什么表示？"霍大哥听得一头雾水，"祝你幸福？我会代替爸爸挽着手把你送到圣坛前的？这话我以为是你在你订婚之后我才该说的，现在会不会早了点？"

"……"大哥你怎么能不按照常理出牌！自家妹妹找了一个草根演员，你竟然都不反对的？！这和说好的不一样！你把一直提心吊胆就怕你阻止的我置于何地？

呵，风水轮流转，霍以瑾你也有今天！等等，霍大哥不反对的？ oh no！终于意识到自己做了蠢事的谢燮一脸惊恐。

"安心吧，哥哥绝对不会当那个破坏你感情的坏人的，哥哥百分之百相信你的眼光。会给你绝对的支持，有没有很感动？"霍大哥早就在期待这天了，当他妹妹以为他肯定会反对，但他其实根本不反对的时候，她一定会为了这个峰回路转激动万分的。

——跪求你来当这个感情破坏者啊，呜呜呜，这个世界实在是太无理取闹了。——霍以瑾。

"怎么了？"霍大哥终于意识到了不对劲儿，视频那头的妹妹怎么会是一脸快哭晕在厕所的表情,他哪里又做错了吗?"当然,哥哥也是很舍不得你谈恋爱嫁人的,哥哥永远爱你——只是因为这是你想要的,哥哥才没有阻止。"

很显然,霍大哥误会了霍以瑾的表情,以为她这是失落了,觉得哥哥不阻止其实是不爱她,霍大哥表示这怎么能行?!必须表明立场,哥哥love you!

"……"深吸一口气,霍以瑾在做好准备后,才把自己的总裁理论对大哥坦白从宽。

听完之后,不要说霍大哥了,连霍大哥身边的特助都傻了。霍家唯一的正常人也沦陷了,不对,应该说霍家有过正常人吗?!妈妈,我总觉得硕士毕业之后,我找错工作了呢。

"所以,你觉得,只要,我对楚清让甩出一张空白支票,说数字随你填,离开我妹妹,你就能和他在一起了?"霍大哥已经震惊得不知道该如何断句了。

"我希望是。"霍以瑾赔着笑,"支票我出。"

霍大哥的回答是直接挂电话,手动再见,这还是这么多年来霍大哥第一次先挂了霍以瑾的电话。

"怎么办?我哥不管我了。"

"你大哥不管啊。"谢副总一脸安慰样地摸头微笑,"嘿嘿,我也不管。出去!我要睡觉!"

霍以瑾抱着被吵醒的狗儿子一起被丢出了谢副总的房间,她穿着毛绒拖鞋蹲在房门口画圈,想着这男人真是翻脸比翻书都快,除了他再无别的亲密朋友的自己混得可真惨。

"啪!""儿子"毫不客气地给了霍以瑾一爪子,断了她全部的文艺心情。

对总裁的第八印象：楚清让的女神。

第二天早上，霍以瑾跑完步回来之后还是蔫蔫的。

谢副总把特意早起捏好的小猪包端上桌，实在是受不了霍以瑾的长吁短叹之后，无奈道："算我怕了你了。"

"你同意假装我的未婚夫了？"霍以瑾双眼一亮，她就知道谢燮是个好同志。

"死也不同意！"谢副总毫不犹豫地再一次拒绝了，你嫌弃我，我还嫌弃你呢！"我是说，既然咱们本来严阵以待的事情被你大哥轻松搞定了，那么咱们不就空下来时间可以搞些别的了嘛，好比你本来的打算，帮楚清让去楚家斗极品亲戚。"

"对噢。"霍以瑾若有所思地点点头。

"你哥不让你插手霍氏国际和长乐实业之间的事，但没说不让咱们私下搜集一下楚天赐和Anti-chu有联系的证据，对吧？我就不信在自家利益受损面前楚太太还能继续偏心下去！我的人刚刚给了我消息，确实是有迹象表明楚先生是在知道了楚天赐和Anti-chu之间的事情之后才气病的。等楚太太知道了楚天赐的狼子野心，丈夫又卧病在床……"

接下来的剧情就只会是楚太太抱着楚清让的大腿痛哭识人不清、悔不当初了。想想就很解气。

"我认识个人，黑客，先说明，一般我是绝对不鼓励用这种手段的，这次是例外。他应该能搞到一些别人搞不到的监控视频，好比楚家书房，Anti-chu的总裁办公室之类的。"

霍以瑾懂了，她利索地拍板决定："成！"

做出这个决定的时候，霍以瑾并没想到她到底打开了什么样的潘多拉魔盒。

这个世界上有句话叫有心栽花花不发，无心插柳柳成荫，谢副总雇的黑客对挖掘各种黑料确实有一手，但用力过猛，他不仅找到了楚天赐和Anti-chu联系的证据，还发现了一些本不该出镜的人，一些霍大哥和楚清让绝对不会想让霍以瑾知道的东西。

霍以瑾和谢副总拿到资料时都傻了。

"能请他再帮个忙查点东西吗?"霍以瑾沉着脸。

"可以。"

一周后,辗转又多去了一个E国的霍大哥终于启程准备回家,他的特助对他汇报道:"本次航行时间预计十二个小时,E国中午一点起飞,LV市上午九点抵达南山半坡私人机场,我提前帮您和楚清让先生约了十一点在您旗下的咖啡厅见面。"

"不能第一时间见到以瑾?"霍大哥表示很不高兴。

"就算您不见楚清让先生,您也见不到正在上班的二小姐,但在见过楚清让先生之后,您可以选择和二小姐共进午餐。"特助诱哄道。

"就这么决定了!"他表示基本啥也没听见,就听到能和妹妹吃午餐了,好棒!

与此同时,晚上,霍以瑾拿着全部调查的资料,再一次敲响了楚清让北城望庭川的家门,这一次没有晚餐,也没有BGM,只有彻底死心的霍以瑾。

霍以瑾这次带来的是一摞黑白照,一看就是通过监控视频截下来的:"视频原版我U盘里有,如果你想看,我也可以现在放给你。"

那段视频里的主要内容是Anti-chu的总经理私下给楚清让发短信,有关于楚天赐行踪的短信。

证据确凿,楚清让不准备狡辩了:"我确实是和Anti-chu的总经理私下有联系,楚天赐去你公司的那天,我也确实收到了他发来的提示短信。"

"所以即便没有我让你去喂小主的事,你也会想办法去设计部一组和楚天赐发生冲突,对吗?"按错楼层就是个很好的借口。

楚清让点点头,他觉得这是个好机会,让霍以瑾彻底不再和他来往的好机会。当断不断反受其乱,如果他没找到他的女神就和霍以瑾在一起,他心中始终会惦记着他要是没有放弃寻找结果会怎么样,红白玫瑰这一套是对霍以瑾最大的不尊重,所以他只要自黑就好了,笑。

其实也不算是什么自黑,只是把真相据实以告,他从来就不是什么好人。

"楚天赐之前还在犹豫这次到底要不要和Anti-chu合作,他胆子太小了,Anti-chu的总经理使出浑身解数也没能让他点头,我必须做点什么去刺激他。牛奶事件只是个引子,让他意识到我有可能会和你联手,使他产生危机感。然后等下午开完会,再找机会把 E 国的林氏能源也有意和长乐实业合作,并且是比霍氏国际要让利很多的消息透露给楚天赐知道,他那么贪婪,果然上当了。"

"林氏能源?"

"骗他的。林氏能源的少东家林楼欠我一个人情,所以答应帮我演场戏,林楼甚至都不知道我和楚家的关系就答应了。"

富二代里有楚天赐这样表里不一的小人,自然也有霍以瑾和林楼这样颇有义气愿意为朋友两肋插刀的真诚之人。只不过以前的楚清让一直把后者称之为好利用的傻子。

"Anti-chu 是你弄的公司?"

"不,我要 Anti-chu 这么一个已经名声狼藉的公司干吗?等着将来陪葬吗?"要不是霍以瑾这边出手得早,等一般只保留一到三个月的监控视频自动洗带,谁又能知道他掺和过呢?

"所以从一开始你就在算计霍氏国际?"这才是霍以瑾最关心的问题。

"不,我只是在算计和楚家合作新能源的企业,合作没开始之前,我也不可能料到楚家会和霍氏国际合作。当然,等知道了,我也没改变主意。"楚清让耸肩,故作潇洒道,"霍家这样的庞然大物是不会因为楚家就阴沟里翻船的。"

"而楚天赐还会因为激怒我哥遭到疾风骤雨似的报复。"霍以瑾接着楚清让的话说了下去。

楚清让点点头。

"真是好算计,能折了楚天赐,又能拉上我哥这么一个战斗力超强的队友。"霍以瑾笑了,她一贯如此,在很想哭的时候努力笑,因为哭一点用都没有,"那些是你不认识我之前设计好的,我可以不怪你,但当你我认识之后,你想过当时负责这件事的人是我,无论结果是不是我哥力挽狂澜,我都会被董事会责难吗?"

第一嫌疑人楚清让是霍以瑾带去的,第二嫌疑人楚天赐是霍以瑾得罪的,新能源利用这么大的事霍以瑾也是第一次主持,她本身就承受了极大的压力,要是出事了,后果可想而知。

楚清让没说话,但他的沉默本身就代表着默认。他知道,但他还是一意孤行。

霍以瑾的话还没完:"责难我也就算了,大不了以后只拿分红,不管事,我还有 NOBLE 服饰。你意识到如果我哥不顾后果地报复楚天赐,就会和楚家交恶,引起更恶劣的后果吗?"

楚清让还是没说话,他知道,而这正是他的目的。

"从一开始你要报复的就不是楚天赐一个人,而是整个楚家。"霍以瑾懂了,把楚天赐和 Anti-chu 暗中合作的事泄露给楚父知道的人就是楚清让,谢副总的黑客朋友后来可是费了不少劲儿才查到的,"在报复的过程里,受到牵连的人会如何你根本不关心。"

"他们与我何干?不过大鱼吃小鱼,小鱼吃虾米,再正常不过的商业竞争。"

"那我当初第一次问你的时候你为什么不说?"如果不是她哥提前做好了准备,最后被炮灰的就是他们兄妹了。

楚清让耸肩:"我们一定要说得这么明白吗?"我当然是在骗你和利用你。

"受教了。"霍以瑾没再继续问下去,以免自己更难堪,"抱歉,是我一厢情愿……"

一厢情愿地以为你是言情文里总是受欺负的女主角;一厢情愿地以为和你相处了这么长时间你对我多少也会有些感情,哪怕不爱,也不会伤害。

"想必这段日子给你造成了不少的困扰,放心吧,以后我不会再成为你的问题。"

霍以瑾说完就毫不留情地转身离开了,一如她之前对楚清让说的,她的信任只有一次。

"你要是不开心,欢迎你随时报复我。"楚清让觉得这是他最后唯一能为霍以瑾做的。

霍以瑾离开的步伐连停都没停一下,报复他?他根本不值得她再费这么大的心神。她的祖母告诉过她,我们这一生总是难免会遇到几个伤我们至深的人,你完全没必要和那些人计较,因为他们辜负了你,已经是他们最大的损失。

第二天早上十一点,霍氏旗下的咖啡厅。

"抱歉,来晚了。"隐蔽的隔间内,挥退身后一群尾巴,霍大哥独自一人坐到了楚清让的对面。

"不,是我来早了。"楚清让这不是谦辞,而是真的,他从早上咖啡厅刚开始营业就坐在这里了。整个人都很恍惚,神情憔悴,失魂落魄得不想干任何事,要不是还记得对方是霍以瑾的大哥,他大概也会像对待其他工作那样让阿罗全推了。

霍大哥看出了楚清让的不对劲儿,但这关他何事?他只是开门见山地对楚清让说了他约他出来的目的:"有一张照片希望你能看看。"

说完,霍大哥就把准备好的照片拿出来放在桌上推给了楚清让。

那是一张看起来就很古老的合照,欧式家具的室内,一个极其不情愿入镜的中二少年,和一个穿着粉红色公主裙的……滚圆滚圆的小女孩并排站在一起。

照片里的小女孩真的不太适合穿这种衣服,衣服紧绷,毫无萌点,却让楚清让激动到手抖,拿了好几次才把照片艰难拿起。这是他的女神!虽然照片里的对方还没有他记忆里那么黑,也没有那么壮,但他永远都不会忘了她笑起来的样子,他不会认错的,这就是他苦苦寻找了多年却始终无果的女神!

"你从哪里找到的?她在哪儿,告诉我!"楚清让形象全无地站起,好像恨不能钻到霍以瑾的脑子里去探寻真相。

"冷静,看背面。"霍大哥对楚清让的表现满意极了,他表现得越迫切,就越说明他的在乎。

照片的背面是一排清新隽永的钢笔字:

人物:以瑾宝贝和以瑾小天使

地点:家里的客厅内

拍照人:孩子爸爸

记叙人:孩子妈妈

霍大哥看着跌坐在沙发上,整个人都傻了的楚清让,心想着反应要不要这么夸张,然后心平气和地按照自己本来计划好的说了下去:"我本来不打算告诉你的,以免你缠着我妹妹。你当年离开她时,她哭得很伤心,你明知道她有哮喘不该那么哭的。因为你,我差点失去了她。可……"

可谁让她又一次喜欢上了你呢。

"只要你保证不会再让她失望、不利用她,不把她牵连进楚家的破事里,你的秘密在我这里就会很安全,我不会因此阻止你们在一起的。"

"但是我们已经分手了。"都不能说是分手,因为他们从来就没在一起过。

楚清让预感到和霍以瑾分开他会很后悔，却没想到他能这么后悔。

那一刻，整个世界都变成了一片空白，他看不到人，也听不到声音，大脑里只剩下一句话：报应果然来了。

楚家接十三岁的赵小树离开青城时，那其实已经不是他第一次有机会离开青城这个逼仄的小地方了，甚至不是第二次。

最近的一次机会是几年前，十六岁还没成影帝的童星祁谦来青城拍电影。演男二小时候的小演员由于水土不服引起其他急症，剧组不得不临时在当地寻找适合的男孩代替。赵小树因其出色的外貌脱颖而出，得到了一笔对于当时的他来说无异于是天价的报酬，他用那笔钱离开了青城去寻找他的女神，却在花光最后一分钱后仍没找到人，并最终被警察发现遣送回了原籍。

这段经历让赵小树牢牢记住了"演戏＝有大笔的钱拿"的等式，也记住了祁谦和他精明的经纪人阿罗。

青城由于祁谦的明星效应，后面陆陆续续来了很多需要到大自然取景的剧组。赵小树跑过不少龙套，但由于年龄限制他再也没能拿到比饰演男二小时候更好的戏份，也就没有太多报酬，需要攒一段日子才能离开一次。

事实上，楚父楚母看到赵小树打人时，是因为他好不容易快攒够的第五次旅费被偷了。

楚母饱含热泪的一系列深情演讲，对于当时没了钱的赵小树来说还不如最后一句简简单单的"我们接你去某市生活"来得有吸引力。

赵小树一直记得大壮告诉他说："我也可以带你去某市生活的，所以……"

不要跟别人走，好不好？

这是楚清让最大的噩梦，始终没能走出来的童年阴影。他的女神邀请他一起生活，他却选择了来接他的"爸爸"。

那还是楚清让第一次有机会离开青城时发生的事。

楚清让的养母赵艳女士改嫁之前给一个搞房地产的暴发户当了三年的"同居女友"，后来暴发户因为要娶一个道上大佬的妹妹，便和怀着孕的赵艳强行终止了关系。

赵艳当时的肚子已经很大了，引产会有生命危险，只能把孩子生下来。

那个时候赵艳还有些钱，又因为是第一次怀孕，她便住到了南山半坡的仁爱私人医院，和当时同在医院生儿子的楚太太有了交集，最后抱错了孩子。

暴发户新娶的妻子强势又霸道，怕遭到打击报复的赵艳刚生完孩子就急匆匆地回了她的老家青城，轻松改嫁。

但谁也没想到，暴发户的妻子不孕，在楚清让还叫赵小树年仅六岁的那年，暴发户带人找到了赵艳的老家，想把自己的儿子赵小树接走好传宗接代。

与此同时，赵小树也得到了霍以瑾的邀请："我的病好得差不多了，妈妈说要接我回LV市，我把你的情况和妈妈说了，她说我可以邀请你和我一起去LV市生活，我们家多养一个人还是没有问题的。"

楚清让一直记得那个蝉鸣繁盛的仲夏，他为了那个暴发户，拒绝了女神的邀请。

"我想和我爸爸生活在一起。"

赵小树告诉自己，想想你身上这身衣服，这可是你第一次穿得如此体面，不再是不合适的、淘汰的、十天半个月也没有洗过的，而是只属于你的、合身的、崭新的，带着一股新衣服特有的味道的衣服。"爸爸"说只要他跟他走，以后他都会过上这样的好日子，他想过上这样的好日子，不想再吃残羹剩饭，不想再衣不蔽体，不想再被打了。

气氛因为赵小树的拒绝一下子变得沉默了起来。

好长时间之后，大壮才重新扬起笑脸，缺了一颗门牙的笑脸，她说："是我不对，刚刚因为门牙掉了有点不开心。你终于遇到了一件好事，天大的好事，比我的坏事要好的好事，它能遮盖住我的坏事，我应该为你高兴的，真正爱你的家人终于来接你了……"

最后那个女孩笑着笑着就哭了，哪怕被很多人围着，无法以少胜多时她也没有哭过，但因为赵小树的离开她却哭了："我以为我们说好了，要当一辈子不分开的好朋友。"

赵小树慌了，他差一点就脱口而出说我不走了，我留下来陪你，但最后他还是忍住了。

大壮也没需要小树的安慰，她一边擦着眼泪，一边已经安慰好了自己："我不能哭，这是对于你来说的好事，我真为你高兴；我也不该哭，哭多了会犯病，妈妈爸爸要担心的，我讨厌那样。哭没有任何用。我们还是来想想你的新名字吧。"

"新名字？"

"你被新爸爸找回去之后肯定要改名字吧？小树太土了，去了大城市你会被笑话的。"

可惜直至金乌西沉，知识储备有限的大壮和小树还是没能想到什么好名字，大壮安慰小树："不要担心，我今天晚上回去就打电话问问爷爷，他可会起名字啦，我爸爸的，我的，还有哥哥的都是爷爷起的，大家都说很好听。"

那是楚清让最后一次见到他的女神，因为连夜他就跟着暴发户走了，没有告诉大壮。他不想她再哭了，但告别总会让人哭，所以他选择了不告而别。

等后来赵小树因为 DNA 不对，被钱家重新送回来的时候，他的女神已经走了，她住过的大屋人去楼空。

赵小树每天都会去大屋门口等一段时间，希望有天大壮会回来，可惜，大屋再也没有来过人。

最后，赵小树决定主动去找他的女神，他翻进了已经被废弃的犹如鬼屋的大屋，一间一间地艰难翻找起线索。从某个柜子里，他找到了一本也不知道是被忘记还是刻意没有带走的牛皮本，第一页是大人笔体写的各式各样的名字，只有页面一角是小孩子信笔涂鸦的一个十分拙劣的火柴人，脑袋边画着一个指向箭头，写着小树的名字。

那一刻，赵小树抱着本子哭得泣不成声。自此心魔丛生，执念深种。

每当遭受毒打、诬陷以及苦难时，赵小树就告诉自己，这都是你抛弃了真正对你好的人的报应，你活该，如果你没有被暴发户的钱迷了眼，盲目地跟着别人走了，此时你已经和你的女神一起在 LV 市过上了幸福的生活。

人生是由无数个选择构成的，楚清让始终无法从幼年那个选择中走出来，哪怕跟着他以为的"生父"走这个选择本无可厚非，他也会不自觉地责怪自己。

在楚父楚母认回他时，他只提了一个要求："我要叫清让。"

那是那个本子上唯一被画了圈的名字。

六岁的大壮在和爷爷问完名字之后，大哥第一次主动通过电话和她交流道："清让这么好听的名字让你那么土的朋友用了可真可惜。"

大壮恨恨地用笔在管家妈妈写好名字的本子上把清让着重圈了一下，想着明天一定要记得告诉小树，这个名字不好，不许叫！

赵小树正式改名楚清让，带着他唯一的行礼——被撕下来的火柴人简笔画，怀揣着激动的心情，再一次去了LV市，期待着能在有两千万人口的LV市找到犹如沧海一粟的大壮。

后来大壮还没找到，楚清让就遇到了霍以瑾。

一个哪怕在他被楚天赐再次诬陷，证据就在眼前，也会选择第一时间找他了解情况的人。人这一辈子，能遇到几个这样的霍以瑾呢？万中无一！

霍以瑾表现出的一次比一次更加深沉的信任，让从小就严重缺乏这方面感情的楚清让简直难以招架，他也不想招架。这场感情对于他来说无异于一场飓风，来势迅猛而不容置疑，以一种摧枯拉朽之势想要横扫他的内心，他丢盔卸甲，溃不成军。

所以楚清让觉得心里始终放不下童年女神的他，根本配不上这么美好的霍以瑾，他觉得如果他抹黑了自己，霍以瑾就不会再喜欢他，她会得到真正的幸福，而他也能回到正轨，继续执着地寻找他的女神。

结果就在他计划成功的第二天，他被告知，霍以瑾正是他的女神。

老天好像总喜欢和他开这种很残酷的玩笑，在他以为他得到了他想要的东西的下一刻失去，又或者在他失去之后被告知那正是他想要的。

从至喜到至悲的突兀转变，让楚清让的整个人生都仿佛就这样戛然而止了，那是一种从心底深处凉到指尖的感觉。他茫然无措地坐在咖啡厅的沙发上，双眼始终找不到焦距，有整整一分钟，他甚至都不知道该如何反应。

对面霍大哥的时间却还在继续，他挑眉，意味深长地哦了一声："又是这样吗？你和以瑾还真是有缘无分……"

"怎么说？"楚清让已经痛到不会呼吸了，但他依旧在维持想要听到任何一丁点与霍以瑾有关的信息。

"我知道你就是赵小树是在我妹妹十六岁那年，还记得吗？那个时候你利用她见到了我们的祖母。带着虚伪的笑容和眼底仿佛来自地狱的恶意。原谅我这么形容当时的你，这是我祖母的原话。"霍大哥当时刚接手霍家不久，忙得脚不沾地，一天几乎只有三个小时的睡眠时间，但他的祖母却让他挤出时间去调查一个他听都没听过的小人物，这让他暴躁极了。

但最后霍大哥还是去查了，得知了楚清让就是那个当初害他妹妹小时候哭得再一次进了病房的罪魁祸首。他决定对妹妹瞒下这个消息，尽快送走楚清让这个看起来很危险的家伙。

随着年龄的增长，霍大哥改变了当年那种替妹妹武断下结论的想法，见妹妹真的是很喜欢楚清让，他便决定对楚清让和盘托出，祝他们幸福。哪承想没等他回来，楚清让就已经迫不及待地作死了自己。

"以上就是我想说的。上天给了你三次机会，你一次都没抓住。所以能烦请你以后不要再出现在我妹妹身边了吗？"

楚清让死死地握着自己的手，哪怕甚至已经握出了血也不在乎，他干涩着嗓子问："你为什么还要告诉我这些？"

"因为想让你过得不开心。"霍大哥轻描淡写地表达了知道你不开心我也就放心了的中心思想，"虽然我不清楚你和以瑾之间发生了什么，但既然能让我妹妹主动放手，肯定就是你的不对，你让她伤心了，我帮她找回来。"

这就是霍家兄妹，霍以瑱能为了妹妹开心而不介意被楚清让算计，霍以瑾也能为了她大哥放弃楚清让。

"我的话说完了，祝安好。"霍大哥礼貌地起身离开，自始至终他都没有表现得有多么强势，而这正是他能站在霍家顶点掌控集团这么多年的原因，他是冰山脸，不是仇人脸，严肃认真与礼貌周到并不冲突，不是只有笑脸迎人才是唯一交往态度的。

徒留楚清让垂头坐在原地，神情不明。

颤抖、难过、追悔莫及？不！他已经顾不上去管自己会如何了，在他的世界里，"他"已经消失了，黑暗中只有霍以瑾还在闪闪发亮，他却让她失望了，一次又一次。

五岁的她，十六岁的她，以及再见面时二十五岁的她。

她说："站起来啊，反抗啊，打回去啊，胆小鬼。"

她说："不要走，我也很喜欢、很喜欢你。"

她说："我叫霍以瑾，我们以前见过吗？"

她说："你要去Ａ国了？一帆风顺。"

她说："我的信任只有一次。"

她说："再也不见。"

曾经楚清让觉得"求不得"是这个世界上最痛苦的,现在他才知道,看着自己最珍重的与自己渐行渐远却对此无能为力才是最痛苦的。明明他是那么努力地想要去珍视她,但他还是失去了她。

驱车前往NOBLE服饰的路上,特助先生对霍大哥说:"您确定您这么说之后楚清让还愿意放弃?"

霍大哥没说话,只是看了一眼特助,等待他把他的话说完。

"您不了解楚清让这个人。我不敢说了解,但也从侧面知道一些。九年前就是我为您调查的楚清让,那是个十分偏执的人。更准确的说法是一个一无所有的亡命徒,别让他手上有东西,一旦他拥有了,那宁可是攥得让自己鲜血横流也不会放手的,因为他只有那一件东西了。"

霍大哥道:"你还不了解我妹妹。"

霍以瑾是个说到做到,绝不会回头的人。

"让司机快点。以瑾被楚清让那个浑蛋因为不知名的原因伤害了一定很伤心,我要去安慰她,她怎么能在这种状态下还去上班呢?"

"对,实在是太不负责任了,精神饱满才能有明智的决策权。"特助先生说。

"要是再生病了怎么办?"霍大哥说。

"……"真心的,二小姐上次的体检报告比我还健康,您担心一点真正有用的地方呀?

"把我下午的事情都推了,我要押着她回家,监督她好好休息。"

"……"也不是这种地方啊!

NOBLE服饰的大楼仿佛结了冰,霍以瑾的心情从员工小心翼翼的脸上就能看个分明,她不高兴,很不高兴,相当不高兴,谁也不想在这个时候给自己找不痛快。霍大哥的心咯噔了一下,加快了前往总裁办公室的步伐。

办公室里,霍以瑾果然正和谢副总一起乌云罩顶地相视而坐。

"你没事吧?"霍大哥心疼极了,他从小千娇万宠的宝贝妹妹,楚清让简直不能饶恕,不行,还是不能就这么放过他!安慰完妹妹就去找碴儿,嗯,就这么愉快地决定了。

特助先生已经一句话都说不出来了。

"什么?"霍以瑾一脸匪夷所思地抬头看向她哥,不是说一起吃中午饭吗?怎么这么早就来了,"总部又出事了?"

"跟工作没关系。"霍大哥心里稍安,妹妹还记得先问工作,并没有伤心得厉害,"你就别跟我装了,我都知道了。不就是一个男人嘛,分了好,帮你提前认清一个人,谁一生中能不遇到几个渣?哥以后肯定帮你找个更听话的。"

霍大哥和谢副总对于霍以瑾未来伴侣的标准有着惊人的一致——听话。

"我没难过啊。"霍以瑾莫名其妙极了,"准确地说我没和谁分。"

失忆,逃避现实?霍大哥整个人都不好了。

"我就没和楚清让在一起过,哪来的分?"

"那你和谢夔愁眉苦脸干什么呢?"

"现实不是小说,大部分人遭受苦难后不会变成白莲花,只会进化成霸王花。草根型的女主角不适合我,那我该找个什么样的呢?"霍以瑾真的是发愁极了。婚期已经近在眼前,她却连备选新郎都没想好,这可不像她一贯的作风。

被这也不行那也不行地拉着讨论半天的谢副总表示,求拯救。

"……"特助先生侧目霍以瑾,这就是你说的你比较了解你妹妹?

"我实在是想不明白你这么执着于要赶紧结婚的理由。"霍大哥困惑极了,"我希望有天送你步入婚姻殿堂的理由是你爱上了某个人,你觉得你很幸福,而不是你觉得你该结婚了,所以随便找个男人凑合。"

婚姻是一件很神圣的事情,是两个人爱情的见证,也许这么想很理想化,却也总比物欲横流的好。

霍以瑾睁大眼睛,丝毫不遮掩惊讶之情,就仿佛她听到了什么天方夜谭。

"怎么了,你这是什么表情?"霍大哥暗自回忆反思,他应该没说什么奇怪的话吧。

"我以为你对爱情不感冒。"你爱我啊我不爱你的这一套风花雪月和霍大哥的画风严重不符,"不要告诉我你也和别的总裁小说里的总裁那样期待着谈一场轰轰烈烈的恋爱,我肯定会第一时间抽你,直至抽醒你为止。"

总裁小说里说的冷峻多金、十项全能又深情专一的男主角……不就是她大哥这样的吗?

"别闹。"霍大哥无奈极了,"醒醒,我可不会随随便便就觉得'街边一个各方面都不出色又笨手笨脚，只会吃，却莫名其妙对我不假辞色'的女人很有趣，进而产生与之结婚的荒谬念头。我不结婚只是因为没有遇到合适的对象，不像你，爱凑合。"

被嫌弃的霍以瑾想反驳，却发现根本无从下口，她想结婚确实只是因为别人都结婚了，不甘落后的她这才决定也跟着结婚。

"而且，"霍大哥好像突然说上了瘾，他把这些天为了和妹妹培养一样的兴趣爱好而艰难看下去的总裁小说读后感拿来和妹妹分享，"我虽然是一个跨国集团的决策者，却已经三十好几，对于二十五岁以下就必有一个世界前三的公司的言情男主角人设来说太老了。也没有什么黑白两道通吃的隐藏属性，最重要的是上无父母刁难，下无私生子拖累，没有未婚妻也没有极品兄弟来分财产，更不说什么子虚乌有的血海深仇了，唯一的家人是不会成为我婚姻障碍的你，根本没办法和别人完成一本跌宕起伏的小说。"

"有理有据，使人信服！"霍以瑾秒懂。

"嗯？"大哥一愣。

"有理有据使人信服。"霍以瑾很高兴地给她哥哥科普。最近她迷上了刷微博，觉得这实在是个不错的消息来源平台，能看到即时新闻，又不会错失时下流行，造成与时代的脱节，虽然大部分网络用语还是不太能明白，但她已经能渐渐听懂秘书们的私下吐槽了！

"恭喜。"霍大哥一向不太会干涉妹妹的个人爱好，只要不影响健康，他完全没意见，"你还没交代你为什么这么着急结婚。你就这么不想住在家里陪我吗？是我的原因吗，还是房子的？老宅的装潢确实沉闷了一点，但这个是可以商量的，重新装修又或者是干脆换新房搬出去住，我都没问题。"

霍大哥就差扒着妹妹的一字裙说我死也不要和你分开了。

"我没嫌弃家里的装修啊，我可是在那里长大的，更不可能嫌弃你，只是我学会上朋友圈了。"霍以瑾为免她哥哥继续发难，赶忙说出实情。

霍大哥也是会玩朋友圈的人，迅速明白了霍以瑾的感觉，他安慰道："别着急，又不是你所有的同学都结婚生子了，只是朋友圈给了你错觉。你这一届普遍才二十五岁，没结婚的大有人在。"

"还有谁？"霍以瑾表示不信。

"林楼，林氏能源的少东家你知道吗？我去E国就是收到了林氏的邀请,也是林楼提醒了我楚天赐和 Anti-chu 之间有猫腻,让我提前有了准备。他中学之前在国内读的书,LV 市人,聊起来才发现他和你还是中学的同班同学,他问了我不少关于你的近况。你们是朋友吗?"

完全不是。霍以瑾的朋友只有谢燮一个,因为她觉得交友是个长情的活儿,十分不喜欢那种只见过一次面就可以很敷衍地互相称"朋友"的行为,那简直是侮辱了友情,她只会把和她认识的人称之为合作者。

林楼正是霍以瑾上中学时的合作者之一,那个时候她是班长,林楼是体委,他们和其他班干部一起合作管理着他们班的秩序。

然后,霍以瑾想起来就在昨晚,她还从楚清让的口中听过林楼的名字,说林氏能源的少东家林楼欠他一个人情,所以帮他骗了楚天赐。那个时候霍以瑾完全没把林氏能源的少东家和她的中学同学挂钩。林楼为什么要提前给她大哥提醒,就因为他们是同学?

"楚清让授意的。"在这点上霍大哥不打算骗霍以瑾,楚清让做错的归做错的,却也没必要隐瞒他曾经的善意。

霍以瑾直直地看向她大哥:"什么时候?"

"两个星期前。"那个时候第一次会议还没有开始,时间上很充分,足够霍大哥把后手准备好,"说真的,你因为他利用我的事情气他,我很感动。但如果只是因为这件事就和他分开大可不必,楚清让做事并没有真的那么不计后果,也许他对楚家很绝情,但那是事出有因,如果换作是我的话……"

"我只会比他做得更绝情。"霍以瑾的性格其实不太好,爱则欲其生,恨则欲其死,在复仇这点上她是完全赞同楚清让的,"他对楚家的仇恨和'我们在一起'这件事本身并不矛盾,我只是受不了他骗我。"

"那现在呢?听到林家的事之后……"

"只是坐实了他又一次骗了我。还记得咱们小时候讨论过的祖母主演的一个电影里的剧情到底合适不合适吗?就是一个有钱的男人假装没钱和一个女孩子交往到底算不算骗人。"

"你始终觉得'有钱装没钱'和'没钱装有钱'的性质是一样的,想不明白女主角为什么会和男主角在一起。"

"是的,我觉得那简直是对女主角的侮辱。要我是女主角,我会毫不犹豫地离开,再也不看男主角一眼。一开始我和楚清让在一起确实是因为他表现出来的对外模样,但随着接触的加深,我想和他在一起的理由就不仅仅是他符合我对言情女主角的标准了。但他自始至终都在对我伪装成另外一个人，无论好坏，他都不是他，换你，你会继续吗？"

霍以瑾生楚清让的气和她决定不再追求他是两件事。

她气他是因为他利用了她大哥。如今她哥告诉她楚清让其实不像他自己说的那么狠，没有真的伤害她哥的意图，所以她不再生楚清让的气。

但她还是不会和楚清让在一起，因为她不再追求他，是因为他不断地欺骗她，一次又一次，无论是洗白自己，还是抹黑自己，那都是欺骗。

与此同时，楚清让也终于想明白了他到底错在了哪里。他在霍以瑾面前演过好人，希望她能喜欢他，也在她面前演过坏人，希望她能讨厌他。却没有尝试过最简单的——做好他自己。

"不要再纠结这种已经发生了又没办法改变的事情了，那毫无意义。"阿罗也不知道该如何安慰楚清让，只能学着他从霍以瑾身上感受到的处事方式来让楚清让振作，"拿着这个经验教训去更好地生活吧，要不你都对不起你遭过的罪。"

楚清让笑了，这话他记得，是霍以瑾加在《无与伦比的伊莎贝拉》剧本里的一句台词，用来安慰给自己安排了一段剧情的翁导。

"以前我就想和你说了，我知道两个人，别问我是谁，我不会告诉你的，你只需要知道他们以前小时候都遭受过苦难，其中一个还有杀亲的血海深仇，结果最后却是一个不懂遏制终害人害己，一个运用正确手段达成目标并抱得美人归。我不打算说什么'我早就告诉你了吧，复仇是柄双刃剑'这种除了嘲讽再没任何用的话，我只问你，你想当我刚刚话里的哪种人？"

现在回头还不晚。

"这是《哈利·波特》里的情节吧？主角哈利和反派伏地魔都是童年有障碍，心里有阴影，一个选择用爱拯救世界，一个选择报复社会。最后反派伏地魔死了，主角哈利和红发美人金妮生儿育女，幸福一生。欺负我小时候家里穷买不起童话书吗？"

"不要妄图用转移话题来逃避问题，我太了解你了，年轻人。"阿罗的神情是难得的严肃，"你知道我的意思。"

楚清让垂头："你说得对……

阿罗昂起下巴，那当然，好歹是快退休的人了，经历的事比你看过的电视剧都多，这种常见狗血梗的正确解决技巧怎么可能有错。

"我确实该重整旗鼓,开始着手准备重新追求霍以瑾的事情了。"

当……嗯?桥豆麻袋(日语音译:等一下),你说什么?思考半天你就得出了这个?复仇计划还没有感情重要?你以为你活在小说里吗?

复仇同学哭晕在厕所。

楚清让挑眉看向阿罗:"难道你想告诉我的不是珍惜眼前人比沉浸在过去的仇恨里更重要?"

"……虽然我确实是这个意思吧,但被你这么直接说出来总觉得很不甘心呢。"准确地说是总觉得哪里的逻辑不太对,"啊!差点被你绕进去了,你和霍以瑾都这样了还怎么在一起?醒醒吧年轻人,你们已经来不及了,你要是执着于霍以瑾,那我还不如放手让你去复仇呢,最起码后者有实现的可能。"

"不!"果断干脆,掷地有声。

霍大哥的特助说对了,对于霍以瑾,楚清让是死也不会放手的。哪怕在心里假设一下霍以瑾有可能属于别人他都会嫉妒得发狂。

因为,他只剩下她了啊。在遇到霍以瑾的那年,他才真正有了生命。

对总裁的第九印象：对爱情还没有开窍。

楚清让对霍以瑾的感情在积攒了这么多年又几个月之后全面爆发，那甚至已经不再是"他喜欢她，他爱她，他想要她"这种听起来很流于表面的肤浅话，而是一种深入骨髓、刻入灵魂深处的执念——哪怕是死，他也要死在霍以瑾的骨灰盒里！

"'你们之间已经来不及了'这句话里有哪个字的意思是你没听懂的？"阿罗第一次意识到楚清让的理解能力很成问题。

"都听懂了。但你没听过那句话吗？'在你觉得已经来不及的时候，恰恰是弥补的最佳时机'。难道只是因为错事已经做下就可以理直气壮地不去道歉弥补了吗？那样会不会太无耻了一点？"

"……"还是那句话，总觉得他话里的逻辑坏掉了，却又无法反驳。

"做不做是我的事，原谅不原谅是她的事。我不是霍以瑾，我不能替她决定该不该继续讨厌我，也不能替她决定该不该原谅我，我唯一能做的就是去祈求原谅，因为这样会让她感觉到开心，就算不开心最起码也能解点气。"

只要能让霍以瑾稍微感觉到开心的事情，楚清让都会毫不犹豫地去做。这是他应有的惩罚，不让霍以瑾享受一下过程怎么能行呢？实在是太不应该了。

策茨说：我爱你，与你无关，所以我因此死去，也与你无干。也就是说，爱一个人是一个人的事，爱情才是两个人的事。哪怕霍以瑾已经决定转身离去，楚清让也不会停止他的爱，不会停止对她的渴求，不会停止尽他所能地对她好。

阿罗终于确定了，楚清让就是疯了："你打算怎么开始你的行动计划？直接去道歉，补偿？"

"你是白痴吗？"楚清让鄙视地看了一眼阿罗。

"……"不是你说这是你唯一能做的事情吗？

"这确实是我唯一能对霍以瑾做的事，但她现在根本不会搭理我，我想道歉也没机会，所以我首先需要做的是准备一个能让她愿意坐下来平心气和地和我说话的身份，一个能再次走到她身边而不会被保安赶走的身份。"

阿罗问："广告代言？"

霍以瑾和楚清让在之前已经敲定了那个阿罗心心念念的五年代言人合同，而以霍以瑾的性格，她肯定干不出因私废公的事。事实也证明了她确实没有因为和楚清让之间的私事就和他解约，让自己的公司失去一个让国际影帝卖力宣传的机会。

"广告拍摄又不需要去她的公司或者家里。"根本没机会见到。

"那《主守自盗》的投资商呢？"

"也没谁规定投资商一定要去片场。"特别还是一个不是主要投资人的只是玩票性质的富二代。

"啊，想起来了，《无与伦比的伊莎贝拉》的发布会，她自己祖母逝世十周年的纪念献礼，她要作为家属上台发言。"虽然现在电影还没拍完，但总算是有一个霍以瑾肯定会和楚清让出席在一个场合的机会了。霍以瑾和楚清让的交集真的是太少了。

"等到明年黄花菜都凉了。"十周年的意思就是肯定不会在还是第九年的今年上映。

"那还有什么办法？"阿罗苦恼抱头，没辙了，"我真的想不到了，抱歉啊，帮不到你。"

"我需要你帮了吗？"楚清让诧异，他早就想好了好吗？

"……"

在楚清让和阿罗为他新出场的身份做着准备的同时，霍以瑾和谢副总也在为霍以瑾寻找新的结婚对象而忙碌着。

强迫症的霍以瑾表示，一要按照计划在预定的好日子如期举行婚礼。

"我的婚纱已经快做好了。"长达十八米的裙摆拖尾，全手工制作，绣技卓绝，由为霍以瑾的祖母和母亲分别量身定做过一套婚纱的著名设计师亲自操刀设计，和长辈们的两套婚纱交相辉映，只一眼看去就会感觉到三套婚纱是一个系列，共同属于一个家族，又不会失去个人风格。

在霍以瑾刚出生时，她的祖父和父亲就已经为这套婚纱付了一笔冻结在国外私人银行的天价，设计师和他的团队随时准备着完成这笔准备多年的世纪交易。

而就在前不久，霍以瑾拨通了设计师的电话，选定了他每年都会为霍以瑾准备的设计中的一套。

妹控霍大哥见妹妹结婚的心意已决,在改变不了她想法的前提条件下只能从了。以免妹妹情急胡来,之前他听到谢副总建议霍以瑾考虑相亲!他亲自出马,为妹出谋划策,友情赞助了霍以瑾最新的行动计划。

"你想了这么多总裁和女主角有可能相遇的地点,怎么能忘了最经典的场景呢?"

"哪里?"

"宴会上。"

"啊!!!"霍以瑾和谢副总相视恍然,还真是啊!他们之前怎么就没想到呢?这可比一对一的相亲要有效率多了,基本就是遍地撒网重点捞鱼的节奏。而且只要理由找得得当,还不会显得过于刻意,不会让人认为霍家的二小姐真有多恨嫁。

"你也说了,草根不适合你,那就还是从门当户对的人里面挑吧。世家子弟中固然有不少纨绔,但也不可能都是没有出息只会挥霍的大少爷。"

世家子弟这个群体总是两极分化得严重,要么在奢侈的生活中堕落到极点,烂泥扶不上墙;要么凭借祖辈给予的天然优势(教育、人脉等赢在起跑线上的重要资源)向着更高的层次奋进。霍家兄妹就是后者,他们也打算再找个后者,强强联合。

"就算我不爱他,我们婚后也不至于无话可说。"霍以瑾如是说。

大家同长在一种环境下,价值取向多多少少会有交集,不会出现那种"女方穿'高定',男方穿大众品牌,后来男方攒钱狠心买了一套轻奢,却既为难了自己又委屈了女方"的结果。

大方向定了,接下来就是考虑该找个什么恰当理由举办宴会了。

"你生日怎么样?"霍以瑾充满期待地看向谢副总。

"别闹,我刚过生日才多久?你一年俩生日啊!"

"是啊。"霍氏兄妹理所当然地一起点头,公历一个,阴历一个,从他们父亲那辈就开始这么过了。

你们有钱也不是这么个作法!

中西结合疗效的霍以瑾耸肩表示:"你不懂,这是我祖父母低调的秀恩爱方式,没谈过恋爱的人没立场吐槽。"

霍以瑾的祖父和谢副总一样坚持传统,而她的祖母伊莎贝拉则是已经习惯了西式化生活的 A 国人,可以想见他俩的婚后生活会有多少地方需要磨合,每一天他们都能把日子过得和甜咸大战似的,一边拌嘴说"你这样简直异端""这种吃法怎么能活下去",一边顺顺利利地把婚姻圆满维持了一辈子,哪怕是死亡也没办法把他们分开。

"说得好像你谈过恋爱似的!"谢副总表示不服,明明霍以瑾和他一样,都是恋爱经验为零的渣。

这个终极大招放在以往霍以瑾准保就没话了,但这次她有了反驳的理由——楚清让:"我谈过好吗?只是最后没谈成而已。"

"你俩都没交往过这也能算?!"

"怎么不算?我们约会过吗?我去过他家吗?他去过我家吗?有过告白吗?有过很要好的时候吗?有过出双入对吗?有过争吵吗?有过互相伤害吗?都有!这完全符合一般人谈恋爱的状态,只是少了应有的名分。"霍以瑾强词夺理。

"要按你这个算法,那咱俩还能算是谈恋爱呢。"谢副总采用类比法打算让霍以瑾妥协。

"咱俩没告白,也没伤害过彼此。"霍以瑾冷静指出谢副总找的不合理类比中的问题。

那是因为你这个家伙一朝被蛇咬,十年怕井绳,只肯吝啬地给别人一次机会。深知你这个特性,你说我敢背着你做什么?!谢副总在心里咆哮。

就在谢副总准备找别的类比时,霍大哥突然一个人坐在沙发上诡异地笑了起来,带着一脸说不上来的奇怪幸福。

"你哥这是精神分裂了?"谢副总用眼神问霍以瑾。

"我怎么知道!"因为小时候一些零散的他俩并不怎么亲密的记忆——虽然现在两人好得跟一个人似的——霍以瑾有时候还是会觉得她大哥深不可测,那道仿佛永远都不会对她敞开的大哥卧室的门给她留下了足够深刻的印象。

霍大哥倒是很乐于给自家妹妹和她愚蠢的朋友谢副总解释他为什么这么开心:"我和以瑾就完全符合那个谈恋爱的标准嘛……"

他们争吵过、伤害过,又和好过了。

"我也听以瑾说过,在她五岁之前你们的关系并不太亲密,你是怎么转变成……"现在这么一个画风的?太突兀了吧?!

"哪有,我从一开始就很喜欢以瑾,只是以前有一些误会,烦请你不要挑拨我们的兄妹关系。"说完霍大哥就起身以有工作为名快速撤退了，心虚之情溢于言表。

"他根本就是个活宝吧。"谢副总坚信这才是谜一样的霍大哥的真实面目，别人之所以总会觉得看不透他，完全是因为有哪个正常人能看透一个端着冰山脸的活宝？！

"身为一个活宝，你是以什么样的勇气和自信用这个词形容别人的？"霍以瑾表示，我大哥只有我能欺负好吗？

本来要准备讨论的宴会主题就在霍以瑾三人的发散思维中策马奔腾，跑了个没边。

举办宴会地理由真的很难找，最近没什么节日、纪念日，谢副总的生日又刚过不久，霍氏兄妹一个处女座一个天蝎座也离得远。

没有理由的举办宴会可以吗？可以，世家中有钱有闲的派对动物比比皆是，但却不适合以不好热闹闻名的霍氏兄妹。他们如果真这么做了那还不如直接告诉别人宴会有问题。

主动去参加别人举办的宴会也有类似的问题，年轻人比较多的宴会不是霍以瑾看不上的私人狂欢派对，就是长辈专门为子弟举办的社交晚宴，霍以瑾特意出现，那还是直接就能破案的节奏。

"宴到用时方恨少啊。"谢副总在旁边毫不客气地嘲笑道，"让你平时一到应酬交际就推给我，现在傻了吧？"

"对啊！"

"……嗯？"谢副总没想到霍以瑾这次能这么痛快就承认了。

"我们可以暗示别人，这是为你择友而特意举办的晚会。"霍以瑾觉得她终于找到了方向，多好一主意啊，她感慨。

被当作筏子的谢副总可一点也不觉得这个主意好，他好不容易才摆脱了家里的莺莺燕燕，怎么可能会让自己再入火坑。

霍以瑾祈求的大眼睛重现江湖，忽闪忽闪地让人真的很难竖起防御工事。

"就算我愿意，这事儿也成不了。还记得咱俩不是一个性别吗？除非你打算同性恋，又或者打算让我同性恋。"

"……"霍以瑾饮恨，"你怎么就不是个女的呢？"

"我不是女的还真是对不起啊。"

最终还是回国准备和霍氏谈新能源合作的林氏能源的少东家林楼为

霍以瑾陷入僵局的宴会计划带来了转机，由霍大哥在电话里状似无意地带起话题，霍家为欢迎林楼回国而决定举行一个低调的小型宴会。

林家以前是国内著名的大世家之一，后来却因为种种原因不得不从国内全线撤资，转向了E国市场。

林楼作为林家一脉单传的宝贝金孙，一直跟爷爷奶奶生活在国内，直至老人去世，中学毕业，林楼才去E国和早已经完成全部资产转移的父亲团聚。

林家再没有人和国内各世家有什么联系，基本算是淡出了国内社交圈。

可惜谁也没想到，当年可以说是狼狈不堪只能被迫离开故土的林家，会在接下来的十年间成长为几乎买下半个E国的庞然大物，当国内势利眼的世家再次想起要和一手缔造了能源帝国的林家打好关系时，林家已经看不上这些人了。

典型的昨日你对我爱搭不理，今日我让你高攀不起。

无论是过去大厦将倾的林家，还是后来在E国涅槃重生的林氏能源，其实都和霍家没什么来往。这次要不是已经在林氏能源扎根了有些年头的少东家林楼一力主张和霍氏国际合作，两家的未来大概也还是会就这样平行线下去，互相遥遥地知道对方的存在，却不会有什么交集。

当然，现在既然已经有了人为制造的交集点，同样是某个领域佼佼者的两家也不会介意彼此多走动走动，变得更加亲密。多个能说得上话的同阶层的朋友，总比多个强劲的敌人划算。

林楼会和霍家合作自然有他的打算，却并没有回归国内社交圈的意思。

但这点别的世家不知道。

所以，他们觉得当在国内已经没什么亲戚的林楼再次回国想要重新融入国内世家圈子时，由合作伙伴霍氏为其举办欢迎会宣告他的回归，简直是一件再理所当然的事情。

各个世家又因为过去的历史被林家晾了有些年头，老一辈的家主拉不下脸来欢迎林楼一个"小孩子"，但心里又眼馋林家，所以肯定只能是派家族内与林楼差不多大的优秀子弟来参加欢迎宴，打一场孩子之间的外交。霍以瑾想要趁机物色结婚对象的事也就成了。

根本不会让人起疑，甚至连林楼本人都以为这只是霍家在表示礼貌和尊重，并很积极地和主要负责这次宴会的霍以瑾交换了联系方式，在网上慢慢熟悉起了彼此这个老同学。

中学时，林楼和霍以瑾的交集其实挺多的，他不只是体委，还是校篮球队的队长以及学生会体育部的部长，而霍以瑾是学生会的会长。

没让他们当年变得更加亲密的理由是谢燮。

那个替谢燮偷偷报了五千米长跑的人正是林楼，谢燮当年毫不知情，还去找体委林楼伸冤，林楼便把此事推给了班长霍以瑾。

"你当年可太坏了，一直藏在后面，至今谢燮都不知道就是你把他的名字报上去的。"霍以瑾通过微信与林楼聊到。

林楼当年已经受到了教训，并认识到了错误痛改前非，所以霍以瑾再提起这段往事时，就只剩下了对追忆青春年少做傻事时的玩笑心情。

"我当时就是个被爷爷奶奶宠坏的小浑蛋，把母亲的病逝和父亲没办法陪在自己身边的愤怒全部都发泄到了别人身上，现在想想真是没脸见人。"

在中学阶段，好像总会有那么一个高个子的男生，学习很差，逃课成性，从不肯好好地穿校服，嘴角上挂着似笑非笑的邪性，眼神里透着浓浓的不良暴走之气，吊儿郎当地坐在班上的最后一排，和一群同样肆意张扬的男生三五成群。却只因为打得一手好篮球，就能被全校女生原谅他前面全部的缺点。

当年的林楼就是这样男生里的典型，整天无照驾驶着一辆改装过的亮黄色敞篷皮卡，在南山半坡和他的狐朋狗友呼啸而过。

林楼当时还有个楼哥的外号，几乎无人不知，那甚至导致很长一段时间霍以瑾一直以为他就是姓楼。

"你当时很讨厌我吗？"霍以瑾现在能想起来的就只有林楼那一头特意染成银白色的头发，因为他很少有拿正脸对着她的时候，在学校里、在回家的路上甚至是在医院偶遇。

"不，我当时只是……"微信那头的对方间隔了一段时间，才把一句完整的话分为两次打完，"觉得有点不好意思，因为谢燮的事。"

哈？霍以瑾看着屏幕愣了半天，竟然是这么七弯八拐的奇妙心理吗？曾经的不良少年其实是个会愧疚到连脸都不好意思看的人，总觉得这个设定意外得很有趣呢。

"回国之后我一定要找机会当面和谢燮道个歉，我当时实在是太嫉妒他了。"林楼的话再一次发了过来。

"嫉妒他？"

"同样是从一个地方搬到另外一个新世界，他的父母始终陪在他的身边不离不弃，而我——"却夹在祖父母和父亲的冷战中，不断压抑着对内心深处的愤怒。

"你喜欢小动物吗？"霍以瑾也不知道自己为什么会冷不丁地问这个问题，但她就是情不自禁地想要脑补明明是一脸凶狠表情的少年，却会在半路停车，哪怕自己冒雨也不想让街边的小奶猫被淋湿的剧情。

"喜欢，不过宠物缘不太好。"

"我也是啊！"霍以瑾觉得她简直是找到了知音。

由对毛茸生物的单相思，霍以瑾和林楼终于打开了话题，他们聊了很多，惊喜地发现彼此真的是有很多共同点。他们都认为家人是最重要的，喜欢听古典乐，能喝红酒却不抽烟，平时会坚持跑步健身，闲时偶尔还会去尝试极限运动。

最后在林楼即将回国的那天晚上，他们甚至相约了下周末一起去俱乐部里玩室内攀岩。

等准备好新身份的楚清让拿着林楼欢迎宴会的请柬迈入霍家时，看到的就是相谈甚欢的霍以瑾和林楼。

曾经一头白毛的叛逆少年，如今已经恢复了正常发色，西装笔挺，沉默内敛。

与楚清让让人惊艳的俊美、霍大哥上位者的霸道强势以及谢副总长袖善舞的精明不同，林楼是完完全全的另外一种款式，他的长相未必会漂亮到让这个看脸的世界都为之让步，他的气质也不是带王霸之气加成，但他却自有一种浑然天成的个人魅力，举手投足间都让人感觉心情愉快。

霍以瑾筹备的宴会很成功，不敢说多有新意，却足够稳妥舒心，没有出现什么不愉快的场面或者意外，整场宴会井井有条，主宾尽欢。但霍以瑾想要物色结婚人选的真正目的却惨遭滑铁卢，因为她漏算了别的世家的想象力也很丰富。

他们倒是没想到这场宴会是给霍以瑾找对象，却也是有志一同地把脑筋动到了找对象上，只不过他们派出的是女儿，希望钓到的是霍大哥、谢副总以及林少主。

其实各家收到请柬后给霍家的回执上，这种意图就已经初露端倪，他们选填的应邀人物无不是和霍大哥同年龄会携妻子和妹妹参加的男性。

不管是亲妹、表妹、堂妹、妻妹，甚至连侄女、外甥女都有，反正肯定是要让自己的妻子带上一个家族内部的未婚女性出席的，打着的名头还挺好，陪霍家唯一的年轻女性霍以瑾。

霍以瑾看着身边一堆不断拐弯抹角地向她打听她哥、她基友以及同学的世家小姐们，简直悲伤逆流成河，就算她需要人陪，用得着这么多吗？最可怕的是这些世家小姐们也不知道是怎么想的，一开始聊的时候还在讨论宴会上三个最优秀多金的男人，但后面却都纷纷转移了话题。就好像她们前面只是交差应付家里，如今任务终于完成，让我们开始真正的话题吧……

"霍小姐平时休息的时候都喜欢做些什么？"

"皇家交响乐团是我家世代赞助的，留有每一场最中心位置的套票，最近他们在重现海顿的名作，我知道您十分喜欢他的《皇帝四重奏》，能有这个荣幸邀请您一起吗？"

"你和离姗的官司判下来了吗？实在是太大快人心了，那个做作的女人我早就看她不顺眼了，平时还不断在微博上刷屏洗脑，烦都烦死了。我微博关注了你，但是发现你几乎很少发微博啊，都没办法知道你最近的动态。"

总觉得这些小姐们的形态有点类似微博下面每日一刷"总裁大人我要给你生猴子"的妹子们是怎么回事？！——霍以瑾。

帅气女性的女人缘总是不会太差。

霍以瑾最后好不容易才借着要和林楼谈生意的理由从女人堆里杀出重围，一脸心理严重创伤的表情和谢副总、林楼吐槽："你们平时宴会上都是这待遇？"

时不时的小声兴奋尖叫，叽叽喳喳一刻不停的问题以及差点让人窒息的白花花一片。

林楼和谢副总相视耸肩，一左一右地搭上了霍以瑾的肩："以后宴会就全靠你来吸引火力了兄弟。"

"找死！"霍以瑾怒瞪，哪个告诉我女人就是天敌的人你出来，我保证不打死你！

趁着林楼去给霍以瑾拿蛋糕补充能量的空当，谢副总问霍以瑾："一个都没看上？虽然宴会上来的人和咱们一开始的想象有些不符，但还是来了不少还没结婚的世家公子的，你没去和他们接触一下？"

霍以瑾表示，这才是她今晚最大的失误！她竟然把这些世家子弟和她大哥放在一起，这简直是惨不忍睹的秒杀好吗？

平时分开来看还好，如今摆成一排，不用比就已经对这些人没有任何想法了好吗？！不是林楼过去有交情的那些至今还在醉生梦死的二世祖，就是虽然优秀但却坚持觉得女人就该是装饰品的大男子主义，仅有的几个还算看得过眼的好男人还都已经早早结婚了，有的连孩子都有了。

不说她大哥，楚清让都能干翻这些没经历过风雨的大少爷了。

虽然楚清让骗了她，但不可否认，算无遗策的楚清让会给人一种枭雄的致命感，那种表面上温润如玉实则心狠手辣也是很吸引人的。最重要的是他的颜无人可比！

"他们甚至都不如你。"霍以瑾最后对谢副总做出这样的总结陈词。

"呵呵。"谢副总。

"什么不如他？"林楼取来蛋糕重新加入话题，是霍以瑾最爱吃的味道。

"你怎么知道我喜欢吃？"霍以瑾很惊讶。

"呃。"林少主顿时卡住了，好不容易才重启道，"以前上学的时候总是见你在课间的时候从兜里拿出来吃。"

"哦，这样啊，我还记得你在课间的时候大部分时间都是趴在桌子上睡觉呢。"霍以瑾表示她没有问题了。

谢副总却侧目林楼，看到了林楼从一开始就已经红透了的耳朵以及紧握的手。他好像发现了什么很不得了的事情。

林楼，是啊！林楼！他怎么就没想到呢！当年无论林楼逃不逃课，他和霍以瑾上下学的时候，总会在校门口又或者是霍以瑾家附近的街角看到他那辆十分醒目的敞篷皮卡。

"你们聊，我突然想起来我找你大哥有点事。"谢副总及时找霍大哥汇报情况去了。

然后就是楚清让进门后看到的场景了，霍以瑾与林楼独处着，相谈甚欢。

"其实也不只是联姻，和我套过去交情的也不少，你还记得高子和小夏他们吗？高子也是咱们班同学，小夏是低一年级的，真没想到这么多年他们竟然一点儿都没变。"依旧过得这么纸醉金迷，表现得像个根本没有长大的少年。

"你倒是变了很多。"

"如果我没变,就不会在看到他们的时候明白过去的我有多幼稚。我朋友在我来之前提醒得真是太对了,要做好面对过去黑历史的心理准备。"

"你朋友?"

"嗯,A国女神风投的CEO兰瑟。我一直忘记问你了,兰瑟刚好在国内,所以这次的宴会我就顺便邀请了他,你哥不介意吧?"

霍以瑾和兰瑟被捆绑对比已经有些年头了,就算一开始双方没什么感觉,现在也肯定烦透了。

"完全不介意!"兰瑟我偶像好吗?!我天,办个宴会竟然还有见偶像的特别福利,人生真是处处是惊喜,哪怕找不到结婚对象也绝对值回票价了!"他来了吗?你的交友范围可真广,连忘年交都有。"霍以瑾问。

林楼的表情一下子微妙了不少,很显然他总会遇到这种情况,"兰瑟因为一些原因不得不保持低调,大家对此众说纷纭,什么因为重病缠身或者年纪过大而不良于行啊,丑得根本不能见人之类的,我可以很负责任地对你说这些统统都是假的。"

事实上,对方很年轻,很俊美,身体健康,骨骼强健,前不久还刚获得了一个国际上的大奖,是万千女性的梦中情人。

"好久不见。"楚清让从摩西分海的人群中风度翩翩而来,对霍以瑾举杯致意,神情专注地看着一袭金色鱼尾晚礼服、中分卷发的她,仿佛他的世界里就只能装得下她一人,在觥筹交错的宴会大厅中,闪闪发亮。

"你们认识?"林楼有点惊讶。

恭喜楚清让加入"没办法了,那些名媛一直在旁边虎视眈眈,只能用假装我们在很严肃地讨论正事的闲聊方式来躲避攻击了"小队。

"我并不太认识兰瑟这个身份。"霍以瑾面无表情地看着楚清让,心想着你难道是洋葱成精吗?身份一层又一层的,本来只是单纯见偶像的激动内心现如今已经不知道该如何形容了,"我对'楚清让'倒是还算熟知。"

"你竟然还有知道的明星?"林楼更惊讶了。

"你这么说很失礼好吗?我平时也是有休闲娱乐的人。"霍以瑾为自己抗争。哪怕她确实是对娱乐圈的明星所知甚少,但被别人冷不丁地这么一说，不服输的好胜心理就发作了。

林楼没说话，只是对着霍以瑾伸出了一只手。

"几个意思？"霍以瑾挑眉。

"我就不为难你了，只要五个名字就信你，连楚清让都可以一并算上。"林楼一脸我真是大度啊的表情。

"伊莎贝拉。"霍以瑾不假思索地报出了她祖母的名字，然后是上次离姗事件里被连累下水以及站出来力挺过她的明星们，一长串的名单她用她引以为傲的记忆力都记了下来，好方便日后在有可能遇到对方的时候开个方便之门。毕竟他们和她无亲无故，在离姗的事情上本可以遵循娱乐圈一贯遇事就只围观不说话，最后却冒险站队："祁谦，祁避夏，裴越，陈煜，米兰达……"

看着霍以瑾狡黠的笑容，林楼没戳穿"离姗事件他也有所了解，特别清楚都有哪些明星站出来为霍以瑾说过话"这件事，只是故作怕了你的表情，摊手无奈笑道："好了，好了，算你过，行了吧？"

"什么叫算啊？本来就是。"霍以瑾努力作死。

林楼勾唇一笑，正常人都看出来他是故意在逗霍以瑾了："本来就是？我要是让你分别说一下这些人的代表作，不用多，一人一部，你能说出几个？"

"楚清让，《新基督山伯爵》；伊莎贝拉，《我最亲爱的朋友》；祁谦，《时间重置》；祁避夏，也是《时间重置》，呃……"霍以瑾的列数之旅就此结束，如果不是有谢副总这个祁谦粉总在她耳边念叨说什么祁谦和他爸祁避夏一起主演的《时间重置》有多棒，她有很大的可能会直接卡在祁谦那里就说不下去。

"这个故事教育了我们 no zuo no die 的真理，一定要谨记哟！"林楼对霍以瑾眨了眨眼。

霍以瑾抿唇怒瞪。

"抱歉，介意借一步说话吗？"在一边听了有一会儿的楚清让终于出声插话进来，看上去表现如常，只要忽略他攥得死紧的手。

霍以瑾将目光重新对准楚清让，不置可否地点点头："我正好也有些话想和你说，去后面的花房吧，那里没人。"

"好。"楚清让对着霍以瑾时笑得真诚了不少，即便霍以瑾并没有给他什么好脸色。

霍以瑾转而对林楼说："抱歉先失陪一下。"

本来周身气氛终于放松下来的楚清让再一次变得紧绷，他垂下头，不让任何人看到他的表情。

"没关系，一会儿见。"林楼微笑着挥手送别霍以瑾和楚清让，好似全然没有发现这里面的不对劲。

谢副总一直在时刻观察着这边的情况，在霍以瑾和楚清让走后，他上前给了林楼一个恨铁不成钢的眼神："你就让她这么走了？"

"你和霍总的事情谈完了？"林楼反问。

"别用一个问题来回答另外一个问题。"谢副总很生气，他身边怎么都是这样的人？真是太糟糕了！"你知道你刚刚干了什么吗？"

"给我的两个朋友留出谈话的空间？"林楼一脸无辜。

"以瑾和楚清让有过一段你知道吗？"谢副总在心里吐槽，就你这样被卖了还帮人数钱的类型，要不是生在林家，肯定够被人卖八百回的了。

"知道啊。"林楼动作一点都不带犹豫地点了点头，"别看我这样，我也是很关注国内娱乐八卦的。"

媒体对于霍以瑾潜规则了楚清让的猜测让知道楚清让另外一个身份的林楼捧腹笑了好久。

"那你还这么放心他俩？"谢副总无语了。

"怎么？他俩之间还能掐死一个不成？"林楼故意歪解着谢副总的话。

"别闹。"谢副总觉得吧，古往今来，在明知道一切的情况下，还把爱的人往情敌手上送的，林楼肯定是第一个人！这位的心比霍以瑾还大，"你明知道我不是这个意思。别说老同学我不照顾你，一线情报，以瑾和楚清让这辈子也成不了，因为楚清让骗了以瑾，以她的性格绝对不会再原谅他的。所以我看好你哟，少年，早点行动。"

"该是我的就是我的，跑也跑不了；不该是我的就不是我的，求也求不来。"喜欢一个人永远不会是靠防范所有的情敌就能成事的，那是对对方的不信任，也是对自己本身魅力没自信的一种表现。

最重要的是林楼看着霍以瑾摇曳而去的金色身姿怔怔出神，他本就有些过于白皙的面孔变得更白了。要是可以，早在中学的时候他就已经有所动作了。

后院的花房内，名花依旧鲜艳，霍以瑾和楚清让却再不复当时。

霍以瑾以为楚清让肯定是有什么要和她解释，好比她大哥的事。而她也已经想好了对答，但最终她却只得到了一个毫不犹豫向她道歉的楚清让："我很抱歉，对我所做的一切。"

道歉就该拿出道歉的诚意来，错了就是错了，为自己的行为找理由诡辩什么的，是楚清让绝对不会对霍以瑾做的事。好吧，本来楚清让也准备了一大堆漂亮话为自己的行为进行解释，就是霍以瑾很喜欢的总裁小说里的那一套。但就在宴会开始之前的前一分钟，他接到了楚父的电话，医院里的楚父醒了，第一件事就是致电楚清让打感情牌，希望他能来看看他这个"可怜的被不孝养子欺骗了的老父亲"。一面说着自己错了，一面又不断狡辩把过错都推到别人身上。真是恶心透了！

楚清让不希望霍以瑾有这样的体验，所以他只是道歉，表达了自己的后悔，没有再说多余的话。

这正是霍以瑾欣赏的态度，好比在现实工作中当她的下属做错了，她想听到的肯定是对方利索地认错然后去修正，而不是听对方说什么"我不是故意的""我不小心没注意到""都是谁谁谁的错"之类的话，那在她看来无异于是在推卸责任。

当然，人犯错肯定都是有理由的，不一定全部都是一个人的错。但如果你自己辩解，却只会让人觉得苍白无力又诸多借口。所以，霍以瑾表示：这些该是我来意识到并体谅的事。

"我已经听我哥说过了。这正是我想对你说的，很抱歉那天误会了你，如果我有什么言辞不当的地方，请不要在意。"

"你完全有理由这么做。"楚清让急了，他以为霍以瑾是在说反话，"也许你这辈子都不会接受我的道歉，但我还是觉得……"

"你的道歉我接受了。"霍以瑾再一次打断楚清让，在得知他并没有真的想要对她哥造成伤害时，她就已经不生他的气了。

楚清让并没有因为霍以瑾的回答而欣喜，因为霍以瑾对她的眼神冷漠而又生疏，就像是在看一个陌生人。他明白了她的意思："我的道歉你接受了，但你却不会原谅我，对吧？"

"是的。"霍以瑾点点头，"如果你没有别的事情了，那恕我失陪。"

说完这话霍以瑾就径直离开了，徒留楚清让怔怔地站在原地，不知所措。

他能明白不是所有的"对不起"都能得到一句"没关系"，但霍以瑾冷淡的反应超乎了他全部的想象,她没有生气,也没有愤怒,她甚至不在乎他,她只是很冷静地分析说:"我不生你的气,只是我们没办法在一起。"

在霍以瑾即将离开花房的时候,楚清让追了上去。他看着霍以瑾,尝试着进行了他第一次的告白,即便地点不对,时间不对,气氛不对,与他期待了快二十年的场景简直是云泥之别。

也是在那个时候楚清让才意识到霍以瑾当日问他能不能和她在一起时到底用了多大的勇气。

对别人袒露自己对对方的爱,真的不是一件容易的事情。不是你说已经做好心理准备就真的能做到。

深吸一口气,楚清让终于艰难开口:"能给我一次重来的机会吗?我知道我做错了,但是我真的很想和你在一起……在你转身离开的那一刻我就后悔了,我知道是我活该,我犯了一辈子最大的错误。我爱你,从我看见你的第一眼起。我不会放弃的,哪怕你拒绝我,我也是不会放弃的!"

楚清让说了很多,霍以瑾面无表情地站在原地,安静地听他把话全部说完之后道:"谢谢。你很优秀,无论是哪一面,你的告白让我很荣幸,但还是请允许我郑重地拒绝你,这不是报复也不是回敬你之前的行为,只是无论如何我都不能和你在一起。"

"不能?不是不想?"楚清让抓住了问题的关键。

"不能"和"不想"在某种意义上是完全不同的两个概念,"不想"是霍以瑾主观不愿意,"不能"就有趣得多了。

"不能。我小时候留下的心理问题。"略带强迫症的完美主义,这不是什么刷时髦值的说法,是她真的有这方面的心理问题。属于焦虑障碍的一种,心理医生分析成因是在小时候的成长过程中遭受过心理创伤,但具体是哪件事一直还没有定论,因为"我并不想治好"。

霍以瑾觉得她这个事事要求完美的状态挺好,虽然会造成一些困扰,完不成时间表上的计划就会不舒服,但一般人谁不会在完不成计划时有些心理上的不舒坦呢?她只是比这个一般人的程度稍微加重了那么一点,又影响不到别人,影响的只有自己的生活,而且还是利大于弊的影响,损失了时间,耗费了多一些的精力,却换得了她今天的成就,简直不能更划算了好吗?死都不治!

"当然,我不可能要求我身边的亲朋也必须是完美的,但我会要求自己主观选择朋友和恋人时选择一个能达到我最初设定的数值的人。"

简单来说就是霍以瑾不会强迫别人改变，只会强迫自己去重新寻找符合标准的人。但人是感情动物，不可能真的量化，所以霍以瑾最终把她的底线定在了"信任"上，她始终觉得"信任"才是一段感情能够顺利进行下去的基础，这不一定是这个世界的真理，却是霍以瑾信奉了二十几年的三观。

如果她给了楚清让第二次机会，她肯定会忍不住地怀疑楚清让、质疑楚清让，稍有风吹草动就会问自己楚清让是不是又骗了我？哪怕别人都说没事，她还是会第一时间觉得楚清让有问题……

她真的很害怕自己变成这样连自己身边的人都无法全无保留地去相信的人。

"到时候连我自己都会变得不喜欢我自己。"

"可无论你变成什么样我都会喜欢你。"楚清让毫不犹豫道。现实不正是如此吗？在他还不知道霍以瑾是他的女神前，他就再一次情不自禁地爱上了她，前不久他还在担心自己变心了，幸而现实给了他回答，不是他变了，而是无论他的女神变成什么样，哪怕变成了他也不敢认的模样，他依旧会第一时间爱上她。

"谢谢。"霍以瑾听不到楚清让心里的话，只能根据表面上的对话给出反应，被一个很优秀的人这么喜欢也是对她本身的一种肯定。她虽然不会和他在一起，却也不会恶语伤人，在对方并没有给她造成困扰之前觉得对方很讨厌什么的。

"可如果你有这个心理疾病，你就永远都不可能成为一个完美的人，这不是自相矛盾吗？"

"我知道，这也是我心里一直很矛盾的地方。"霍以瑾对这事的态度一直是想办法转移注意力，但凡被提起就会显而易见地开始纠结一段日子，然后不断用断臂的维纳斯的理论来安慰自己。

"我认识个不错的心理医生……"楚清让刚提起了个话头。

霍以瑾就出声打断了："我想你误会了，我和你解释这些，不是为了给你期望，让你以为只要我克服了我的强迫症我就有可能再次接受你。我不想你继续再在我身上浪费时间。你我之间不是你的问题，是我的。"

楚清让点点头："我知道。"

"我觉得你不知道。"霍以瑾皱眉，"我真的不会和你在一起。哪怕我们遇到总裁小说里很狗血的那种你为了救我而受了重伤，好比最近很流行的地震，失明啊又或者一辈子都不能动，我也只会是感激你，给你钱，让别人照顾你，却不会和你在一起，你明白吗？"

"我明白。"楚清让继续微笑，你说的每一句话我都捍卫，但我却不会因此而放弃。

"……你这个人怎么就解释不通呢。办这场宴会其实就是为了给我寻找结婚对象，我一定会尽快结婚的，因为我一开始计划好的时间表不能被破坏。"

"林楼。"

"嗯？"

"你不是说要寻找结婚对象吗？林楼就是个不错的选择。他和你是同学，又同样出身世家，连兴趣爱好都差不多，能力优秀，性格良好，知恩图报，这点我可以做证。"只因为他曾经帮过他，他就可以问都不问原因地帮他和 Anti-chu 联手欺骗楚氏，可以在如今得知他隐瞒了他是楚家二子的消息后也没有生他的气。

看来古往今来把自己的爱人介绍给情敌的并不只有林楼一个人。

楚清让还在对霍以瑾推荐着林楼："最重要的是他的私生活很健康，没有女朋友，却也从不出去乱搞。如果你是想在世家子弟中寻找结婚对象，我觉得他很适合你。"

"我不明白，你让我有点困惑。"一边说着不会放弃，一边又给她的新恋情出谋划策。男人这种生物还真是难懂。

"请不要误会，我没有想要把你当作一件物品什么的让给别人，又或者托付给别人的意思。我只是在给你建议，我觉得林楼很适合你，哪怕是向来爱用最大的恶意去揣测这个世界的我，都觉得林楼没什么大问题。如果这就是你想要的，哪怕我心里再嫉妒，我也还是会愿意为你达成你的心愿，我想你能开心。"

"欲擒故纵？"霍以瑾目前还在死机中，她无法理解楚清让，只能尽可能地按照自己的逻辑去理解他，"不管你怎么样想，我可是认真的，你这么说确实提醒了我林楼是个不错的人选。"

"需要我把他的喜好和忌讳写出来发你邮件吗？"

"如果你写了，我一定会看。"霍以瑾接话接得很顺，不用白不用嘛，"我这是最后一遍和你说，我真的不是在用林楼刺激你，我是认真的。"

"我也是。"

之后一直到周末，霍以瑾都在防备着楚清让要搞什么小动作，但他并没有。林楼喜好的总结也已经发到了霍以瑾的邮箱，十分详尽，甚至还附带了一份攀岩日的攻略参考意见，可行性极强。楚清让好像是真的用心地在帮霍以瑾追林楼。

"物以类聚，人以群分。"谢副总用这句对霍以瑾解释了现在这个诡异的情况，"你本身就不太正常，所以喜欢你的人也正常不到哪里去。"

"别忘了你还是我朋友呢。"

"是啊，我肩负着在你的世界里当唯一的一个正常人的重大使命。"谢副总大言不惭道，"现在怎么办？你还去吗？"

"为什么不？"不管楚清让做什么都不会影响到霍以瑾。

霍以瑾和林楼的周末活动一切顺利，没有非要跟着林楼来的朋友楚清让，也没有"碰巧"在俱乐部遇到的客人楚清让，更没有恰在此时发生了什么意外的楚清让，让已经做好"在约会途中必要打小怪兽"心理准备的霍以瑾十分不适应。

这太奇怪了，真的太奇怪了。

"怎么了？你今天看上去一直都有点心神不宁的。"离开俱乐部之前，林楼对霍以瑾问道。

"该问这话的是我吧？你怎么了？"霍以瑾看着眼前把自己裹得完全不逊于突然要在白天出门的吸血鬼似的林楼。

林楼习以为常地压了压帽檐，摆了个上世纪五六十年代外国黑白电影里男主角经常会摆的耍帅姿势："如果我跟你说我大小也是个名人，只能依靠这身行头躲狗仔，你信吗？"

"如果我之前没和楚清让出去过的话，我就信。"说完这话霍以瑾就后悔了。她皱眉，想着自己今天可真奇怪，总是会提到楚清让，明明在最应该在意的前段时间都不会这样。

现实里，林楼还在为他的行头找着理由："其实我是血族，在阳光下行走我会被灼伤晒化。你觉得这理由行吗？"

林楼过于苍白的肤色让不少人都对他说过，万圣节的时候你很适合扮演德古拉伯爵。

"假设你的掩藏身份真的是血族，我一直有个问题希望你们能解答一下，月光其实也是阳光，那为什么你们只有白天不能出门呢？"霍以瑾也在努力通过开玩笑的气氛来挥去自己今天的反常。

"好吧，说实话，我并不想说理由。"

"OK。"霍以瑾毫无障碍地接受了，不深究，也不好奇。她受不了欺骗，却不代表她会要求别人必须对她毫无保留，谁还能没个不想说的小秘密，就好像她黑大壮的过去，那是她绝对不会和任何人提起的黑历史。所以不想说就不说，她会尊重对方的选择，不再追问，为什么一定要骗人呢？

"现在轮到你了。"林楼最近在和霍以瑾玩一人一个问题的接龙游戏，"你今天各种不自觉地走神，你在想什么？我很无趣吗？"

"呃，抱歉，我完全不是这个意思，如果给你造成了不快……"

"不不不，我没有不快，只是不想让紧皱的眉头破坏女王陛下的美感。"林楼对着霍以瑾行了个标准的骑士礼，带着绅士风度的微笑，"我愿当您的利刃，为您披荆斩棘，屠尽人间一切不平之事。"

"别闹。"霍以瑾笑了起来，尽可能地配合林楼表演，"我不缺宝剑，也不缺骑士。只是掐指一算，我发现我命里缺了一个问题的答案。"

"是这样的，我最近在看言情小说，里面总会有这么一个经典桥段——女主角和总裁因为一些很现实的原因分手了，女主角却很难真的做到放手，会不断地出现在总裁的生命里，好比在他家楼下啊公司门口之类的怒刷存在感，并且会对总裁身边新出现的人妒火中烧，暗中破坏，给总裁造成一定困扰……"

"你把总裁和女主角的身份说反了吧？"林楼忍不住打断霍以瑾道，"一般不都是总裁得罪女主角，然后总裁后悔，等他幡然醒悟想要把女主角重新追回来的时候才发生以上你说的剧情吗？"

"你也看总裁小说？"霍以瑾觉得她也许该重新定义一下总裁小说读者群了。又或者是她冤枉了谢燮？并不是只有有少女心的男性才会看总裁小说，大部分男人貌似也都会看。好比她哥，楚清让，现在连林楼也看。你们这是要闹哪样啊！

"稍微有过了解，事实上这种经典戏码不仅限于小说，电影、电视剧里更多。"

"好吧，身份不重要，重要的就是有这么一个事儿吧，女主角前脚才跟总裁说了无论如何我都会一直爱着你，总裁则表示说我不可能接受你，我要和别人约会了。在这种前提条件下，女主角一般不都是会想尽办法地搞破坏的吗？嫉妒成狂什么的……但如果女主角没这么做，反而积极地帮总裁计划追人，你觉得这正常吗？"

"这个神展开我之前还真没见过，"林楼的语气里也带着很大的不确定性，"不过也不是没可能，有很多原因能解释。"

"好比？"

"你听过那个很经典的抢孩子的古代案子吗？说两个女人因为孩子对簿公堂，都说自己是孩子的亲妈，县官让她们互相争抢，谁抢到算谁的。孩子被拉扯得哇哇大哭，其中一个女人先放了手，县官判定那个女人才是亲妈，因为真正爱孩子的人不会忍心看到他哭，哪怕那意味着她必须放手，不得不失去他。"

"呃，就我所了解的这个人，他没这么……怎么说好呢，柔软？他是个城府很深的人，为达目的会不择手段。"霍以瑾根本不信楚清让真能从此洗心革面当圣人，那不是楚清让的风格。

"那还有一种可能就是对方在反其道而行之，以退为进。在明知道总裁现在还很烦他的情况下，他要是再跳出来阻止总裁发展新感情，嫉妒来嫉妒去的，那绝对是见不得自己和总裁在一起才能干出来的事情。对他的恋情毫无帮助。所以，逆向思维一下，但如果他什么都不做，一直提防他的总裁肯定会对他念念不忘，会忍不住地奇怪他为什么要这么做，对吧？"

"对！"

"这样推断的话一切也就能说得通了。他前面的申明立场其实就是一种很常见的心理暗示，是把总裁的注意力全部重新集中回他身上的手段，给总裁先施加一种无论如何我都不会放手的感觉，让总裁很难相信他不会做什么，之后再进行反常行为，让做好心理准备的总裁落空，这样他就可以坐等着总裁不断想起他了。"

全中！

没等霍以瑾对此表示感慨，林楼又道："我想你的女主角应该就坐在那边的大切诺基里。"

"嗯？"霍以瑾一愣。

顺着林楼的手看去，俱乐部门口对面那条街上的一辆大切诺基的车窗摇了下来，手里拿着高倍望远镜的跟踪者楚清让朝这边招了招手。

林楼一边朝楚清让挥手回去，一边对霍以瑾提议："要不要来小小地报复他一下？"

"报复？"为什么？

"他跟踪你，你不生气？"

"我确实该生气的。"霍以瑾顺着林楼的话说了下去，但在见到被发现之后索性正大光明朝这边招手的楚清让时，她差点笑出声，怎么能有人笨成这样，连跟踪人都不会。她觉得她能明白楚清让这么做的原因，不是出于充满恶意的监视或者是想要掌控她，他只是在想尽办法遵守他和她的约定——在不出现在她面前的情况下对她好。

"这个因果关系你是怎么得出来的？"真是充满想象力。

"现实不是小说，哪里来的那么多总裁在遇到事时，女主角刚好能神兵天降般地出现帮他解围的巧合呢？"

女主角和总裁的关系肯定是反了！林楼如是想。

"所以就只剩下了人为制造。"不是制造危险，而是悄悄跟着她，然后在她真的出意外时及时出手。

林楼恍然，他敢肯定楚清让不会思考得这么神奇，他肯定只是知道霍以瑾会这么神奇地误以为，于是就顺水推舟了。他是故意暴露自己的行踪的，把他当筏子，让他亲手把这个能重新开始刷霍以瑾好感值的事情捅到霍以瑾面前。这感觉还真是相当不爽啊。所以林楼对霍以瑾说："那能当是帮我一个忙吗？"

"可以啊。"霍以瑾毫不犹豫道，"怎么帮？"

林楼一把搂过霍以瑾，旋转三十度，很巧妙地用一个错位让旁人以为他们在接吻，然后小声在霍以瑾耳边说："这么帮。"

温热清冽的男性气息扑面而来，霍以瑾却只下意识地想一个手肘过去，好摆脱这样的束缚，这种周身充斥着一个陌生男性气息的侵略感让霍以瑾十分不舒服。

车里的楚清让把这一幕尽收眼底，他低头冷笑，开始给林楼发短信。

"亲上了你都不管？不对，这是什么展开，他们才认识几天，林楼这下手速度可比你快多了。也不对，林楼是你朋友吧？哪怕朋友已经分手了，也不能就这样和朋友的前女友搅在一起啊。"副驾驶上，被迫跟来一起跟踪的阿罗各种吐槽着眼前奇怪的场景。

"假的。"楚清让嘲讽极了，"也不看看我的职业是什么。"

"专职自黑一万年？"

"我觉得我有必要换个经纪人了。"楚清让威胁地看向阿罗。他的手机上则显示了短信发送成功的图标。

"借位假吻的时候要记得注意手部细节！太假了！差评！重来！"

"你多年练就的演技就是为了一秒钟辨认这种事？"阿罗一头黑线，你表演课的老师知道后肯定会哭的。

林楼兜里的手机振动的那一刻，没看短信他就知道自己还是没瞒过楚清让。

"怎么了？"霍以瑾全程茫然中。

"他发现了。"林楼拿出手机看了看短信，果然如此，然后他把短信拿给了霍以瑾看，"他竟然还敢挑衅我，这种朋友是不能要了！"

"那你挑衅回去呗。"霍以瑾借着林楼挡住自己的动作，用林楼的手机给楚清让回了一条，"抱歉啊，第一次难免生疏，谢谢指导，下次争取假戏真做。"

楚清让看完短信的第一反应就是给了林楼一个灿烂微笑。

林楼也回了一个隐藏在变装之下的微笑，用几乎是从牙缝里蹦出来的声音对霍以瑾道："他真的生气了。"

"他表现生气的方式还真是天马行空呢。"霍以瑾道，"那他高兴或者是有别的情绪的时候什么样？"

"一个样。面带微笑是常态，生气的时候会笑得很灿烂，伤心的时候会笑得很漂亮，让人根本看不出来他真正的情绪。至于他真正开心的时候，他很少有开心这种情绪，哪怕有……"林楼倒吸了一口凉气，"也应该会像是大反派阴谋得逞的笑吧。"

霍以瑾皱眉，她和楚清让相处时，楚清让并没有表现出这些反应的任何一种。

车里，楚清让正在给阿罗冷静地解释他这些天到底在干什么。

"你知道霍以瑾和我没走到一起的真正原因是什么吗？"

"知道，你不断作死。"阿罗不假思索地回答。

"我是说霍以瑾这边，"没等阿罗继续气他，楚清让已经给出了答案，"她其实对爱情根本还没开窍。"

霍以瑾只是因为别人都脱单了，所以她觉得她也必须有个男朋友了。就像是小时候小伙伴都有了三十六彩的水彩笔，她只有二十四彩，那么只要家里条件允许，她肯定会回去跟家长要一套四十八彩的，即便她连那些过于细分的颜色都叫不全，也不爱画画，却完全不影响她想变得和别人一样,甚至是超过别人。

"所以你是二十四、三十六还是四十八?说真的,我觉得林楼才是四十八。"林楼的优秀是长着眼睛的人都能看得出来的,也许楚清让在商业上的成就要比林楼强得多,一个白手起家,一个至今还在给爸爸工作,但相比起内心过于阴暗的楚清让,林楼肯定是个比他好很多的选择。

"我什么彩都不是,我是她的留声机。"

"嗯?"阿罗一愣。不是在说水彩笔嘛,怎么又多了个留声机?不对!我们说的是霍以瑾和她的爱情观!

"她欣赏不了美术,喜欢的是古典乐,哪怕四十八彩的水彩笔更好又怎么样?她根本就不爱画画这件事本身。只是她现在还没有意识到,所以我希望能通过林楼让她明白。"

"你直说你认为她只有和你是天生一对不就完了?"阿罗不屑撇嘴,"扯这么一大堆干吗。"

"不是我以为,我们就是!"她是他的唯一,他需要她,就像是鱼需要水,人类需要氧气,那是赖以生存的条件。他自信他也会成为霍以瑾的唯一,没有人会比他对她更好,更理解她,给她真正想要的生活,"所以我是绝对不会放手的,死也不会!"

"优秀的人这么多,林楼不行还有别人,她为什么要自打脸地回头来选择你?"

"我不知道。"楚清让摇摇头,终于说了心里话,他表现得自信满满,但还是那句话,一个人越是炫耀什么他就越是缺乏什么,"只能走一步看一步,反正再坏也不会比现在更坏了。"

"事实上,还是有比这更坏的结果的,可能会让本来不生你气的她开始讨厌你、恨你。"阿罗提醒道。

"那也比现在好!"楚清让突然爆发,厉声打断了阿罗的话,自宴会之后他就一直在压抑自己的情绪,"你明白吗?我宁愿她讨厌我、恨我,也好过她礼貌生疏得就好像陌生人一样对我。最起码当她恨我的时候,她的眼睛里还有我。"

他不想听她礼貌地说:"谢谢你的喜欢,我很荣幸。"那比她跟他说我恨你都让他痛苦。

楚清让真的不知道该拿霍以瑾怎么办了,他无法放手,又不敢使出手段再逼迫她,欺骗她和他在一起,所以他就只能这么硬着头皮走下去,看不到未来，也看不到希望，只能闷头一直走。无论是霍以瑾有了男友，还是结婚了，甚至是生子了，老去了，他都不会从她的生命里淡出，一辈子都是这样他也认了。

"她需要我，我知道。"经过长时间窒息一般的沉默，楚清让重新归于平静，好似一潭死水，又好似那日宴会上的无坚不摧。

"当然，当然。"阿罗这个时候只能顺着楚清让的话说下去，不是因为他怕楚清让失控暴走，而是他怕楚清让眼中那最后的一点光也消失。作为朋友，哪怕明知道这样的情况不对劲儿，他也狠不下心去阻止。

"真的，我没骗你。"楚清让继续道，"就拿今天的事来说，我早就知道林楼意识到我利用他之后肯定会做一些什么来报复我，最简单的报复不外乎和霍以瑾亲密接触。而这样的亲密会让霍以瑾明白，结婚不是生意合作，夫妻双方难以避免地会有肢体接触，一直与人保持距离的她根本受不了。但是她却不介意和认识没多久的我接触，你知道这代表什么吗？"

"你是特别的。"阿罗小声安慰。

"是的，对于她来说我也一定是特别的。只是她还没有反应过来，不过没关系，我有的是耐心等她，一年不行两年，两年不行十年，十年不行五十年，我有一辈子的时间。"

霍以瑾未必真的这么想，但楚清让却肯定需要这个想法才能支撑他继续活下去。

"我现在比较忙，要报复楚家，这事肯定不能半途而废，不过我会尽快的。你以前问我，复完仇之后一下子失去目标的我该怎么办，现在我终于能回答你了，复完仇我才能把全部的精力都用在霍以瑾身上。她喜欢什么我就给她什么，我会满足她的每一个愿望。在此之前就先让她在林楼身上浪费一下时间吧，反正……"

林楼也不可能和霍以瑾在一起，他还能在这段日子里起到挡住别的男人的作用，多好。

"林楼为什么不能和霍以瑾在一起？"

晚饭的餐厅里，林楼笑着对霍以瑾解释："因为我是个不婚主义者啊，我不会和任何女性结婚的，当然，男性更不可能。"

对总裁的第十印象：自带"只要抱着恋爱的心态去追就会百分百变朋友"的奇怪技能。

不婚主义？

这是什么鬼？

"就是我不会和任何人结婚的鬼，独身主义，不会和别人组成家庭，也不会要孩子。我已经就这点和我父亲达成了一致，他不赞同，却也不会阻止我，他说他尊重我的决定。"虽然同时也表达了他的不理解。

"没开玩笑？"林先生也同意？不催婚和允许孩子这辈子不结婚可是完全不同的两个概念，霍以瑾觉得这个消息比林楼是个同性恋还要劲爆，最起码那代表着还会有一个人陪林楼走完这一生，他晚年能得到很好的照顾，不至于寂寞。

"没开玩笑。我很清楚如果我不结婚未来会面临什么，我已经做好了准备。"如果没有未来，他也就什么都不用担心了，不是吗？"我要纠正两点。首先，有时候两个人在一起未必会比一个人更好；其次，寂寞的意思是没人主动搭理你，孤独却是你不搭理别人，这是失败者和艺术家最基本的区别，我个人觉得我属于后者。"

"好吧，你是艺术家，你享受孤独，但是为什么？"

哪怕是女权如霍以瑾者，也没有过不结婚的想法，这个倒不是什么竞争心作祟，而是她觉得这才是一个人的人生中很正常的人生轨迹。当然，不是说不结婚就不正常了，只是霍以瑾的祖父母和父母的婚姻都十分美满，她在这样的家庭环境下长大，自然是希望能够延续传统的。

当然，她和丈夫最好是她主外，她丈夫主内。

"可以不说理由吗？"不婚主义是个结果，所以肯定是有什么原因才导致了林楼决定不结婚，但他并不想和霍以瑾说。

"可以。但如果你有了爱的人怎么办？也不和她结婚吗？"

我根本不会让她知道我爱她。林楼在心里回答道，然后嘴上用一个问题回答了这个问题："难道你现在想结婚就是因为你找到了你的爱人？"

"呃，你都知道了？"

"没人具体和我说过，不过从不同的人嘴里我多少还是了解到了一些，东拼西凑的真相就出来了，你想找个人结婚，却无所谓和那个人是不是相爱。"

"我只是理解不了爱情这种过于感性的东西。所以我就想着，反正相爱的两个人最完美的理想状态就是婚后变成血浓于水的一家人，那我何不直接跳过中间环节，直接找个合得来一辈子的家人呢？"爱情对于霍以瑾来说真的是一件匪夷所思的事情，她只能尝试着用她能够理解的家人之间的爱来把这件事合理化。

"打个不太恰当的比喻，所有人最后都会死，那我们还活着干什么呢？这么辛苦的工作又是为了什么呢？"

"为了实现自我价值，通过成就和满足感来让自己感到开心。"霍以瑾回答道。

我不是让你回答这个问题啊！顺便一说，这难道就是工作狂的终极形态——兴趣就是工作？

然后，林楼福至心灵："爱情也是一样的，你知道工作是没有捷径可言的，为什么会以为爱情就有呢？"

爱情最重要的其实就是相爱的过程，无论是暗恋或相恋，平淡如常或惊心动魄，开心或痛彻心扉，那都是一个人不应该错过的人生体验，也许当时看起来很痛苦，却绝对会成为在事后能笑着对子孙辈讲述出来的弥足珍贵的回忆。

听着林楼的话，霍以瑾想起了她的祖母。

伊莎贝拉生前很喜欢和霍以瑾讲她和丈夫相恋的故事，也会偷偷背着丈夫跟霍以瑾谈一些她曾经无疾而终的爱情。当然，偶尔还会说一些她丈夫的前女友的故事。

"要是祖母能更早一点遇到祖父就好了。"年少的霍以瑾这么感慨。

伊莎贝拉却摇了摇头："如果我早一点遇到他，我们就未必会在一起了。我很感谢我过去遇到的每一个人，也感谢你祖父遇到过的前女友们，要是没有她们，就不会有如今会爱上彼此的我们。"

"爱情不应该是第一眼就知道就是他了，不会变了吗？"

"是啊，爱情是一样的，可人的内心是不一样的。是人都会犯错，而人类则会在这样的错误中进步，学会理解和宽容，然后才会在下一段感情中注意不犯相同的错误，把两人的爱情维持下去。"

"我不明白。"霍以瑾摇了摇头，那太抽象了。

"你长大之后就会明白了。"霍祖母笑着揉了揉霍以瑾，给她一个大人哄小孩子的万能金句。

可惜，长大之后的霍以瑾依旧没有明白，既然肯定是会相爱的，那为什么早一点遇到就不会在一起了呢？

林楼注视着霍以瑾在心里道，就像是此时的你遇到了此时的楚清让，然后他说："只要不妨碍到别人，又或者是伤害到别人，你为什么不去试试呢？我不建议你，不，我不希望你因为一些奇怪的理由而错过体验爱情这件很美好的事情。"

"可是我并不知道什么叫爱情。"

"你知道什么叫青春吗？"

"嗯？"

"爱情和青春一样，这是每个人都会遇到的事情，大家相同又不同，不自己经历一次，哪怕别人跟你说一万遍你也还是不会懂。"

"一点参考意见也没有？要是爱情来了我却不知道，然后错过了它怎么办？"

"好吧，给一点参考意见。我觉得爱情是为了我爱的人而努力变成更加优秀的人，这是爱情里最美好的部分。两个人会为了对方努力地变成更好的人，无论是外表上还是内心里，因为对方，你开始注意，开始反思，开始努力。"

"我为了我自己也会很努力。"

"爱情会让你更努力，你会发现很多自己错过的东西。"

"好吧，如果爱情真的是这样的，我会很期待的。"霍以瑾喜欢能让她变得更好的事情，好比她的强迫症。

霍以瑾就这样得到了又一个男闺密，能帮她出谋划策寻找爱情的那种。

林楼对霍以瑾表示，冒险小说里抢走公主的恶龙，才是公主和勇士真正的媒人，而他正想当这么一回恶龙。

"所以你是在告诉我，就只是出去玩了一天回来，林楼就从你的男友备选变成了你的闺中密友？"谢副总的惊讶之情即便隔着手机也被他用声音诠释了个淋漓尽致，"你这个女人身上到底自带什么奇怪的技能啊我说？！'只要抱着恋爱的心态去追就会百分百变朋友'技能吗？下次你要不要试试找个女性朋友，说不定可以逆向展开什么奇怪的剧情呢。"

谢副总和大部分男人一样，对百合有着十分奇怪又执着的热情。

"你个百合控给我适可而止一点！"霍以瑾恼羞成怒，"你再这样我真的要开始怀疑你的性取向了。"

"支持一件事不代表我也会干这件事，OK？我还支持素食主义呢，但你什么时候见我吃饭能少了肉？只有真正的直男才会爱看百合，这就跟萌耽美的大部分都是女性是一个道理。"

"你对这方面的'专业术语'了解得很多嘛，开明先生。"霍以瑾决定不再和谢副总废话，"最迟一个半小时之后我要在我家看到你。"

"有事？那你吃完饭怎么不直接来我家？"谢副总无论在别人面前有多少面，在谢家面前却永远只有一面——离家出走这辈子都不想回去的叛逆少年。霍以瑾很清楚这点，所以一般都是她去望庭川找谢副总，而不是谢副总来南山半坡找她。

"因为我哥在家。"

虽然霍以瑾已经长大了，而谢燮在她眼中基本没有性别。但去另外一个男人家住这种事，除非她大哥去外地出差，否则一般她是不会去想要挑战保护欲过剩的大哥的底线的。

"很重要的事？"谢副总在做最后的挣扎，霍大哥在家他就更不想去了。

"不重要我叫你干吗？"

两个小时之后，彻底被堵车虐死的谢副总连洗漱用品也没带，终于艰难到达霍家："真不知道LV市大晚上的为什么会比白天更堵。"

特别是在开往南山半坡的路上必经的商圈中心，简直是一场大逃杀。

"真是辛苦了。"老管家一边回答谢燮的话，一边引着他去了霍以瑾的房间，敲了三声后开口，"小姐，谢先生到了。"

"谢先生是我爸爸。"谢副总小声嘟囔道。

"抱歉。"老管家纵容地笑了笑，哪怕人再大，霍以瑾几个人在他眼里依旧还是孩子，"小姐，谢副总到了。"

"Thank you，赵叔！"

进房之后谢副总的第一句话就是："我刚在大厅遇到你哥了，救命，太可怕了，他眼神里有杀气！"

"是吧？我就说不是我的错觉，以瑾非不信。"林楼接话道。

"是啊,真的很可怕,哪怕认识霍大哥有十几年了,我见他的时候还是会不自觉地腿软。"谢副总表示在霍大哥面前他从来就没有出息过!

"等等,为什么你会在这里?!"

"为什么我不能在这里?"穿着白色九分袖睡衣的林楼反问。

"那以瑾在哪儿?"谢燮莫名地想退出去看看他是不是走错了房间。

"哦,她在换衣室里给你找睡衣。"

"我有睡衣啊。"就在二楼他常住的房间里,虽然他是裸睡更健康理论的忠实执行者,但万能的管家先生依旧一直有为他常备一套过夜用品。

林楼微笑:"你之前的睡衣和今晚的主题不太符合。"

"主题?"

之后的很长一段时间里,谢副总都在扪心自问,提示已经那么明显了,霍以瑾房间里反常堆满的公仔、靠垫和软枕,以及林楼诡异的笑容,他为什么还能熟视无睹地多此一问,而不是拔腿就跑。

那晚的主题——睡衣派对。枕头大战是该派对上经典不衰的活动。

众所周知,睡衣派对一般是中学女生在开,用来加深她们之间的友谊,虽然这几年在年轻的女性白领间也悄然流行了起来,但无论如何都不应该属于谢副总:"我可是个男的!"

"为什么你每次都要跟我强调一遍你的性别?你是不是男的你自己还不知道吗?"终于挑到一件满意睡衣的霍以瑾,正在试图逼谢副总换上那一身充满了粉红色桃心的兔子连体睡衣,"也对,连我都打不过,你大概也不太好意思说自己是男的。"

"那完全是因为你太汉子了好吗?!"被摁在床上反抗不能,却还在用双手抱着自己徒劳挣扎的谢副总如是喊道,"你真的有意识到你是个女的吗?"

"有啊,要不今晚留林楼在我这儿讨论的时候我为什么非要叫你来陪着?"男女有别这事霍以瑾还是知道的,"于是我大哥就建议我说,难得有三个人,不如补办个睡衣派对,好纪念我逝去的青春。"

霍以瑾没什么女性朋友,准确地说是没什么朋友,所以她根本就没想过开个只有她和谢燮的睡衣派对,但要是说她一点都没羡慕过别的女生热热闹闹的睡衣派对那肯定是在骗人。

"所以就让我穿着女性睡衣来充数吗?"谢副总抵死不从,"话说你哪里来的这种奇怪的小女生睡衣?!"完全不像霍以瑾平时会选择的实用简洁风,这玩意儿穿上之后怎么上厕所?

"公司去年女生节的礼物,人手一个,连我也没落下。身为副总的你竟然都不知道?快给我向辛苦筹划的部门经理道歉!"

"别家公司过节送苹果,咱们公司送睡衣,你觉得这合适吗?"一点都不土豪!根本不能凸显霍家的有钱任性!

"本来他们打算送维多利亚的秘密(内衣品牌),但我总觉得当众送这个不太合适。"

"你现在和我讨论这个也不合适!"谢副总被闹了个大红脸,内衣品牌什么的真心不适合大半夜由一男一女讨论,太有暗示性了,"当然,最不合适的是扒我衣服!"然后谢副总侧头对林楼道,"你就在旁边看着不管吗?"

林楼无奈上前,抬手准确无误地抓过了谢副总的手腕,快狠准地压好,对霍以瑾道:"快脱!"

果然是个有异性没人性!

"谁让我是以瑾的'闺密'呢?"林楼笑。

谢副总回以尴尬的笑容:"咳,我和以瑾的电话内容你都听到了啊。"

"嗯,虽然不多,却足以捕捉到关键词了。"闺密林楼的手更狠了。

最终,霍以瑾还是去隔壁换衣室回避了一下,由林楼轻松搞定了粉兔谢副总,他一边开门把霍以瑾放出来,一边道:"你说对了,谢燮的身材真是毫无看点。"

"那当然,我大哥的话还能有错?"

"总觉得你这么说很容易让人往不好的方向浮想联翩呢。"

动作总是让人浮想联翩的粉兔,此时正缩在霍以瑾的公主大床上抱胸嘤嘤流泪,自带蘑菇和阴影效果。

"这些年你也是辛苦了。"林楼对霍以瑾道。

"是啊,我当初到底是为什么要和他成为朋友的?"霍以瑾无限感慨。

"等等,既然是睡衣派对,那凭什么林楼能穿男式睡衣?"谢副总秉承着我不好过别人也不能好过的报复心理终于从悲伤中坚强地站了起来,指着林楼一身再正常不过的九分袖白衣白裤表示不服。没有奇怪的花纹桃心,也没有什么缎带蕾丝,只是很常见的真丝睡衣,把林楼露出来的手脚腕部分衬得更加白皙了,甚至已经到了一种毫无血色的地步。

"你在说我的睡衣是男士睡衣?"霍以瑾的睡衣有很多,给谢副总和林楼准备的都是她还没穿过的,不过谢副总的这种是她死也不会穿的,而林楼的这种则是她平常会选择的款式,简简单单,大方自然。

"对不起,请当我刚刚什么都没说过。不对!"那你为什么能穿着休闲常服?"谢副总道。

"因为我不会在别人面前穿睡衣,哪怕我大哥都不行。"霍以瑾的完美主义总是会发挥在很奇怪的地方。

"我们穿成这样就不失礼吗?"谢副总觉得自己这样不仅失礼,还伤眼。

"我觉得你最应该自我检讨的部分是为什么以瑾的睡衣你能穿得这么合适。"林楼在一边幽幽地补刀。他好歹穿出了九分袖的效果。

血槽已空,有事烧纸。谢副总很忧伤。

敲门声响起,霍大哥来查岗,不过他嘴上找的理由是来送饮料和零食:"虽然明天不用上班,但也不要熬得太晚。以瑾的身体会受不了。"

最后这句完全就是霍大哥说给霍以瑾以外的人听的。

"您放心。"谢副总和林楼一起老实回答,不自觉地就带上了敬语,即便他们中的一个是和霍大哥地位对等的合作伙伴。

"哥,你要不要也留下?"霍以瑾表示她睡衣真的很多,她大哥可以试试睡袍。

"我就不掺和你们小女生之间的事情了,玩得开心点。"霍大哥说得自然极了。

"呵呵。"小女生范畴内的林楼和谢燮。总算是知道霍大哥为什么能这么放心好歹是大男人的他们和霍以瑾一个人在房间里开睡衣派对了,不是出于对霍以瑾武力值的信任,而是他根本没把他们看作是男人!

霍以瑾完全没意识到她大哥话里的问题,只是很愉快地和大哥挥手说晚安,她真的很兴奋,能和朋友开一次睡衣派对。

枕头大战最终没打成,给谢副总换睡衣的时候就已经可以算是玩过了,彼此的体力都消耗挺大。

然后他们就进入了睡衣派对又一必不可少的环节——讨论喜欢的男生和感情问题。

"住在我家楼下的影帝超帅的。"谢副总迅速进入角色,扭来扭去、嗲声嗲气道。

霍以瑾和林楼的回答是迅速离了他三丈远,脸上是共同的表情——

前方变态出没,注意。

"我只是为了配合你。"谢副总表示很受伤。

"这件睡衣是不是打开了他什么奇怪的开关?"霍以瑾完全没听谢副总的话,只是偏头问身边的林楼。

"我觉得这不是开关的问题。而是有些人就是这样,平时隐藏得很深,可关心则乱,一旦遇到就会立刻因为情绪激动而掉马。"林楼头头是道地给霍以瑾分析,"也许这就是谢燮的里人格,妹妹谢谢娃什么的。"

"谢谢娃?"

"以俄语为代表的东欧语系里一般女性都会是某某娃。"

"我知道,我只是以为你会说谢谢子。"霍以瑾对日语了解不多,但经常听谢副总说,也就会比较倾向一点。

"我对日本没什么好感。"

谢谢娃表示他下辈子绝对、绝对、绝对不要和这俩人当朋友了!然后他难得雄起了一把,把霍以瑾和林楼重新摁回原位坐着,一人给塞了一个猪头毛绒玩具表示忏悔。

话题终于重新回到正轨。

谢副总想:根本从一开始就没在轨道上好吗!

"你找他留宿到底要干什么?"

"这个。"霍以瑾拿出平板,一人发了一个。

谢副总看着页面上的《剑三兽人之契约王妃带球跑》久久无法言语。还能更雷一点吗这标题?这种麻辣烫式的把全部热点都杂糅在一起的文,是准备要集齐全部雷点好召唤神龙吗?"我们大半夜的为什么要来你家看这种东西?"谢副总问。

"帮我再找找还有什么套路能找到合适的恋爱对象。"

"恋爱?"谢副总一愣,不是结婚吗?

"嗯。我现在也觉得带着只是单纯为了结婚而结婚的目的去寻找结婚对象,根本是对结婚这件本应该很神圣的事情的不尊重,所以我决定找个恋爱对象。"

我当初也说过差不多类似的话啊,为什么最后反而要林楼说了才有效?!很生气的谢燮决定泼冷水:"谈恋爱是需要互相妥协的,只这一点,霍以瑾同学,你这辈子都不会及格。"

"这个是说男性要让着女性一些吧?"林楼反驳。

结果,霍以瑾反而反驳了林楼:"为什么不是女性让着男性?"

男人让着女人这种说法总让她有一种女性就是爱无理取闹,被小看了的感觉。

"那我也没见你让着楚清让啊。"谢副总立刻反驳,有时候他总觉得霍以瑾对女权太敏感了。

"我还不够让着他?"霍以瑾觉得自己对楚清让之前已经史无前例地各种妥协了。

"那你们为什么没在一起?"谢副总不依不饶。

"他骗了我,这是我绝对不会退让的原则和底线!"

谢副总话赶话地就这样脱口而出:"要是你哥为了你好骗了你,你也准备这辈子都和他老死不相往来吗?"

"但是……"霍以瑾反驳的话没说出口就停住了,因为她意识到楚清让还真是为了她好才骗了她。虽然这么想着,但嘴上还是逞强道,"一码归一码,他怎么能和我哥比。"

"这就是普通的喜欢和真正的感情之间的区别了。"林楼道,"《小王子》看过吧?正是你在玫瑰身上花费的时间才会使她显得弥足珍贵。我觉得这就是真正的感情,你可以喜欢千千万万的人,就像是喜欢一件衣服,这件不行还能买到下一件;但你最终却只会爱上一个人,那个你倾尽了全部精力的人,你们只有相处过了,付出了,得到了,才会有真正的感情,等到那个时候,哪怕再出现千千万万个比那人更好、更爱你的人,你也不会想着要换掉他了。"

"为什么我感觉你是在替楚清让说话?"谢副总眯眼看向林楼,空气中仿佛都带着那么一份似有若无的影响。

"提起这个话题的可是你,不是我。"林楼举双手表示了自己的无辜,"我只是顺着你的话说了下去。"

"重点是我和楚清让还没有培养出感情我们就完了。"霍以瑾出声表示话题就此打住,她不想再进行任何深入讨论,"现在看书,帮我找有用的套路。"

"为什么不让我们的情感专家直接给出意见?"谢燮瞪着林楼讽刺道。

"因为他也没谈过恋爱。"

那你之前还鬼扯那么多!谢副总彻底躁了,他还以为林楼经验多丰富呢。

然后他们就这样熬夜看了一晚上的书,重新整理了不少桥段,又全部被推翻否决,太不现实了,根本没有可操作性。

寻找恋爱对象这种事儿要是真的很容易,那这世上也就不会有那么多婚姻不幸的人了。

第二天早上霍大哥来敲门的时候,霍以瑾刚去跑完步回来睡下没多久,谢副总和林楼更是根本没睡,正在做最后的整理。

霍大哥进门前谢副总在问林楼:"为什么你会这么积极地帮以瑾?"

"因为我们是朋友。"林楼不假思索道。他掏出手机,给霍以瑾的梳妆台拍了一张照,"咔嚓",轻松搞定,很快指向性十分明确地把照片就发送了出去,"当然,也是因为我能借机'报复'楚清让。"

手机那头的楚清让真心被刺激得不轻,一大早就看到这种照片,哪怕明知道林楼和霍以瑾之间不会有什么,也还是会肾上腺素飙升。

阿罗在一边默默想着,今天绝对不能再让楚清让碰我的车了。

"想到什么好主意了吗?"霍大哥把两人叫出去询问道。

"去做义工。"林楼回答,"我觉得以瑾从一开始就找错了方向,她要找的方向既不该是励志女主角,也不该是门当户对的高门子弟,最重要的是人品才对。"

"做义工"也算是最早的总裁文中经常出现的经典桥段之一,能帮总裁看到女主角的真善美,也能让女主角意识到总裁也有温柔体谅的另一面,还是给反派洗白的不二良方。简单粗暴,直白易懂,为各总裁文写手带去了福音。

林楼对霍以瑾强烈推荐:"既然你不在乎对方有没有钱('反正都不太可能比霍家有钱'谢副总充当着背景音的角色),也不觉得长相是你的第一选择标准('这个肯定是在骗人!楚清让当初是怎么被看上的你敢说实话吗?'还是背景音谢副总),又希望最起码在三观上能稍微对得上一点('楚清让血的教训'背景音谢副总),那么义工组织绝对是你最好的选择。"

很巧地,林楼回国后就了解到了一个 LV 市本地的义工组织——红领巾。

组织成员十分年轻化。

"会不会太年轻了一点?"谢副总听到这个组织名字后就把眉毛拧

在了一起，红领巾什么的总觉得像是在说小学生啊。

"国家规定，义工需要是十六岁以上的自然人，再小的那只能叫学校组织献爱心。"林楼鄙视地看向谢副总，"咱俩到底谁才是那个中学之后就出国的人？"

于是就这么愉快地决定了。

林楼早上的时候在网上联系到了红领巾的联络人，对方表示他们这周末正好在市郊的小天使孤儿院有活动，急缺人手，很欢迎他们今天就去帮忙。一天的体验时间，算是一个双向的考查期，毕竟不是所有的义工组织都很靠谱，而很多参加义工活动的人也只是一时脑热，根本坚持不下来。

霍以瑾很满意这样能说去就去的效率，她也就周末有时间，今天不去就要拖到下周。三月之期就近在眼前，已经没几个周末可供她浪费了。

"经过短短几个小时的深度沉睡，霍以瑾充电完毕。"谢副总在霍以瑾醒后给她配了这样的背景音。

然后，霍以瑾把谢副总摁倒在地修理了一顿，然后她回了他一个背景音："K.O"

习惯了日夜工作的霍以瑾恢复精力是十分迅速的，换上舒适宽松适合干活儿的衣服（谢副总和林楼的衣服都是他们的助理早上给送来的），霍以瑾一行三人就这样精神饱满地上路了。十五分钟后，三人在约定时间内准点到达了离南山半坡不算特别远的市郊孤儿院。

一路上，谢副总负责开车，林楼负责问霍以瑾一些问题，把他早上替霍以瑾填写的登记表格上他和谢副总都不知道的信息补充完整。

"之前有参加过义工活动吗？如果有的话是什么样的呢？有组织名吗？证明人是谁？"林楼连续提问。

霍以瑾怒瞪谢副总："你竟然不知道我有没有参加过义工活动？这朋友没法做了！"

"我知道你大一开始就在你哥的公司实习，肯定很忙没时间参加，但这之前的我就不太清楚了啊。"中学的时候谢副总还没有和霍以瑾像现在这么形影不离，虽然那时已经是在一起上学上厕所，一起放学回家的交情，但周末他们还是不太会见面的。

"没有。"霍以瑾无视谢副总回答了林楼的问题。

林楼不可思议地看向霍以瑾。

"十六岁之前学校组织的不算是我个人的义工活动吧？十六岁之

后……"准确地说是从上了中学开始,她先是外祖母病逝,再是父母空难去世,最后是外祖父、祖父、祖母接连病逝,在很短的几年里霍以瑾就失去了她在这个世界上最重要的六个亲人,手臂上戴孝的黑布条一直没有机会摘下来,那是她顺风顺水的日子里最黑暗的日子之一,她根本顾不上别的。

不过虽然霍以瑾没有参加过义工活动,但她做的慈善倒是不少,主要担任的是直接给钱的财神爷角色。

霍以瑾有一个在她很小的时候父母以她的名义成立的基金会,她的父母当时希望能通过这种帮助没钱治疗重病儿童的方式,为得了哮喘的她积攒福气。这个基金会一直运作良好地持续到今天,助理会定时把霍以瑾的钱打过去,她需要做的就只是在支票上签字。

当然,除了基金会以外,霍以瑾平时也会有很多不同的慈善捐款,以公司的名义,以个人的名义,这方面的支出绝对是一个常人很难想象的天价,但她却做得乐此不疲,不是为了面子,而是……

"要不我要这么多钱还能干什么?"对于即便什么都不干也能靠霍氏国际的股份分红衣食优渥地过一辈子的霍以瑾来说,她工作后赚的钱真心就只是数字的变化而已。她坚持认为"与其把钱放在银行里落灰,还不如拿去做一些更有意义的事情来得划算"。

霍以瑾这样生成的想法肯定是和霍家几个大家长的教育分不开的。霍以瑾的祖母伊莎贝拉晚年最大的乐趣除了收藏名画就是做慈善,霍以瑾的母亲生前更是一个国内知名慈善拍卖晚会的主办人,每年一次的晚会收入都是天价,然后会全透明化地用在一年一个的慈善主题上。

霍家在全国乃至世界能有如今的口碑,与家里几位女性成员一直在致力于慈善事业是有些分不开的关系的。

无独有偶,周日这天霍以瑾等人要去的小天使孤儿院正是霍以瑾前不久刚捐过一批生活物资的孤儿院之一。而林楼联络的红领巾义工组织这周末在孤儿院的工作,除了一般日常的打扫、做饭、帮孤儿院的孩子补课以外,最主要的就是整理分发这批打着霍氏国际标签的物资。

"为什么你捐的东西标的却是霍氏国际的商标?"谢燮以前没怎么关心过霍以瑾这方面的私事,他知道她一直有在做慈善,却不知道她打着的是霍氏国际的名义。

"肥水不流外人田啊。"霍以瑾理所当然道。

霍氏国际是个以吃喝玩乐为中心思想发展起来的综合性集团，像是儿童用品这种暴利行业自然也会有所涉猎。霍以瑾表示，反正同样是买生活物资送给孤儿院，买哪家的东西不是买呢？给自己家打广告总比给别家打划算。最重要的是她对她自家企业生产的东西比较放心，出产的时候卡得比国家标准还严，能保证绝对不会出现危害儿童健康、以次充好的情况。

"你花钱买自己大哥的东西，再把标着你大哥公司 LOGO 的东西捐出去，搭进去的只有你的钱，别人感谢的却是霍氏国际。我第一天发现你这么会做'生意'。"谢副总道。

"首先，我做慈善不是为了让谁感谢我。那种资助有才却贫穷的大学生上大学，然后等他们毕业后来咱们公司工作的事情，我当然会说清楚 NOBLE 服饰的名字，也算是一种企业形象的宣传嘛。但我私下的个人行为就没必要了吧？

"其次，我和我大哥什么时候分过彼此？他的我的有区别吗？事实上，他和霍氏国际的形象提升了对我也有莫大好处。

"最后，我大哥在我做慈善的事情上可是给了我一个很不错的折扣。"

钱是霍以瑾强烈要求给的。在商言商，她不需要她大哥为她的慈善买单，她早已经过了那个干什么都要张口向家里要钱的年纪。

而霍大哥也是"你有张良计，我有过墙梯"的主，他不可能真的要妹妹的钱，所以实际上霍氏国际收霍以瑾的钱甚至是在成本以下的，绝对的赔本赚吆喝。更不用说什么人工费、服务费，这些都是霍大哥在给妹妹掏腰包。自霍以瑾十八岁成年宣布她要经济独立后，霍大哥就喜欢变相地干这种事来补贴她。

霍以瑾不是不知道她哥背后的付出，她同时也知道这是霍大哥能妥协的底线，她要是再不接受，她哥就该不顾形象地碎碎念了。霍以瑾真心有点受不了她哥跟老妈子似的唠叨，所以虽然明知道价格被压得过低了，她也不敢说什么。

"这对肉麻兄妹你接触长了就习惯了。"谢副总对林楼如是说。

"你习惯了吗？"林楼反问。

"每次霍大哥画风不对的时候我就告诉自己，这其实是霍以瑾不为人知的大姐。"

"我录音了。"

"喂！"

霍以瑾惆怅地看着车窗外的风景，为自己的择友眼光默默点了根蜡烛。

小天使孤儿院终于到了，那是一家位于市郊的一个独门独户的小院，不算有多好，但胜在干净整洁，有很大面积的绿化，生机蓬勃。地理位置也不错，离附近街区的小学和中学都很近，不至于让孩子们浪费太多时间在上学的路上。

和霍以瑾捐助之前了解的没什么差别，给她的资料上是什么样现实就是什么样，这实在是太难得了。

"看来白家老爷子真的只是想做好事，以后可以考虑多合作。"她想道。

小天使孤儿院是一家私人孤儿院，由同为世家的白家三爷投资建立。白老爷子和霍以瑾的祖父是同辈人，乐善好施，仍热心公益，是霍以瑾十分佩服的人。能偶然从侧面得知对方真的是个好人，不是表里不一，不会让她的钱打了水漂，这让霍以瑾心情特别好。

捐款最怕什么？被骗。你的一腔好意最终只是填了别人欲壑难平的肚子，根本帮不到真正需要帮的人。

霍以瑾的慈善摊子铺得很大，上当受骗的事儿真心没少遇到，甚至已经到了只要对方没有骗她，她就觉得值了的地步。但她还是没有放弃继续做慈善，因为还是那句话："万一是真的呢？我们不能因为不一定会发生的错误就不去做正确的事。"

霍以瑾始终坚信着，这个世界上还是好人多，人们也总是会被这样发自真心的柔软感动。

一直在这里做义工的红领巾组织，其实也是因为这样的原因而选择了这里。

换个意思就是说……

再一次被一群世家小姐们团团围住的霍以瑾无语问苍天，How are you？ How old are you？（中式英文，怎么是你们，怎么老是你们？！）

优质未婚夫人选林楼和谢燮反而又一次被晾在了一边，绝对是人生少有的体验。

"这是怎么个情况？"谢燮不解地问林楼。

林楼尴尬地笑了笑："我回国才几天，你猜我能接触到的或者知道的义工组织能是什么人组成的？"

世家子弟有好有坏，这种有钱有闲来做义工的自然也是有的。当然，来一次干一会儿就受不了的比比皆是。

红领巾的组织者宋媛媛却十年如一日地坚持了下来。宋媛媛是宋家二小姐，也是那个前不久在宴会上才邀请过霍以瑾一起去听自家赞助的交响乐乐团的名媛，她看上去年纪就不大，有一张圆圆的苹果脸，五官很普通，却会给人一种活力四射的感觉。

这不就是典型言情文女主角嘛！这是遭受了一晚上总裁文荼毒的谢燮和林楼在见到宋媛媛后的第一反应。

而这个故事里的总裁很显然就是霍以瑾。

"总裁大人你喝点水。"世家小姐Ａ道。

"总裁大人你要不要尝尝我自己做的小点心？"世家小姐Ｂ不甘落后。

"总裁大人你别动，放着我来！"明显比霍以瑾要瘦小太多的宋媛媛抢下了霍以瑾手上的纸箱子，压得她摇摇晃晃，却依旧咬着牙不肯给霍以瑾拿，"这个太重了，你去拿别的。"

徒留在外面又套了一件印有红领巾组织LOGO的Ｔ恤衫的霍以瑾在风中凌乱。

"太受欢迎可真是一个奢侈的烦恼啊，嗯？"谢副总搬着东西路过霍以瑾身边道，"我已经看穿了你的未来，需要我提前和你哥打声招呼，让他做好你会给他娶个妹媳回去的心理准备。"

谢副总的百合之魂在燃烧。

"不要讲话了，好不好？干活干活！还有一车的东西等着呢！"宋媛媛上前瞪了一眼谢副总。对待谢燮和林楼，这位宋家的二小姐可是一点儿都不客气，简直犹如冬天般寒冷，等对上霍以瑾那自然就是春天般的温暖了："总裁大人累不累？要不要去休息一下。"

"她能累什么？"严重缺乏锻炼的谢副总表示不服，"从一开始她手上就没拿超过两个手掌大的物件，还基本是拿一趟休三次的节奏。"

"你一个大男人怎么这么斤斤计较啊我说，你手里的东西还是我们家总裁大人捐的呢！"

"不，请务必给我点活儿干吧。"先不说找对象的事儿，哪怕只是单纯来帮忙，霍以瑾也觉得她这样闲着实在不是个事儿。

"嗯，其实还真有一件十分重要的事情非总裁大人您不可呢。"

"什么？"

三分钟后，霍以瑾搬着凳子，坐在另外一个小男孩旁边，一起待在小院门口——看大家忙活。

这就是霍以瑾被委托的非她不可的重要事儿，陪小男孩一边晒太阳，一边聊天。

"照顾孩子可是很累的。"宋嫒嫒还在哄霍以瑾，"网上都说了，陪孩子玩半个小时等于慢跑一小时消耗的卡路里。"

霍以瑾觉得吧，虽然她没在网上看到这样的言论，但她可以肯定，那个言论说的小孩儿起码是能到处乱跑的那种，而宋嫒嫒让她照顾的小男孩……

小男孩叫小桥，不是东吴的那个大乔小乔，而是拱桥的桥，因为他是被院长在桥下面发现的。数九寒天，孩子哭的声音还不如一只小猫大，院长再晚一会儿发现估计都救不回来了。

事实上，哪怕救回来了，这样的孩子一般也活不长。小桥有很严重的先天性佝偻病，最初诊断时，医生就断言说这孩子活不过三岁。

院长不信邪，明明是那么漂亮的一个男孩，雪白的皮肤，灵动的双眼，智力也没有任何问题，甚至是比一般孩子要更聪明早熟一点。最后，没有放弃希望的院长迎来了一个喜忧参半的未来，小桥坚强地活了下来，但他每天都要被推出来晒足够长时间的太阳，吃补充维生素D和钙的药，没有药物能够治疗这种病，忍着痛也要被扶着运动，然后等待着每一年被医生断言一次他活不过今年冬天。

"但我活下来了。"小桥笑着对霍以瑾道，"我已经七岁了。白爷爷说今年我就能做手术矫正了，我还会活很久，甚至站起来，和正常人一样。所以先说好后不恼，你要是敢用那种很可怜的眼神看着我，我一定会和你翻脸。"

"我干什么要同情一个肯定会好起来的人？"霍以瑾挑眉看向小桥，"我小时候也做过手术，好几次，经常需要在春天住到医院的特殊病房里，但我现在已经二十五岁了。需要我教你一个手术一定会顺顺利利的咒语吗？"

"你没骗我？"小桥抬眼看着自己旁边漂亮的大姐姐，对方这样的回答他还是第一次遇到。

"干吗骗你？我的咒语是我哥教的，当时我比你还小一点，但是我成功了，我真的变得和正常人一样了，只要注意定时去医院体检就好。你也会这样的。"

"咒语！"

"默念你最喜欢的人的名字。"

"……就这样？"

"就这样。"霍以瑾笃定地点点头，"他们会持续给予你力量。你会因为这些名字而不断告诉自己，你不能死，你死了他们会很伤心。你不想他们伤心的，对吧？"

"我不想院长伤心，不想白爷爷伤心，也不想媛媛阿姨伤心。"小桥如实回答。

"阿姨？"

"是啊，阿姨，我怎么称呼你？总裁阿姨？"

"你这个小鬼还真是不讨人喜欢啊。"任何一个女人在年轻的时候都不会喜欢被人称呼为阿姨的，霍以瑾也一样。

"彼此彼此，你这个阿姨也不怎么讨人喜欢，凶巴巴的，还爱骗小孩儿玩。"什么默念最喜欢的人的名字，这哪里是咒语，根本就是心理暗示。欺负他人小没学过心理学吗？

"小桥是孤儿院的吉祥物。"宋媛媛在休息空当对谢燮介绍，"这里的每个人都很喜欢他。他已经奇迹般地活了七个年头，每次看见他，我就总会有一种生活中有困难又怎么样？一切都不是问题，一定能解决的坚定感。"

"所以你安排霍以瑾去的意思是……"谢副总的心猛地一跳。

"总裁大人也给了我相同的感觉，对于她来说好像这个世界上根本没有难事，小桥只是精神上的，总裁大人却能真的自己动手解决。"宋媛媛当霍以瑾的粉丝有段时间了，早在离姗事件之前，"你不觉得两个吉祥物放在一起会让人更有干劲儿吗？"

霍以瑾果然是被当作吉祥物了啊，他就知道。

吉祥霍和吉祥桥此时正在做进一步的沟通，关于整个红领巾组织的："宋媛媛他们经常来吗？"

"嗯，会固定过来。你呢？你准备待多久？"

"如果我说只有这一天的话你会不会就不再理我了？"霍以瑾记得她以前偶然在谢燮那里看过一个动漫的片段，一个黑发的小男孩对另外一个金发的小女孩说，既然你注定只能停留一天，那我还不如从一开始就不对你抱有期待、不接近你。

"为什么不理你？"小桥不解地反问，"能有一天总比一天都没有好，不是吗？"

小孩子其实有时候会比大人更有智慧，那是与大人积攒多年后才得到的经验截然不同的通透，整个世界在他们眼中都是不一样的。

"你说得对。"霍以瑾点头对这种今朝有酒今朝醉的态度表示赞同，"红领巾里除了媛媛以外你还喜欢谁？"

霍以瑾决定让很有智慧的小桥来为她推荐适合恋爱的人选。

"吴方大叔。"

按照小桥一贯的称呼态度，当他说是叔的时候，霍以瑾就明白她一击必中找到了一个和她年龄差不多的人。顺着小桥的眼神看去，霍以瑾觉得自己的恋爱运果然是要开始上升了，小桥说的正是一个外貌足够出众、身材十分有料的成年男子。

所以说果然还是要看脸的吧！

午饭前，霍以瑾就已经充分掌握了吴方同学除了脸长得不错、身材也很不错以外的其他基本信息。

由八卦桥友情提供。

小桥平时不能动，只能坐在轮椅上被动晒太阳。他最大的娱乐活动不是看电影，就是观察别人，对整个孤儿院以及经常来的红领巾组织里的人都可以说是了若指掌，谁和谁关系好，谁是世家圈子里的，谁只是单纯来当义工的普通人他都知道。

普通人？

是的，普通人。

红领巾组织也成立了有些年头，虽然发起于世家圈子，但到底能真心实意干下来的世家子弟并不多，都是娇生惯养的，一两次热血上头很常见，真坚持下来的凤毛麟角。于是发展到今天，红领巾里已经有了很多只是从网上结识的普通人，人数甚至已经隐隐有超过世家子弟的趋势。

这个世界就是这么奇怪，有钱有闲的人很少帮助别人，反而是自己本身还需要别人帮忙的人却很乐于助人。

咳，话题有点偏，说回吴方。

不得不说，不管霍以瑾的恋爱运如何，她看人的眼光还是十分值得肯定的，连林楼都觉得吴方不错。

吴方，男，三十岁，LV市小有名气的服装设计师。不是世家出身，也不是本地人，少孤，在孤儿院长大。刚来LV市时这小伙儿全身上下只有两百多块钱，最贵重的物品是个不足五百块的山寨手机。用这么一手烂牌，却能打出今日的成就，不得不说，吴方真的是个人物。

"他那是运气好。"有人这样说。

吴方对于这个说法也没否认过，他确实是运气好，他当初来LV市其实是为了参加一档设计师的真人秀节目，他的参赛名言就是："来了我就没打算回去"。并最终因这份信念和杰出的才华，夺得了该节目的冠军，赢下了百万创业资金、一辆商务车以及一次在当年时装周举办个人秀的机会，在LV市一举成名，跻身新贵。

"运气也是实力的一部分。"霍以瑾这样说。只有运气，没有实力，根本不可能支撑吴方从千万人中冲杀出来走到冠军的位置，说到底靠的还是他的才华。

吴方是难得的专攻男装领域还取得了不错成就的一个人，设计理念十分新颖。

从手机上搜索了一下吴方最有名的几项服装设计，霍以瑾终于想起了她其实之前就和吴方有过接触。

霍以瑾经营的是一家走高端订制的奢侈品服饰公司，注定了她要对设计师这个行业有充分的了解，无论是成名已久的名宿，还是最近崛起的新秀，她都要下功夫。吴方作为一匹在LV市迅速蹿红被不少知名设计师夸奖过的黑马，霍以瑾自然也是看过他的相关资料的。

事实上，和NOBLE服饰有着稳定合作关系的猎头公司以及霍以瑾的人事部经理都对霍以瑾强烈地推荐过吴方。

"最后吴方为什么没来咱们公司？"霍以瑾蹙眉问谢副总。她怎么想都对这件事没印象，所以她觉得应该是后期有关于吴方的文件就没再拿到过她面前，这种情况挺多，毕竟她负责的是总决策，一些谢副总能处理的小事根本不会递到她面前。

"哦，这事儿啊，你不知道是因为他在我这儿就给否了。"谢燮对吴方的印象不可谓不深刻，因为当时接洽的时候正好爆出了他的人品危机，据说他为了一个什么有钱人家的女儿抛弃了过去贫穷时与他相恋多年的前女友，前女友在外地，之前根本不知道他成名的事，等对方找过来大闹他的个人工作室时,正好是在咱们和他签合同之前,实在是太庆幸了。"

虽然说总有那么几个极品有着超越他们人品的才华,但霍以瑾这个人就是这么"龟毛",宁缺毋滥,才华不够的不要,人品不行的也绝对不会因为才华而让步。

"我母亲说服装设计也是一门艺术,一门让别人变得更美的艺术,一个人品堪忧的人又怎么可能真正用心创造出这门艺术呢?"霍以瑾始终这么认为,"哪怕人品堪忧的人真的在未来有所成就,我也不会因为没选择他而后悔。"

虽然谢燮觉得霍以瑾这样太过理想化,但人品不好的人很可能会在背后捅老东家一刀,所以谢副总也就赞成了霍以瑾的这种稳妥策略。

好吧,说到底还是因为NOBLE服饰不缺人,他们才是被设计师上赶着求加入的那一方,自然有这份底气挑剔。事实上,不少业内的设计师都很清楚霍以瑾的用人偏好,为了投其所好,在面对霍以瑾的时候那真的是恨不能把自己塑造成世界第一圣人。

所以当谢燮得知吴方基本算是现代版陈世美的时候,他就找了个由头,毫不犹豫地终止了这次合作,重新选了其他同样很有才华、人品也不错的设计师。

谢副总没把这事告诉霍以瑾,因为他怕以霍以瑾那种见不得女性受欺负的性格会一时冲动地去找吴方理论,到时候就麻烦了。

霍以瑾看着孤儿院里正温柔地哄一个小孩子笑的吴方,对谢副总有点不确定地道:"现代版陈世美有工夫来做慈善和哄小孩子玩?"

小桥说吴方是最早加入红领巾来孤儿院帮忙的一批人之一,虽然不能像宋媛媛那样闲得天天来,但每逢周末也肯定是会来报到的。见人带笑,有求必应,谁和他相处都会有一种如沐春风的感觉,标准暖男。

吴方不可能猜到有一天霍以瑾会和谢燮抽风来这里当义工,所以伪装的可能性基本为零……

霍以瑾实在是很难相信这样的吴方会不知道感恩,抛弃陪伴他度过艰难岁月的前女友,只是因为钱就选择了别人。

"但当时的事情闹得很大,很多人都知道,我找人去了解过,问了不少人,他们都承认了。吴方前女友大闹设计室的事甚至上了那几天的新闻,网上也是传得沸沸扬扬,还有视频为证,他也没否认。"谢副总当初对这事儿也是很上心的,不可能武断地就给吴方判死刑。

"他这个前女友现在在哪里你知道吗?"霍以瑾有点苦恼,虽然她还不知道这里面的前因后果到底是什么,但她总有一种这其中肯定有事的预感。在不了解吴方时,他的人品危机在签约之前被爆出来可以说是NOBLE服饰之幸,但现在回头再看,怎么看怎么觉得吴方这是被掐着点诬陷了:"公司里顶替他的设计师是谁?"

"杰森,一个F国的设计师,得过国际上的大奖。我之前特意调查过,他和吴方没有任何交集,连共同认识的第三方朋友也没有。杰森之前一直在国外,因为和咱们合作才第一次来到C国。"也就是说基本不存在杰森为了上位而苦心设计吴方的可能。

"第二备选呢?我是说当时考虑人选名单上排在吴方后面的C国人名。"

霍以瑾考虑用人时总会分为国内和国外两张名单,因为她比较喜欢优先考虑C国人,当C国人不行的时候才会看国外名单上的第一候选人。

当时吴方的可能性是第一,杰森是第二,而紧排在吴方后面的C国人其实是第三。

谢燮睁大了自己的眼睛,忘记外人基本没可能知道霍以瑾的这个习惯,所以这种"偷鸡不成蚀把米,自己没上位,反而把别人推上去"的诬陷乌龙还真是很有可能发生。

"去查一下。"虽然说也有可能吴方是因为自己也是孤儿院出身,所以才会来孤儿院做慈善,这和他对待感情的态度不是一回事,但就目前来说,霍以瑾会更倾向于吴方被诬陷了。

"可以是可以,但查了之后呢?总不能再雇回来吧?"谢副总有点犯难,他们和杰森的合作十分愉快,新上市男装系列口碑销量双丰收,根本不可能把杰森撤下来,哪怕只是重新调查吴方的举动都有可能会引起杰森不太好的联想。

"哪怕不合作也是该道歉的。当然,也算是看他适不适合当对象。"霍以瑾一直没忘她找对象的初衷。

"你听过设计圈十男九同性恋这个说法吗?"谢副总提醒道,他真的很怕霍以瑾再来一次男友变闺密的事。

"所以我才觉得能在男装领域大放异彩的他是直男。"一般同性恋设计师的理念会更受女性欢迎。

"好吧。"谢副总还是不太看好吴方,他对此持保留意见,"如果另有隐情，他当时为什么没有否认？"

"我去找八卦桥问问。"有个线人在身边的感觉就是这么好！

询问的机会很快就来了，义工们要给孩子们做午饭，霍以瑾被宋媛媛等人联合推出了厨房，说有个比做饭要更加"艰巨"的任务只有她能做——看着孩子们。

这也就给了霍以瑾向吉祥桥打听情况的时间。

"你不去帮忙吗？"吉祥桥对霍以瑾道，他正在辅导孤儿院里比他高一头的男孩写作业。小桥因为身体的原因没办法去上学，但他本身的智商是很高的，自学成才，孤儿院里跟他差不多大甚至是比他大的孩子都是由他来辅导的。

"她们把我赶出来了。"霍以瑾无奈。

"黑暗料理吗？"小桥很理解地点点头，然后又像是想起了什么，老气横秋、语重心长道，"你这样将来可怎么嫁人？"

"长得漂亮就不愁嫁。"旁边在画画的小女孩绵绵很小大人道。

"脸能当饭吃？"小桥反驳。

"我可以给她做啊，"正在写作业的男孩抬起头，看了霍以瑾好几眼之后补充安慰道，"如果我长大之后你还这么漂亮，我就娶你。"

虽然知道这些孩子是在安慰她，但为什么就是完全没感觉到被安慰了呢。

然后在这群同样都很八卦的小朋友们七嘴八舌的帮助下，霍以瑾知道了更多关于吴方的情况。

绵绵摇头晃脑地对霍以瑾道："吴方哥哥人一级棒的，可惜他有个致命的缺点。"

"花心？"

"怎么可能！吴方哥哥那么好看，肯定是好人啊。"

你判断一个人是不是好人的标准还真是随心所欲呢。

"他哪里好看了？"小桥撇撇嘴，他好像一直都在致力于和画画的小女孩唱反调。

霍以瑾在心里弹出了一排弹幕，吉祥桥这是有情况啊，见不得小女孩说别人好看什么的，啧啧，实在是太可爱了！

"就好看，全身上下都好看。"绵绵炸了。

霍以瑾充满期待地等着小桥的回答。

"长得根本不如楚清让好吗？"结果小桥是这么回答的。

霍以瑾只想问，楚清让为什么会在这个时候乱入？

一提起楚清让的名字，绵绵也不再和小桥争辩了。楚影帝目前真的可谓是男性里的颜值巅峰，不分男女老幼，通杀。

小桥同学是楚清让的粉丝，他说吴方没有楚清让好看，不是出于霍以瑾误会了的那个理由，而是真心地在喜欢上楚清让的颜值之后就会觉得别人再好看也就只能被说为是平平。

然后，孩子们就楚清让的问题叽叽喳喳地讨论了起来，他励志的人生经历，他经典的影视作品，以及他回国后即将上映的两部新作。男孩想变成他，女孩想嫁给他。

这让霍以瑾第一次直观地明白原来楚清让在别人眼中是这样一个了不起的人。

"可是他只是在演戏啊。"霍以瑾欣赏楚清让的部分从来都是他作为女神风投 CEO 兰瑟的成就，又或者是他一点都不包子的内在性格，却从来不知道演戏也可以被这么多人崇拜，"要是你想演，你也可以做到。"

"但却永远做不到楚清让那样。"小桥有点不开心他喜欢的艺人被这么说，"不要小瞧演戏啊，那也是一个需要付出很多东西的工作。楚清让很厉害、很厉害、很厉害的。重要的事必须重复强调三遍！"

"厉害在哪里？"霍以瑾很认真地和小桥讨论。

"他的表演很有感染力，他在通过电影传递一种精神上的信念，哪怕是身为小孩子的我也能感受得到，那真的存在！"

霍以瑾觉得年仅七岁的小桥能说出这样的话才是真正的了不起。

"不对，我觉得我应该先问，你看过楚清让的电影吗？"小桥觉得霍以瑾怎么看都不像是会追赶流行的人。

"《新基督山伯爵》。"霍以瑾很不服气，她也是看过的好吗？

孩子们一脸惊讶："你竟然看过这么新的片子，我们也是才看过不久呢。"

"你们这么说真的很失礼。"霍以瑾佯装生气，"话说你们看过才不可思议吧？"

《新基督山伯爵》这种由外国引进的大片没可能这么早就被没有钱的孤儿院里的孩子看到。

小桥面对霍以瑾，一脸"我该拿你的智商怎么办"的苦恼："你知道我们孤儿院是谁开的吗?"

"白家三爷。"

"那白爷爷自己的公司叫什么?我是说除了他们家族产业以外的属于他个人的公司。"

白齐娱乐!霍以瑾顿悟。

白家三爷和他的大姐一起创办了如今C国娱乐圈的龙头公司白齐娱乐,楚清让签的就是他们家。白齐娱乐不仅签下了各种明星大腕,投资拍摄了多部经典电影、电视剧,还有属于自己的院线。

对于白家三爷来说,别的他不一定能免费提供给他私人在全国各地创立的孤儿院,但让他孤儿院里的孩子们在每周二下午影院最空的时候去看一场免费的电影还是不成问题的。

"只要保证在看完电影之后能完成当天的作业就都可以去,爆米花、饮料都是免费的,我们班上好多同学都羡慕呢。"绵绵特别开心地和霍以瑾分享道。

孤儿需要的不仅仅是同情,他们也需要自尊和面子来树立自信,每周固定能有一次去电影院看电影的机会,既能满足她们的娱乐需求,又能让他们不至于在同龄人说什么的时候一脸茫然,融不进话题。

被小孩子们萌得一时有点晕头转向的霍以瑾就这样说了一句让她十分后悔的话:"想见楚清让吗?"

这话的言下之意就是她能联系上楚清让。

孩子们兴奋的声音震天响:"真的吗?真的可以见到吗?"

"我不太敢和你们保证,但楚清让正好最近在给我的公司当代言人,我可以帮你们打个电话。"

"不用了。"身为楚清让一号粉丝的小桥反而第一个开口表示了反对。

"嗯?"霍以瑾本以为小桥会激动得想要亲她一口,结果却得到了相反的答案,"你不想见他?"

"想,但是楚清让说了,他回国是为了休息,休息你懂吗?我们不应该打扰他,他已经很辛苦了。"

小桥的懂事让霍以瑾觉得窝心极了,她咬咬牙,心想着后悔就后悔吧,拼了!"我保证,一点都不麻烦。"她说。

"你怎么知道?你又不是他,他人那么好,你又是雇用他的人,他肯定是哪怕自己很麻烦也不会拒绝你。"小桥虽然嘴上还在负隅顽抗,但眼睛里的渴望是怎么都掩盖不住的。

"因为……"因为我和他有一段？因为我和他是朋友？好像怎么说都不太合适，对了，"看到那边和我一起来的林楼大叔了吗？他和楚清让是关系很好的朋友噢！让他出马总没问题了吧？要是楚清让真的有事不能来，也肯定能要到签名。"

"哦……"很鬼的小桥秒懂，这其实就是为了拿到签名而进行的划价战略，对于他来说，能拿到签名就已经很满足了。

"有签名照我一定会幸福死。"绵绵说了小桥的心声。

这就是孤儿院里的孩子，他们一无所有，所以会很贪心，也很容易被满足。对于见到楚清让这种国际偶像，哪怕捐助他们的人是白齐娱乐的老总，他们也从没敢奢望过，只想着有一张照片就好了，都不需要一人一张，只要共同有一张就能幸福得死掉。

最后，话题重新扯回了大暖男吴方身上。

"他的缺点到底是什么？"

"他对别人太好了啦。对一个女性好是暖男，对所有女性好那就是中央空调。"绵绵自带微博段子手属性，"就像是女性对一个男人好是深情，对一群男人好那就是……"

"停！"后面"绿茶婊"三个字霍以瑾一点都不想从一个小女孩口中听到，那真的不太合适。

"为什么我不能说'股票投资'？"绵绵不解地看向霍以瑾。

对不起，是我这个糟糕的大人想太多了。

小桥斜眼看霍以瑾，他好像很明白霍以瑾刚刚以为她在阻止什么，嫌弃道："大人总是会往很邪恶的方面想。"

"你知道得也太多了！"霍以瑾毫不犹豫地开始揉小桥的脸。

"我还知道吴方大叔有个很糟心的前女友，你不想知道吗？"

"我为什么要知道吴方的前女友？"霍以瑾环胸挑眉。虽然她确实是想知道吧，但这样被一个小孩子看破心事的感觉好不爽啊。

"因为你想和他谈对象，不过我劝你还是放弃吧，你俩肯定没戏。"

你真心知道得太多了！一点都不可爱！

"你知道得太少了也不可爱。"

…………

要不是怕自己显得太过挟恩图报，霍以瑾绝对要问问小桥这个小鬼到底还想不想见楚清让了,他到底知不知道他现在用的这些新的水彩笔、图画本以及即将穿上的新衣都是谁捐的!

"那小鬼精着呢,他肯定知道。"谢副总事后很是笃定地回答霍以瑾,没有哪个孩子能和第一次见面的人就这么自来熟,所以看似是霍以瑾在谦让小桥,其实小桥也在用他的方式报答霍以瑾,让她开心。

经过复杂的心理斗争,霍以瑾决定招呼大家收拾收拾先去吃饭。

后厨那边饭做得很快,制式餐盘,标准份饭,没得挑没得选,不过口味不错,营养均衡,一素一荤一碗米,饭后还有个小苹果。

绵绵跟霍以瑾说:"孤儿院的伙食比我们小学中午的可好多了,食堂菜和单位饭不愧是C国九大菜系之首,为了生存才会吃的东西。还是孤儿院好。"

菜系梗霍以瑾有点不太懂,这个是前几年流行的微博段子了,她最近才开始玩,还没刷到过,被绵绵说得一愣一愣的:"我公司的伙食还不错。"

绵绵看了霍以瑾好几眼,她早就从小桥那里得知霍以瑾是个大老板,他们最近新得的东西都是霍以瑾送的,她挺感谢她的,但又实在是不想昧着良心附和她,公司的饭能好吃到哪里去?小女孩挺纠结,最终还是心里的正义赢了,她想着霍以瑾是很忙的大老板,未必能知道公司食堂的情况,不如提醒她一下:"难道你平时会在你的公司食堂吃饭?"

"当然。"霍以瑾更加困惑了,这不是理所当然的事情嘛,她自己的食堂,自己不去吃,有病吗?

"和员工吃的一样?"绵绵也傻了。

"我们是自助餐形式,可以自己去拿自己想吃的。"霍以瑾耐心解释道。

绵绵这次换成一脸憧憬了:"我长大以后能去你公司工作吗?"

"你都不知道我公司是干什么的,你去能干什么?"霍以瑾无奈地笑了,揉了揉绵绵一头柔软的黑发。

"干什么都行啊,只要有好吃的就成。"

吃货绵语录:跟着总裁姐姐有肉吃,她一定是个好老板!

被霍以瑾推着轮椅往前走,不得不听到这些对话的小桥冷哼了一声。

"你也想来吗?我可以给你破例哟!"霍以瑾也不知道为什么自己会这么想逗小桥,总觉得这小孩儿干什么都可爱得不得了。

小桥没急着回答，沉默了有一会儿才道："你真的觉得我能治好？"

要是霍以瑾觉得他治不好，也就不会和他约定未来了。这是小桥的逻辑。

"当然。"霍以瑾毫不犹豫道，虽然当今医学对佝偻病并没有什么切实有效的治疗方法，但能活下来的大有人在，"我以前听过一个媒体老板说，一个人诞生在这个世界上，无论是以哪种形态出现，或丑或美，或健康或残疾，从降临的那一刻起，这个生命就被老天爷赋予了一个神圣的使命——活下去，努力地活下去，有尊严地活下去，无论什么时候都不要放弃希望。"

小桥依旧垂着头，没有看霍以瑾，当然，他想看也动不了这么大的幅度。最后他说："你以为你是心灵鸡汤的主持人吗？我当然知道要努力活下去，哪怕很痛苦也要活下去。"

绵绵在一边喷笑出声："小桥好别扭啊，以前看楚清让的电影时也是这么说的呢。"

"嗯？"霍以瑾表示这里面有故事啊，有关于小桥同学的，必须听！

"不许说！"吉祥桥恼羞成怒。

霍以瑾更好奇了，她冲绵绵眨眨眼，示意她放心大胆地讲。

"是我们从网上看到的已经允许免费播放的早期作品。楚清让演男主角回忆里已经去世的朋友，生了很重的病只能住在医院里，楚清让的演技好可怕，哪怕隔着电脑屏幕我都好像能感觉到他的痛苦，但他依旧没有放弃治疗，也是他的没放弃给了男主角长大后有关于'坚持'的信念。他说……"

"他说，尼采说，杀不死我的最终都只会让我变得更强。"

尼采这句话包含了很多含义，可以理解为精神上的恶意，也可以理解为肉体上的疾病折磨，但终归到底一句话：杀不死我就代表着老天爷不想我死，那我凭什么不活下去？！

"你和楚清让挺搭的，都是走心灵鸡汤说教风。"小桥如是总结。

"虽然我不想打击你，但我还是要说，楚清让在电影里说的那句是台词，是编剧和导演让他说的，而这句话也不是编剧和导演想出来的，是尼采想出来的。"你要真只是因为这句话就喜欢楚清让，那不如直接去喜欢尼采。

小桥回答："真不是我想打击你，但我还是要说，人太严肃了没事就该多点娱乐生活，但凡你八卦一点就应该知道，这句恰到好处的台词是当初楚清让拍电影时自己加的。"

没人觉得这句不合适，包括写了剧本的编剧，他们甚至是在拍完之后才意识到，不对啊，这里没这词儿。

演员不能随便改词，但表演的时候不懂得思考，缺少偶尔的灵光一闪，这样的演员也绝对当不了世界一流的影帝。

"行了，知道你喜欢楚清让，别再跟我推荐了成不成？"霍以瑾开始转移话题，她怕再这么下去她非得被小桥给洗了脑不行。

午饭都是在后厨出锅之后就盛好了的，孩子们去了只需要自己端自己的那份到桌子上吃就行。大一点的孩子往往还会主动一手一份儿，又或者是来回两趟，帮比较小的、自己拿不了东西的孩子端，他们都在力所能及地做一些他们能做的事情，不是一味地等待着别人的帮助。

因为这些孩子很清楚，健康的、小一点的孩子都被领养走了，剩下的他们不是身有残疾，就是太大了，他们未来真正能依靠的只有他们自己。

霍以瑾的饭也已经被提前放好，就在一堆世家小姐的座位中间。

霍以瑾只能怀着比上坟还沉重的心情坐到了世家小姐们的包围圈里，再一次充分地感受到了妹子们对一个人能有多热情。

大家吃的饭是一样的，但霍以瑾却总有一种自己被特殊对待了的感觉。

然后，她在她的米饭下面发现了鸡腿。

"这个不太合适吧？"霍以瑾小声问宋媛媛，她真心一点都不想被这样特殊对待，与其给她准备她平时一点都不缺的食物，还不如把食物留下去当营养给孩子们补身体。

"哦！恭喜恭喜！"宋媛媛声音很高，没有丝毫遮掩，反而带头鼓起了掌，大家都笑了。

"怎么了？"霍以瑾、林楼以及谢燮问道。

"这是会带来好运的鸡腿。"由宋媛媛同学为霍以瑾解惑，"孤儿院每周一次的传统，吃到这个鸡腿的人一周内一定会有好事发生，很灵的哟！"

霍以瑾看懂了宋媛媛的暗示，这种很容易人为操作的东西平时肯定是随机的，可当有谁遇到很重要的事，好比即将被领养，又或者像是小桥这种马上要做手术的，肯定会在那周吃到，给他们一种一定会有很好运的心理暗示。霍以瑾也很乐意在这个时候配合着遇到一些"好事",来给即将做手术的小桥增添信心。

而这个"好事"就是让林楼给楚清让打电话,问他现在有空没。

谢燮侧目,他没听错吧?霍以瑾主动说要见楚清让?

"我都答应小桥了。"霍以瑾也知道在这个时候找楚清让来不太合适,说再也不见楚清让的是她,打电话找他的还是她,太打自己的脸了。

"疼吗?"谢燮"关心"道。

"疼。"

"那也要叫?"

"叫!"

谢燮叹气,他就知道,这就是霍以瑾,她有原则没错,但她为了别人打破自己原则的事也没少做。这就是个要是没有霍家和霍大哥绝对会把自己作死在理想国的女王陛下,但谁让霍家和霍大哥确实存在呢。

楚清让接到林楼的电话很意外,等那边把来龙去脉说完问"你有空吗?"的时候,他自然是忙不迭地答应了下来。这怎么可能不答应?必须答应啊!每周去都没问题!没空我也能创造出空来!

阿罗想:你考虑过身为你经纪人的我的感受吗?

在楚清让准备来的路上,孩子们还不知道这份会移动的天大惊喜就要到来,他们只是如平常一样睡午觉去了。

义工们也坐在休息室里休息,玩玩手机,聊会儿天,或者下会儿孤儿院里给孩子们准备的飞行棋之类的桌游。

霍以瑾趁机和宋媛媛询问了有关吴方前女友的事:"你知道吗?"

"知道啊。"宋媛媛点点头,"小桥那熊孩子和你八卦的吧?问我你可算是问对人了,谁都不会比我更清楚。"

"嗯?"

"因为我就是他的前任啊。"

"什么?"

对总裁的第十一印象：第一次接吻。

听到宋媛媛的回答之后，霍以瑾终于明白了网上所形容的内心犹如有"一万头草泥马狂奔而过"的感觉到底是种什么样的感觉。这事槽点太多，她觉得她需要批改个文件冷静一下。

"你和他都分手了你俩还能这么和谐地一块儿来当义工？"霍以瑾总觉得这里面的逻辑不对。

"分手了就不能当朋友？"

"除非对对方还有念想。"要不这怎么处？特别是当其中一方又有了新对象之后，都不够硌硬的，对三人都是一种折磨。

宋媛媛红了脸，微微低下头扭捏半天才终于开口："你看出来了啊？"

哪怕她之前没看出来，现在也懂了。霍以瑾怎么都没想到，来当一回义工，却神奇地破了些许案子，她也许真的该检讨一下自己自带的奇怪属性了。

经过宋媛媛同学的简单描述，霍以瑾终于把前因后果都给搞明白了。

吴方同学拢共就俩前任，这也是他仅有的两次恋爱经历。一次是和宋媛媛，一次就是和后来大闹了他个人工作室的孤儿院初恋。初恋在前，宋媛媛在后，俩人里肯定有一个小三，却不是宋媛媛。

宋家从事的是汽车行业，走中高档路线，吴方当年参加设计师真人秀赢的商务车就是宋家赞助的，宋媛媛代表她爸爸的公司在节目上把车钥匙给了吴方，后来在节目组的庆功宴上俩人又因为红领巾和孤儿院的事情聊了起来，志趣相投，两人就这样开始了一段比言情小说还要狗血的恋爱故事。

"他的第一个女朋友是个贱人，原谅我爆粗口，但我就没见过他前女友那样的，极大地丰富了我对女性能有的类型的认知。"

吴方当年能狠下心带着加上手机都不够一千块的全部家当独自来 LV 市闯荡，一是他有了参加设计师真人秀的这么一个机会，二就是他发现和他相恋多年的女友背着他找了个老男人，都不算是多有钱有权的老男人，就是个比一般工薪阶层好点的车间主任，能供她吃喝花销，对外统一说是叔叔。

"你说她一个和吴方在同一家孤儿院一起长起来的孤儿，上哪儿来的叔叔？"

奸情暴露之后，吴方一时有点接受不了，就连夜买了最便宜的火车站票，一路站到了 LV 市，全身心地投入到了真人秀比赛里，一心想着一定要混出个人样儿来。

后来喜闻乐见的，吴方凭着一股初生牛犊不怕虎的气势真的混出了个人样。名气有了，工作室开了，业内知名的奢侈品公司霍以瑾的 NOBLE 服饰也来联系了，女友宋嫒嫒是世家出身的大小姐，白富美中的白富美。

就在这个即将走上人生巅峰的关键时刻，吴方极品的前女友突然杀了出来。说什么她当初是被老男人强迫的，老男人一直在拿视频威胁她，她不敢和吴方说出真相，只能含泪送吴方去 LV 市发展，如今好不容易才逃了出来投奔吴方。

"这种话你信吗？反正我是不信，但凡有点智商的人都不会信！但偏偏吴方信了！他就是活该我跟你说！"说到这里的时候，宋嫒嫒的火气也上来了，那真是咬着牙都不解恨，"当初那女的找上来的时候我就跟吴方说这里面有问题，他不能当烂好人。他没听我的，结果怎么样？把自己作死了。"

霍以瑾悟了。吴方的初恋在大闹吴方工作室时混淆了事情的前后顺序，是她先劈腿了吴方，吴方才找了宋嫒嫒，但却被她说得好像是吴方为了宋嫒嫒才抛弃了她。

"不是，在她去找吴方闹的时候，我其实已经和吴方分了。"宋嫒嫒当初真心躺枪躺得有点冤。

"嗯？怎么分的？因为吴方表现出的对于前任的余情未了？"

"你看过那种三流的狗血总裁小说吗？啊，不对，看我问的这什么破问题，总裁大人怎么可能看过这些。"

还真就看过不少的霍以瑾明智地决定不说话。

"我当初对吴方的初恋真的是千防万防，她来了 LV 市之后，我自掏腰包请她去住的安全性很高的五星级酒店，没让她趁机住到吴方家。每次她来找吴方的时候我必在场，她找我的时候我也会硬拉吴方陪着……"

霍以瑾没说话，只觉得宋嫒嫒同学的总裁小说肯定没少看，应对初恋的经验好丰富。

"哪承想还是被她找到了空子，真是没有挖不了的墙脚，只有不努力的小三。她把自己给折腾到医院去了，说老男人找到了她，把她一顿暴打。她也是真下本钱，差点死了，当时连我都信了。"宋媛媛才多大？一个没经历过社会洗礼的大小姐，当时就傻了，哭得不成人形。

"结果吴方还是责怪你，和你分了？"

宋媛媛咬唇，很显然至今她都没办法对这段往事释怀，过了好一会儿，她才轻轻地点了点头，又摇了摇头："他确实吼了我，但分手是我提的。"

"干得好。"要是换霍以瑾，她估计会等那初恋好了之后再找人打她一回，坐实了这个她故意刁难她让她被人打的诬陷，总不能就这样被白白地冤枉了不是？"既然都分了，你为什么现在又突然想和这么一个"中央空调"再续前缘？算了，换个问法，你当初看上他的原因肯定是因为你觉得他人好，对吧？"

宋媛媛愣愣地点头："嗯，当时我刚开始弄红领巾，他正在事业上升期，但再忙他也会抽出时间帮我。你也知道咱们生活的这个圈子，不是说没有好人，但哪怕是好人也会披着一层别的外衣，吴方给了我一种之前从未接触过的感觉。"

吴方真的是个好人，连小桥同学都认证了，但他也是真的不适合当男朋友，最起码是在他想明白对女朋友的好和对别人的好不能混为一谈之前他不会是个好男友。总有那么一些奇怪的人，他们会把善意留给外人，却把伤害留给身边的亲近之人。小桥又说对了，吴方不适合霍以瑾，又或者准确地说是他这个这款式不适合任何人，他只适合安静地当一个好人。

"他再好，对你不好顶什么用？"

"你这话我表妹也说过，"宋媛媛小声道，"但吴方其实对我也很好的，你们不是我所以不知道，我和吴方之前在一起的时候真的很开心，他对别人好，对我更好，从来没有因为别人的事耽误过我。"

"那他前女友怎么算？"

"……就这么一次例外。"

"这还不够？"对于从来只给别人一次机会的霍以瑾来说，宋媛媛的这个态度让她很震惊，"他伤害了你一次，你还上赶着让他伤害第二次？"

"你这话对，却也不全对。"在她俩谈话时，突然插进了第三个声音。

霍以瑾因为气吴方，也有点对宋媛媛的怒其不争，说话的声音就有点大，正好被后面赶过来的楚清让和祁谦听了个正着。

"嗯？"霍以瑾回头，看着祁谦，总觉得这位有点眼熟。

没等霍以瑾反应过来，也没等楚清让介绍，那边谢副总已经犹如怀春的二八少女般开始控制不住地惊声尖叫了。

然后一群小姑娘们也都叫了:"殿下!殿下!殿下!"

因为父亲祁避夏被粉丝昵称为陛下,祁谦就顺延了殿下这一称呼,这位殿下比真正有王子的 E 国的皇室成员还要受欢迎,多少少女,呃,也包括谢副总这种少年,心目中的正牌王子,如今小王子变大长腿,风采依旧不减当年。

霍以瑾终于想起来了,这不就是那个和她一样,微博下长年会有一群小姑娘哭着喊着要给他生猴子的影帝祁谦嘛,真是神交已久。

而让霍以瑾心惊的是,哪怕在这样的祁谦面前,她眼中能注意到最多的还是楚清让,她以前怎么没意识到楚清让对她有这么大的吸引力?

祁谦之所以会来是因为之前林楼给楚清让打电话的时候,楚清让正在白齐娱乐开《主守自盗》电影组私下的碰头会,主要人员都到齐了。祁谦就坐楚清让旁边,听了个大概。然后他就替楚清让解决了工作上的烦恼,拍板决定下午的会挪到明天早上。

祁谦权力很大,这个不是因为他是老牌的影帝,也不是因为他爹是更老牌的影帝,而是因为建立了白齐娱乐和小天使孤儿院的白三爷是他三叔。

他表示,自家孤儿院里即将做手术的孤儿想见自家旗下的艺人,这还有什么好说的?必须见。

祁谦和楚清让乍然一起出现在孤儿院,楚清让很明智地先一步把祁谦推了出去,趁着众人把祁谦围了个水泄不通的空当,他赶忙上前单独和霍以瑾说话:"好见不见,你最近还好吗?"

"也没多久。"霍以瑾对于楚清让的跟踪行为可是记忆犹新,"你能不知道我过得好不好? Mr. 跟踪者。"

"抱歉。"楚清让没想着辩解,很自然地就承认并道歉了,对于自己做过什么毫不避讳,"我确实知道你过得挺好,就是想多和你说说话。"

霍以瑾没接话,因为她在安静地等着楚清让继续说"我以后不会了"。

结果楚清让也沉默了。

真的沉默了啊!

积极认错,死不悔改!

光明磊落地让霍以瑾想抽他!

"我不想骗你。"楚清让继续"厚颜无耻"道,他发现这样的有话直说真心不错,不用再费尽心思地找理由遮掩,想做就做!他喜欢!还能顺便无时无刻不对霍以瑾表达自己的爱意!

我以前怎么没发现你脸这么大呢?!

"你能叫我来,我很高兴。"楚清让继续实话实说,他算是豁出去了,人嘛,这一辈子总是要为了那么一个人没脸没皮一回的。

"你别误会,我是为了一个重病的男孩才找你的。"

楚清让表示他没误会,他很了解霍以瑾不玩暧昧的态度,什么分手了还能继续做朋友,也许这事能发生在别人身上,却绝对不会发生在霍以瑾身上。

真不愧是他的霍以瑾!他喜欢!

有一说一,干脆果断,不会给人没必要的幻想,以后在一起了他完全不用担心情敌问题,想想真是迫不及待呢。

不过,没误会不代表楚清让能不想办法把这事的概念给混淆了:"不管是什么理由,总之是你愿意叫我出现了,不是吗?我很高兴。"

我现在把话收回来还来得及吗?很显然是来不及了。

这种因为急需,装了某个软件想着"用完我就卸了",结果等真用完了却发现"碰上流氓软件了,根本卸不了"的糟心感。

不说楚清让那种哪怕没有机会也要创造机会上的执着,只说期待楚清让这份"幸运惊喜"的孩子们就不可能让霍以瑾再把货给退了。

午睡醒来,面对楚清让的从天而降,再加上一加一效果大于二的影帝祁谦,连一向自诩为理智派的小桥同学都眨着眼有好一会儿反应不过来。他呆呆地对身边的霍以瑾道:"要不你掐我一下吧,狠点,好让我醒过来。"

霍以瑾没上手掐,只是在心里稍显安慰,心想着能看见小桥这表情,暂时摆脱不了楚清让就暂时摆脱不了吧,值了!"大概是中午的鸡腿真的起了作用,我让林楼帮忙约楚清让之前也没想到他能这么快就出现,更没想到打电话的时候祁谦也在,真是一只能带来幸运的鸡腿呢。"霍以瑾想。

怔怔的小桥就这样等到了楚清让上前,蹲身,与之平视,摸着他的头道:"你好,小桥,我是楚清让。"

"你好,楚清让,我是小桥。"小桥机械地回答道,尾音都有点飘。

小桥在心里决定了,以后都不洗头了!这可是他偶像楚清让摸过的头!楚清让摸过的头!楚清让!

在楚清让被孤儿院的孩子们和终于反应过来祁谦是和楚清让一起来的红领巾成员们包围之后,祁殿下终于找到机会与霍以瑾、宋嫒嫒二人继续了他们刚刚的话题。

"只给别人一次机会没有错,这是个对自己很有利的明智做法。人总会输在'再一次'上,对于拆穿骗局来说,这种坚持往往会有奇效。"祁谦首先充分肯定了霍以瑾,然后道,"但这并不能和感情混为一谈。如果感情也能这么理智地收放自如,那也就不能叫感情了。我爸曾跟我说过一句有智慧的话——被伤害了踟蹰不前是谓经验,被伤害后能再次付出信任是谓勇敢。"

我们当然不可能永无止境地原谅一个不断伤害自己的人,那不叫爱,叫贱。但一次都不原谅,好像也不太合适,孰能无过呢?人类也是在不断地错误中才终于走到了今天。

"所以我个人在感情上比较赞同'第二次'理论,你第一次给了他教训,相信我,大部分真正有良心的人都能记住这个教训并绝对不会再犯第二次。"祁谦用过来人的经验对霍以瑾和宋媛媛道,"如果还是犯了第二次,那就没什么好说的了,趁早分,你要是还给他第三次机会,我第一个站出来抽你。"

"对对对,我就是这个意思。"宋媛媛此时已经只剩下了点头的份,祁谦替她说出了她的心声。她还爱着吴方,所以她想给吴方第二次机会。如果吴方也爱着她,那他就会为了她去记住这个教训,不再犯相同的错误。

霍以瑾却没有宋媛媛这么好说服,她很固执:"如果真的有第二次伤害,肯定会比第一次更痛苦,太不值了。"

"因为一个有可能不会发生的伤害而错失一份本来也许会很美满的感情就值了吗?"祁谦反问。

霍以瑾没回答,只是不自觉地看向了被热情的孩子们团团围住却没有显得一点不耐烦的楚清让。

楚清让这次来的时候只带了祁谦一个人,连经纪人阿罗都撇下了,很显然是不打算利用小桥的事进行炒作,这一点都不像楚清让这种什么都能利用的性格的人会做出的事。不是霍以瑾自恋,只是除了"楚清让想重新追求她,赢得她的好感"这个理由以外,霍以瑾实在再也想不到别的能让楚清让这么做的好处了。

林楼说爱上一个人就是会为了那个人而努力让自己变成更好的人,无论楚清让心里是怎么想的,至少他行动上是这么做的。

真的是她太固执了吗?霍以瑾问自己。

答案是无解的，只是那天一整个下午，霍以瑾都歇了再重新锁定个新对象的心思，她也不知道自己是怎么了，就是突然对找对象这件事失去了兴趣，没意思，真的很没意思，没意思透了。那是霍以瑾第一次为了一个人主动打破了她自己制订的计划，并且完全没有觉得心烦意乱。

当然，霍以瑾也没有一直执着于对楚清让想不通的感情上，为了分散注意力，她开始积极地和宋嫒嫒商量起了吴方的事。

"你想给他第二次机会我也不拦着，只是你能肯定他也想和你在一起吗？"霍以瑾问。

宋嫒嫒如实地摇了摇头："我不知道，我甚至不知道我现在每天该如何和他相处，我只知道如果现在放弃了我将来肯定会后悔。所以我想再拼一把。"

宋嫒嫒一直都是这么一个性格，跟着感觉走。没想好后果的时候就已经放手去做了，不过做了她也不会后悔，会一直坚持下去，就像是她最初只是凭借着一腔热情就能把红领巾发展至今一样。

霍以瑾长叹一声，最终还是败给了宋嫒嫒。

于是乎，霍以瑾在心里做了个很重要的决定。她问宋嫒嫒："你信得过我吗？"

"信！"宋嫒嫒毫不犹豫。她是霍以瑾的粉丝，要不是祁谦出现，她甚至很可能早之前就听从霍以瑾的话放弃吴方了。

"我们来做个试验吧，看看他是否还想和你在一起，也看看他接没接受那个不能随便当烂好人的教训。"

"成！"还是一个字。宋嫒嫒对霍以瑾的信任近乎是盲从的，她自己也不知道为什么，反正就是觉得霍以瑾身上有一种让她很想去信任的强大，那么可靠又那么温暖。她再一次突发奇想："要不总裁大人咱俩在一起吧！要是你，我绝对可以接受，也可以不再要任何人，吴方什么都见鬼去吧。"

"你还是要吴方吧。"霍以瑾委婉地拒绝了。她不禁开始寻思，难道真的让谢燮说对了？一遇到妹子她就有可能展开什么奇怪的发展？

"哈哈。"宋嫒嫒终于忍不住地喷笑出声，认真拒绝她的总裁大人怎么能这么可爱！太犯规了！"总裁大人我要给你生猴子！"

最后这句心声宋嫒嫒没能控制住嘴，也没能控制住音量，当场听到这话的人都傻了，现在的妹子都这么奔放了吗？在接下来的三秒钟里，大家就这样默契地进入了一个十分诡异的沉默状态。

楚清让倒是没沉默，他只是在第一时间眯眼锁定了宋媛媛，眼似刀，神似刃，哪怕对方是妹子也没放松。

然后在场所有的妹子们先于楚清让不干了。

"啊啊啊——媛媛你好狡猾！怎么能偷偷一个人先说！"

"我也想给总裁大人生猴子好吗？！"

"放过那个总裁让我来。"

楚清让心中的警铃大作，情敌略多，还不分男女！他很生气地问林楼："为什么要带她来这种地方？"

"哪种地方？不要说得那么容易引人误会好不好？"林楼环胸，"你这不是明知故问嘛，我带她来当然是想给她找合适的对象。"

"找到了吗？"楚清让就不信林楼能对自己这么狠。

"喏，吴方，知名设计师，不错吧？"林楼一昂下巴，把楚清让的仇恨值都拉到了对这一切发生在背后的故事一无所知的吴方同学身上。

吴方回了楚清让一脸茫然，是错觉吗？怎么感觉楚影帝好像想咬死我？

楚清让没想咬死吴方，因为他根本就瞧不上他，不在一个水平线上的对手，太过在意反而掉价。

"那你刚刚那么看吴方干什么？"林楼嗤笑，他早就看破了楚清让的别扭体质。

"我担心吴方降低了我们家以瑾的格调。"

"你们家以瑾？"林楼内心中的某根弦被戳中了，"呵，有本事你把这话当着以瑾的面再说一遍啊。"

楚清让在心里想着早晚有天会说的，但不是现在，他还不想破坏了他和霍以瑾好不容易才看见了那么点苗头的关系："你什么时候叫上'以瑾'的？"

"我什么时候叫上的你也管不着。别随随便便转移话题。"林楼根本不上楚清让的当。

"霍以瑾根本不可能喜欢吴方。"楚清让特别无耻地回到了最初的谈话上。

"也不是这个话题！"

"难不成你觉得霍以瑾真能和吴方在一起？"楚清让故作惊讶。

"虽然我也觉得可能性不大。"林楼安排霍以瑾接触吴方是有另外的打算,"但是再说一遍,别转移话题!"

到最后,林楼也还是没能把话题掰扯回来,只要楚清让不想,基本没人能赢过他。

充实的一天就这么过去了,晚上义工们聚餐,霍以瑾和楚清让都没逃掉,在霍以瑾来不及阻止的情况下,楚清让已经愉快地和大家约好了下周见。

霍以瑾下周肯定是还要来的,已经不只是对象的问题了,而是她发现如果时间上能安排得过来,一周一次的义工活动也挺有意义的,她舍不得小桥。

至于被楚清让和林楼信誓旦旦觉得霍以瑾和吴方肯定不会有什么的这事儿吧。现实总是这么打脸。

楚清让和林楼惊悚发现,霍以瑾貌似、也许、可能真的要在吴方这条路上一条道走到黑了。聚餐那天晚上林楼就听到霍以瑾和吴方约好第二天一起吃中午饭,而第二天早上楚清让则发现了霍以瑾和吴方微博互粉。吴方粉了霍以瑾没什么稀奇,稀奇的是霍以瑾会回粉别人!当初霍以瑾粉他的时候,都是谢燮替她操作的好吗!

"你说这代表了什么?"楚清让在家里焦躁不安地来回转圈。

"你知道就在这短短的两个月里,你把你在我心目中深不可测的反派形象已经毁了个一干二净吗?"阿罗拒绝承认眼前这个楚清让会是他之前认识了七八年的那个算无遗策的楚清让。

"我问,霍以瑾主动粉吴方代表着什么?"虽然楚清让这个是问句,但那种不容置疑的命令句式的口吻还是回来了,气势十足。

阿罗只能干巴巴地回答:"代表着霍以瑾玩微博的技能终于有了长足的进步?"

霍以瑾不仅粉了吴方,还粉了宋媛媛等一系列红领巾内部的固定成员,很显然霍以瑾这不过是准备把当义工这个突然事件变成长久的工作干下去,和未来共事的小伙伴互粉一下,很奇怪吗?

"放在霍以瑾身上就很奇怪!绝对没这么简单!"

你想太多了吧?阿罗腹诽。当时阿罗并不知道,他真的一语成谶。

周一中午,楚清让就得到了准确消息。霍以瑾约了吴方一起吃饭,相谈甚欢。最后这四个字是楚清让亲眼所见。

没有其他人在场,林楼、谢燮都不见了身影,只有霍以瑾和吴方,格调很高的餐厅,还有小提琴乐队伴奏!

"你觉不觉得这样的场景有点眼熟?"楚清让问着再次被迫陪他一起来跟踪的阿罗。

"咱俩一起朝着痴汉的目标大踏步前进的场景?眼熟,怎么不眼熟。再下一步不是我在你家冰箱里看到霍以瑾,就是在监狱里和你执手相看泪眼。《惊天八卦,为您揭秘影帝和他的经纪人不为人知的偷窥癖——霍氏老总霍以瑱冲冠一怒为妹妹》,我都已经能想到这样的新闻标题了!"

"谁和你说这有的没的了?我是说霍以瑾和吴方,这是在约会吧?"

"就不兴人家吃个愉快的工作餐,讨论一下未来的工作意向?霍以瑾是奢侈品服饰公司的老总,吴方是设计师圈子里目前最红的男装设计师……怎么想都是我的思路比较正常吧?"

"对!我可以用吃工作餐的名义把霍以瑾叫出来!"阿罗的话打开了楚清让的想象大门。霍以瑾是个公私分明的人,自己用追求者的身份肯定约不出来,但要是换成女神风投的 CEO 兰瑟呢?"我从来没有一天这么感谢过过去拼命努力的自己!"

"你过去的努力不是为了让你现在来追人的啊,快给我对过去那么拼命的你道歉!"

"他要是知道我是为了追我的女神,也肯定会赞成我的。"无论是过去、现在还是未来,在楚清让心中就没有什么东西的重量能够高过霍以瑾。

"别冲动,别作死。"阿罗正在极力劝说楚清让悬崖勒马,"要不你不就白忍耐了吗?相信我,冲动是魔鬼。你一冲动,就只剩下面对女神嫁人生子你不是新郎这一结局了,到时候要是万一霍以瑾找你给她儿子当干爹,你说你干还是不干?多惨啊。"

楚清让很生气:"为什么是儿子?"

"少年你的关注点偏了啊。"

"我喜欢女儿,像是霍以瑾一样英气十足的女儿。不喜欢儿子,无论是像我还是像别的男人,外甥似舅,都不喜欢。"儿子就是讨债鬼,是生来和他抢霍以瑾的,生女儿就不一样啦,他能宠她们娘俩儿,母女都是大大的琥珀色眼睛,女王似的中分长卷发,连动作都一致的微微昂起尖下巴什么的,真是想想就高兴!

"首先你得把人追回来,谢谢。"阿罗毫不留情地泼冷水。

然后,楚清让就成功以女神风投 CEO 的名义正大光明地进入了

NOBLE 服饰，引来了又一次围观高峰。

最近"国际影星楚清让的演员身份其实是他个人的兴趣爱好，女神风投老总才是真正的工作"的消息甚嚣尘上，压下了前不久关于楚清让其实是楚家幺子的猜测。上一次霍家的宴会不算，知道的人不算多，但也是从那次宴会上传出了消息，这一次楚清让才算是真正以女神风投老总的名义出现在了公共场合，算是默认了外面的传言。

整个 NOBLE 服饰的员工都觉得梦幻极了，毕竟前不久他们才和这位金融天才一起在茶水间各种八卦工作上的问题，还有人说什么"楚影帝肯定不懂这种职场上的辛酸，当明星真是太幸福了"，现在妥妥儿的都恨不能找时光机回去掐死自己。

楚清让在霍以瑾的办公室话还没说几句，就看到了传真机送过来的婚纱实体照。

楚男神当机当场。

客观地说，那真的是一件如梦似幻的婚纱。把全部所知的对婚纱的赞美词都用在上面也不为过，再挑剔的人也很难找到一处不满。不过那些其实都比不过一句最俗也是最实际的话——看起来就昂贵无比。

楚清让有理由相信，那婚纱的真实价格会至少比他所想的极限再加一位数。等他注意到设计师的名字后，楚清让更加肯定了自己心中所想。

楚清让之所以还有时间想这些有的没的，是因为如果不这么想，他怕控制不住他自己。

这件婚纱也不一定就是霍以瑾的，不是吗？说不定是 NOBLE 服饰又有了新的领域拓展项目呢。即便婚纱是霍以瑾的，也不代表着她就要结婚了……面对现实吧，怎么想那婚纱都是霍以瑾的啊！！！

她和吴方只是吃了一顿饭而已，就要准备结婚了吗？！不！

怎么办？——"慌张的楚清让"。

莫慌，首先，先找时光机吧。——"自认为很冷静其实更慌张的楚清让"。

"这是我的婚纱。"霍以瑾见楚清让一直盯着传真照片看，索性就大大方方地说了出来，"好看吗？我期待了很久呢。"

她承认了！

楚清让当机重启，重启当机，来来回回好几遍，在成功打败全国大多数大脑所能运转的速度之后，他终于冷静了下来。他是说，花钱找人干掉吴方能用几个钱，他焦虑什么啊。

"……你要把婚纱当礼服穿吗？或者挂在家里看？"楚清让还在不死心地负隅顽抗，拒不承认霍以瑾这是在为婚礼做准备。他对自己说，这年头就不兴女性在服饰方面追求一点标新立异啊，把婚纱当普通衣服穿怎么了？！有钱！任性！

霍以瑾眨了好几次眼才确定这神奇的逻辑确实是出自楚清让之口，而不是她幻听。深呼吸一口气，霍以瑾开口："当然，当然，我祖父和父亲在我刚出生后就斥巨资为我准备了这二十几年的婚纱，只是为了让我当普通衣服穿着玩的。"

"你要结婚了？"楚清让垂着头，嗓音干涩。你要和吴方结婚了中"和吴方"三个字他无论如何都说不出来，便作罢了，反正意思也差不到哪里去。

但差之毫厘，谬以千里，这是少了三个字，却让楚清让和霍以瑾的脑回路偏差了整个银河系。

霍以瑾抬眼看了看日历上她曾经亲手画下的红圈，感慨着时间飞逝，已经只剩下一个月的时间了呢，她却连个结婚对象都没找到，找到的几个最终都成为她的朋友，包括吴方。

时间回到周一中午，霍以瑾和吴方吃饭的那天。

"这次私下里约你出来，首先是想先向你道歉，为了我们上次草率地中止了和你的签约。是我们这边工作人员的失误，在没有查清楚事情之前就对你的私事妄下评论，也是我的失误，没有和他们说清楚又监督不力。让你受委屈了。"

这事其实完全不用霍以瑾出马道歉，但为了表达诚意，她还是决定亲自上。

吴方不停地用大拇指摩擦着盛放苏打水的玻璃杯，这是他紧张时不自觉就会带出来的小动作，他抿了抿唇，在脑海里总结了几遍自己要说的话后才终于开口："其实这事也不能怪你们，我们当时还没有开始合作，根本谈不上要对对方有多少信任，又是我这边爆出了丑闻，你们的做法我能理解。好吧，说实话，对于这件事我没有生气过那绝对是在骗人。"

吴方因即将和NOBLE服饰签约能有多兴奋，后来没签成就能有多绝望。当时他的生活已经一团糟了，宋媛媛和他分手，初恋又一而再，再而三地无理取闹，NOBLE服饰的最终决定对于他来说无异于雪上加霜，来找他谈的人看他的鄙视眼神让他至今想起来都呼吸困难。

但这些又和霍以瑾有什么关系呢？吴方想道。不说霍以瑾当时并不知道这事儿，知道了又能再怎么样？将心比心，如果立场对换，吴方自觉他也不会比 NOBLE 服饰做得更好，最起码他们只是秘密地中止了正在洽谈的协议，并没有对外宣传，加重吴方的负担。

吴方真的是个好人，有一颗很柔软的内心，所以当初他虽然生气却也能理解，更多的是责怪自己为什么会没有听宋媛媛的话，被前女友钻了空子，落得这样一个境地。如今事情已经过去，霍以瑾还能在得知真相后来道歉，他不仅彻底不再介怀，反而还有点小感动，想着霍家真不愧是屹立 C 国多年的大世家，看霍以瑾就知道，家教良好。

"更多的还是我的错，您能专门为这件事和我解释我已经很满足了。希望下次还能有机会合作。"吴方这话绝对发自肺腑。

"我也衷心希望能有这个机会。"霍以瑾点点头，然后将装着谢副总当日中午就打电话联系，紧急查到的有关于当年事情资料的牛皮纸袋给了吴方，"这是我们这边查到的资料，我觉得你有权利知道真相。"

幕后之人果然是自以为只要干掉吴方，自己就有希望上位的 C 国设计师，有时候同行相争会比战争还残酷。

吴方的初恋女友就是这位设计师想方设法找到的。那位设计师一开始想的是当这位初恋女友挤走宋家的大小姐宋媛媛之后，宋家一定会想办法报复，这样吴方也就不能和 NOBLE 服饰签约了。

哪想到初恋女友是搅和得宋媛媛和吴方分了，但宋媛媛也没想着要报复吴方，而吴方也没有因为宋媛媛的离开就接受他的初恋女友。

吴方之所以愿意在刚开始帮助他的初恋女友，不是因为他对她余情未了，只是一种从小长到大的责任感让他觉得自己不能不管她。不过在宋媛媛因此而离开后，吴方对他的初恋表示，他对她真的已经仁至义尽了。

阴谋没成功的设计师这才不得不再生一计，给吴方的初恋女友钱，让她去吴方的办公室胡搅蛮缠，然后买通媒体断章取义。

吴方当时不解释的原因则是不想他的初恋女友把宋媛媛的名字爆出来，害怕宋媛媛也跟着受牵连。

吴方真的是受到了教训，好人可以做，但也要分怎么做以及对谁好才是真正的好。可是……

"已经晚了不是吗？我当初那么对她，怎么有脸再重新和她在一起。"吴方苦笑。

霍以瑾差一点就脱口而出宋媛媛其实也还喜欢着你，但她还是忍了下去。先发短信询问了宋媛媛的意见，得到她还是想要继续进行考验计划的回复后三缄其口，继续了她们的考验计划。

宋媛媛其实也很矛盾，更有些害怕。因为有时候我们只是嘴上说着好听，未必真的就能做到，如今吴方对她愧疚说受到教训了，谁知道以后再出现个别人，吴方会不会又故态复萌呢？吴方真的是一个很心软的人，而那正是她爱上他的理由。她不想他改变，只是希望他能不要再像上次那样伤了她的心。

……回忆结束……

楚清让正"咔咔咔"地扭头看日历，再"咔咔咔"地扭回头，对着霍以瑾连笑都不会笑了："时间会不会太赶了点？"

跪求你再重新想一想啊！亲！

婚礼准备可耗费时间了！

你也不想你人生的第一次婚礼就不圆满，对不对？！

再说下个月的日期也不是吉日啊！真的！我对灯发誓！

让我给你找多少风水大师来算都行，他们肯定都会说下个月大凶！凶中之凶！凶得不能更凶！最忌讳结婚！

吴方不是个好人，根本不适合当结婚对象！到底哪里不好目前我还不知道，但请给我一点儿时间，分分钟让他黑出银河系啊！你信不信！

再考虑一下别人嘛！英雄！全球六十亿人口！你都挨个儿见过了吗？！不要放弃希望啊！好的就在街转角！哪个不比吴方强？！

好比我！

好比我！！

好比我！！！

只能是我！

楚清让对于咆哮体挺熟的。

"没事，'有钱能使磨推鬼'。"霍以瑾道。

脑回路和霍以瑾完全不在一条线上的楚清让却只看到了一件事，霍以瑾竟然只是因为提到婚礼就能笑得这么开心！这个无理取闹的世界怎么还不毁灭！不对！我还没和我女神修成正果呢，绝对不能毁灭！但是也不想霍以瑾嫁给别人，好想挠墙。

与此同时，林楼正在和霍家三代女性的御用婚纱设计师皮尔德老先生通电话。

"实在是太谢谢您了。"

"小事一桩,在你约好的时间给霍二小姐发过去婚纱样板的照片这对于我来说很容易,只是我不明白你这么做的理由。"

林楼苦笑一声,其实我也不明白我这么做的理由,因为无论怎么做他都一定会后悔。

霍以瑾的办公室里,楚清让已经从咆哮进入了下一个阶段——沉默,死一般的沉默,他的手开始控制不住地颤抖。

霍以瑾要嫁人了,那他怎么办?

哪怕当初说得再好听,什么霍以瑾结婚了还能等她离婚,生子了也能和他再生,但事到临头,真面对这件事,楚清让发现他果然还是不够了解自己的自私。他绝对不可能看着他的女神和别人步入殿堂,绝不!

楚清让在冲动之下,做了一件霍以瑾之前很想做的事儿。

他站起身逼近霍以瑾道:"抱歉。"

"嗯?"霍以瑾还有点茫然。

"壁咚"这种主要靠一方单手或双手撑在墙上或抓住另一方的手,好圈住另一方让其无处可逃进而达成一些没羞没臊目的的禁锢动作,真心是没什么技术含量的,但凡被"壁咚"的一方奋力反抗,那基本没可能让发起"壁咚"的一方亲吻得逞。好比,照着下三路来什么的。

更不用说是对于霍以瑾这种从小怕被绑架而特意接受过专门的反擒拿训练的人,都不用她怎么想,下意识的反应就已经足够帮助她从容脱身,并反过来把楚清让给摁在了墙上。

而就像是楚清让说的,当一方不那么想反抗的时候,"壁咚"就会成功,好比楚清让之于霍以瑾。

他一脸跃跃欲试地看着压在自己前面的霍以瑾,期待着一个吻的表情不要太明显。

霍以瑾挑眉表示,楚清让的脑子真心没问题?除非我脑子有坑,我才会在反过来制住你之后反而如你所愿地亲下去好吗?!

后来霍以瑾觉得她大概真的是脑子有坑。

她不仅亲了上去,还亲得蛮过瘾的。四目相视,纠缠胶着,压抑的喘息,清冽的男性气场,扑面而来的温热以及突然之间变得过于炙热的房间温度,最后是压倒骆驼的最后一根稻草——楚清让过于精致的脸,微微略带诱惑的抿唇动作以及让人心甘情愿接受诱惑的邪性眼神。

这些都让霍以瑾很难控制住自己。

双方的唇在碰上的那一刻正式拉开了一发不可收拾的序幕。异样的触感，前所未有的体验席卷霍以瑾的整个大脑，由轻柔的简单触碰，再到稍微分开薄唇的试探性进入，最后是摧枯拉朽似的深吻，柔软的舌头互相慰藉，通过味蕾来形成一场神奇的感情传递，从神经末梢而上带来的战栗在两人间共同传递，连呼吸都仿佛融为一体，这是不需要教就能无师自通的人类本能。

从未有哪一刻会比这个时候更让霍以瑾清楚，他们在渴望着彼此，他们需要彼此，他们……

后面霍以瑾没再想下去，她只知道那是她人生中的第一个深吻，一个没有让她在事后或任何时候感觉到后悔的吻，带着一种说不上来的味道，想起的时候都会控制不住地嘴角上升。

很久之后他们才依依不舍地放开彼此。

他们靠得很近，近到霍以瑾能清楚地感觉到楚清让看上去劲瘦的腰肢实则摸上去手感很好、很有力量，顺着曲线的弧度往下……

咳，再往下的部分被霍以瑾自己人为和谐掉了。

楚清让喘着粗气，在霍以瑾耳边断断续续地说："抱歉，我控制不住自己，我想我比我以为的更加小气，我根本接受不了你和任何人在一起。"

"后来呢？"谢燮表示他就知道不能让霍以瑾和楚清让独处，肯定要出事。

"后来你就推门进来了啊。"霍以瑾的回答里还带着那么一点点的遗憾，真的只有一点点。

当时六双眼睛互相对视，看了看彼此，大家都很尴尬。

"下次进我办公室再不敲门我就弄死你！"

"还有处说理了没有？"谢燮为自己鸣冤，他又不知道霍以瑾和楚清让在办公室里干什么，他也是一番好意，想去打破霍以瑾和楚清让有可能的尴尬，哪里想到他去了其实反而是制造尴尬，"麻烦你们下次玩办公室接吻的时候锁上门好不好？眼都快瞎了！"

"怎么可能还有下次。"霍以瑾没后悔那个吻，那是一个十分不错的人生体验，但目前她还有一些思绪要理清，有一件事情必须去做，所以……

"你要始乱终弃？"谢副总惊呼。

"听我一句劝，以后还是少看点总裁小说，至少保下一点你为数不多的智商吧，根本没乱过哪里来的弃？女神风投的事情由你全权接手，我不会再介入，公私要分明，但是很显然现在的我分明不了。要是楚清让说没我他不谈，你大可以告诉他咱们公司大楼的门在哪儿。"

短时间内霍以瑾是不能再见到楚清让了。

"总裁都是这么冷酷无情吃了就走死不认账吗？"谢燮不禁有些感慨，总裁这种生物，也许性别不同，但在渣的程度上总是不相伯仲。

霍以瑾狠狠地给了谢燮一下："是他要强吻我好不好？！"

"但是结果是你强吻了他！"谢燮据理力争，他都快要给霍以瑾这位壮士跪下了，你见过谁家被耍流氓的能反过来耍了别人的流氓？

"他很乐意好不好，我哪里算是强吻了。"

霍以瑾吼完这一句之后和谢燮同时沉默了下来，为什么总觉得讨论的这个话题怪怪的。

最终，霍以瑾和谢燮决定默契地让那场话题无疾而终，彼此不再提起楚清让一句。

而楚清让整个人都很荡漾，本来就是见人带笑的性格，现在看上去更显真诚。

阿罗对助理小赵谆谆教导："最近没事别招他，我总觉得自从他和霍以瑾见过之后他就有点不大对劲儿，现在尤为不对劲儿。"

"我这明明叫'即将恋爱的人'脸上总会有的幸福！"楚清让是这么形容自己的。

"呵呵。"阿罗是这么回答的，"期待你的花式作死。"

然后，阿罗再一次对了。

当楚清让又一次去了NOBLE服饰，却只看到了谢燮那张讨人厌的脸之后，他整个人都不好了，当得知彻底见不到霍以瑾的时候，他当时没说什么，只是在回家后直接暴走。

"看吧。"阿罗环胸对小赵道。

"还是表舅英明！"

"英明你妹，怎么办？现在连霍以瑾的面都见不到了！"楚清让内心咆哮，刚喝了一点肉汤，结果不要说继续喝汤了，现在连肉都不让看了，这能忍？

"要不你去她家楼下摆蜡烛高喊'我爱你'？"阿罗出主意道。

"这样就能让她回心转意了？"楚清让对于阿罗的建议有点迟疑，怎么听怎么不靠谱，还特别傻。

"不，这样能让你彻底把自己作死，我也就不用担心你哪天继续丢人了，求给个痛快……"

阿罗的话还没说完，他和他外甥小赵就一起被楚清让丢出了家门，而楚清让则把自己关在家里，复仇的小阴谋小诡计也不搞了，工作上的通告也统统推掉，连微博也不再更新，打着闭关揣摩剧本的名义理所当然地玩自闭。

直至周五那天，楚清让才重新出关召见了阿罗，西装革履地表示我又回来了。

"明天还去孤儿院？霍以瑾要是诚心想躲你，她就不可能再去。"阿罗提醒道。为免楚清让希望越大失望更大地暴走，他宁可现在就残酷地打击他一下。

"不是。"楚清让摇摇头，孤儿院那是明天的事儿了，今天他就要出门。

"去哪儿？"

"法庭。"

阿罗怔住三秒，然后和自己的外甥一人一手地抱着楚清让的大腿，大喊："你冷静一点啊少侠！就算你能豁出脸去告霍以瑾亲了你不认账，法庭也豁不出这个脸判啊。女性耍流氓根本没被当作流氓罪记在法律上，这个社会就是这么一个男女不平等的局面，认命吧。"

"你想什么呢，我是去给霍以瑾做证。"

"啊？"

楚清让无奈，摸了摸阿罗的头："也怪我，不该这么苛责你，好歹是上了岁数的大爷了，我理解你。来，让我唤醒一下你的记忆，就在前不久，有一个三流小明星叫离姗……"

"停！"阿罗表示这事他还有印象的好吗，"霍以瑾告离姗的事儿终于开庭了？"

"嗯，我要去当证人。"霍以瑾肯定在场，这不就见上了嘛，楚清让默默地给自己的机智点了个赞。

"霍以瑾答应了？"怎么想她都不可能答应啊。

"她律师团队的首席律师答应了。"

对总裁的第十二印象：国民总裁。

在开庭前，离姗那一方曾数次想方设法地希望能联系上霍以瑾私下解决，但最终这些一次开得比一次高的高额赔偿，还没传到霍以瑾耳中就已经被霍氏国际的金牌律师团先一步给拒绝了。就那点价格，不要说霍家了，他们这些打工仔都看不上。

当然，律师团这么决定，也是因为他们的生活买单的霍以瑱曾下了死命令，绝不私了！

私了的意思就是为了保全离姗的面子，只私下道歉，表面上三缄其口。时间久了，那种其实根本就是在拉偏架的什么双方都有错的言论就会冒出来，这是霍大哥绝对不能忍的，泼脏水的不是他妹妹，装可怜诬陷人的也不是他妹妹，反倒是被说是富二代仗势欺人的是他妹妹，凭什么他妹妹要背上这种子虚乌有的罪？

霍大哥对律师团的命令就一句话：我霍家不缺钱。

他只想诬陷他妹妹的人付出该有的法律代价，把他妹妹被毁了的名声找补回来。

"咱们真的不用在私下里再找找离姗的晦气？"特助先生对这件事的气愤是不输给霍大哥的。他刚开始为霍大哥工作的时候，霍以瑾才上中学，霍大哥忙，有什么事都是通过特助和霍以瑾联系，后来霍以瑾入霍氏给霍大哥当助理也是这位特助先生带的她，特助先生几乎可以说是看着霍以瑾长大的，跟看着自己妹妹没两样，妹妹被欺负了当大哥的能忍？

"以瑾不喜欢这样，"霍大哥也很无奈，比起私下动手脚，他妹妹似乎更愿意选择相信法律的公正性。对就是对，错就是错，错了该怎么罚法律上也有经过缜密研究探讨的相关规定，不能绝对地说那是最公正的，却肯定会比个人私下下手更能把握惩罚力度。"而且即便我不放出话去，离姗就能有好？我倒是要看看谁敢为了这么一个戏子来找霍家的不痛快。"霍大哥说。

不用霍家动手，自有大把的人摩拳擦掌地给离姗难堪好讨好霍家。霍以瑾坚持走法律程序，其实只会让下面想讨好霍家的人在私下里想更损的招来对付离姗，好让已经赢了的霍家赢得更舒心。

213

赢？

是的，赢。

霍以瑾即便不去看开庭结果也根本没有怀疑过他们赢不了，这个倒与霍家的权势无关，而是证据确凿，无论是诽谤损害名誉，还是违约都是板上钉钉的事儿，赢不了才会比较奇怪。

霍家的权势在这个时候起到的也只是一个不会让离姗找到人在背后瞎捣鼓的威慑作用。

结果也正如霍以瑾所料，在霍家面前，离姗不要说有几个干爹了，哪怕有一个干爹团，也是没办法洗白自己的。数罪并罚，遵照合同数倍赔款、登报致歉、承担全部的案件受理费以及诉讼费。

没等在法庭围观的一众媒体把案件结果报道出去，霍以瑾已经拿着手机照了一张她一手拿着判决书最后一页的照片，然后发了她自开微博以来的第四条微博——"赢了。"

短短几秒内，霍以瑾的微博就已经被评论@爆了。

楚清让我男友：回复@总裁大人的腿部挂件 我们家楚楚可是女神风投的CEO兰瑟，哪里不般配了？比那个连听都没听过的林楼强多了好吗？！

总裁大人的腿部挂件：回复@楚清让我男友 能不能随便拉郎配吗？多打脸？两人根本不搭界的，林楼都比楚清让更和总裁般配，当然最般配的还是我！

楚清让我男友：回复@楚清让我老公 不要随便说我老公@楚清让 是你老公好吗？总裁大人和我老公不会真的在一起了吧？怎么办，被喜欢的两个人同时伤了，好忧伤。

楚清让我老公：@楚清让 不仅在转发里看到了老公，怎么依稀在照片一角也看到了老公的身影，早知道老公你会出席，我也去看了啊，呜呜呜。

反正是殿下粉：殿下！殿下！殿下！（刷屏）

天好晴啊：楼下是我眼花？@林楼 @祁谦 @楚清让 好像混进了很不得了的生物！

楚清让V：@霍以瑾 今天你这身真漂亮 ps：回复@Asdfghjkl 总裁大人赢了这不是肯定的事儿嘛[doge]+ 身份证号

林楼V：ps：回复@Asdfghjkl 总裁大人赢了这不是肯定的事儿嘛+10086

祁谦 V：ps：回复 @ Asdfghjkl 总裁大人赢了这不是肯定的事儿嘛 +2

总裁大人我要给你生猴子：妈妈问我为什么要跪着舔屏幕。ps：回复 @ Asdfghjkl 总裁大人赢了这不是肯定的事儿嘛 +1

霍以瑾全国后援团终身会员：预警太晚，差评！ps：回复 @ Asdfghjkl 总裁大人赢了这不是肯定的事儿嘛。

Asdfghjkl：为什么没人恭喜霍总赢了？

总裁大人的腿部挂件：请非战斗人员迅速撤离。

千寻小桃妖：前方手控福利！

后面还有××××条评论，点击查看 >

（友情提示，微博评论的阅读顺序是自下而上）

霍以瑾无奈地看着自己微博下林楼的粉丝和楚清让的粉丝战成了一片，能不能随便在别人微博下吵一些与博主无关的话题吗？不知道的还以为是我授意，和我有多大关系呢。霍以瑾真心想这么回复一句，但最后她也只是回复了关于一些人反映霍家名下某餐饮的服务人员态度奇差无比的问题。

霍以瑾 V：回复 @ 懒得起名字了大家凑合看 有发票吗？上面有具体时间。如果是三个月内的话我可以调监控视频，看一下具体情况。

然后霍以瑾的微博下面因为霍以瑾难得的回复而歪楼歪到了天边，"认真回复的总裁大人好可爱""总裁大人我要给你生总裁！""被态度恶劣地服务就有机会掉落'总裁的回复'吗？我也好想被恶劣服务一回。"

妹子咱们的关注焦点敢不敢正一下？

楚清让在正庭审之后没能和霍以瑾说上一句话，他不是不想上前搭话的，只是他根本过不去。他们两人此时都已经被人团团围住了，保护着他们不被媒体或乱入的粉丝骚扰，正在奋力地想要杀出重围，离开法院。

这样的感觉就像是他们之间的关系。看着近，却咫尺天涯，有太多的障碍在阻止着他去接近他的女王。

突然，楚清让的手机响了一声微博特别关注人有动态才会响的声音，来自霍以瑾的回复：谢谢。

嗷嗷嗷嗷嗷！

楚清让整个人再次荡漾了起来，回家的车上他抱着手机，看着"谢谢"两个字傻笑了有整整一小时。

阿罗已经不准备对这样的楚清让发表任何感想。

"你说我要不要回复她？怎么回复好呢？不客气？明天见？很乐意为你效劳？咱俩之间不用说这个？"傻笑结束，楚清让终于想起了正事。大概也就只有他能对着"谢谢"这两个完全可以终止谈话的字再延伸出一大堆话了。

"公然在微博上秀恩爱，你问过霍以瑾的意见吗？"

楚清让和霍以瑾在网上被拉郎配的现象已经很严重了，楚清让要是再这样继续添柴，早晚会拉满霍以瑾的仇恨值。

"我什么时候怕过他？"楚清让表示不服，自霍大哥表示过他不会插手他妹妹的感情之事之后（楚清让完全故意理解错了霍大哥当日找他谈话的意思），楚清让就不再那么小心翼翼地捧着霍以瑾了，现在在他眼里，看谁都像情敌，哪怕是亲哥也不会松懈！

"你不怕，我怕，行了吧？"

楚清让最终还是决定给霍以瑾回一句很矜持的：明天见。

又是一个周末即将来到的好日子，霍以瑾肯定要去小天使孤儿院当义工，而楚清让也肯定会去，两个人一起当义工什么的多棒啊。

"呵呵。"除了这两个高冷的音节，阿罗对此没发表任何意见，因为他始终不相信霍以瑾能只是为了孤儿院的那点事就放弃不继续躲避楚清让这个有着痴汉潜质的大麻烦。

但让阿罗大跌眼镜的是，霍以瑾还真就能为了孤儿院的事而放弃躲避楚清让。

霍以瑾是这么想的："我没躲着他啊，只是说短期内不能再见他。"

谢燮不懂："这和躲着他有什么区别？玩文字游戏吗！"

"区别很大好不好？我躲着他，换个意思就是说我怕见到他，但是我不怕啊。"霍以瑾长这么大就没怕过什么，她不可想象某些自诩为爷们儿的男人，连看鬼片都非要拉上她一起，"我之所以说短期内不能见他，只是觉得现在见他不合适，但这又不是硬性规定，我要是成心不想见他那干什么还同意他出庭当证人？"

"短期内"真心只是字面意思，不是托词。

"你一个大男人害怕看鬼片？"林楼就像是发现了新大陆一样看着谢副总，"我能就这件事情采访你一下吗？"

"先让我采访采访你一个大男人为什么戴美瞳吧。"谢燮恼羞成怒，奋起反击。

"美瞳？"霍以瑾也凑了上来，比起谢燮偶尔比她还女生的举动她早就习以为常，根本不觉得这有什么值得探讨的，但林楼戴美瞳可就……

林楼不是谢燮，不可能被轻易拿住，在成功闪避了霍以瑾和谢燮之后道："只是普通的隐形眼镜，没什么可看的。"

"你近视？"

"我是先天性近视，一直戴隐形，你们都不知道的吗？"

霍以瑾和谢燮一起摇头，这上哪儿知道去啊，中学的时候他们又不熟。

"不对！隐形不可能是这个样！"谢副总很快就反应过来了。他也有点近视，也试过隐形眼镜，很清楚隐形和美瞳戴在眼睛上的效果区别。

"那你怎么现在戴着眼镜而不是隐形？"林楼转移话题。

谢副总表示，这个事儿吧，真的有点耻于开口，他戴上隐形之后就好像自己多了一双小鹿斑比的大眼睛，怎么看怎么好欺负，所以最后他还是选择了能和人保持距离的金丝边眼镜，走上了衣冠禽兽的路："不对！别妄图转移话题！"

"谁家隐形现在不带点美瞳效果啊？我眼睛不够黑，助理就直接给买成黑色美瞳版的隐形了，不行吗？"

"那也算美瞳！"谢副总好不容易才抓住林楼这么一个小辫子，自然是不肯放过的。

结果在一阵扭打里，谢燮一时没控制好力度，一肘子好巧不巧地就打在了林楼侧脸上，隐形掉了出来，惊鸿一瞥间，林楼被打得右眼已经一片血红。他迅速闭上掉了隐形的眼睛，冲进卫生间后狠狠地关上了门。

霍以瑾和谢燮面面相觑，貌似，好像，可能玩过头了。

"快去道歉！"霍以瑾对谢副总道。

"我知道，我知道。"谢燮也没想到就他那天生的小力气能这么巧地给林楼造成伤害，他肯定是要去道歉的，只是……"要不你和我一起？陪陪我？"

谢燮真心不知道该怎么道歉才合适，怕他一个不注意把人真给得罪了。

"咱们三个人一起在卫生间里不合适吧？"霍以瑾看了看谢燮，提醒他注意性别。虽然只是她房间里自带的卫生间，地方也比一般人的卧室大，但再大也没办法让人忽略它最基本的两项用途——洗澡、上厕所，都是会给人一种要脱了衣服的奇怪联想的用途，关系再好也会稍显尴尬。

"别啊，我求你了。"谢燮胆子真的很小。

霍以瑾没辙，只能在瞪了谢燮一眼换来对方一张"拜托，拜托"脸之后，无奈上前敲响了门，她无奈地在心里想着我怎么就摊上了谢燮这么一个比普通女生还尿的朋友呢？然后在嘴上说着："是我，林楼，你没事吧？我们进去了哟……"

"不——！别进来——！"

林楼的怒吼把霍以瑾和谢燮都吓了一跳，玩的时候不注意尺度伤了人，被伤的人肯定会生气，打出真火，但这么生气……

霍以瑾悟了，林楼这肯定是恼羞成怒了，被弱鸡谢打到确实蛮丢人的，换她，她也不想见人。

中枪无数次的谢副总表示有些忧伤。

霍以瑾很明智地决定撤退，把空间留给谢燮和林楼两人，不顾谢燮祈求的眼神，坚定不移地离开了房间。

谢燮看着霍以瑾头也不回地离开，一脸地欲哭无泪。

结果还没等谢燮鼓起勇气再次敲门，林楼已经从里面把门开开了。

这是什么节奏？霍以瑾在的时候不开门，只剩下他了就立刻开门，这种事我便也是不懂了。

等谢燮看清林楼的样子后，他就再也顾不上乱七八糟地想这些有的没的了。

卫生间镜子前的林楼有着一黑一白两种瞳色，白色的眼仁还带着淡淡的粉色，流着控制不住的生理盐水，再配上刚刚被谢燮肘击的满目血丝，看上去诡异又吓人，比谢燮看过的任何一部恐怖片都让人不寒而栗。

"你，你，你……"是人是鬼？！

"瞧你那没见过世面的样子。"林楼嗤笑，朝着谢副总伸出手道，"拿来吧。"

"拿什么？"我的灵魂吗？！

"……我的外套！兜里有备用的隐形眼镜。"林楼刚刚怕霍以瑾看到自己的样子，躲进卫生间躲得太匆忙，根本没来得及拽上外套，要不他也不会让谢燮看到他现在的样子，"看把你吓的，胆子还真是很小啊。放心吧，我不咬人。"

谢燮终于从这些变化里明白过来，林楼这是得病了，不是他瞎想的那些鬼神之说，赶忙拿过外套，找出放着备用隐形眼镜的小盒子，然后又给送到了卫生间里。

林楼打开盒子，动作娴熟地对着镜子给自己那只白色的眼睛重新戴上隐形眼镜，恢复了他一开始的样子。

"介意我问一下吗？"

"介意。"

谢燮被噎得差点一口气没捯饬上来："那介意我和霍以瑾说吗？"

"杀了你哟。"林楼那一刻的眼中是真的带了杀意，天知道他到底是怎么做到透过美瞳表达这么浓烈的杀意的。

等霍以瑾回来的时候，林楼已经和平时一般无二："抱歉刚刚吼了你，我不是故意的。"

"我懂，我懂。"觉得丢人了嘛，谁都有这种时候。

谢燮这次却很反常地一句话都没反驳。

第二天，霍以瑾、谢燮以及林楼再一次去了孤儿院，楚清让却没来。

霍以瑾虽然没说什么，整个人却在散发着一种"我被放鸽子了，我很不爽"的气场。惹得宋媛媛、小桥等人都发来了慰问，纷纷猜测是不是工作上出了问题。

只有谢燮懂了霍以瑾的意思："你知道你越来越有总裁渣男的霸道感了吗？"一边特别狠地跟女主角说我再也不想见到你，一边又怪女主角没出现。

"你管我！"霍以瑾其实也挺烦自己这样的，她变得都不像她了，曾几何时她会对一个外人，特别是骗过她一次的外人这么上心？简直不科学到了极点！"他最好别让我发现这又是他玩的什么心理战术，否则我一定会让他好看。"霍以瑾说。

这次楚清让同学终于可以理直气壮地说一句，我冤枉啊！

他不是不想来，也不是在跟霍以瑾玩什么提高她期待值的心理战术，而是被媒体堵得根本出不了门，除非他想给小天使孤儿院带去一大堆媒体，否则最近他就只能宅在家里当个安静的美男子了。

在医院恢复了一段日子的楚家家主楚先生于几个小时前发布了一个重磅炸弹——一直被当作是楚家唯一的最优秀的继承人楚天赐其实只是养子，还是一个狼心狗肺勾结 Anti-chu 这种敌对公司的养子。他已经让律师起草了断绝关系的声明。他唯一的亲子只有楚清让一个，楚家全部的产业也只会由一直在外国读书生活顺便发展个人爱好的楚清让继承。

楚清让看着那新闻觉得讽刺极了。

"就没有一点爽感？"阿罗也被堵在了楚清让的公寓离不开，只能闲来无事和楚清让聊天打发时间，"我就不信看着楚天赐现如今人人喊打被弃车保帅的结局你会没什么想法。"

"意料之中的事情有什么好痛快的。楚先生对待没用之人的态度一贯如此，连自己的血脉都没有一丝一毫的怜悯，对没有半点血缘关系的楚天赐自然只有更狠的份儿。"楚清让表示，等把整个楚家都毁了再开心也不迟。

楚清让只要不面对霍以瑾，智商就会全面上线，特别是在对待楚家的事情上，智商从正常到巅峰值的启动速度只需要不到三百分之一秒，各种阴谋诡计层出不穷，不去拍宫斗都可惜了这个善于各种斗的专业人才。

那么问题来了，当霍以瑾和楚家的事情同时摆在楚清让面前时，他又会是什么样的呢？阿罗好奇这个问题已经有些日子了。

今天，终于有了答案。

楚清让这个神经病可以在"邪魅大反派"和"痴汉"两个角色之间自由地来回切换，毫无不适。

上一秒还在高冷地昂着下巴示意小赵替他接工作手机上楚太太的来电，下一秒就可以指尖飞速游走地在生活手机上打字，用短信轰炸的方式给霍以瑾反复解释他不是故意失约的这一件事。

"你生气了吗？"

"我真不是有意失约的。"

"也不是因为门口堵的那些媒体。"

"哪怕天上下刀子我也会用尽一切办法去见你。"

"我只是怕门口那些狗仔跟上我会带给孤儿院和你一些不太好的影响。"

"你……"

"这是你母亲的电话，我接不合适吧。"小赵的话打断了楚清让的发短信节奏，他有些犹豫地看着不断响着的电话，总觉得自己去接不太像话，插在楚清让和楚清让的母亲之间这算怎么回事儿？！

"有什么不合适的？人家楚太太的助理还配不上你吗？"楚清让冷笑。

楚太太的助理？小赵一愣，有哪家母亲主动给自己亲儿子打电话是让助理代劳的？又不是儿子找母亲，结果目前有事正忙，手机在助理手上，只能由助理代接。小赵不信，这太荒谬了。

但现实就是这么荒谬。

年少的楚清让曾无数次地渴望过楚太太给他打电话。在被楚天赐诬陷，被楚太太误会时，楚清让其实还没有彻底死心，他搬出了楚家大宅，却还在期待着楚太太能在冷静下来之后想明白他是无辜的。

可惜那些期望却只能在一次次失望中被彻底磨平，磨得只剩下了再也难以掩盖的恨意。因为楚太太不要说来看他了，哪怕逢年过节打电话都像是为了应付楚先生的差事而让助理打的。等楚清让去了Ａ国之后就连助理的电话都没了。

楚太太曾说过，我能怎么办呢？只能当那孩子死了。后来自然是苦果自尝，那孩子也当作她死了。

小赵不知道这些，他只按照他家庭幸福的标准来相信，天底下就不可能真有这么狠心的母亲。而鉴于楚清让是给他发工资的那个人，哪怕不信他也不能把这种情绪放到脸上，只能小心翼翼地接起了显示着"楚太太来电"字样的电话，结果听到的却是一个明显的年轻女性的声音。

小赵整个人都不好了，这真的是亲妈？

楚清让看也没看小赵惊讶的蠢脸，只是低头继续给霍以瑾发短信解释。早上打了数通电话过去那边都始终无人接听，发送的短信也石沉大海，没有半句回复，这都快让他疯了，坐立不安得只能车轱辘般连轴转地继续给霍以瑾发短信。

好不容易才和霍以瑾有所进展。绝对不能因为这么一个破事儿就一朝回到解放前。

阿罗想：你刚刚嘲讽小赵的高冷呢？

工作手机那头楚太太的助理在得知接电话的是楚清让的助理时也短暂地愣了一下。小赵很体谅，他觉得对方大概此时也正在腹诽和他刚刚差不多的心理活动，有哪家儿子会让助理代接自己母亲的电话？这真的是亲儿子？

双方客客气气的态度在同一时间变得……更加客气了起来，只是没有了那份一开始以为是要和正主说话的小心翼翼。

短暂的互通有无之后，小赵捂住手机下端，在楚清让身边小声道："她说您母亲被楚天赐气病了，此时正在医院里和前段日子住院之后就一直没出院的楚先生当病友。所以才会由她打来电话，通知您赶紧去医院看看。"

楚清让完全不为所动，只是继续低头发着短信，霍以瑾到现在都没回他半个字！哪怕嫌他烦，让他不要继续骚扰她之类地回一句也好啊。

但很诡异的是，霍以瑾没把楚清让拉黑，也没直接关机，只是没有半点回应。这样不上不下地吊着，让楚清让真是恨不能就这扎俩翅膀直接飞到孤儿院去。

小赵以为楚清让因为太过专注于和霍以瑾的事情没注意到他到底说了什么，正准备再说一遍的时候，突然发现桌子上有一张楚清让在不知道什么时候早已准备好的文件纸。纸上写满了当对方说什么的时候小赵该如何回答的话。

首当其冲的就是楚母生病这一假设，还括弧了一句安慰小赵的话："她那颗玻璃心动不动就要来一趟医院一日游，其实一点事没有。如果还有别的问题，就在心里默念一句话——别问，闭嘴，还想不想要工资了？"

小赵就这样顶着一头的黑线照本宣科地开始了和楚太太年轻的女助理的寒暄之旅。

客客气气地表示楚天赐真不是个玩意儿，然后再客客气气说我们家楚哥被他害得也不轻，至今都没办法出门，最后依旧客客气气地说楚清让的电话最近都会由他这个生活助理代接，有什么事儿他都会代为转达的。就是半句不接那边想让楚清让去医院看看的话。

就这么没营养来没营养去地反反复复好几次，楚太太终于按捺不住地拿过了电话。小赵求救地看向楚清让，怎么办。

楚清让已经不再给霍以瑾发短信了，他在给林楼打电话，试探霍以瑾他们此时正在干什么，是不是手机根本不在她手边。说话的音量丝毫没有对电话那头的楚太太掩饰一下的意思。

楚太太出离愤怒，却还是不得不忍了，她丈夫就在旁边看着呢，如果她想维持她现在优渥的生活，她就必须按照他说的去做。

"小赵，我知道清让就在你旁边，你把电话给他，我和他之间有一些误会，他还在怪我，我想亲自和我儿子解释一下。"楚太太这是在示意小赵，接下来就是仅限于母子之间该有的沟通时间了，请不要这么腻歪地当电灯泡。

楚清让"唰唰唰"地写下了十字箴言给小赵：让你表叔去当这个儿子。

最终，阿罗还是为朋友当了回"儿子"："您才是误会了，天下无不是的父母，不是吗？我们家楚楚是大孝子怎么可能怪您，只是他现在真的不方便接电话。是我做的决定，要是有什么让阿姨不高兴的，您大可以直接说我，我保证不还口。"

在阿罗和楚太太打太极的时候，小赵蹭向了楚清让，与用笔与林楼通话中也能一心二用的楚清让沟通道："楚太太的助理漂亮不？我听她声音不错。"

楚清让看了小赵好几眼才提笔写道：你找对象已经饥不择食到了不分场合和地点了吗？

这不是我妈着急嘛。

"34-24-34，170CM，50KG，模特出身，刚当了楚太太的助理没多久，你要是不嫌她之前被楚先生用过就勇敢地上，我看好你哟，'接盘侠'。"

小赵沉默了。

那边阿罗和楚太太的电话也已经告一段落，楚太太实在是说不过阿罗，只能无奈地挂断了。

楚太太气鼓鼓地对丈夫说："你看看他像什么话？我都这么自降身份地求他了，他却对我爱搭不理，这是对亲妈的态度？我早就跟你说了，他根本养不亲，你又不是没看过他当时打人的狠劲儿。"

与其说楚太太是因为楚天赐养在自己身边多年而更喜欢楚天赐，不如说从一开始她就只敢选择看上去相对无害的楚天赐。她一直在心理上忌惮着那个在台球厅里把人往死里打的亲儿子，怕自己有一天也会被那样对待。楚太太本能地排斥一切在她看来对她有威胁的人，无论是当年那个她害怕会恨她的亲子，还是今天这个"背叛"了她的养子。

说到底不过一句话，从小被娇养长大惯坏了的楚太太最爱的只有她自己。

"你对他又何时拿出过对亲儿子的态度？行了，别装了，助理都走了，再装就恶心了。"楚先生嗤笑，他和妻子的婚姻早就名存实亡，只是爱面子的性格让他不会和她离婚而已，至于所谓的对妻子的尊重那真是半分也无。他早就烦透了她那一边要装好人，一边又自私凉薄的样子……像极了他。

他不需要一面镜子来照得他有多丑陋。

楚太太瞪了楚先生一眼没说话，被楚先生这么不客气地揭穿让她有点恼羞成怒:"他态度这么恶劣,你还想他回来干什么?"

"他这么对你我才能放心呢,他真一脸担忧地来看你,说不定我还要提防一二。现在看来,果然是年轻人,再会赚钱又怎么样?还不是愣头青一个。让他把气撒出来也就好了,我就不信他会对楚家没想法。"

"你以为谁都是你?眼界小到只知道盯着楚家这一亩三分地打转!"楚太太的尖酸刻薄正在升级,一如楚先生烦了楚太太,楚太太也早就不想和楚先生过下去了,但是没办法,她还要靠他养,"他手上的女神风投不比楚家强百倍?他回来图什么?图恨不能砸钱来填楚家这个金玉其外败絮其中的无底洞吗?"

其实哪怕没有 Anti-chu 的打击,楚家也已经因为楚父的经营不善而在走下坡路了,如今更是只剩下了一个花架子。够楚太太继续过着锦衣玉食的生活,却早就无力支撑一个大企业的发展。

运转资金眼看着就要断链,楚家急需一大笔钱来渡过难关。

所以楚父根本不是在知道了楚天赐和 Anti-chu 有勾结之后被气得住院,是他打从一开始就打算让楚天赐背这个资金断链的黑锅。一方面能把楚天赐这些年背着家里得到的钱和在外面置办的企业夺过来,一方面拿楚天赐和 Anti-chu 暗中联系的证据当作 Anti-chu 的金融间谍罪证,状告 Anti-chu 不正当竞争好赢得天价补偿,解楚氏的燃眉之急。

不过在得知楚清让是女神风投的老总之后,楚父就改变了这个一开始只是没办法必须放手一搏的 A 计划。

他重新依据楚清让的情况制订了个 B 计划,他决定提前把楚天赐和 Anti-chu 的事情捅出来,好把楚清让这个"唯一的亲子"以继承人的名义推到风口浪尖,逼着楚清让不得不出手解决这件事。赢了皆大欢喜,不赢主事的楚清让只能自掏腰包补上资金缺口,事实上,Anti-chu 的赔偿本身就未必能够,有了楚清让才算是万无一失。楚先生的算盘打得好极了。

楚先生对楚太太道:"你必须让楚清让出了当年那口恶气,然后原谅你,重新回到楚家,懂吗?"

"这也不是我能说了算的啊!"楚太太很清楚自己过去做了多少糟心事,而正是因为她清楚,她才会更加不想去给楚清让道歉,他们根本就没可能修复关系,"楚家这又不是我一个人的事,为什么你不想想办法?"

"你还不明白吗?"楚先生真的是受够了妻子的愚蠢,"我自然有我的办法让他回心转意。但这是我给你的机会,你能劝他回来,自然就能继续保持现在高枕无忧的生活，要是不能……"

"你还能和我离婚还是怎么样？"楚太太拔高了自己的声音。

"我不会和你离婚，但你也就没那么多'慷慨的经费'来让你继续当圣母了。"

楚太太被吓住了，没有那些钱，她怎么做"慈善"？她色厉内荏道："你别吓唬我，你要是还有别的办法至于这么逼我？"

"我和你可是都'重病'住院了啊。"楚先生突然说了这么一句。

楚太太思路很快跟了上去。国人重孝，哪怕楚清让把当年的事情说出来，也会有大把的"正义之士"争着替他们夫妻说好话，逼着楚清让原谅他可怜的老父老母，什么你现在不是有钱嘛，你帮楚家解决了事情，早晚楚家不还是你的之类的台词一定会层出不穷。

"道德绑架"这个词能出现，自然是因为这种事情早已屡见不鲜。

被楚清让挂了数次电话的楚先生表示，说实话，他是有点恼火的，他真心希望楚清让能闹到这最后一步，他很期待楚清让不得不低头的样子，那一定会很愉悦。

"要真走到这一步，你以为你还会得到一个对你唯命是从的完美继承人？"楚太太继续道，这次她倒不是在和丈夫唱反调了，只是想强调自己的重要性，好换个好价钱。

"会有的。"只不过那个继承人不会是楚清让而已。楚先生很淡定。

楚先生的私生子有很多。事实上，他属意的继承人就既不是和自己没有血缘关系的楚天赐，也不是楚太太生的楚清让，他的遗嘱从一开始就是另外一个私生子的名字。

楚天赐和楚清让不过都是摆在台面上吸引注意力的东西。早在很多年前，楚先生就在等着楚清让和楚天赐在他晚年狗咬狗地斗了，要不他也不会一直资助楚清让在国外生活，他觉得再烂泥扶不上墙的人也会有野心，而这样的野心正好能为让他真正满意的私生子登顶楚家铺路。

不过这些话就没必要让楚太太知道了，免得这个蠢女人在关键时刻发疯，给他增加不必要的麻烦。

楚清让那边则在从林楼口中得知霍以瑾只是手机设置了静音，不是因为生他的气故意不接电话之后就放下了心，开始给他的下属打电话谈正事。

楚先生发难楚天赐的时间早了点，和楚清让当初的计划有些出入，但大方向还是没有错的，楚清让只需要把他的应对之策也跟着往前提就

OK："把楚先生的私生子名单在网上抢先一步曝光吧。他看好的楚北其实是 Anti-chu 真正的幕后主使这事先别说。"

楚先生会用什么手段逼楚清让回楚家填那个无底洞，楚清让是很清楚的，所以他早就准备好了应对之策，找一些人来帮他一起"尽孝"。

他倒是要看看当这么多私生子曝光之后，楚先生还有什么脸继续揪着他不放。

至于楚北的事儿，那才是对楚先生最大的报复。他以为玩"明着立一个靶子，暗中把真正满意的孩子保护起来"的这套很聪明，实则最愚蠢不过。被当靶子的也不傻，好比楚天赐就在暗中勾搭 Anti-chu 给自己找退路；被暗中保护的也不一定能看到这一层，只会心生嫉妒和怨恨，想要毁了楚家，所以才会有了楚北幕后操控的 Anti-chu，这公司名字都是如此直抒胸臆。

楚清让基本不用做什么就能坐山观虎斗，在最后给予楚先生最致命一击。他已经有些迫不及待想看当楚先生得知这一切时的模样了。

小赵有点害怕这样的楚清让，但最后他还是装着胆子上前问："呃，哥，你有楚太太助理的电话吗？"

"你可真不嫌脏。"

"这是个看脸的世界嘛。"小赵嘿嘿一笑，把他复杂的心理斗争总结了一下，"长得漂亮就一切都不是问题！反正她也没和楚先生继续保持关系了不是？"

楚清让给小赵这标新立异的想法跪下了。

然后，阿罗就代替他姐狠狠地收拾了一顿他的大外甥："我叫你小子看脸的世界，看你妹的脸！"

花开两朵，各表一枝。

那天早上，手机设置了静音的霍以瑾带着孤儿院的孩子们去孤儿院附近的菜市场体验了一回买菜。

前面说过，小天使孤儿院的孩子们一直以来已经养成了一种会力所能及地去做自己能做的独立性格，并不只是一味等待着别人的施舍和帮助。这其中就包括在周末休息的时候早起去买当日需要的菜品。

"不要小看买菜啊，很能锻炼人的。"小桥这样抢先对霍以瑾道，生怕她说他们整天瞎捣乱耽误工夫。

霍以瑾当然不会这么想，她其实挺欣赏他们的做法的，不过霍以瑾也挺想听听小桥这么做的理由的:"锻炼什么?数学吗?"

"是啊。"小桥点点头,"加减乘除的心算都会打得很扎实。孤儿院没那么多余钱让我们吃亏上当,大家都会很小心地算对钱。不仅如此,买菜这个过程本身也是一种交际能力和胆量的锻炼,衡量谁家的菜物美价廉考验眼力和脑力,也能让大家通过买菜这个交流过程能不要那么惧怕外面的世界,在遇到危险的时候也会知道要想办法向路人求救或者提前识破谎言,还能教小一点的孩子认识不同的蔬菜,这不比你们那些卡片教学更生动?"

把画着不同蔬菜、动物写着对应名字的卡片教给孩子认,又怎么可能比得过直接让孩子看实物?最主要的是这样的教学方式是完全免费的。

孤儿院里仅剩下的几个还没有上学也没有被领养走的小孩儿中每次都会带一个去,有且只有一个,太多了容易丢。

孤儿院每天去买菜的人都会有变动,不变的只会是小桥,他的轮椅能装不少东西,可以帮去的人节省体力。其他孩子在休息的时候则是互相商量着排了个表,轮换着来。

这周六轮到了绵绵等人。

他们需要一个大人陪着,于是,基本不会被红领巾里以宋媛媛为首的大小姐们派什么活儿的霍以瑾就毛遂自荐了。

这次跟着小桥等人出来的是一个三岁大,外号叫甜筒的小孩儿,因他被他妈妈扔在孤儿院门口时拿着一个甜筒而得名。出门之后,甜筒自始至终一次都没要求别人抱过,听话又懂事,去的路上还会很自觉地跟小桥学背历史年代表。

"夏商与西周,东周分两段。"

"夏商与西周,东周分两段。"

"春秋和战国,一统秦两汉。"

"春秋和战国,一统秦两汉。"

小桥说一遍,甜筒跟着复述一遍,吐字清晰,一本正经得可爱到爆,引起了不少路人侧目。

其他几个孩子大多也会默背一些东西,古诗、古文、九九乘法表。小桥能记住孤儿院里每个孩子不同的学习进度,他会冷不丁地突然问一句,等着对方接,接不住倒也没什么惩罚,就是会遭受到小桥各种精神上的攻击,针对不同人不同的性格,这种"攻击"方式也会不一样。

所有的孩子自己其实也很清楚,不理解这些知识也要强塞进脑子里,他们的起点本身就比别人低，不比别人更努力，真的要等着将来更落魄才高兴吗？

小桥想：没办法当富二代，就想办法当富一代呗。

孩子们去买菜的菜市场离孤儿院不算远，不只孩子们对这里熟悉，不少常来摆摊的小商小贩对孩子们也挺熟，知道他们是附近孤儿院里的孩子，大多都会笑着跟孩子们打招呼，偶尔也会有小贩硬给孩子们的兜里塞上仨瓜俩枣的当零嘴，不多，却也是尽己所能地在做好事。

人心总是柔软的，除了少数的变态，大部分人在没有被逼急了的情况下都乐意给予孩子更大的关心和宽容。

这还是霍以瑾第一次来菜市场这种地方，给她的感觉还不错。

"这里比超市便宜，而且很多菜其实也比超市的更新鲜，只是卖相不好，但都是大叔们自家种的。"小桥觉得霍以瑾一定会问他们为什么不去超市而来看上去有点脏乱差的菜市场，于是先发制人地解释道，"不过有时候超市也会大减价，我们会特意算好日子去买。"

霍以瑾其实连超市也没怎么去过，她的衣食住行都有专门的用人负责打理，她需要做的只是告诉管家她最近想要哪个牌子。最后她决定默默不把这件事情告诉小桥。

进入菜市场之后孩子们就分开了，来之前小桥就已经按照买菜的重量分配好了每个人的任务，给多少钱，买什么，买多少，有上下多少钱的浮动……这些小桥都算得仔仔细细，还有奖励政策，今天以最合理的价格买下最多菜的人可以奖励一个小雪糕之类的。

霍以瑾那一刻对小桥真的是心生出了一种相逢恨晚的心态，要是她能再年轻个几岁，小桥再大个几岁，这简直妥妥的养成类总裁文啊。

好可惜，为免被当成变态怪阿姨，霍以瑾没把这个想法跟任何人说过，包括谢燮和林楼。

在看到西红柿的时候，霍以瑾突发奇想道："为什么不试试咖喱或者意大利面？"

"那些东西很贵的好吧？不食人间烟火的阿姨。"小桥无奈地看了一眼霍以瑾，"你想改善我们伙食的心意心领了，但是无论是我们自己准备还是你自掏腰包请我们都算了，我知道你不缺钱，但有钱也不是这么乱花的。"

小桥真的很担心霍以瑾这种败家的风格以后怎么嫁人，都已经二十五了，对金钱的概念还不如他们孤儿院里五岁大的孩子精打细算。顿时，小桥觉得自己肩膀上的担子更重了，不仅要管孤儿院里的孩子，还要管霍以瑾这个"巨婴"，心好累。

"我哪里有乱花？"霍以瑾这还是第一次在花钱上被人教训，被比她小快二十岁的小孩儿。

"哪里都显得像是在乱花吧？请一个人吃饭没问题，十个对于你来说也是小数字，那一百个呢？一千个呢？一万个呢？你不是救世主，再有钱也是你的钱，没有哪条法律法规要求你必须把你创造的财富给别人。"小桥对霍以瑾的印象现在基本已经对等了，那种对谁都很慷慨的冤大头。

霍以瑾捏了捏小桥的脸，这孩子怎么能这么可爱？

小桥气鼓鼓地看着霍以瑾，但没有打开霍以瑾的手。

"安心吧，我又不傻，我当然知道我不是救世主，我不可能帮助所有人，但被我看到了，我也绝不可能袖手旁观。至于我建议的咖喱和意大利面，其实真的是很省钱又省时省力的两种食物，是我从网上看到的。这两种食物在他们国家本身就不是什么高级料理，就像是我们平时吃的家常饭一样。"

如果不是直接买咖喱块和意大利酱料，自己做会十分便宜。这两种食物的原材料都是市场上平常所见的，又或者是有相对应的代替品，价格不贵，还能给孩子们换换口味，尝试一下从某种意义上听起来也挺有格调的属于别的国家的名菜，何乐而不为呢？

"你会做？"

"我家的厨子会，我可以让他过来教会你们。"霍以瑾的厨师学成出头之前也是穷苦出身，他对如何用便宜的食材做出大餐的感觉很有一手，这还是霍以瑾无意中听家里的女佣八卦的。

贫穷并不是一个人不能把生活过得精致的理由，富有富的过法，穷自然也有穷的过法。去不起高档餐厅，也可以在家用相对便宜的原材料或者代替品自己尝试出高档餐厅的感觉。

等把该买的买完了，食材已经装满了小桥的轮椅，孩子们每人手上也或多或少地提了一些。而这还仅仅是孤儿院一天所需的时令蔬菜，很直观地让霍以瑾明白了养一整个孤儿院的孩子是多么费钱的一件事。

绵绵同学以最低廉的价格买到了品相最好的菜，成功赢得了当日的奖励——棒棒糖。

本来是要吃雪糕的，但是被霍以瑾阻止了："女孩子在不太热的天还是不要吃凉的比较好,等夏天的时候我再请你吃冰激凌,好不好?"

绵绵很听话,没有闹,因为她能感觉得到,霍以瑾是为了她好。

孩子们拿着东西一路说说笑笑地开始返程,脸上的笑脸并没有因为辛苦的生活而被抹消,他们早已学会了在这样的生活里给自己找到乐趣。

好比听三头身的甜筒继续嗓音清亮地背年代表,只有他还没有完成他的背诵任务,大家在来的路上都已经过关了,现在是娱乐时间:

"南北朝并立,隋唐五代传。"

宋、宋、宋……"

"宋元明清后。"绵绵看不过去了,帮着甜筒接道,也不知道怎么搞的,这孩子每次一背到宋就会卡,"要不你干脆就叫元明清得了,好帮助你记住这最后一点。"

甜筒没说话,只是对着绵绵做了个鬼脸,吐了吐舌头,然后机灵地跑到了前面,怕绵绵揍他。

绵绵小妹妹也是完全不失女汉子本色,跑前面她就怕了吗?根本没可能!她一手拎着一袋香菜就追了上去,一群孩子在后面起哄,最后莫名其妙地就演变成了看谁先跑回孤儿院。

可想而知,推着小桥的霍以瑾输得有多彻底。

这是霍以瑾第一次输。她也没觉得输了有多么难受,甚至是怎么都压不住地想勾起唇角。每周要是这样,她一定会爱上这里的。

落后二人组干脆就这样优哉游哉地开始慢慢往回走,小桥问了一句:"楚清让今天没来吗?"

"他可是大忙人。"霍以瑾本来还想把楚清让继续当给小桥的惊喜的,现在惊喜也黄了,幸好没有提前说,要不小桥一定会很失望。

"可是他喜欢你啊,在喜欢的人面前,再忙也能挤出来时间的,他这样追人可真让人着急啊。"

"你听谁说的?"霍以瑾突然有点手忙脚乱的慌张。

"我自己看出来的,你别掩饰了,掩饰就等于这里面真的有问题。"小桥同学善于观察别人的名头可不是浪得虚名,只接触了一下午就已经足够小桥发现楚清让的目光基本都在围着霍以瑾打转,一刻都没有离开过,那里面的温柔,露骨得让人都快不忍直视了,"还是说你准备告诉我这都不叫爱?"

霍以瑾还没来得及回答,就这样在孤儿院门口撞上了吴方的前女友钱莉。

早在霍以瑾给吴方那个有关于是谁陷害了他的资料时,钱莉这个伏笔就已经埋下,资料里如实地写了那个设计师是如何和钱莉勾搭的,也"顺便"写了一点钱莉的悲惨现状。

钱莉当初见吴方真的不会和她在一起,便和吴方的竞争对手搅在了一起,也就是那个想要顶替吴方的 C 国设计师,可惜最终他没能如愿,对钱莉自然也就好不到哪里去,一有不顺就会大打出手,还会逼她去陪他的客户。被灯红酒绿的 LV 市迷花了眼的钱莉不想回到以前的三线小城,便只能把这些苦果都咽下。

这些都是事实,霍以瑾对吴方没有半分隐瞒,她和宋媛媛只是想看看当吴方得知钱莉这些自作自受的现状之后会怎么做。

目前来说吴方的表现还算不错,他只一心一意地报复着那个当初陷害了他的设计师,并没有对钱莉表现出多少关心。

反倒是钱莉,在吴方各种给那个设计师找不痛快的时候,自作多情地觉得吴方对设计师动手其实是对她余情未了。她很想摆脱那个设计师,又看到了能让设计师吃瘪的吴方的真正实力,自然就动起了花花肠子,再一次贴上了吴方,赶都赶不走。

霍以瑾已经无力吐槽了。

宋媛媛则一直按兵不动地等着吴方的决定,看钱莉再一次恬不知耻地倒追会不会再一次动摇吴方。

钱莉这一周都在想尽办法地纠缠吴方,周六甚至跟到了孤儿院。她是知道吴方和宋媛媛一起在一个义工组织帮忙的,只是没想到他俩现在还在一起,她觉得她终于找到了吴方为什么能对她这么狠心的原因——宋媛媛,她必须让吴方和宋媛媛之间彻底没有任何可能!

不过首先,她得能进入孤儿院。

小天使孤儿院也不是谁想进就能进的。哪怕孤儿院的孩子需要一个家,也不需要那种被人贩子拐卖的方式得到一个家,特别是有残疾的孩子,被拐卖走的下场往往不是有了个家,而是被骗去利用残疾行乞,甚至是在黑市上明码标价地卖器官。

而就在钱莉正想办法进孤儿院的时候,她遇到了一群疯跑着回孤儿院的孩子,在听到她自称是吴方的女朋友时,竟没有一个人搭理她。其中一个小女孩更是十分看不起地瞥了她一眼。

这让钱莉差点当场爆发,想教训教训这个没人要的丫头,不过最后她还是压抑住了自己,不想给吴方留下更糟糕的印象。

然后,霍以瑾就推着小桥到了。

钱莉几乎是第一眼就认出了霍以瑾,当初设计师和吴方争的可不就是和霍以瑾合作的机会嘛,钱莉对于霍以瑾这个女老板可谓是记忆犹新,并且知道霍以瑾之前不认识宋媛媛。

整理了一下衣服,钱莉就笑脸如花地迎了上去,向霍以瑾各种暗示她是吴方的女朋友,想进孤儿院去看看吴方,并明里暗里地打听霍以瑾为什么会出现在这里。

霍以瑾耐着心和钱莉周旋,想看看她到底要做什么。她先是和钱莉表示自己最近才开始做义工,和红领巾里的人并不熟,然后才道:"你为什么不自己打给他?"

"我忘带手机了。"钱莉的谎话张口就来,"我想给他一个惊喜。"

"你在门口给也一样,我打电话叫他过来吧。"霍以瑾拆台拆得很顺溜,说完就完全不给钱莉机会地打电话告诉了吴方。打开手机的时候霍以瑾发现了不少楚清让的来电和短信,但因为钱莉就在眼前,她决定还是先解决眼前的事情之后再去看楚清让到底在搞什么鬼。"有一位自称叫钱莉的女士正在孤儿院门口等你。"她道。

钱莉诧异地看了一眼霍以瑾,有点疑惑她为什么没有按照她一开始暗示的那样跟吴方说她是她的女朋友。她这招之前百试百灵,即便她不说她是吴方的女朋友,她也有的是办法暗示得周围的人都以为她是吴方的女朋友,造成既定事实。宋媛媛当初就因为这招被气了个半死。没想到这次竟然会出师不利。

霍以瑾在心里呵呵一笑,这种小手段也真好意思拿到她面前来,即便她不知道吴方和宋媛媛的事儿,也不会按照钱莉希望的说的。

吴方一听钱莉的名字就慌了,他在电话那头对霍以瑾表示他很快就过来,希望霍以瑾能暂时稳住钱莉。

霍以瑾不满地挑眉,吴方这是几个意思?不把钱莉赶走,还要来见她?

看来吴方真的是没救了,霍以瑾在心里下了决断。然后她就给宋媛媛发了条短信,让她暗中跟上吴方过来看清吴方到底是个什么人,好趁早结束这段糟心的感情纠葛。

说实话,霍以瑾对于宋媛媛和吴方的这个结局挺失望的,好吧,是特别失望。

大概是每个人都会有的好结局心理作祟。当祁谦说有一些人是值得我们给予他第二次机会的,当宋嫒嫒鼓起勇气表示她想再和吴方试一次的时候,霍以瑾也在不知不觉间被感染了。虽然她表现得好像对此充满了质疑,但如果她真的很抵触,她根本不会主动帮助宋嫒嫒试探吴方。

换句话说就是在霍以瑾的内心深处,她其实也是希望能看到一个不一样的结局的。

当时霍以瑾对自己说,如果吴方和宋嫒嫒用实际行动证明了祁谦的第二次理论是正确的,那么就去治好自己心理上的强迫症吧,再给楚清让一个机会,也是给自己一个机会。

可惜了,吴方根本没有改变,他还是那么一个烂好人,那么热衷于去当一个"中央空调",第二次理论是行不通的。

等等,为什么我要觉得"可惜了"?

"当你因为只能二选一的选项而犹豫不决的时候,那就试试投掷硬币吧,它总能给你真正的答案。"这是伊莎贝拉告诉过霍以瑾的A国很流行的一个理论。

"硬币能代替我选出正确答案?"

"不,硬币选出来的答案能让你明白你真正的心意。"伊莎贝拉是这么回答的,"如果硬币选出来的让你欣喜,那么这就是你的答案;如果硬币选出来的反而让你更加犹豫觉得失望,那么你真心想要的就是另外一个答案。"

吴方和宋嫒嫒就是霍以瑾的硬币,现在硬币已经投掷出了结果,霍以瑾却对这个结果很恼火。她真正想要的答案好像已经不言而喻了。

所以说,其实不论吴方和宋嫒嫒的结局如何,她大概都会想要治好自己的强迫症。

在意识到这点的时候,霍以瑾有点手足无措,慌张又茫然,不是因为她想对楚清让破例的这件事把她吓倒了,而是她突然有点不知道该如何面对那个治好了完美主义强迫症的自己。

会变得一团糟吗?会变得对什么都很凑合吗?会……

这些烦恼就留到治好了再想吧,霍以瑾对自己说,现在最要紧的还是把眼前的钱莉给解决掉。

无论钱莉和吴方会如何,霍以瑾都不会想让她打扰到宋嫒嫒的生活。

对总裁的第十三印象：要结婚了！

在霍以瑾没有开口的时候，钱莉主动出击了，她在假意确定了霍以瑾就是那个NOBLE服饰的霍总之后，对霍以瑾道歉了。

是的，道歉。

钱莉以一个十分微妙的立场代吴方对霍以瑾道歉了，希望霍以瑾不要介意当初网上曝出来的她和吴方的事，她表示和吴方之间其实只是小误会，是言情小说中很常见的作为富家千金的第三者插足使坏，是她不懂事，误会了吴方，现在已经和好了。

钱莉以这个理由作为谈话切口其实是一种很聪明的做法。

毕竟大家一般对于这种事情的态度好像永远都是觉得贫穷情侣才是真爱，一旦其中一方是有钱人，那这里面就肯定有问题。我们一面向往着灰姑娘与王子的童话，一面却又不相信它会发生在别人身上。钱莉不俗的演技起到了一定的误导作用，那种欲言又止的表情，被人欺负了但不好开口的"隐忍善良"，实在是很容易引起别人的同情。

而一旦她成功了，她就能通过说服霍以瑾重新考虑起用吴方来达到让吴方对她改观的目的，还能与霍以瑾交好，当然最重要的还是趁机抹黑宋媛媛，把霍以瑾当枪使地去对付宋媛媛。

简直是一举数得……如果霍以瑾不知道这里面的前因后果的话。

可惜霍以瑾很清楚事情的始末，早就明白了到底谁对谁错，根本不上套。甚至反过来，霍以瑾还会假装无论钱莉怎么努力暗示就是听不懂，逼着她不得不把诬陷宋媛媛的话说得更加露骨直白，然后用手机录了下来，等着将来作为证据一并放给宋媛媛听。

小桥同学则早在一开始听到钱莉自我介绍之后就装体力不支"睡"过去了。

霍以瑾在心里默默地给这孩子点了个赞，真是太有前途了！

证据准备得差不多了，吴方也到了，而在吴方身后，霍以瑾影影绰绰地看到了不少尾随而来的小尾巴——宋媛媛、谢燮，林楼甚至连绵绵几个孩子都在。

这跟踪技巧也是醉了，最醉的是这种情况下吴方竟然都没发现，他是有多紧张这个钱莉？！

"方……"钱莉看见吴方之后双眼一下子就亮了，声音那叫一个婉转缠绵，生生把一个音发出了起承转合四种味道，让人不服不行。

但对此霍以瑾只想说，她突然有那么一点理解了谢燮为什么总是在吐槽别人，不是因为喜欢，实在是有时候槽点就在嘴边，不吐不快。这种腻死人不偿命的称呼方式真心很像演电视剧啊，还必须是特别狗血脑残的那种才行。

吴方却并没有急着先对钱莉开口，反而是先看了霍以瑾一眼。

霍以瑾莫名其妙地回看过去。怎么着？这是嫌我碍眼，示意我该离开了？我偏不！尾随在后面那么远的地方，宋媛媛听不到具体的对话内容，她还等着我在第一线的录音给她听呢。

吴方见霍以瑾看回来，就试探性地问了一句："介意吗？"

介意什么？霍以瑾更莫名其妙了，最后她猜吴方大概是在问她介意待在这里给他俩当电灯泡还是先回孤儿院里回避一下，霍以瑾立刻表示了："不介意。"

死也不会介意的，嗯。

吴方得到他想要的答案后松了一口气，对霍以瑾点点头后就板着脸看向钱莉，演技全开，整个人身上的气场都陡然而变，看上去恐怖了不少："我不是跟你说过不要再来缠着我了吗？"

"方？"钱莉明显地一怔，她怎么都没料到吴方对她会是这么一个反应。她看了看霍以瑾，示意吴方还有霍以瑾在场呢，你已经忘记当初是怎么失去和NOBLE服饰签生产线的宝贵机会了吗？"你在说什么啊？开玩笑吗？别闹了，我可是会生气的噢。"

吴方没和钱莉开什么见鬼的玩笑，有再一再二，没有再三再四，钱莉不断地欺骗、陷害他，甚至让他失去了宋媛媛，哪怕他再圣父也不会无止境地退步。

前几次他就把话和钱莉说得很清楚了，但钱莉依旧一厢情愿，他实在是没办法。

"我没有和你开玩笑，也不想和你开玩笑，不，事实上，我不想再和你有任何关系，这种话无论我说多少遍都是一样的，希望你能自爱一点，不要再自作多情。如果你再这样让我困扰下去，就不要怪我对你不客气了。"

吴方说完，不等钱莉的反应，就摁开了手机上早就准备好的视频，即便不看内容，只听那让人受不了的呻吟声就能明白视频内容是什么——钱莉的情色视频，和吴方的那个设计师对手，还很重口的有好几个人的视频。

钱莉找的那个设计师很喜欢拍这种"个人电影"，无论是钱莉和他的，还是钱莉替他陪的那些客户。

吴方的眼神很冷酷："你真的需要我把这些放到网上之后你才愿意相信我不是开玩笑吗？"

"你哪里来的这些？！"钱莉的脸唰的一下子就白了，她花容失色地看看吴方，又看了看霍以瑾，而霍以瑾刚好正因为吴方这意外强硬的一手证明了第二次理论并没有失败而高兴着，被钱莉歪打正着看到了。钱莉觉得她好像明白了什么："你俩是一伙儿的？你们故意引我来这个根本没有外人的荒郊野外？你们想怎么样？！"

装睡的小桥不满地腹诽，你家才荒郊野外，还是说我不是人？

吴方也没想到霍以瑾会有这么赞的配合，那种上位者残忍又冷酷的笑意实在是太棒了！他赶忙再接再厉："你以为呢？当初还是你告诉我这个世界是黑暗的，世家没一个好东西，怎么这么快你自己就忘了呢。你到底是哪里来的自信会觉得霍以瑾能和你这种人亲近？你以为霍家是什么？"

霍以瑾其实也想问，你俩以为霍家是什么？黑社会吗？她突然有一种很强烈的预感，吴方和钱莉以为的霍家和她生活的霍家绝对是不同的两种。

"我马上又能和霍家合作了，不恭喜我吗？"吴方把一个小人得志要报复前女友的样子演得活灵活现，"霍家肯定不会希望自己看好的设计师再被爆出上次那样的负面新闻的，告诉我一个我们还能留着你的理由，否则就不要怪我们不客气了。"

"我什么都不知道！我还年轻！我不会成为你们的麻烦，我不想象双子座大厦爆炸案里那些人一样被悄无声息地处理掉，求你，我会很安静的，我根本不会成为你们的威胁。"

双子座大厦爆炸是 LV 市前些年一个比较出名的重大特殊事件，由这次爆炸引发了不少神奇的猜想，进一步加深了普通群众对于世家权力斗争残酷性的想法，把世家的恐怖程度推向了又一个新高度。不少人都坚信双子座大厦爆炸还只是世家斗争的冰山一角，还有更多更可怕的事情。

很显然，钱莉就是这一猜想的忠实信奉者。她当场就真跪下了。她甚至都不敢靠近霍以瑾，只敢一把鼻涕一把泪地求吴方放过她。

霍家和宋家同为世家，但大概是霍以瑾和宋媛媛的气场不同，钱莉敢在之前算计宋媛媛，却在此时此刻怕死了霍以瑾。

吴方一时有点不适应，貌似吓唬过头了。

霍以瑾也被钱莉丰富的想象力打败了，当年双子座大厦爆炸真的只是恐怖袭击，没有什么趁机铲除异己的阴谋啊……不对，跑题了，她要表达的是，世家根本没有这个动不动就让人消失的能力好吗？现在是法治社会啊大姐，这种比拍黑道片还夸张的威胁方式，正常人都不会相信的吧？求你醒醒，你这是在洞上长的脑子吗？！

但钱莉真的信了，她看着霍以瑾的样子就像是在看一个长着血盆大口随时都能吃了她的怪物。

霍以瑾越是不说话，钱莉越是害怕，她不断哭喊求饶。

霍以瑾见钱莉哭得实在是不像样，就想着从小桥的轮椅内侧拿点纸巾给她擦擦，然后和她好好沟通一下。被害妄想症是病，得治。

"不要杀我！不要开枪！求你！我真的什么都不知道！"钱莉彻底崩溃了，在她自己强大的脑补之下。

霍以瑾停下了动作，略尴尬啊，这纸巾到底是掏还是不掏？掏了被发现不是枪只是纸巾，自己会不会显得很奇怪？会不会对不起钱莉心目中世家比黑社会还恐怖的想象？

没等霍以瑾想清楚这件事，钱莉已经想起来要跑了，自此再也没有出现在霍以瑾的生命里。

据说，真的只是据说，钱莉改名换姓，甚至整了容，这辈子没再踏足 LV 市，听到"霍"字都会抖，不要说在背后使坏了，反而当有人说霍家坏话的时候她还会阴恻恻地冷笑一句："死都不知道怎么死的蠢货。"

霍以瑾被这神一样的发展，全程高能的剧情整得也有点蒙，她觉得她需要静静！

"咳，年少无知在孤儿院的时候我们憧憬又向往着世家这种站在金字塔顶端的阶层，觉得你们肯定是呼风唤雨，无所不能的。动动手，碾死一个普通人就像是碾死一只蚂蚁那么容易。"吴方一秒钟切换画风，从大反派变回了他阳光的大好人，演技一级棒。

"拿我去吓唬她，你胆子可真大。"霍以瑾双手环胸，看着吴方。

"不大不大，没有您同意让我仗一下势，我也不敢的。"吴方摸了摸头，他以为霍以瑾这真的是在夸他。

霍以瑾后知后觉地打开手机重新看了一下，终于艰难地在楚清让未读短信和来电未接的提示中，找到了就在她给吴方去了电话之后吴方回复的一条短信：一会儿在门口能拜托您配合一下吗？无论什么条件我都答应您，我知道这个请求有点过分，但是拜托了，哪怕给NOBLE服饰白干十年我都愿意，求您了，等一会儿事情完了我再和您详细解释。

霍以瑾恍然，原来刚刚吴方问的"介意吗"是问她介意不介意让他狐假虎威一下。

"实在是太谢谢您了，我保证我会找人看住钱莉，不会再给您造成任何麻烦的。"吴方再一次郑重地对霍以瑾鞠躬道谢，顺便再次提起了宋媛媛。

吴方对于宋媛媛简直内疚到了极点，他觉得他根本配不上她，但他真的很爱她，无论如何都不想失去她。他知道这样的自己很自私、很卑鄙，但那是宋媛媛，他这辈子只会遇到这么一个的宋媛媛，他死也不想放手。

霍以瑾突然有种介绍吴方给楚清让认识的冲动，他们在某些方面一定很谈得来。

"所以你在和宋媛媛分手之后还来红领巾而不是加入别的义工组织，是因为想和宋媛媛再续前缘？"和宋媛媛一样的傻。

"嗯。"吴方有点小羞涩。

刚刚还跟我说死也不会对宋媛媛放手的是谁啊？这个时候倒是记得羞涩了！

"我之前做了很多错事，一直仗着她喜欢我，以为她不会离开我而肆无忌惮。我反思过的，每一天都在后悔，温柔待人没错，但我不应该为了别人而伤害了对于我来说才是最重要的她，不要说当初只是误会，哪怕她真的错了，我也应该为了她与全世界对抗！"

我觉得你好像又误入了另一个牛角尖。不过，听起来对宋媛媛很有利的样子，就这样吧。霍以瑾想道。

然后，霍以瑾就看到了在后面不断张望的宋媛媛，让她意识到那边那位还在等她的实况呢……估计听后肯定要哭，应付女人的眼泪什么的她真的不太会啊，好麻烦，也不知道能不能让谢燮去应付。霍以瑾开始明目张胆地走神。

"我永远会当您是最好的朋友,无论您对我是什么印象,也无论发生什么事。咳,涉及媛媛的部分除外,我都会义不容辞。"吴方做结案陈词。

霍以瑾没回答,只是更加恍惚了起来。她机械地推着小桥往回走,想着谢燮还真的是一语中的,她看上的人最后总是会莫名其妙地和她成为朋友,哪怕是她已经不再感兴趣的男人也逃脱不了朋友的诅咒吗?真是够了。

"所以考虑一下我们家楚清让吧?他肯定不会想和你当朋友的,如果他的太太是你的话,我能接受。"小桥见缝插针道。

霍以瑾无语地看着冷不丁突然开口的小桥:"你就不能一直装睡吗?"

"戏都落幕了,观众也该发表观后感了。"小桥同学振振有词。

"呵呵。"

无论如何,宋媛媛和吴方的事情顺利解决,可喜可贺。

霍以瑾也终于腾出时间来应付楚清让的短信,她一边腹诽着这楚清让又是发的什么疯,一边看完了楚清让所有的短信,然后明白了楚清让其实只是解释他为什么不能来。这肯定是情有可原,至于发这么多条短信吗?

霍以瑾一边嫌弃着楚清让,一边翘着嘴角给楚清让回了短信:我知道了,刚刚手机静音,没看到短信,下次有事解释一遍就好,不要翻来覆去地说。

写完之后霍以瑾并没有直接发出去,她突然有点犹豫,这样直接发会不会显得太冷淡了?要不打个电话说一下?不行!这样反倒是显得自己太过在意了。霍以瑾突然有点怀念最初的时候,那个想给楚清让打电话就打电话,想怎么发短信就发短信的最初,那时她根本就不在乎楚清让会怎么想!

这岂不是说现在的她在乎他?我只是决定要治疗自己的强迫症,可还没说要再一次和楚清让在一起呢!霍以瑾逼着自己不要再继续胡思乱想,直接给楚清让发了短信。为了缓解冷淡强硬的感觉,她最后还是在短信结尾处加个了微笑的表情符号,想让楚清让相信她真的没有为他的失约生气。

而手机那头终于等到霍以瑾短信的楚清让,咳,用阿罗的话来说就是这是要疯了。

"她给我回短信了,嘿嘿,还有表情符号,怎么能这么可爱!"这么说吧,无论霍以瑾发什么,楚清让其实都能保持着一颗随时会激动得跳到二百迈的心全盘接受。

霍以瑾和楚清让就这样一来二去地当起了短信友，当然，一般都是楚清让发十条，霍以瑾回一句加一个表情的节奏。

然后楚清让就能傻乐好几个小时。

基本过程如下：

我给她发短信了——她没回我，是不是没看到？再发一条问问——还是没回我，再问问——又没回我，她是不是生气了？因为我发得太频繁？问问——哦，该死怎么又发了！解释一下——前后折腾数次后终于得到了霍以瑾表示她没看到短信的回复——她回我了好开心……

周而复始。

作为观众的阿罗都累了，楚清让依旧乐此不疲，每天的情绪都跟坐过山车似的高低起伏十好几回。

明明平时也不是这个样啊，在折腾楚家的时候特别有大反派的感觉好吗？！怎么一遇到霍以瑾就智商掉得这么厉害呢？这样追人，追十辈子都追不上的吧？

楚清让为了表示自己一定能追上，开始每天给霍以瑾送花。

"这除了证明你是个言情小说中毒脑残者，还能说明什么？"

"她没拒绝！"楚清让觉得他这叫投其所好，虽然看上去严肃正经的霍以瑾会喜欢看总裁小说让人挺意外的，甚至有点不真实的感觉，但这样的霍以瑾反而显得更可爱了！

"不管她做什么都很可爱，是吧？"阿罗看透了楚清让。

楚清让不以此为耻，反以此为荣地骄傲挺胸："是啊，不管做什么都很可爱，哪怕讨厌我都讨厌得很可爱！"

霍以瑾以后没选你，肯定是因为你太神经病了！

然后，楚家私生子的十人大名单就在网上被公布了。楚家的儿子从楚清让一人变成了一个足球队的阵容，并且还能绕出来一个养子楚天赐当替补，楚先生勇夺了网上大种马的"美名"。

这件事可以说是一石激起千层浪，楚清让他家楼下的媒体狗仔越来越多，不过这也是在楚清让预料之中的，他要和楚先生打社会舆论仗，总是需要付出代价的。

"楚清让"三个字再次席卷各大媒体报纸、网络新闻平台的头版头条。

豪门八卦谁不爱？再加上出轨，小三、小四、小五，嫡庶有别，继承人之争等夺人眼球的词汇，连小桥孤儿院旁边菜市场上的卖菜大爷都能在做买卖的闲余时间和人就此事八卦两句。可以说社会各阶层真是为楚家操碎了心。

还没烧起来的"楚清让为什么不去医院探望重病的父母"的不孝骂声，先一步被"这种渣爹，楚清让要是去看了我都要鄙视他"的声音取代了。

就像是还嫌事儿不够大似的，不久后，有网上的知名狗仔在自己的微博上放了一段偷拍视频，视频里的主角正是最近备受媒体关注却始终采访不到人的楚清让和他的生母楚太太。

视频很模糊，声音却很清晰，足够人们发现传说中被养子伤透了心一病不振的楚太太其实挺"生龙活虎"的。

刚开始看视频，所有人都以为这是正室在和嫡子哭诉丈夫的不忠，都已经做好了看完就怒转帮骂的准备，结果却被不算长但结局神展开的视频内容给镇住了，让围观群众的内心始终在"这也行"和"这真的行"两种感觉中来回徘徊。

视频刚开始是大家都已经猜到的正室对唯一的儿子哭诉结婚几十载的丈夫竟然如此不是东西。

但紧接着楚清让的表现却不是安慰母亲又或者与母亲同一阵线，而是很冷漠地问："你到底想要多少钱？说个数吧，我很忙。"

视频里的楚太太和网友都惊呆了。

楚太太怒骂："你以为我来就是为了钱吗？这么多年来我在你心中就是这样的形象吗？"

楚清让依旧很平静，他淡淡地表示，你在我心目中的形象当然不止这个，还有我十三岁时只因为你养子需要我养母的骨髓就好吃好喝地供着几次差点把我虐待致死的养父一家；十六岁时因为我养父杀了他的儿子，你就以什么样的人养什么样的孩子为由，怕我也怨恨上你杀了你，不顾还发着高烧的我的死活，强硬地把我送往了对于我来说全然陌生的Ａ国，此后将近十年不闻不问。

"比起最起码还给了我生活费的楚先生，你有什么立场在这里和我说说这些？"楚清让问道，"楚先生确实很渣，但你也没比他好到哪里去。你们俩的事情我一点都没兴趣管。"

"你……你就非要这么斤斤计较吗？不怕我去跟媒体说你不孝吗？"

楚清让还是那么平静，只是放了一段录音。那录音因为二次偷拍有很大的杂音，但却足够观众们抓住关键词，大概明白了录音里的内容。

楚清让十六岁被楚太太送出国的前一晚，楚太太最后一次也是唯一一次亲自给楚清让打了电话，然后被楚清让录了音。

楚清让说："妈妈，我感觉我发烧了，我很难受。"

楚太太冷漠道："别装了，哪怕是死，你明天也要死在去A国的飞机上。"然后她对楚清让表示，当年楚清让刚被认回楚家，楚天赐诬陷他把他推下了楼，她其实是知道的，不过她却觉得楚天赐之前一直都是好孩子，他之所以突然这样黑化是因为楚清让的存在让他感觉到了威胁，所以她只能把他送走。

"这些你对我说过的话你都选择性失忆了吗？真是抱歉啊，楚太太，你的记性不好，我的记性却不错。"

面对这样反转又反转，看到视频后面的观众已经都不知道该如何表达自己的震惊了，世家这个圈子还真是奇特呢。

"你恨我？"视频里楚太太这样问楚清让。

楚清让第一次有了表情，他嗤笑一声，对楚太太说了最多的一次话：

"你不配。我爱的人告诉我说，用别人的过错惩罚自己是最大的愚蠢。我犯不着因为你想把自己裱成圣人而刻意地对养子比对亲子还要好的行为，就非要对你产生恨这种过于强烈的感情，我真心没那个时间浪费在你身上。

"我来见你，只是希望你知道，你今天流的泪都是你过去脑子里进的水，我没有那个义务为没有抚养过我的你收拾这样的烂摊子。

"我真正承认的母亲现在正因为家庭暴力而精神失常地住在疗养院里，甚至都已经不认识我是谁！"

不少楚清让的粉丝都坚信，视频里楚清让说出这些话的时候，看上去很坚强，其实内心肯定一碰就碎，他们甚至坚信他们在楚清让眼中看到了马上就要决堤的泪水。他是那么倔强，又那么令人心疼。

阿罗对此只想说："真不愧是拿了双料大奖的国际影帝。"

楚清让耸耸肩，拿着手上的玻璃杯假装奖杯道："这不是我一个人的功劳，我要感谢很多人，在监狱里的养父，在精神病院的养母，以及现在正深陷水深火热中的亲生父母，没有他们那么渣，就不会有如今的我。"

楚清让的养母也不是什么好人，再嫁后任由丈夫对楚清让打骂，只关心她和丈夫的儿子。在暴发户把楚清让送回来的时候就意识到她抱错了楚家的孩子，却根本没想着联系楚家，只因为她觉得她的亲生儿子代替了楚清让在楚家的位置是件好事，这样以后她认回了儿子，可以再一次过上优渥的生活，百般阻挠着楚清让去LV市找他的女神，只因她怕他遇到楚家，让真相大白。

这么说吧，楚清让最黑暗的童年时期除了霍以瑾，就几乎没遇到过什么好事或者好人。

但这种糟糕的局面楚清让不能全说，因为会给人一种"一个人对你坏是那个人的问题，所有人对你坏那就是你的问题了"的感觉，楚清让必须对公众保留一片"净土"。而四个家长中，相对不那么渣又好控制的养母就这样脱颖而出，她在疗养院里，这辈子都不会再给楚清让造成什么麻烦。

"你养母到底是真疯还是假疯？"阿罗有一点好奇。

楚清让微笑："有区别吗？反正她是个连曾经'最爱'的养子都认不出来的疯子，谁也不会相信她口中的话的。"

暴力对待他人的人在狱中被别人暴力；恶意欺骗楚清让和楚家，只为让自己儿子和自己过上好日子的自私之人现在说的话一句也没有人会再相信；伪装圣母的被当着全国的观众面撕掉了假善的面纱；重视楚家把儿子当作斗兽一样养大的最终也会被他的儿子们吞噬吃掉。

楚清让觉得这一定很符合霍以瑾的公平理论，嗯，我果然还是太善良了，但是没办法啊，谁让以瑾喜欢呢。

阿罗对此观点，只有呵呵一笑。

最后阿罗表示："你的私事我不管。我只想问你，谁准你在视频里暴露自己已经有爱人的这件事？你这么讲霍以瑾她同意了吗？身为你经纪人的我同意了吗？"

虽然说现在粉丝对明星的容忍度已经很高了，明星结婚的话大部分粉丝还是会选择祝福，而不是脑残地威胁自杀，但明星在曝光恋情之前其实还是需要斟酌和公关的。

现在网络上因为楚家的事延伸出了好多个热门讨论帖，好比"庶子和外室的私生子是两种不同的概念"，也好比"让我男神楚清让没有被仇恨迷花眼的爱人到底是谁"，不少和楚清让合作过的女星，无论国内国外地都有中枪。

不过这些很快最后都被一个列举楚清让回国这两个多月不断上头条

的次数以及原因，然后决定亲切地称呼楚清让为"分分钟就能掀起一个血雨腥风故事的大大"的帖子给压过了风头。

"这对《主守自盗》绝对是个很好的宣传。"楚清让是这么回答阿罗的。

《主守自盗》开机在即，有楚清让贡献了这么多的新闻，到时候是绝对不缺话题和关注度，楚清让表示不要太感谢我，对工作我就是这么兢兢业业。

"你的脸一定有这么大。"阿罗张开双臂，用手比画了一下到底有多大，生动形象地表达了自己的内心。

"你就是嫉妒我。"

"我嫉妒你什么？嫉妒你至今都没追上你的女神却已经敢对外自称女神是你的爱人了吗？记住一句至理名言吧，楚楚，嘚瑟的人肯定死得早。"

楚清让当时没信，却在《主守自盗》的开机仪式上不得不信了。

当时的情况是这样的，《主守自盗》作为白齐娱乐这一年力推的主要电影项目，祁谦休息多日后复工的第一个工作，以及主演楚清让之前在网上的各种绯闻助攻，备受关注的开机仪式只能不断地往大里整，好满足各界的八卦心理，宣传力度不必说，重点是开机仪式上请来的各界大佬。

网上不少人纷纷表示，看到这个阵容我就知道了，这电影一定不会被"和谐"。

霍以瑾作为重要的投资方自然也在邀请之列，并且很神奇地成为电影开机仪式上一大吸引注意力的主要来源。网上问卷调查中，不少人都选择了看开机仪式就是为了看霍以瑾。她的人气一点儿都不比楚清让和祁谦少，而且男女比例竟然是妹子居多。

"作为一个男人，我在妹子中的受欢迎程度竟然输给了一个女人！"这种话甚至被刷上了热门话题榜，紧随其后的是"情敌太多，求求你不要破坏我和总裁好不好"。

霍以瑾彻底从一个富二代变成了一个网红。

她走红毯时的衣着打扮也是被研究了一遍又一遍，哪家牌子的哪个系列的哪个款式，更是有当季走秀模特的对比图，然后被一群人很不理智地表示，我们家总裁大人比模特的身材还要好，还要有气场，更适合这件衣服！

第二天网上就有了同款售卖，高中低三档，销量惊人。

霍以瑾身上的抹胸礼服肯定是自家NOBLE服饰的作品，首饰却是别家的。其后就有不少知名奢侈品珠宝公司对霍以瑾投来了希望能够合作的橄榄枝，只有一个要求，希望霍以瑾对外的时候能佩戴一下他家的饰品。

幸好《主守自盗》是一部主要演男人戏的电影，要不女主角演一定会很不甘被霍以瑾这么抢镜头的。

霍以瑾顺便在开机仪式上邀请了几个朋友，林楼、谢燮、宋媛媛、吴方等。

"他身边那个穿着基佬紫的骚包男人是个什么鬼？"楚清让简直生无可恋。几天不见，霍以瑾身边就又换了个男人，而且那男的的颜值还丝毫不逊色于她之前身边的另外几个！最可恶的是竟然和霍以瑾穿颜色接近的款式，这是要作死吗？！早知道我也打紫色的领带和配紫色的方巾了！

"你刚刚才说那是基佬紫的。"阿罗简直无力吐槽，以免和楚清让继续纠结，他快速曝了对方的名字和身份，"Dr.李，李斯特，国内首屈一指的心理医生。"

"你觉得这个心理医生是霍以瑾的心理医生的概率大一点，还是……咳的概率大一点？"

"我不明白'咳'是什么。"

楚清让怒视阿罗："他一定只是霍以瑾的心理医生。"

"如果我是你，我就不会这么乐观。"阿罗泼冷水道。

"怎么说？"

"有谁会和自己的心理医生讨论婚礼上的餐巾应该摆成天鹅形还是玫瑰花形？刚刚我去拿香槟的时候无意中听到的。"

婚礼？

是的，婚礼。

霍以瑾三个月之前准备的婚礼依旧在筹备中，只不过把举行婚礼的地点从她祖母和母亲结婚时用过的霍家在国外的古堡，变成了LV市内的一处十分著名的白色教堂，就在小天使孤儿院附近，有不少名人都在那里举行过婚礼。

"有可能他们是朋友？"楚清让犹不死心，还在不断地找借口，不肯面对现实。

阿罗诧异地看向楚清让："我第一次发现你竟然能如此乐观，不容易，继续保持，我看好你少年，霍以瑾的婚礼上说不定你真的能成为伴娘团的一员呢。"

第二天，楚清让的私人侦探就告诉他霍以瑾今天陪着宋嫒嫒去订了伴娘礼服。

阿罗拍了拍楚清让的肩膀："我的错，对不起。"你连伴娘的份儿都没有。

据说孤儿院那个叫绵绵的小女孩都要当花童了。阿罗突然有点不敢问楚清让收到婚礼请柬了没，不管收没收到，对楚清让来说都会是一个不小的打击。

而就楚清让的进一步观察，他惊悚地发现，这位李医生竟然会和霍以瑾没有什么规律地在晚上见面，吃饭，聊天，就像是约会一样，霍以瑾更是为他改变了不少生活方式。

好比每天早上不再非要不多一分、不少一秒地在固定的时间出门跑步，开始尝试各种她之前完全没有涉及过的娱乐休闲领域，甚至连穿衣风格都有所变化，不再十分机械地按照季节、花纹、周几排列。

他的影响怎么能这么大！

不能忍！

绝对不能忍！

但让楚清让郁闷的是，电影开机后他就没那么多的空闲时间搞他的跟踪活动了。阿罗表示，我也没有！不要那么看着我！我绝对不要被霍以瑾也打到变态的行列里！

然后楚清让就住院了，拍摄事故，再一次登顶各大头条。

这里必须要说一下，楚清让对待工作还是十分认真负责的，也许一开始演戏只是他唯一能想到的让自己快速致富的合法道路，但随着这些年的用心投入，他也爱上了演戏。一言以蔽之，楚清让这次受伤不是感情用事，他不会因为霍以瑾就以身犯险故意让自己受伤，玩什么博取同情那一套。

电影多停摆一天就是一天的钱，谁也耽误不起。特别是楚清让这样的主演，想跳过他拍别人的戏都很难。楚清让不会干这么脑残的事儿。

拍摄受伤真心是个意外，也没受多重的伤，用不了几天就出院了。不过楚清让对霍以瑾隐瞒了受伤的事，也拒绝做手术，非要压到晚上才开始，并想办法让霍以瑾知道，好破坏了霍以瑾和李医生的"约会"。

霍以瑾一直都是个行动派，在吴方解决掉钱莉，和宋嫒嫒破镜重圆了的那个周六，她就直接联系上了以前小时候给她治疗过一段时间的心理医生。可惜那位老先生早已退休，精力和注意力都已经不足以支撑他给人看病。

不过老先生也没有就这样放着霍以瑾不管，他给她推荐了他最小也是最得意的关门弟子——李斯特，一个看外表绝对想不到他的职业会是心理医生的男人。

留着长发，左耳戴着一个钻石耳钉，酷爱穿得花里胡哨跟花蝴蝶似的，人生格言是"一切都是虚的，只有钱才是永恒的"，把死认钱的性格表现得淋漓尽致，一点都不忌讳谈钱，很直白地对霍以瑾表示，他之所以愿意紧急加塞多霍以瑾这么一个病人，就是因为霍以瑾的钱。

最主要的是，李斯特这家伙这么大了还玩追星那一套！办公室里到处都是祁谦的周边，毫不掩饰自己对他的喜欢，因为他觉得祁谦是所有影帝里最没有心理问题的一个。

要不是李斯特的老师信誉良好并强烈推荐，霍以瑾肯定会当场翻脸。

不过接触了一下之后霍以瑾发现，有些人的工作能力真的和他们的外表性格是成反比的。李斯特就是典型例子，他确实很有能耐，十分专业以及尽职尽责，只要你忽略了他的着装和性格。

由于霍以瑾白天要上班，周末要去当义工，李斯特很体贴地把他和霍以瑾的治疗挪到了晚上，只是要算额外加班的费用，每一秒钟会收三倍的诊费。是的，秒，你没看错，李斯特这个拜金主义的收费标准是按秒算的，自带最精准的计时工具的那种。

李斯特作为国内首屈一指的心理医生，本身收费就不低，再翻三倍，总让霍以瑾有一种自己在李斯特眼中就是大肥羊的感觉。

不过这个钱花得还是十分物有所值的，李斯特可以说是随叫随到，没有任何脾气，迅速取代了谢燮一贯被半夜骚扰的知心姐姐的位置，耐心到不可思议。

李斯特很显然之前就做过有关于霍以瑾的功课的，他并不会和霍以瑾约一个固定时间，在固定的办公室里，让她躺在固定的沙发上纯聊天，而是通过没有规律的见面地点，用风趣幽默的谈话方式想尽办法使得霍以瑾放松下来，一步步接受这样没有事先计划过的变化。

目前来说霍以瑾对此适应良好，没有出现太大的焦虑和抵触情绪，变化的生活方式也没有给她增加什么麻烦，用最快最直观的方式让她体验到了这种发生在她身上的改变其实没那么可怕。

这让霍以瑾满意极了，所以霍以瑾就顺便邀请了李斯特参加会有祁谦出现的《主守自盗》的开机仪式，算是对李斯特出色工作的额外奖励，对于能干的人，霍以瑾一向大方体贴，因为对方值得。

"这就是为什么我的客户都是土豪的原因，我最喜欢和你们做朋友了！"李斯特在收到请柬之后打电话如是表达了他的感谢。

"我们一点儿都不想和你做朋友。"虽然霍以瑾很满意李斯特的效率，却始终不太能接受他的性格。

爱钱如命，并且能表现得这么理所当然，霍以瑾至今也就只见过李斯特这么一个奇人。不过这也从侧面证明了李斯特真的很有手段，要不以他这种性格根本不会有这么多达官贵人争着给他送钱。

"你们不能否认你们需要我。"李斯特有恃无恐地笑了，他一向对自己的能力挺自傲的，还自傲得很恰到好处，能控制在一般人的容忍范围内，"以前我有个客户对我说过——当然，这段话不在保密协议范围内我才会和你说——他的爸爸在他很小的时候就去世了，给他留下了一笔泼天的财富以及一句'谁也不能相信，因为他们都是为了你的钱来的'的遗言。那话给他留下了很大的心理阴影，让他至今都没办法相信别人，包括自己的孩子。你猜我怎么说？"

"愿闻其详。"霍以瑾洗耳恭听。在他们这个圈子，很难相信别人的人并不少见，哪怕是和很有钱的朋友玩，他们也依旧在心里充满了戒备，总觉得别人之所以愿意和他在一起其实都只是因为他的钱。

李斯特是这样回答的："我告诉他说，放心吧，你可以相信我，因为我可以直接告诉你，我就是为了你的钱来的。"

这样也行？

"为什么不行？与其披上虚情假意的外衣，不如实话实说，他需要别人治疗自己的心理问题，而我需要钱。我也许对别人不够真诚，但对钱是百分之百的忠实的，只要你给够我钱，我会永远是你最好的朋友，你不用担心我还有别的什么心怀叵测的目的。"

李斯特十分有职业道德，他的费用一向是明码标价，看上去定得很高，但一旦你给了他应得的价钱，他就不会再贪婪更多不属于他的财富，该多少就是多少。

这也是霍以瑾最终同意了李斯特当她的心理医生的原因，他只赚他该得的钱。

"你能放心，我也开心，何乐而不为呢？"

"希望你不会让我失望。"

李斯特的回答是掏出刷卡机，笑容到位，语气热情："谢谢惠顾。我不会让我的钱再重新回到你的口袋里的。"

至今，李斯特的话都在应验着。

阿罗打来电话告诉霍以瑾楚清让出事的时候，霍以瑾其实早就在第一时间就知道了，并已经打算和李斯特早点结束治疗，好空出时间晚上专门去陪楚清让。

结果，听到阿罗的电话之后，霍以瑾的心情瞬间就不爽了起来，她改变主意决定不去见楚清让了。因为她又不是傻子，一眼就看出了楚清让玩的这一手，他没骗她，却故意拖延救治时间好误导她。

霍以瑾对阿罗客客气气地表示她现在有很重要的事情抽不开身，而且她和楚清让也不太熟，怕再掀起网上的波澜，就不去了，但是会送礼物聊表心意，祝楚清让早日康复。

他以为他自己的身体健康是什么？简直也太胡闹了！霍以瑾觉得她很有必要给楚清让一个教训。

"最可恶的是为什么我要因为他不重视自己的身体而生气啊！"李斯特双手捧脸，替霍以瑾补全了她的心理活动。

"我请你来是为了治疗好我的心理疾病的，而不是继续给我增加心理创伤。"霍以瑾不满地瞪了一眼李斯特，语气有点恼羞成怒，更多的是她真心觉得李斯特这个捏着鼻子模仿少女声音的形象很伤眼。一个大男人，扭捏的程度怎么和谢燮那么像！

无处不躺枪的谢副总……

李斯特耸肩，一点都不介意霍以瑾的话，十分配合地转移了话题："好吧，换个话题，比起你，我觉得你更应该把这位楚先生介绍给我。"

他病得绝对不轻。

李斯特也挺喜欢楚清让的演技的，但他很不喜欢他的笑容，太过真诚，真诚到让他一眼就明白那绝对是在伪装，正常人就不可能笑成那样，灿烂到好像没有一点阴霾。

"谢谢，我觉得他很好，如果你对他不客气，就别怪我对你不客气了。"霍以瑾是个典型的我认准的人只有我能欺负不许别人说一下的性格，哪怕是最近和她处得不错的心理医生这么说楚清让她也是会生气的。

"我的错。"李斯特很识时务,他永远都不会和钱过不去,而就目前的付款情况来看,霍以瑾就是他的上帝,"你准备拿他怎么办?就这样不去看他就算完了?"

"要不还能怎样?"霍以瑾狐疑地看向李斯特。

"你养过动物吗?或者是见过别人训练动物吗?做错了就惩罚,做对了就奖励,这样对方才能记住该怎么做才能让你满意。和别人相处也是一样的。我猜楚清让明知道你会知道他欺骗了你,但还是会做的情况已经发生了很多次了,对吧?那他为什么还是会做呢?因为他没有学到教训,他不怕你因为这件事情生气,他知道你不会生气。想不想改变一下?"

霍以瑾一时间有点拿不准主意,说实话,楚清让这样有时候也会让她觉得挺可爱的,但是被隐瞒也确实满恼火的。衡量再三,霍以瑾点了点头:"好,但是我该怎么做?"

"我前面都说了啊,做错了就惩罚他。"

"惩罚?"

"这个我没办法给你很好的建议,因为这是你的生活,你必须自己拿主意。"

霍以瑾思前想后最终决定在手机上找个LV市当地的供应商,连夜赶在楚清让术后,给他所在的医院送了一篮子祝早日康复的康乃馨和水果过去,到付。

阿罗默默地接过东西,默默地付钱,然后默默地对楚清让道:"我觉得她知道了。"

"这还用你说?"楚清让再一次偷鸡不成蚀把米,整个人都感觉好不起来了,直至看到水果都是榴莲之后才重新振作。

"我记得你最讨厌吃榴莲了吧?"阿罗困惑极了,作为楚清让的经纪人,他不一定知道楚清让喜欢什么,但他却一定很清楚楚清让讨厌什么,并争取做到了不让这些因素在拍摄的时候影响到楚清让。虽然榴莲一直都有水果之王的美誉,但大部分人其实还是很难接受那个味道的,这其中就包括楚清让。

"是啊,我不喜欢吃。"楚清让点点头,整个人看上去都开心得不要不要的,"但这不正说明了霍以瑾对我的关心吗!"

"求不吝赐教。"阿罗心想着楚清让这不会被刺激太大变异了吧?

"她生气了,所以在用我最不喜欢吃的表达不满,但她要是不关心我,她怎么能知道什么是我爱吃的,什么又是我不爱吃的呢?"

他说得好有道理,我竟无言以对。阿罗被楚清让缜密的逻辑打败了。

楚清让没管阿罗,正"身残志坚"地给霍以瑾发短信:榴莲好难吃,我下次不敢了。

自从那次霍以瑾用了表情之后,楚清让就也开始研习各种表情学了,与之一起的还有霍大哥,他表示,不学这个都快跟不上妹妹越来越年轻的世界了呢!

霍以瑾看着楚清让的短信,心满意足地点了点头,李斯特这个心理医生真不错,还能免费教人怎么谈恋爱。

对总裁的第十四印象：积极治疗。

楚清让受伤住院的消息刚一传出，各种"楚清让惨遭楚家继承权内斗迫害"的脑补就席卷了网络。

不明真相的围观群众充分发挥了他们对于世家残酷性的想象，坚定地相信楚清让这一次出事可以是很多原因造成的，却绝对不可能是一起简单的拍摄事故。

海角论坛甚至发起了一个奇葩的调查——你觉得目前楚家谁最恨楚清让。

楚先生和楚太太绝对是榜上有名，位列前三，楚北同学也从凑出了足球队阵容的私生子团中脱颖而出，成为继楚先生和楚太太之后最有可能雇凶杀人的人，毕竟楚清让是目前楚家唯一合法的继承人，其他私生子想上位，除非楚清让死了。

楚北很生气，因为他一点都不想继承楚家，他只想毁了它！他觉得这个"他会为了楚家而干掉楚清让"的猜测是对他最大的侮辱！

调查帖最后被和谐了个彻底，但楚清让却依旧是大众关注的焦点，他的粉丝对他关怀备至，生怕一个不注意他就会被暗杀。

楚清让看着微博下五花八门的各种教他如何防身、逃生、求救的评论，简直哭笑不得，这真的只是拍摄事故。

在解释不清楚的情况下，楚清让只得以提前出院来证明他真的没事。

"这么快？还不到一周吧？"谢副总觉得他看破了真相，"他住院肯定是骗人的，好博取你的同情，不要脸！"

"你以为住院是什么？"霍以瑾抬手拿文件夹敲了一下谢燮，作为一个童年基本都在住院，少年时期又基本在陪长辈住院的人，她对此可以说是经验丰富，"除了癌症治疗等特殊情况以外，一般的住院时间其实都不长，截肢都只是在两周之内，白内障手术甚至只需要三天，床位紧张的时候只要一天。"

大部分人都是术后在家照顾，住院并不能解决问题。

"但他也没在家休息啊。"谢副总指了指自己电脑屏幕上的微博新闻，"楚清让已经确认复工了。不过照片上他确实缠着绷带，这么说也不算骗人咯？但是这样怎么拍戏？拍的时候拆掉？"

"剧组一般几点下班？"霍以瑾突然问了一句。

"七八点？"谢副总不太确定地猜道，"我记得祁谦拍《时间重置》时的纪录片里提过，剧组拍戏有时候会拍到凌晨，然后只睡几个小时，天还没亮就又要接着拍第二天的戏。别人是天不黑别想下班，他们是天黑了正好接着拍夜景。"

"正好。"霍以瑾看了一下手机上的时间，现在是五点多，交通还不算特别堵，赶去影视基地最多也就六点出头，应该能遇上楚清让，"我今天早走一会儿，剩下的就拜托你了。"

"好的！"谢副总答应得很顺溜，最近霍以瑾因为心理治疗走得都挺早的，"代我向Dr.李问好。"

"我今天不是去见他。"霍以瑾摇摇头，昨天李斯特和她说了一些话，弄得她现在心里乱糟糟的，目前有点不想看到他的脸。

"唉？"直至霍以瑾离开，谢副总才反应过来，不是去见李斯特，刚刚又问了剧组的下班时间，霍以瑾不会是去《主守自盗》的剧组见楚清让了吧？

这怎么行？

谢燮赶忙给林楼去了电话，焦急地表示："你说这个男人到底给霍以瑾下了什么药？他当初骗了她，她又不是不知道他的本来面目！"

"是吗？"电话那头，林楼语气很轻地叹了一声，果然如此，他赌对了，"霍以瑾喜欢就随她去呗。"

"怎么能随她去？你搞笑呢？！"谢副总觉得林楼疯了，"你知道你在说什么吗？霍以瑾要是和楚清让再在一起，肯定就不是之前那样胡闹了，她会很认真，十分认真，你明白我的意思吗？过一辈子的那种认真。前几天我跟霍以瑾说李斯特是个不错的人选霍以瑾却拒绝了的时候我就该意识到的，我怎么这么蠢。"

"你还想破坏他们不成？"林楼笑道，他以为他是在开玩笑。

谢燮却不觉得这是玩笑："为什么不成？"

"你认真的？"林楼皱眉。

"比金子都真！要是你，说不定我还能接受，但是楚清让？你是不知道那个男人的心理有多不正常。"

"我记得和他是朋友的是我而不是你吧？"

"所以你也被他骗了啊。"谢燮对楚清让的意见一直挺大,他一字一顿地强调道,"难道就只有我一个明白人了吗?楚清让是不会给霍以瑾幸福的!"

"你怎么知道?"林楼很平静地反问。

"我怎么不知道?"谢燮咬牙,"就楚清让那种童年有阴影,心理有障碍的,说好听点叫心理亚健康,说难听点就是神经病。你觉得我会眼睁睁地看着我的朋友去和一个神经病纠缠而不插手?是,楚清让糟糕的童年挺让人同情的,但同情不代表就要把自己搭进去做慈善吧?我也是为了她好!"

"为了她好?"林楼怒了,"胡闹也要有个限度!你知道什么叫真正的对她好吗?你做这个决定的时候霍以瑾她知道吗?她答应了吗?你这不叫为她好,只是一种自我满足。"

"我、我……"谢副总几度张口,却一次都没再说出话来,因为他知道,林楼是对的。

在一阵只能听到彼此沉重的呼吸声的沉默之后,林楼再一次软下了态度:"对不起,我说得太重了,我知道你也是关心霍以瑾,只是想法上有点不对。真正的好意是你为她提供帮助,却会记得决定权始终在她手上。"

对一个人好的前提是首先你要意识到她也是有自己的想法和灵魂的,当你霸道地按照你觉得对她好的方式对她好的时候,那其实就已经不能称之为是为她好了。

这个道理大家都懂,只不过真发生在自己身上的时候就抓瞎了。

谢燮被一语惊醒梦中人,他很过脑子地回答道:"这就是你喜欢她却不能和她在一起的原因?你觉得她喜欢的是楚清让而不是你,所以你就不争取了?"

回答谢副总的是电话直接被挂断后的忙音,他再一次把林楼给得罪了。

晚上睡觉之前,谢燮才终于收到了林楼的短信:白痴,谁会无私到想尽办法地凑合自己喜欢的人和别人在一起?我是拿霍以瑾当朋友。智商不够数就别来掺和大人的世界了,乖。

谢燮轻推了一下自己的眼镜,朋友怎么样?说到底还不是没有否认喜欢霍以瑾。

不过林楼说得对。谢燮摘下眼镜,捏了捏自己的鼻梁,为一个人好,最起码的决定权应该是在那个人手上，就像是林楼对霍以瑾，他会给她提意见，却不会逼着她和谁在一起。之前是他迷障了，幸好，醒得还算及时，没酿成什么大祸。

一场有可能会发生在霍以瑾和谢燮之间的矛盾，就这样起于霍以瑾不知道的时候，终于霍以瑾不知道的时候。

霍以瑾当时正在以投资商的身份去片场看楚清让，她对于楚清让再创新高的不爱护自己身体的程度很恼火，又不是没钱，这么拼是要干什么？

"这不是钱的事。"楚清让在拍完戏休息的空当对霍以瑾道。

"那是什么？"

"我不应该让别人为我的错误买单。"楚清让的眼神很是认真。

一部电影是很多人的心血，也许大部分人求的是钱，但也有人不是，祁谦缺钱吗？严导、严编缺钱吗？白齐娱乐缺钱吗？他们所求的是更多别的东西，而也许就因为楚清让的这一个小小的耽误，他们就很有可能得不到他们所求的。

"举个最简单的例子，这部电影我们是想送选小金熊电影节的。小金熊众所周知的偏爱文艺片，严导虽然拿奖无数，赚了个盆满钵满，但主要是以商业片为主，一直缺少这种对电影深度的肯定奖项。他本身的能力是有的，《主守自盗》倾注了他很大的心血，如果因为我耽误了，到电影节之前电影拍不完，又或者为了赶工而粗制滥造，严导就要再等四年。"

在日新月异的影视圈，四年能发生的事情实在是太多了，也许这一次的失之交臂就会是一辈子。

楚清让赌不起，他不能拿自己的失误去赌别人的未来。

霍以瑾面对认真跟她分析的楚清让，突然有点明白为什么这个男人本质上也许并不是什么好人，但他身边依旧有很多愿真诚待他的人了。不是因为楚清让会装，而是因为他其实也有心底柔软的一面，他很会为别人着想，却连他自己都没意识到。

祁谦说对了，错过和这样一个人发展出一段也许会很圆满的感情，她一定会后悔的。霍以瑾终于下定了决心。

她对他说："最近一段时间都不要联系了，我有些事情要去做，不想被打扰，但我保证等我处理好事情之后我会联系你的，OK？"

"OK。"楚清让很体贴，"小桥那里需要我帮忙多去看看吗？他的手术快开始了。"

"他见到你一定会很开心。"霍以瑾也很开心楚清让能这么体谅。

"呃,能问一下你到底要去做什么吗?出差?"好吧,楚清让必须老实承认,他还是忍不住地想要知道霍以瑾的行程,以防她跑了。

霍以瑾有点拿不准主意要不要告诉楚清让,因为她决定要答应李斯特去进行封闭式的心理催眠治疗,她也不知道她能不能治好,她怕白白给了楚清让希望,最后却又让他失望。所以最后霍以瑾什么也没说,只是摇了摇头:"抱歉。"

"不能说吗?"楚清让有点失落,却也没再强求,他笑着说,"没关系,等你想说了再告诉我,无论如何我都会等你的。"

那一刻,面对发自真心在笑着的楚清让,霍以瑾明白了什么叫怦然心动。

李斯特昨天和霍以瑾说的,经过这些天的治疗和接触,他觉得霍以瑾的强迫症其实并不算特别严重,最典型的例子就是她并不需要通过药物,只需要一定的作息修改和谈话治疗就能改变自己的生活方式。

"但我最初找你的目的并没有得到解决。"

"是的,这就是我接下来要对你说的,我觉得你的问题并不是你的强迫症不允许你接受一个不那么完美的人,而是你害怕现在的自己会改变。怕给楚清让第二次机会之后的自己变得疑神疑鬼,变得不再像现在的自己,所以才会怎么都不肯迈出再次相信楚清让的那一步。"

"你在说什么?"霍以瑾警惕地看向李斯特,她从未对他说过她和楚清让的事,他是怎么知道的?

李斯特耸肩:"霍小姐,虽然我完美的外表更像一个演员,让你很难相信我的职业是心理医生,但我还是必须要说,即便你不告诉我,我也是能通过自己的眼睛看到很多问题的。"

"你这么自恋你老师知道吗?"

"知道啊。"李斯特耸肩,"事实上,您的大部分事情我也都是从我的老师那里了解到的,好比你之前就找他接受过治疗,但是后来放弃了,如今您又重新找到了他。这中间肯定是有一个动力改变了您的决定,而我的工作就是让这个动力真正使您坚持下去,达到您想要的效果。"

"然后你就通过自己的观察发现我的动力是楚清让?"霍以瑾双手环胸,这是一个充满了戒备的标准姿势。

"是的，据我观察，您和楚先生之前有过情侣关系，最起码是友达以上，后来又因为一些原因分手了，并始终无法跨越这个分手的理由重新接受他，但您确实是想接受他的。我说错了哪里吗？"

"没有。"甚至可以说是全中，"那么，你有什么好办法解决这个问题吗？"

"就像我对您说的，阻止您接受楚清让的原因不是您的强迫症，而是您害怕现在的自己被改变。我大胆地做了一个假设，您并不知道是什么促使您不想改变自己的。"

霍以瑾点点头，她要是知道早就解决了。

"就我对您的了解，我比较倾向于您的童年阴影，好比您的哮喘病。"霍以瑾第一次接触李斯特的老师，治的正是PTSD（创伤后应激障碍，是指个体经历、目睹或遭遇到一个或多个涉及自身或他人的实际死亡，或受到死亡的威胁，或严重的受伤，或躯体完整性受到威胁后，所导致的个体延迟出现和持续存在的精神障碍。），"我的老师当年并没有完全治好您这方面的问题，您就喊停不想再配合了，这真的很遗憾。"

心理疾病和普通疾病其实是一样的，早发现早治疗，越早发现，治疗效果越好。而随着时间的推移，阴影加深，治愈的可能就会变得艰难，甚至存在患者自己都已经忘了自己是因为什么而造成的阴影，那就难办了。

"我不觉得那段得了哮喘的过去还在困扰着我。"霍以瑾皱眉，当年去看PTSD还是她的父母非要带她去看的，她本人其实并没有觉得那有什么问题。

"对完美身材的执着，对各种过去不能接触的东西强烈地想要接触，您真的觉得这叫没有困扰？"

"但他们并没有给我带来什么麻烦。"

"他们带来了，只是您并没有意识到，我刚刚只是举了几个简单的例子，更多的我怕我现在说了您会生气。"

霍以瑾表示不相信。

"您和您大哥的关系。据我了解，您患病的时候，您和您大哥的关系并不好，这是您的父母亲口和我老师说的，但是当您上了小学之后，您和您大哥关系突然就好了起来，这前后的差别真的不会给您造成什么您也许自己都没意识到的心理问题吗？"

"闭嘴！"霍以瑾一下子就怒了，李斯特真不愧是她的心理医生，对她的底线把握很准,"我不希望再听到任何有关于此的挑拨,今天就到这里,你先回去吧。"

第二天,霍以瑾没再见李斯特,反而去摄影棚看了楚清让,她告诉自己,她不会因为任何一个人破坏她和她大哥之间的感情,哪怕只是有可能也不行,哪怕李斯特当晚就打电话告诉了家长——霍以瑱,她的大哥在她晚上回家后也对她表示他会很配合,如果霍以瑾真的对过去有心结,他会比较希望他们能够解开这个心结,他相信他们这些年的感情不会因为过去几年不那么好的关系就被动摇的。

霍以瑾始终还是有点抵触去深挖她和她大哥过去糟糕的关系。

直至第二天,霍以瑾看到了楚清让,听到了那一句"这不是钱的问题",一下就打开了她的思路,她大哥当时没说,但她其实感觉得到,那段过去也是她大哥的心理阴影。

为了自己,为了楚清让,更是为了大哥,是时候该去面对这个问题了。

二十年前的春末,霍以瑾到了上幼儿园的年纪却因病没去,霍大哥升入初中二年级,标准的中二病年龄。

那是一个周末的早上,黑胖黑胖的霍以瑾起床下楼,被妈妈按照往常一样嘘寒问暖了一番,确定她并没有被花粉困扰,这才放她去吃早饭、喝牛奶以及一把一把地吃早就准备好的药。

霍以瑾一家现在正和爷爷奶奶住在一起,本来霍爸爸和霍妈妈在结婚之后已经搬出了霍家,一家三口在外面的高楼公寓组建了自己的小家庭。结果等家里迎来第四口人时,为了照顾生病的霍以瑾,他们一家不得不重新搬回了南山半坡。

为此霍大哥发了好大的脾气,搬去南山半坡代表着他必须转学,告别过去学校的朋友。

哪怕祖母伊莎贝拉要宝卖傻着说"哦,宝贝,你不喜欢和奶奶住在一起吗?你可真伤我的心"也没用。

霍以瑱十分坚定,他就是不喜欢这个搬家的决定。他想,凭什么因为妹妹需要,我就要迁就,就要改变呢?大哥的责任什么的真是一点都不想要:"你们生霍以瑾的时候都没跟我商量过,是你们自己做的决定,我又凭什么要一起承担生下她之后的后果?"

从独生子女变成哥哥的霍大哥,当时真的是很不喜欢他的妹妹,他觉得她很多余。

霍以瑾倒是很想亲近这个除了爸妈以外和她血缘关系近的大哥，但很显然她大哥并不买账，无论她怎么努力，大哥都只会气愤地当着她的面把门狠狠摔上，丝毫不掩饰自己的愤怒："不许进我的房间！"

前天祖母伊莎贝拉给霍以瑾买了一条很漂亮的粉色公主裙，昨天霍妈妈就以阳光很好为名，强扭着儿子和女儿照了一张合照，今天照片洗了出来。

照片里，霍以瑱在最大可能的范围内远离着霍以瑾，嫌弃之意溢于言表。

吃完早饭，霍妈妈对霍以瑾说："去把照片拿给哥哥好不好？"

"可是我怕……"霍以瑾现在有点不敢靠近她哥哥的房间，即便那房间就在她的对面。她因为哮喘没什么朋友，哥哥就是她唯一的朋友，即便大部分时间哥哥都在生气，但她还是觉得哥哥也有对她很温柔的时候，不过那需要他很高兴、很高兴才行，所以她一点都不想惹他生气，好比去哥哥并不允许她去的房间。

"不要怕，你们是兄妹啊，你们天生就该比别人更亲近，他现在只是没有转过弯来，早晚你们的关系会变好的。"妈妈鼓励道。

"真的？"霍以瑾眨眨乌黑溜圆的大眼睛看着妈妈，"那个早晚能不能早点来？"

"能，也许就是今天呢，去试试吧。"妈妈笑着摸了摸女儿的头，她真的很希望自己的儿女能关系变得好一点。

"嗯。"霍以瑾小时候特别好骗，只要是家人跟她说的她都信，哪怕被骗了，下次还是会傻乎乎地相信。妈妈说今天就是那个早晚，所以她就相信今天就是那个早晚，当的一下，她和哥哥的关系就会变好了。越想越开心的霍以瑾就这样满怀期待地去了二楼。

她哥的房间也果然开着一条缝，那是她过去想都不要想能遇到的好事。

她高兴极了，推开门……

"你看到了什么？"现实中，李斯特诱哄着问道。

躺在很有未来机器感的蛋形机器里的霍以瑾产生了明显的抵触，她不是不知道答案，却拒绝回答，很显然那段往事并不愉快。

李斯特对霍以瑾建议的是一种他刚开始推广倡导的深度催眠，接受治疗的人躺在用了新能源的先进全息机里，在特定的声音催眠下，能够十分清晰地回想起隐藏在大脑深处的童年记忆,就像是再经历一次,只不过这一次是带着成年人的思维去看待那些曾经伤害过自己的话、事或者人。

"到时候你就会发现,过去的阴影其实没什么可怕的。"李斯特如是介绍。

儿童和成年人的世界相同又不同,有很多事情成年人害怕,孩子却未必会觉得那有什么可怕的,而很多成年人觉得只是在开个玩笑程度上的事情,却会给孩子留下难以磨灭的心理阴影。

"举个最简单的例子,逢年过节,亲戚们聚在一起闲来无事就爱逗孩子玩,这本身没什么问题,但有些恶劣的大人非要把孩子逗哭了才高兴,这就很糟糕了。更糟糕的是当孩子承受不了这些在他们看来很恶毒的话时,大人们只会轻描淡写地说一句,就是和你开个玩笑。

"可什么'你其实是你父母从垃圾箱里捡回来的',又或者大人离开一下,他们就会说'你爸妈不要你了,你怎么办啊',再不然就是'你爸妈是喜欢你多一点啊,还是喜欢兄弟姐妹多一点啊',这些还能算是玩笑吗?对于孩子来说,这些已经是恶毒不过的话语。会让孩子十分地缺乏安全感。"

霍以瑾感同身受地点了点头:"小时候我最怕的就是别人说我,他们觉得我爸妈还有哥哥和我一点都不像,他们那么漂亮,我却……"

她又胖又黑,还矮,好像自己是全世界最丑的人。

"现在你回忆起这些也许已经不觉得有什么了,但对于当时的你来说却一定很有什么。而这个'有什么'就会潜移默化地影响你接下来几十年的性格,我要做的就是找到这句影响了你,但甚至连你自己都不太记得了的话。"

也就是说要回溯霍以瑾的记忆到二十几年前,像是搜索敏感词一样,找到那个让霍以瑾无论如何都不想再改变自己的话。

这需要做大量的准备工作以及个人训练,毕竟回忆的都是很糟糕、很伤心的往事,霍以瑾要做好足够的心理准备,避免造成二次创伤。为此,霍以瑾必须暂时放下手头的工作,全身心地投入到这个治疗里。

宋嫒嫒接到消息时有点担心:"婚礼的时候你能赶回来吗?"

霍以瑾三个月之前准备的婚礼已经近在眼前了。

"能的,我一定不会错过。"霍以瑾对宋嫒嫒保证,这是她好不容易才有的一个女性朋友,她不想让她失望。

楚清让表示，我也肯定不会错过！

之前霍以瑾对楚清让说她要去做一些事情，有一段时间不能联系，楚清让当时答应得很好很痛快，其实转过头就后悔了，后悔得心肝脾肺肾都在疼。可是楚清让又不能和霍以瑾说，只能自己一个人纠结，好吧，还有一个被楚清让频繁骚扰的经纪人阿罗跟着纠结。

"你说她能去干什么呢？"楚清让第一千零八百次地这么问。

阿罗终于被问得黑化了，怒从心中起，恶向胆边生，于是乎他有了个神奇的联想："大概是在准备婚礼吧，怕你捣乱，所以故意用这话来安抚你。"

"和谁结婚？！"

"林楼、吴方、李斯特，不行还有那个少女心总裁身的谢燮，以霍以瑾的条件，缺什么都不会缺结婚对象的。不信你算算嘛，连上你，她这边数得上号的精英人物这都能打出一个篮球队的阵容了。实在是不行还有兄嫁结局……"

楚清让被气得摔了电话。阿罗长舒一口气，整个世界都安静了呢，真好。

结果没清净多久，等《主守自盗》剧组集中拍摄了差不多有一个月，大家难得迎来了珍贵的三天假期时，阿罗被楚清让绑着一路飙车前往了离小天使孤儿院不远的圣洛迪大教堂，传说中的结婚圣地。

看着负责开车的楚清让脸上的阴郁气息，阿罗双手紧抱安全带，不禁吞咽了一下口水："冷静，你知道你在干什么吗？"

"她要结婚了！就今天！"楚清让觉得自己快疯了，怎么说结婚就结婚了呢？一点预兆都没有。他现在的怒气值已经达到了无法形容的地步，当然，他气的只会是抢了他女神的新郎，而不是他的女神。霍以瑾永远是最好的！

"这时候能不能把你的痴汉脸收收？"阿罗有点受不了楚清让，"你真的确定结婚的是霍以瑾？"

"我找人去查的！婚礼上的东西都是霍以瑾签的支票，前期负责与供应商沟通的也是霍以瑾的助理，请的婚礼策划人是和霍以瑾有过不少交集的业内大佬，据说今天霍以瑾没去公司而是去了教堂，你说这些除了霍以瑾要结婚还能代表什么？"要不是剧组放假，楚清让觉得他大概会在霍以瑾度完蜜月才能知道这个事。

"你没开玩笑？阿罗也被震住了："那咱们这是要去？"

"你觉得呢？！"楚清让的表情简直不能更凶狠。

"杀人是犯法的！"阿罗因自己的猜测而受到了极大的惊吓，"特别是这种当众杀人，大家都知道你是凶手的情况，请最好的辩护律师都没用。楚家好不容易眼见着就要完蛋了，你真的舍得不看着它玩完就先一步把自己弄玩完？"

"我是去抢新娘好不好？！"楚清让怒视阿罗，"在你心中我就是个杀人犯的形象？"

"看路啊大哥！"阿罗也快疯了，一不小心就坐上了这么一个极度不理智的疯子的车，这不会成为他通往另一个世界的单程票？"你想在我心目中当什么形象都成，当卡密萨玛（日语音译，神）我都不拦着你，但卡密萨玛开车也是要看前面而不是副驾驶的！"

楚清让重新看回前面，他也觉得阿罗说得对，要是在赶去抢婚的路上出车祸，那就太韩剧了。

"话说，你抢新娘我跟着去干吗？一个人叫勇敢地为爱争取，两个人就成组团绑票了啊亲！"阿罗终于反应过来了，反正不管怎么说，你今天是必须要犯个罪了呗？咱们能不能好好商量着挽回一下？

"你不进去不就完了？"楚清让明显的智商不在线上。

"那我来是干吗的啊！"阿罗的智商也有点被刺激得不太够。

"你负责待在驾驶席上，不要让车熄了火，等我拉着霍以瑾出来，你就一脚油门，懂？"

"懂。"还真是简单粗暴，易学易操作呢。等再一想之后第二天的头版头条，阿罗就有把自己的个性签名改成"本人已死，有事烧纸"的冲动。

这话翻译过来的意思就是，这婚阿罗陪着楚清让抢定了。

"都一把年纪了还这么舍命陪君子，我明天一定会骂死我自己的！"

但是今天不后悔，以后也不会！

因为，这是我朋友啊。

白色的大教堂，红色的哥特式尖顶，十二圣徒的浮雕大理石柱子，白鸽在金色的钟声下振翅，滑过一片花海飞向蓝天。教堂内部也是一片纯白，十字形的内部设计，显得十分圣洁。这绝对会是出现在很多少女梦寐以求的婚礼中的完美画面之一。

楚清让却无心看这些风景，只顾奔跑在通往主教堂的路上，然后就像是过了有一个世纪那么漫长,拍电影的时候往往在这段都要慢镜头特写。

最终,楚清让在门前站定。

气还没喘均匀,他就猛地推开了大门,掷地有声的一句"我不同意"响彻整个礼堂。完全不顾那边的牧师有没有说"有人反对这段婚姻吗"?

而随着楚清让的这一句,整个婚礼都被迫停了下来,现场变得安静极了。这是一个很低调的婚礼,并没有请多少亲友,但两旁的人一起看向楚清让的场面还是很壮观的。

楚清让没看这些人,只顺着一路铺到圣坛前的红色地毯,看到了他想要的新娘。

"这是谁?"

新娘宋媛媛穿着洁白的短婚纱,抱着粉色的捧花,傻愣愣地和新郎吴方站在一起:"你还安排抢婚的惊喜戏码了?请楚清让来演花了不少钱吧?说真的,比起楚清让,我更喜欢祁谦。"

新郎吴方也傻了:"我没安排啊。"

那天,自十六岁之后就很少犯傻的楚清让一口气犯了好多傻,最主要的两点是:一、这天只是婚礼彩排不是正式婚礼;二、嫁人的是宋媛媛不是霍以瑾。

代替妹妹暂时充当伴娘角色的霍以瑾,脸一下子就拉了下来,不为别的,只为他站在伴娘的位置上,这事儿让他最不想人看到的榜首位置肯定写着楚清让的名字。那一刻,霍大哥的内心几乎是崩溃的。

一同崩溃的楚清让:"霍以瑾呢?"

"去青城了还没回来。"霍大哥往前一站,很自然地和楚清让搭起了话,想让他忘记这段黑历史,他就跟霍以瑾说伴娘这角色他来不了,为什么妹妹一可怜兮兮地看过来他就投降了呢?一世英名毁于一旦,这让他日后如何面对楚清让!希望楚清让没看清刚刚他的站位,嗯。

"哦,青城啊,抱歉,是我没搞清楚状况。"楚清让赔笑,等等,"青城?!她去青城干什么?!"

"你去了不就知道了?"为了保持住自己的形象,霍大哥只能想尽办法支走楚清让,让他赶紧走人,所以他忘记说霍以瑾其实明天就回来了,只是补充了细节,"就是管家赵伯老婆以前在青城的家,你应该挺熟的。"

楚清让确实挺熟,那里承载了他整个童年最快乐的记忆,后来这些年他也不知道去了多少次,只为找到霍以瑾哪怕一丝半点的线索。

"谢谢,我这就去。再次抱歉,打扰了。最后,大哥,别难为情,这年头男伴娘其实挺流行的。"

"谁是你大哥!"霍以琪成功暴走。

楚清让早已经跑出了门。

紧张地等在车里的阿罗看只有楚清让一人出来,长叹了一口气,安慰道:"没事,就像你说的,你还能等她离婚嘛。你看清楚新郎是谁了吗?我帮你套他麻袋!"

楚清让笑了:"谢了,不需要套谁麻袋,结婚的是宋媛媛。"

你还敢更乌龙一点吗?!

"我现在需要用车去一趟青城,你是准备和我去还是下车自己打车回家?"楚清让打开了阿罗所在的驾驶座的门,他的意思已经很明显了。

"啊?"阿罗有点跟不上这神一样的展开速度。

然后阿罗就在这样的怔愣中,站在了路边,看着楚清让和他的车一起,风一般地消失在了他的视线里。

阿罗在最后发出来自内心深处的呐喊:"用完就扔啊!"

青城离LV市不算近,也不算远。开车走新修的高速,上午去,晚饭之前肯定能到,主要耗时的是下了高速之后的小路,复杂得犹如迷宫。

楚清让对路倒是挺熟,所以成功在天还没黑之前赶到了青城。

这么多年过去了,青城却几乎没有什么变化,一眼就能望到头的主干道,基本平均都在两三层的木质建筑,青石板铺成的路。十几年前什么样的作息规律,现在就还是什么样的作息规律,就好像被迅猛发展的世界遗忘了一般,这里还活在上个世纪。

家家户户守着那点老皇历,不思进取,不知变通,愚昧又无知,还是那么让楚清让厌恶。

楚清让永远都忘不了他被一群小孩儿在这些大街小巷里追打的场面。衣着朴素的大人们就坐在自家院前的门墩上,男人抽着旱烟,女人织着毛衣,齐齐地指着他狼狈的背影看笑话,爬满皱纹的眼角,麻木又冷漠的眼神。

他当年被孩子们称之为"没人要的野种",这种话大人不说孩子又能从哪里学来呢?

楚清让恨这里,恨这个本不应该属于他,却把他硬扯进来,最后还深深伤害了他的小城。但同时他又爱着这里,因为顺着主干道一路向上走去,他就能看到让他真正开始想要活得像个人样的女神的家。

那个大屋是当时整个青城唯一的砖瓦房，朱墙碧瓦，高门深院，窗明几亮得就像是另外一个世界。

楚清让开着车，走在他曾经用脚走过无数次的路上，沿路被不少端着饭碗坐在门前的青城人围观，从他们贪婪的眼中楚清让就能看得出来，他们都在衡量着这车的价值，判断着自己能不能唬着这个啥也不懂的城里人给些钱花。

他嗤笑地看着路边不断朝他张望的愚蠢的青城人，谁又能想到呢，他会是过去那个豆芽菜一般的赵小树。

说实话，楚清让突然挺想说出来吓吓他们，看这些人诚惶诚恐的表现的。

不过还是算了，楚清让想着，和这些人计较又有什么意义呢？从一开始他们就不是一个世界的人，他计较了只会让他显得很没品。最重要的是主干路尽头的大屋到了。那里彻底颠覆了楚清让的记忆，没了干净亮眼的外表，也没有了热闹气派的场面，大屋这些年一直没卖，但也没人住，年久失修，荒废多时，远远看去跟恐怖片现场似的。

霍以瑾就坐在门口的台阶上，牛仔裤，白T恤，高高梳起的卷发马尾，青涩得就像是回到了十五岁。

她一眼就认出了楚清让的车，又或者准确地说是阿罗的大切诺基，她笑着冲车窗弯了弯手，动作大方又自然，她对下了车的他轻声说了一句："嘿，你找到我了。"

那一刻，楚清让觉得他的整个世界都亮了。

对总裁的第十五印象：知道的第一个花语是薄荷的花语——再爱我一次。

霍以瑾和楚清让一起并排坐在大屋前的台阶上，就像他们小时候一样。好吧，也不太一样，小时候他们可以坐在最高一阶上晃着腿，长大后蜷着腿不觉得憋屈就已经很难得了。她冷不丁地问了一句："听说你不同意宋嫒嫒和吴方结婚？"

楚清让脸皮挺厚，知道霍以瑾在打趣他，一点儿不觉得尴尬，反而一副你高兴就好，让我做更傻的事都没问题的表情："我以为结婚的是你。"

"那本来是我的婚礼，最起码三个月前我是这么认为的。"霍以瑾曾以为要是最终没能按照计划结婚，她一定会暴躁死，但当这一刻真的来临的时候，她反而松了好大一口气，终于不用再被那个日期追赶着她不得不找个对象了，真的放松舒心了不少。

当然，这也与李斯特的心理治疗有很深的关系，李斯特让霍以瑾意识到，这一步很难跨出，可一旦跨了之后的改变也就顺其自然了。

霍以瑾还是霍以瑾，她依旧在追求完美，力图让自己变得更好，却不会再因为这中间的挫折与意外而感到暴躁又或者不舒服，强迫着自己无论如何都必须掰正结果。

"后来呢？"楚清让知道了答案，却还是希望能切切实实地从霍以瑾口中听到她对他说，她已经不会再想随便找个人嫁了。

"后来我的朋友宋嫒嫒和吴方明显比我更需要那场婚礼，正好我不太会给人送结婚礼物，所以我就把我准备的婚礼送给他们了。"霍以瑾的审美外加巨资打造，只要稍微改动一些宋嫒嫒更喜欢的花朵缎带等细节，再重新准备一套婚纱，就行了。

教堂改到了 LV 市的圣洛迪是为了方便孤儿院的孩子参加。祁谦因为宋嫒嫒的这一决定，为她大开绿灯，想办法预约上了基本已经排到明年的教堂使用权。

换句话说就是祁谦什么都知道，他在故意看楚清让的笑话。

"我一定会好好回敬他的！"楚清让很忧伤，为什么他身边都是这样的损友呢?看看霍以瑾身边的谢燮、林楼、宋媛媛,再看看他……

"嗯,这其实是小桥的主意。"

"小桥?那个号称是我粉丝的小桥?"楚清让对于现在的粉丝便也是不懂了,爱之深恨之切吗?!

霍以瑾笑着没说话,她才不会说小桥这么做只是因为他想刺激楚清让对她更主动一点,不过为免楚清让对小桥产生什么不好的印象,她决定转移话题:"这可是第一次我听别人对我说,我送的礼物是她收到的所有礼物中最好的。"

霍以瑾真心不太会给别人挑选礼物,大部分时间她更倾向于直接开张支票,对方满意,她也省事。不过,呃,也就是想想,哪怕是关系好到如谢燮者,收到支票也是会生气的。

唯一不生气的只有她大哥,对方会在她生日的时候回一张两倍以上数额的支票。

"你送我支票我也不会生气。"楚清让立刻站队表忠心,不要说是送支票了,哪怕是送牙签,只要出自霍以瑾之手,他都能乐好些天,因为她至今还没送过他礼物呢。

"你生日的时候我想送你一些更具有意义的东西。"霍以瑾想了想,补充道,"普通节日才送支票。"

楚清让傻愣愣地看着霍以瑾,不断地告诉自己不要想歪,这话也能对朋友说,但该死的……我就悄悄想歪一下,霍以瑾不知道也就没什么,对吧?对!他开始愉快地自欺欺人,也许、大概、可能霍以瑾这是在告诉他,她准备拿他当爱人对待。

霍以瑾看着毫无反应的楚清让,心里也有点忐忑。谢燮这个白痴不是说楚清让那么聪明,肯定一点就透,她这么说绝对万无一失的吗?万无一失在哪里啊?!

在楚清让开车赶来青城的路上,霍以瑾正在和谢燮打电话。

"你准备怎么和楚清让说?"谢燮在跟霍以瑾说完楚清让在婚礼彩排上的乌龙以及他正在赶往青城这两件事后问道。

"什么怎么说?"霍以瑾一头雾水,谢燮这种东一榔头西一棒子的说话方式真的让人很难跟得上他飘忽的思维。

"你决定再给他一次机会的事情啊。别告诉我你打算再告白一次,直接跟他说什么我喜欢你,你看我怎么样?咱俩处个对象呗之类的话!"

谢燮发现自己好像一直处于皇帝不急那啥急的角色里。

"那怎么说?现在赶紧着从小说里找个告白模式套一套?但是那种'我要全世界都知道你是我的女人'之类的会不会太羞耻了?"

"我没让你从狗血小说上找。"

"网上的搞笑段子?我倒是记得在微博上看到过类似的,'我这里有一条祖传的染色体想传给你'又或者是'我能帮你在我家祖坟预约个免费的风水宝地',但在正经告白的时候这么说也太二了吧?"

"这位道长,收收你的神通吧。"谢燮再一次给霍以瑾跪下了,"你闭嘴,听我说?"

"……"霍以瑾没说话。

"喂?喂?断线了吗?怎么没声了。"

"不是你不让我说话嘛!"

"你非要在这个时候跟我抬这个杠才痛快吗?"

"你说,我听。"霍以瑾配合道。

"重点不是告白的方式,而是由谁告白你得明白?言情小说你都看狗肚子里了吗?谁先爱上谁先输,同理可证,谁先告白,被告白的就掌握了主动权。你和楚清让这么折腾一圈下来,结果还是你告白,让他白得便宜,咱们亏不亏啊?!"

谢燮真不愧是少女心总裁身,在这种时候总是头头是道。旁听的林楼想。

"那怎么办?"霍以瑾虚心求教。

"想办法让他再告白一次呗,到时候你再'勉勉强强'地答应了他,掌握主动权!"

"好。"

结果楚清让前面被霍以瑾拒绝得太狠,始终处于小心翼翼的忐忑状态,根本不敢胡思乱想,哪怕想了他也没敢当真。

霍以瑾无奈,只能换了个说法:"你真的不好奇我这些天去干什么了?"

"不好奇!"楚清让表忠心总是表得特别奇葩。

"……"霍以瑾抽他的心都有了,往常那死皮赖脸的劲儿去哪儿了?

楚清让看着霍以瑾沉下来的脸色,心咯噔了一下,又说错了,还是被霍以瑾发现自己的小心思了?

"好吧,我坦白,我真没骗你的意思,你信我。你不想说,我肯定不勉强你,会努力让自己做到不好奇。但你也知道的,这个人心吧,是很复杂的,不是我说控制就能控制得住的,我就只有那么一点点的好奇,真的,只有一点点,四舍五入也可以被称之为不好奇。"

　　楚清让一朝被蛇咬,十年怕井绳,可以说是把"死也不能再骗霍以瑾"这个信念刻进了骨子里。

　　扑哧一声,霍以瑾忍不住地笑了。楚清让怎么能这么可爱呢。

　　然后霍以瑾就拽着楚清让的领带把他拉向自己,再一次主动地吻上了楚清让的唇,鼻翼轻碰,以舌尖探开薄唇,在敏感处辗转厮磨。

　　楚清让不可思议地睁大了自己的双眼,这个时候掐自己的大腿测试这是不是梦会不会显得不太合适?

　　霍以瑾无奈地放开楚清让,有点小失望:"这个时候都应该是把手放在我胸前,闭眼享受的吧?"

　　"胸、胸。"楚清让已经紧张到不会说话了,脸上的红色一直蔓延到了脖子根,他低头看了一下霍以瑾,又快速转移,"这不太合适吧。"

　　霍以瑾低头,脸也腾地一下跟着红了,忘记自己是女的有胸了!这种小说里女主角被总裁吻得情难自禁的画面竟然不太适用楚清让和她。

　　楚清让始终无法上线的智商终于上线,他没再继续说话,只是一手握住霍以瑾的手,一手揽住霍以瑾精瘦纤细的腰肢,倾身上前,吻住了霍以瑾的唇,唇舌相缠,轻轻摩擦,呼吸着彼此越来越热的温度,终于有一次双方都配合地闭上了眼,整个大脑都充斥着异样的触感,体会着一个草莓味的吻。

　　一吻之后,楚清让的大脑再死机也知道这个时候该告白了,所以他说:"我喜欢你,我爱你,我想和你在一起,想温柔以待地对你,想送你薄荷。"

　　"薄荷?"霍以瑾眨眨眼,这个时候乱入了个什么鬼。

　　然后楚清让就教会了霍以瑾她人生中的第一个花语,薄荷——请再爱我一次。楚清让没有告诉霍以瑾的是薄荷的另外一个花语——愿与你再次相逢。

　　"好。"霍以瑾答应得很干脆,"我祖母的花房里一定不介意多一些薄荷香草的。"

　　楚清让终于修成正果。

　　那么,之后呢?之后当然是开车连夜赶往LV市,第二天还有一个在圣洛迪大教堂举办的婚礼在等着霍以瑾去当给新娘递婚戒的伴娘呢。

本来霍以瑾下午就该飞回 LV 市了,但是为了等楚清让,最后的结果就是两人开夜车回去。

"要不我来开吧?"霍以瑾对楚清让建议道,他已经开了一白天了。

"不累!没骗你,真的!"楚清让现在根本不敢休息,生怕再一睁眼发现自己其实是在做梦,为此他觉得他甚至可以一辈子都不睡觉。

"好吧。"霍以瑾躺在放下去的副驾驶上,闭着眼,她是真有点累了。

"来点助眠,咳,我是说放松心情的音乐?"楚清让建议道,"我这里有《Ein Straussfest》一和二,施特劳斯家族圆舞曲精选,小提琴精选,《流浪者之歌》……"

"具有收藏价值的百张古典乐专辑,嗯?"

楚清让尴尬地笑了笑:"你知道的,我之前不太能欣赏得了古典乐,就从网上搜了一下哪些比较经典,然后买来每个车里都备了几张,好方便你随时想听的时候都能听到。"

机会总是留给有准备的人。

这话用在这里不太合适,却也从某种角度体现了楚清让对霍以瑾的重视。他不知道霍以瑾什么时候能再和他重新在一起,但他会时刻准备着,哪怕是阿罗的车他都没放过,他一直都在想尽办法地与霍以瑾贴近。

霍以瑾没说话,只是随便点了一张她比较喜欢的专辑,闭着眼享受着悠扬的纯音乐,然后给了楚清让关于她这些天去了哪里的答案:"我去接受心理治疗了。"

"李斯特是国内首屈一指的心理医生。"楚清让想起了当初在开机仪式上阿罗的介绍。

"对,就是他。他的老师过去是我的心理医生,老先生退休后就把李斯特介绍给了我。李斯特建议我追溯到小时候去回忆是什么造成了今日我的性格,好加以改变。"霍以瑾对楚清让详细地解释道。

"那一定很痛苦。"没谁会喜欢重新经历小时候的糟糕过去,楚清让尤甚,"我宁可你不要去经历这些。"

"如果没有这些说不定我就不会接受你了。"霍以瑾试探性地开口。

"我可以等。"楚清让不是在说什么便宜话,他是真的这么觉得的。如果他当时知道霍以瑾去做什么他一定会劝她不要去的。他能忍耐等待霍以瑾的痛苦,却无法眼睁睁地看着霍以瑾难受,哪怕一丝一毫。

"你是笨蛋吗？"霍以瑾笑骂了一句，"不过你说对了，其实回忆那些对我并没有任何帮助。不过那些记忆也不都是痛苦的，相反，他们让我很快乐。"

"快乐？"

霍以瑾回忆着她经历的那些，嘴角止不住地向上翘起："嗯，很快乐。"

五岁的霍以瑾在她大哥的门前，听到她大哥在和他搬到南山半坡之前的同学语音打游戏。这不是他们热爱游戏到一清早就起了，而是他们昨晚根本就没睡，一直熬夜鏖战到现在。大家都已经很疲倦了，一边分着最后的战果，一边很随意地聊着什么。

也不知道是谁起了有关于"妹控"的头，霍以瑨五岁的妹妹霍以瑾也被提及。有人问，你妹妹一定很可爱吧？不到五岁的小萝莉。

霍大哥还没回答，就听另外一个平时和他关系不错的朋友代替他回答道："你可要失望了，Ace（霍大哥的网名）家的妹妹一点都不可爱，又丑又胖，那样子你是没见到，天哪，真可怕，和 Ace 一点都不像，也不知道是不是哪里捡来的。"

"真的假的？"一群好事的人在起哄。

霍大哥是怎么回答的霍以瑾没听见，因为她已经气得哭着跑走了，然后再一次发病，抢救回来后死活也不愿意再在家里继续住下去。她父母没辙，只能把她送到了管家赵伯青山绿水的老家青城，由赵伯的妻子代为照顾。

那是霍以瑾难得的任性，她一直在等。等她哥哥打电话给她，跟她说，回家吧。可惜，霍以瑾一直没有等到。

后来霍以瑾因为楚清让再一次犯病，被送去了国外治疗，等彻底好了之后瘦了又白了，她的哥哥也突然对她好了起来，和以前的朋友断绝了关系，现在学校里哥哥的朋友们都很喜欢她，简直就像是做梦一样。

李斯特觉得就是霍大哥对霍以瑾这前后差距过大的态度，让霍以瑾形成了一种不想再改变自己的心理，她怕改变后哥哥会再一次不喜欢她。

但是，霍以瑾和她哥就这事沟通之后才发现这里面的乌龙其实挺大的。

那一天，霍以瑾哪怕站在门外多坚持一秒钟，她都能听到她哥哥怒骂那些朋友的话。他的妹妹再不好，那也是他妹妹，护短的霍大哥根本不会允许别人那么嘲笑霍以瑾,他和他过去的朋友断绝了关系不是在霍以瑾病好之后,而是在她去青城之前就已经因为霍以瑾闹翻了。

而霍以瑾去了青城之后,霍以琪没给她打电话是因为他根本不知道她去了青城。

那天霍以瑾犯病,全家都急着赶往医院,霍大哥再一次被落在了家里,他有预感妹妹出事是因为在他房门外面听到了那些话,却不知道该如何解释。

等后来父母、祖父母一脸沉重地回来,霍以琪就更不知道该如何开口了。他想等妹妹回来了再道歉,但妹妹却再也没有回来。

妹妹的房间被锁了起来,而妹妹很多的东西都被打包送走(被霍以瑾带去青城),母亲夜夜背着人偷偷哭泣(想女儿想的),父亲、祖父母对妹妹绝口不提(怕引得霍妈妈更伤心),这一切的一切都给霍以琪造成了一种错觉——他的妹妹死了,因为他朋友的一些话,因为他的冷漠,他的妹妹犯病之后死了。

霍以琪害怕到甚至都不敢去和父母确认一下自己的猜测,他一直都活在以为自己是杀人犯的极度惶恐中。

当然,这个乌龙还是很快就被解释清楚了,却也给了霍大哥很大的心理影响。所以他才会对霍以瑾突然好得不得了,不是因为她瘦了、漂亮了,而是一种失而复得的狂喜。让他觉得他必须对他妹妹好,因为妹妹一旦离开,他就会活得很糟糕。

中二少年容易偏执,霍大哥的偏执就是霍以瑾,深入骨髓,再难改变。这也是他最大的黑历史,他这辈子都不想让人知道他还有这么冒傻气的时候,特别不想让霍以瑾知道。

"哥哥在妹妹心目中的形象就应该是光芒万丈的!"霍以瑾如是说。

于是连同管家在内的霍家全家为了保全霍以瑾脆弱的少年脸面,口径一致地没对霍以瑾说起过这段往事。

霍以瑾每次想起她大哥也有这么蠢萌的时候就想笑。

所以是很快乐的事情,完全没感觉到痛苦。

"很可惜我不能告诉你这个故事。"霍以瑾对楚清让道,"不过知不知道对于你来说都没关系啦,那并不是困扰着我无法再次和你在一起的原因。"

"唉?"楚清让特别想紧接着问,"那是什么让你终于决定再给我一次机会",但他又有点不敢问,生怕霍以瑾想起来又决定不和他在一起了。

霍以瑾无奈道:"安心吧,除了我大哥的事,别的我都会全无保留地告诉你,也不会出尔反尔不和你在一起,你敢不敢对自己有点信心?"

"……不敢。"

"那就对我有点信心!"

"好的女王大人!"

"……女王大人?"

楚清让:一不小心把心里话说出来了怎么办?要是因为这个称呼而分手,我一定会被自己蠢得去跳江的。

"我喜欢。"

楚清让想:你喜欢就好女王大人,我这里还有女神、my Boss、my Lord、your highness 等各式各样的选择!只要你喜欢,我就说得出口!

您的朋友"帅不过三秒的楚清让"上线了。

楚清让就这样一边开着车,一边听起了霍以瑾跟他讲过去的故事。不过霍以瑾一开口楚清让就后悔了,因为霍以瑾跟他讲的是赵小树,一个让他听后心情会起伏很大、很激动,一点都不适合在高速上开车时听到的人。

"我小时候得过哮喘你知道吧?"霍以瑾开口问道。

"你怎么会觉得我应该知道?"赵小树当然是知道霍以瑾得过哮喘的,但"楚清让"不应该知道。楚清让衡量再三,最终决定用模棱两可的反问句。不能算骗人,但也没主动承认什么,他一点都不想让霍以瑾知道他赵小树的身份,又怕保不齐霍以瑾哪天就从她哥那里知道了,只能选择了这么一个不是办法的办法来隐瞒。

他当年那个"又矮又矬又爱哭,只有别人欺负他的份,他自己不要说反抗了,甚至还需要霍以瑾一个女孩子来保护,一点都不英明神武"的形象,实在不是一个什么值得在自己刚上任的女朋友面前说出来的事情,不是吗?哪怕霍以瑾不觉得他当时那样丢人,他也不需要霍以瑾的同情,当然,他更不想因为当年自己的不告而别再给他和霍以瑾之间徒增什么障碍。

所以对于赵小树这个身份,楚清让的策略自始至终都是不承认,不否认,能瞒几时是几时,反正他没骗她!

躺在副驾驶的霍以瑾忍不住睁眼给了楚清让一个白眼,然后重新闭上，抬手小幅度地戳了戳楚清让的胳膊："别装了，再装就不像了，我还不知道你。"

楚清让睁大了自己的眼睛，不会真的暴露了吧？

"就你之前那跟踪狂的样子，你敢说你没把我过去的喜好、资料调查了个底朝天？"霍以瑾大喘气地把话说完了。

"被你发现了啊。"楚清让表面上配合着尴尬一笑，心里却在努力呼吸着劫后余生的空气，还好前面自己挺住了没不打自招，霍以瑾这种说话方式实在是太要人命了，要是以后再这么来几回，几颗心脏都不够使的。

"大概是五岁左右吧，我被送去了我管家妈妈的老家，也就是我今天去的青城休养，认识了一个小男孩，他叫什么我有些忘了，小木，还是小草，要不小花？"

小树！小树！小树！楚清让觉得自己有点小分裂，一方面恨不能霍以瑾对过去的他彻底失忆，不再记得他最丢人的样子，一方面却又因为霍以瑾真的把他忘了而有点难过，也许对于霍以瑾来说他只是她在管家妈妈的老家遇到的无关紧要的童年玩伴，但对于他来说霍以瑾却是他的童年乃至现在整个人生中的全部。

"啊，小树，赵小树，应该是这个名字。"霍以瑾最终还是准确无误地叫出了赵小树的名字。

她当然不可能忘记赵小树，那可是她人生中除了家人以外的第一个朋友，有着与别人完全不同的意义。而且她前不久才接受了李斯特的记忆回溯，哪怕忘记了也能再回想起来。她之所以假装忘记了对方的名字只是不想楚清让介意。

总裁小说不都是这么写的嘛，女主角对于总裁口中的异性（不管是什么身份）总是会在意非常，但偏偏还不会和总裁明说，只一个人各种脑补，然后因为自己的想象而暗自神伤。

楚清让不是那种动不动就悲春伤秋的类型，但他会买凶杀人，更吓人。

霍以瑾实在是不想就因为这么一桩并不会对现在的她再造成任何影响的童年回忆，引发出了什么不可挽回的内部矛盾。所以她只能通过各种假装来表现自己对对方的不在乎，好降低楚清让的警惕和凶残程度。

再一次喜闻乐见地说岔了的两个人就这样继续"愉快"地聊了下去。

"你很喜欢这个赵小树？"楚清让满怀期待地问道。

"没……没有，我怎么可能喜欢他呢，我连他长什么样都忘记了。"

霍以瑾闭着眼想的却是她一辈子都忘不了第一次见到赵小树时的样子，又瘦又小，头发枯黄，穿着明显不合身的脏衣服，缩在墙角被一群人欺负，连哭都只会哭得像是小猫叫，让人心疼得不得了。

"也是啊，都是快二十年前的事情了，谁还能记得。"楚清让失落地垂下头，浓密黑长的眼睫毛在下眼睑留下一排小扇子似的阴影，果然没有人会记得赵小树呢，没有人。

那个蹲在角落里不断哭泣，乞求着谁能来救救他的小男孩越走越远、越走越远，好像马上就要被全部的黑暗吞噬。

"也不算是完全不记得。"霍以瑾突然出声，驱散了一片黑暗。

霍以瑾懊恼地皱眉，她不想别人这么无视赵小树，但她也不应该在本来就很敏感的楚清让面前说的，这不影响家庭团结嘛。

"哦？那你感觉他是什么样的一个人？"楚清让没生气，相反他激动得不得了，状似闲聊，实则支棱着耳朵，只为听一听在霍以瑾心目中他到底是个什么样的，强大、弱小？可怜、讨厌？……喜欢？总是想要得到那么一个答案的，哪怕是没有存在感的赵小树也总是希望能被人记住。

"他是一个，呃，怎么说好呢，对，他是一个就缺一个机会便能走上人生巅峰的人。"

"嗯？"楚清让不可思议地睁大了自己的眼睛，他想过千万种答案，却怎么都没想到霍以瑾会这么说。

霍以瑾依旧闭着眼睛，假装自己沉浸在快节奏的小提琴背景音里，实际却在心里描绘着赵小树的模样。

他不高大、不可爱，脸长年被遮在一头乱发里，畏畏缩缩，好像一阵风就能吹倒他。但霍以瑾在看到他第一眼时就觉得那并不是真正的他，他心中自有一番丘壑，只是缺少一个机会，缺少一个人去告诉他，这个世界有多大，他可以有多厉害，他不应该被那样对待。

她相信那个男孩将来肯定会比任何人都有出息，所以她不同情他，她不觉得他有什么好同情的，因为早晚有天那个男孩会把命运亏欠他的都用自己的双手挣回来。

他是全世界最独一无二的。

"也不知道他现在怎么样了，和他有钱的爸爸离开之后会过得很幸福吧？有了机遇，看到了更广阔的世界，他一定会……"

翱翔于九天之上，再不被任何人、任何思想束缚。

她希望他能好,他值得那些好,不,他必须好,哪怕以后再也不见,甚至见面不相识,她也始终觉得他们都应该好好的。

"也许他已经变成了一个坏人,把人送进监狱,送进精神病院,甚至是他自己过得其实也很糟糕,为当年拒绝了你的好意而受尽折磨。"

"收回你的话!"霍以瑾猛地睁开眼,坐起看向楚清让,气势逼人,她有点生气,不,她很生气,"你不应该这么说他,你不知道他遭遇过什么,也不知道他在遭遇了那些之后仍然没有放弃奋斗需要多大的勇气!你什么都不知道,怎么能这么说他!"

有些人面对暴力早就已经被打怕了,被打得失去了自我,再也扶不起来。但是赵小树并没有,哪怕他遭遇再大的苦难,他绝对不会弯了他的腰,折了他的气节。

就像是胡杨树,活着三千年不死,死了三千年不倒,倒了三千年不朽。

"我当然知道,因为我就是赵小树。"楚清让终于还是说出来了,不是被霍以瑾激得一时冲动,而是当他看见霍以瑾那么为曾经伤害过她的他据理力争时,他觉得他不应该再自私下去,不应该再为了自己心里那点小心思而继续瞒着霍以瑾,她有权利知道他最后变成了一个什么样的人。

"你说什么?"霍以瑾眨眨眼,好像有点消化不了这个突然而至的消息。

"我是小树,你是大壮。"楚清让这次是真的豁出去了,再次被讨厌就被讨厌吧,大不了再追一次嘛,又不是没追过,"很抱歉,当年我那么浑蛋,因为一个不知所谓的'爸爸'和你不告而别。"

楚清让觉得他终于明白了霍以瑾为什么只能给人一次信任。

最初的孽果然还是在他,他说他要跟爸爸走了,霍以瑾很难过却还是选择了祝福他,并且帮他积极地想新名字,约好第二天见面,但他却因为害怕看到霍以瑾哭,害怕因为见到她的眼泪而没有勇气和"爸爸"离开,选择了像个懦夫一样在第二天偷偷离开,没有遵守约定。听霍大哥说,霍以瑾当天就犯了病,都是拜他所赐,所以他活该有今天。

一酌一饮,皆是天定。很多年前种下的果,再苦他也会咽下!他唯一后悔的就是当年对霍以瑾那么浑蛋,害得她伤心了。

"我没有生气。"霍以瑾却摇了摇头,这个误会必须要第一时间解开,"真的,我从来没怪过你,事实上,我该对你道歉的,我当年太不懂事了,在我根本不知道为一个人的人生负责到底是什么样的时候就轻易许出了那样的承诺,差点害得你没办法和楚家团聚。"

"不是楚家,当年那个找到我的人是楚天赐的亲生父亲,我在他家没住多久就被他妻子带着去检测了DNA,证明了我不是他儿子,然后我就被送回去了,可你却走了。我想去LV市找你,但是不知道你的名字也不知道你的住址。"

楚清让把他珍藏在钱包里的火柴人递给了霍以瑾。

"还记得吗?这是你画的,清让也是你取的名字,我很喜欢。"

要是在这个煽情的时候,她告诉楚清让,其实楚清让这个名字她很不喜欢,那是总是和她作对的大哥觉得好的,她圈住它只是想告诉他一定不能取……会不会显得很不合时宜?

这个时候只要微笑就好了,霍以瑾告诉自己。

楚清让很忐忑:"你真的不怪我?"

"我怪过你为什么不留下联系方式给我,以为你不想和我做朋友了,但现在看来是我错怪你了,我不知道当年的事情,如果我再坚持一点,再去找找你就好了。"

"这怎么能是你的错?"楚清让很内疚,"是我的错,我不该不告而别,害得你……"

"李斯特也以为是,但他错了。"霍以瑾耸肩。

"唉?"

"真的,我骗你这个干吗,有钱赚吗?"霍以瑾更无奈了,为什么她说了这么多遍楚清让就是不信呢?

因为我生命里发生了太多糟糕的事情,这样的好事我根本不敢往自己身上想。

楚清让心中最沉重的一块石头就这样被轻易地搬开了,轻松到不可思议。多少次他都在午夜梦回中责怪自己,觉得要是他是霍以瑾的话,他这辈子都不会原谅在他给予好意时却打开他的手的人。

幸好,霍以瑾不是他。

"我今天坐在大屋前的石头台阶上想了很久,也许我在心里小小地怪过你,但我却从来没有生过你的气,一点也没有。我不给人第二次机会不是因为怕自己改变,也不是因为你的不告而别受到了创伤。"

"那是因为什么?"

因为那个时候的我还不爱你。

就是这么一个再简单不过的理由,喜欢有吗?有。爱呢?却肯定是还没到那个份儿上的。

选择的时候太随便,付出的信任又太认真,结局能好了才有鬼。又或者可以这么说,如果当时楚清让的欺骗没有被霍以瑾知道,她和楚清让顺利地结了婚,那么她就永远不会真正了解到楚清让到底是个什么样的人,也就失去了真正爱上楚清让的机会。

霍以瑾在感情上是个慢热型,她可以第一眼就喜欢上一个人,却不可能第一眼就爱上什么人。她需要时间,需要很真实的了解,需要缓慢又温情的相处。所以无论是楚清让的痴汉,楚清让的跟踪,甚至是楚清让偶尔的犯蠢,那都是最真实的他,让霍以瑾有足够的时间从这些事情的侧面去明白他的执着、他的深情以及他隐藏极深的温柔,所以她爱上了他。

谢燮曾经和霍以瑾吐槽过:"总裁小说里这些神逻辑哟,不管什么事,爱上他或她了,就能作为原谅一切的理由,这也太可笑了吧。"

霍以瑾曾经深以为然。

但今天坐在青石板上,看着飞鸟闲适地从一碧万顷的天空飞过如黛的远山,她突然就有了新的认识。

有些事情是真的没办法用一句"我爱你"就能原谅的,好比杀父之仇,那是要不共戴天的,这些要是还能原谅了对方,不仅对不起自己,更对不起父母,简直……说句难听的话就是自己犯贱就别怪别人看你笑话。

但有些事情却也是可以因为一句"我爱你"就迎刃而解的,好比她和楚清让。

这个世界不是非黑即白,不是"一个理论点有错,整个理论就都是错的"。没有什么是一定的。包括她曾经的那一句,我不会原谅欺骗过我的人。

就像是谢燮问过她的,你哥、你的家人骗了你,你也不会原谅他们吗?

怎么可能。只要他们还爱着她一天,她就不可能真的对他们狠得下心肠,因为他们是一家人啊,会互相原谅,互相包容的一家人。

楚清让就是那个霍以瑾想与之成为家人的人。

自打脸就自打脸吧,有什么呢?世界是在变的,人的思想也是,如果我们永远只禁锢在一种想法上,世界又怎么会有今天的大变化呢?

只要是好的,是正确的,那么自打脸也应该认,而不是死要面子活受罪。

谢燮问林楼："你到底爱霍以瑾什么？"

林楼笑着说："我说了，我不爱她，我只是拿她当朋友那样喜欢，喜欢她的洒脱，喜欢她的大气，喜欢她笑容明艳的样子。"

车内，霍以瑾突然对楚清让道："我说当初你怎么转变速度转变得那么快，不是你在我和你的初恋之间最终选择了我，而是……"

"你就是我的初恋，不过我爱的是你，不对，我也爱小时候的你，呃，这话怎么听起来这么像是恋童呢，你听我说，我的意思是我……我……我。"楚清让越说越乱，他发现无论他怎么解释好像都不太合适，最后他自暴自弃道，"我只是无论你变成什么样都会情不自禁地爱上你。"

然后会因为不知道你是你，觉得同时爱上两个你的自己是个人渣陷入深深的自责，在最后还因为小时候的你而伤害了长大后的你。

这到底算怎么一回事啊？！

霍以瑾已经先笑开了，怎么会有这么蠢的事情发生在她和楚清让身上。

楚清让也跟着霍以瑾笑了，发自真心，仿佛连眼角都在笑着的那种。怎么都掩饰不住的开怀大笑，是啊，他们真的是太傻了，兜兜转转一圈下来，不过是自己和自己较劲儿，真够没劲的。

霍以瑾重新躺下，闭上眼，心想总裁小说诚不我欺，到最后也是总有一款适合我——青梅竹马梗。

"赵小树。"

"嗯？"

"这次就算了，下次要是再敢叫我大壮，杀了你哟。"

"好的女王大人！是的女王大人！没问题女王大人！"

凌晨一点半，楚清让终于安全地把霍以瑾送回了霍家，坐在客厅里的霍以瑱看楚清让的眼神十分不善，给出警告："这是第一次。"

楚清让觉得再没有什么比这更糟糕的了，因为你永远赌不起这货到底是说三次红牌罚下，还是再有一次我就代表月亮消灭你。

霍以瑾本来是想留楚清让直接在霍家睡的，他已经开了一天一夜的车，铁打的身子都受不了，再让他就这么一路开回北城新区，霍以瑾还不想就这么早以人鬼殊途为结局结束这段感情。

楚清让自然也打的是这个主意，要不是条件不允许，他真心很想和霍以瑾上午确立关系，下午就领证，晚上……咳。

结果两人却被霍大哥一句话给堵住了:"你俩在一起了?"

霍以瑾了解她哥,楚清让是人精,很快就同时懂了霍大哥这么说的意思,他不是真的在问他俩的关系,而是他很清楚他俩在一起了,所以出口提醒他们注意一下影响。

楚清让要是像谢燮那样,是这辈子都不可能和霍以瑾有什么的男性朋友,那大可以大大方方地在霍家住下。但他偏偏是霍以瑾刚刚新鲜出炉的男朋友,一个最近风头很盛,狗仔正愁没东西可写的人。两人才确立了恋爱关系就直接这样男未婚女未嫁不清不楚地住在一起,哪怕大家都知道他们不可能直接住在一个房间,也不妨碍报纸上乱写,看过报纸的人浮想联翩。

霍家不古板,却也顶不住人言可畏,更何况当年豪放的伊莎贝拉就曾对外直接撂下过霍家自她这一代之后的规矩,恋爱满一年以上或者订婚之后才可以"负距离交流"。

所以为了霍以瑾的名声……

"以免疲劳驾驶出事故,我特意给你准备了司机。"做事周详的霍大哥早考虑到了方方面面,拒人之意也十分明显。

霍以瑾只能无奈地拖着疲倦的身体去送她刚上任几个小时比她还疲倦的男朋友。

老管家站在霍大哥身后,无奈道:"先生,咱们下次找别人不痛快的时候敢不敢不要连累小姐?明天宋家小姐的婚礼,咱们家小姐是伴娘,肯定天不亮就要起床,一整天都会忙得跟陀螺似的,没时间休息。现在能多睡一分钟都是好的,您这样明着把楚先生赶走,以小姐的性格能不去送人安慰一下吗?也不知道您这到底是折腾楚先生还是折腾小姐。"

"那小子就这么轻易地拐走了我妹妹,还不许我发泄一下了?"宠妹霍以瑱一秒钟上线。

从婚礼彩排上遇到楚清让开始霍以瑱就憋着火呢,再一看妹妹这么晚了才和楚清让有说有笑地进门。那可是他捧在手里怕丢了,含在嘴里怕化了,宝贝了二十年的妹妹,就这样便宜了楚清让,能忍?

"当然不能!"管家先生很是同仇敌忾的,他和他妻子感情很好,但一直没孩子,等后来妻子去世了,他也没想着再娶一个,只把霍以瑱和霍以瑾当了自己的孩子,甚至是孙子辈,爱惜得像是眼珠子。他们不可能阻止霍以瑾去谈恋爱甚至是结婚,但那并不代表着他们就能让楚清让这么轻易地抱得美人归，但……"来日方长啊先生，不急于一时的。"

"哦？"霍大哥挑眉。

"先不说他们只是在谈恋爱，还没结婚，哪怕他们真结婚了，不把楚清让看在眼皮子底下一段日子怎么确定楚清让不会婚后原形毕露，对小姐不好？您说是吧？"老管家积极地出谋划策，"今日的后退，是为了他日的得寸进尺！呃，不对，恕我失言了，是为了他日的长远打算。"

今天忍了楚清让，日后才能趁其不备地坑他，霍以瑾看他们一直没有为难楚清让不也会心情舒畅、进而放松警惕嘛，到时候才好……

事实最后也证明了，姜还是老的辣，管家赵伯多年的宅斗经验是十分行之有效的。

楚清让日后最大的心愿就是和老婆搬出霍家，他不介意别人说他是倒插门，一如他老婆还不介意别人误以为她嫁给他之后就是为他生儿育女、洗手做汤羹。但他十分介意总是看见大舅哥这张容易让人胃疼的脸！

妹妹婚后，没一下子就变成空巢老人的妹控霍以瑾表示不满足。

这个世上有一种"幸也不幸"大抵如此——在还不确定能不能和女神顺利结婚的时候，大舅哥已经做好了在他婚后"开战"的准备。

第二天，霍以瑾倒也没像老管家预料的那样天没亮就起，她是天亮了之后才起的。

这不对劲儿！很不对劲儿！霍家的每一个人对此都颇感意外，觉得此中必有深意，却又无论如何都猜不到是什么。

霍大哥和老管家想得有点多，以为这是宋媛媛的婚礼突发意外办不成了，但见霍以瑾什么也没说，只是如常地下来吃早点，便只能小心翼翼地试探："这个点你要是锻炼完再去宋家，怕是有点来不及了吧？"

"所以今天不锻炼了啊。"霍以瑾一脸地轻描淡写。

女仆差一点不小心打破了她正在擦拭的瓶子。这一句在霍家绝对算得上是比天降红雨还不可思议的话了。

李斯特真这么神？连霍以瑾对塑形的执着都能管？霍以瑾和老管家默默地想。

"锻炼的目的是什么？是为了身体和身材好。身材好的目的是什么？是为了漂亮给自己看，让自己过得舒心。我昨晚凌晨才睡下，今天还要累一天，运动量绝对比平时坐办公室大，肯定能把早上的锻炼找补回来，那我早上还起来干吗？为了搞坏身体，打破自己的初衷？"霍以瑾想让自己过得更好的生活态度没有变，变的只是她遇事之后的态度。

反正像之前那样，和谢燮、林楼他们大半夜地想恋爱套路不睡，明知道第二天要去当义工忙一整天，却依旧要早早地爬起来跑步的傻事，霍以瑾是绝对不会再干了。

管家老赵欣慰，等霍以瑾走了，特意一边擦着家里几位老主人的遗像，一边翻来覆去地说了好久。

霍以瑾则直接在特助来接他上班的时候表示："去查查李斯特最近缺什么，或者有没有什么难办的事。"

穿着花衬衫，戴着紫水晶耳钉的李医生，开心地窝在办公室里看存折账户后面的零，想着：要不大家都说呢，就是喜欢和土豪做朋友！

霍家门外，楚清让的车已经到了，他来接霍以瑾去宋家。

这位"比霍以瑾睡得迟，起得比霍以瑾早，昨天还连续开了一天一夜的车"的先生，看上去比霍以瑾可精神多了，让霍以瑾一度怀疑他其实根本没睡，连续打一夜的鸡血很难有现在这个效果。

楚清让本来确实是打算不睡的，但最后被阿罗劝住了。

"你总不能真的因为怕这是梦就一辈子不睡觉吧？哪怕你能，你的身体也扛不住，到时候你死了，好不容易重新追回来的霍以瑾可就要便宜别人了。"阿罗提醒道。

"死也不要！"楚清让觉得他做鬼都不会放过那个在他之后和霍以瑾结婚的人的。

"是吧？所以你快睡吧。退一万步说，这是个梦又能怎么样？第二天一早你就去霍家堵门，不是梦自然皆大欢喜，是梦的话……你直接吻她好了。"

"这能有什么用？"楚清让不解。

"能让你解馋。反正不管你们有没有真的在一起，你最少能赚个深吻，这可是你平时想都不敢想的。等她稍微一生气，你就把你的梦告诉她，她不仅能看到你的一片痴心，还能顺便因为你的傻而可怜你，说不定就又能成了呢？"

楚清让沉思了许久才幽幽道："你这招可真够不地道的。"

"你不用？"

"用！有便宜不占王八蛋！"

"咱们好歹是个国际影帝，偶尔也拿一拿偶像包袱吧。"阿罗语重然后就有了第二天一早楚清让出现在霍家接霍以瑾，发现他没做梦，他真的和他的女神在一起了的这个更像是梦了的大好事。

本来楚清让还想趁着给霍以瑾开车门，送她上车，顺便帮她系安全带的空当香一个的，结果……霍以瑾拿一种看神经病的眼神看了他好久。

"我哪里做错了吗？"

"我有手。"霍以瑾特意把自己细长的双手在楚清让面前晃了晃，"手这种东西呢，重要的用途有很多，其中就包括自己开车门，自己系安全带。"

别人家女友都是嫌弃男友不够体贴，怎么到我这里反而是我女友嫌我碍事呢？还能不能好好谈恋爱了！

一路就这么忧伤着，忧伤着，宋家到了，比霍以瑾和宋嫒嫒约定的时间刚刚好早了五分钟。

霍以瑾一向很有时间观念，绝对不会让自己迟到，却也特意没有去太早，因为怕打扰到宋嫒嫒休息，给她增加无形的压力。

结果霍以瑾发现她竟然是伴娘里去得最晚的！

宋嫒嫒的那一群同样出身世家的闺密们早已经齐聚宋家，拿手机的拿手机，拿相机的拿相机，时刻准备着等霍以瑾进门好合影。

客厅里的五位伴娘翘首以盼的激动心情那真的是完全不亚于即将嫁人的宋嫒嫒。

有刚接手家族生意立志当女强人所以崇拜霍以瑾的，也有单纯和宋嫒嫒一样觉得霍以瑾帅气爆棚才喜欢的。当然，更有因为霍以瑾的家世而凑热闹结交的，甚至是抱着拿合照跟别人炫耀的目的，但不管怎么样吧，总之是绝对不会和霍以瑾找不痛快。让事先了解过的霍大哥十分放心。

为了维持最基本的礼仪，五个伴娘加上宋嫒嫒都是坐在客厅等的，不过从窗户里就能早早看到霍以瑾的车开进宋家。

然后，她们就成为除霍家第一拨知道霍以瑾和楚清让在一起了的目击证人。

当时的情况是这样的，楚清让被霍以瑾的那一句"我有手"打击得不轻，一路上情绪都很消沉，虽然不可能在面上表现出来，但霍以瑾还是肯定能感觉得出来。

于是霍以瑾就直接问了，有什么不开心的，说出来才好解决。

楚清让虽然会对霍以瑾隐瞒，但那是在霍以瑾不问的前提条件下，问了他肯定说，而且绝对不会骗霍以瑾。然后，楚清让就把他本来想接着系安全带的时候吻霍以瑾，结果没吻上的事招了。

"……"霍以瑾没说话，只是等楚清让在宋家门口停了车之后，直接拽过楚清让的领带结结实实地吻了一回，"我们是恋人，接吻不需要找这些拐弯抹角的理由，想亲就亲，懂吗？"

"懂！"回吻，抵死缠绵。

等霍以瑾下车进门的时候，离她和宋媛媛约定的时间还剩下不到一分钟，她一边想着应该不会太失礼，一边在被女仆领到了客厅后收获了一屋子的下巴。

"你、你、你……"

"楚清让？刚刚那个是楚清让吧？！"

"女神风投的兰瑟啊！"

世家小姐们也会追星，也会有喜欢的偶像，好比霍以瑾，也好比楚清让。多少世家在楚清让的身份爆出来之后已经迅速把他的名字列入了会对各家小姐们择婿时必耳提面命的名单。

最后还是宋媛媛因为这段日子和楚清让多有接触才把话给说了个清楚："总裁大人，你和楚清让在交往？"

"嗯。"霍以瑾如实地点点头，这不是什么不能说的事，不过，她皱眉，考虑到楚清让公众人物的身份，"但是目前我们还没打算对外公布。"

后面的话不用霍以瑾说，在世家里长大的各位小姐们就已经知道该怎么做了。

宋媛媛的婚礼分为上下午两个部分，上午中式，下午西式，差不多要换五套婚纱。她特意选择了包括霍以瑾在内的六个伴娘不是没有理由的，因为无论什么样的婚纱，她都能和她的六个伴娘凑成一套最经典的彩虹色（霍以瑾：这个理由真心不怎么样）。

上午的中式婚礼上，宋媛媛穿的是很传统的 C 国唐装，一袭鲜红的嫁衣，如火焰在燃烧。六位伴娘穿的便是和宋媛媛款式差不多的改版唐装，只不过颜色就是剩下的橙黄绿青蓝紫了。

霍以瑾从一开始就坚持要蓝色或者紫色的冷色调，因为她这种中西结合的长相，虽然在一般情况下都会是疗效好得无往不利，但在穿上 C 国传统服饰之后却只剩下"笑"果了。

不是说不好看，只是总让人觉得不伦不类。蓝色或者紫色的冷色调还好一点，越喜庆的越奇怪。

这也让把宋媛媛的婚礼当作婚礼提前体验的霍以瑾，无奈地取消了她在之前的准备中其实很喜欢的一套 C 国嫁衣。

霍以瑾本来以为伴娘的工作应该会很忙，结果她却无奈地发现，她再一次被当作了吉祥物，以及合照对象。

化好妆，换好礼服的伴娘们，第一件事不是去看还没画好的新娘子宋媛媛，反而是和霍以瑾各种合影……并成功在宋媛媛也上镜之后，让她们的这一套彩虹色登上了微博热搜。

"原来微博转发过万是这种感觉，好赞！"

"过万算什么，看我这边，上次我爸公司年会做活动都没这么大动静呢。"

"啊，这张里我的脸显得好圆。"

"我们是不是忘了什么，好比，呃，新娘。"霍以瑾小声提醒道。

新娘正在墙角种蘑菇："我真傻，真的，单以为找总裁大人当伴娘，能和总裁大人合影，能让多少人羡慕死，却忘了这个世界上还存在'对比'这种邪物。以前也没觉得自己有多黑，现在深刻地体会到了，有谁还记得我才是新娘啊呜呜呜。"

"……咱们还要不要结婚了？"这是唯一的重点始终还能放在婚礼上的霍以瑾。

在中午吉时之前，新郎吴方带着伴郎团队开着一串的车队到了，才算是化解了霍以瑾有关于伴娘们和新娘总爱一起跑题的无奈。

上午的中式婚礼很简单，吴方没有长辈，宋媛媛也只有一个爹，两家都可以说是亲戚十分简单，上午就只请了真正亲密的朋友，没多少人，基本不是伴娘就是伴郎，最后反而造成了一种宾客比正主还少的神奇局面。

作为家属出席的楚清让也就显得更加突兀了。

别人对楚清让的乍然出现有点消化不了，楚清让本人却对现在这个局面适应良好，准确地说他已经迫不及待想让所有人都知道他和霍以瑾的关系了。

但是吧，自己这边直接高调对外公布了和霍以瑾的关系，先不说霍以瑾她大哥霍以瑱那边会不会故意卡着他，只说"秀恩爱，分得快"这一句，存在即合理，不由人不信啊，在对待这段来之不易的感情上总是过分小心翼翼的楚清让表示，万不能有失！

但说实话，楚清让其实是真的挺想秀恩爱的。

提问：人类为什么要用秀恩爱这种终极大招伤害自己的同类？

楚清让答曰：别人怎么想的他不知道，反正他秀恩爱的重要目的不过有三，告诉别人霍以瑾是他的，告诉别人他是霍以瑾的，告诉别人他和霍以瑾之间是容不下第三者的！

于是乎，在今天早上送霍以瑾去宋家看到客厅窗户里那么多人向往张望时，楚清让酷爱算计的CPU就吭哧吭哧地再一次运转了起来。还有什么会比"先由别人无意中爆了他和霍以瑾在谈恋爱的消息，然后再由他们干脆公开承认"更低调奢华有内涵的秀恩爱方式呢？既满足了他想公布的需求，又能冠冕堂皇地让别人觉得他们这不是高调在秀，只是不隐瞒、不狡辩，大大方方地把事实公布给对此事好奇的公众而已。

是不是很棒？

是！

然后，楚清让就这么单方面地决定了，在送霍以瑾进了宋家之后，他就一直在刷着微博翘首以盼，他和霍以瑾谈恋爱怎么着也应该算是个轰动事件了，不可能不引起网上的注意。

可惜，直至中午楚清让作为家属去了吴方家吃喜酒，微博上对于楚清让和霍以瑾的事也是只字未提。

楚清让的内心几乎都快改成咆哮专场了，连霍以瑾的伴娘装都上热搜了，为什么他和霍以瑾在一起了的消息还没有传出去！早上宋家客厅那一群看热闹的人，麻烦也八卦得专业一点好不好？！难道他和霍以瑾处对象这事还不如个七彩的伴娘服劲爆？

显然，由于霍以瑾和楚清让缺乏沟通，他俩的脑电波总是没办法协调在一个频道，在对于公开不公开俩人之间关系的这件事上，他们又一次喜闻乐见地说"岔劈"了。

霍以瑾以为楚清让好歹是个公众人物，公布恋爱关系肯定需要从长计议，好比公关团队先放出风声，或者搞几个烟幕弹，让粉丝提前有个心理准备，再开始各种宣传偶像谈恋爱不容易，最后在他们真的扯证以及粉丝也已经适应了之后再公开。一般明星不都是这个流程嘛。

楚清让其实根本没在乎过这个。

当演员真心只是他的副业，他喜欢的是演戏，不是喜欢那种被千万人前呼后拥当偶像喜欢的感觉，他一点都不在乎突然高调公布恋爱消息之后对自己事业的影响。

哪怕阿罗在乎，作为入股了白齐娱乐的隐性大股东之一，楚清让表示，他根本就不了解经纪人的所思所想啊！事实上阿罗也早就做好了他不了解他的心理准备，那边新闻通稿都准备好了，这边却迟迟没消息，真的让人很着急！

"怎么了？"霍以瑾在吃饭的时候偏头问坐在她身边的楚清让。

"没什么。"楚清让摇摇头，他总不能直接跟霍以瑾说，我在先下手为强地想办法趁着覆水难收的公众压力逼你哥不得不公布咱俩的关系吧？

霍以瑾想，她觉得她和楚清让的关系真心是任重而道远，需要大毅力才能处好。她能理解楚清让的童年养成了他如今什么话都爱憋在心里的性格，小时候他想找人说，也没人会对他有那个耐心不是？只是……

放下筷子，霍以瑾直接掰正了楚清让的脑袋对着自己，鼻尖顶着鼻尖，她对他说："现在你有我了，你有什么不高兴的可以直接跟我说，我不会嫌你烦，也不会不帮你，好吗？"

"好。"楚清让情不自禁地就势稍微一向前，噙住了霍以瑾的唇，辗转缠绵。

旁边的人无不默契地偏头，假装自己什么都没看到，只想着，烧死旁边这对算了！为什么他们两人之间的粉红泡泡会让我觉得比今天的新人还盛！

霍以瑾则觉得她悟了，楚清让原来是想……咳，虽然上午才说了想亲就亲，但是在别人婚礼上这样喧宾夺主确实不太合适。私下悄悄捏了捏楚清让的手，示意他适可而止。

楚清让立刻心领神会，成功过关！

中午匆匆吃完饭，一行人就直接开车去了圣洛迪教堂。教堂一直在承办婚礼，婚礼设施准备得十分齐全，不仅会对新人开放举办结婚仪式的礼堂，还备有专门的休息室，方便新娘补妆以及来宾休息。仪式之后的自助餐也是在教堂后面半开放式的露天草坪餐厅举行，一半是能玩自助烧烤的草坪，一半是室内可以供人跳舞的大理石舞池，设计得美轮美奂，见之忘俗。

仪式开始大概是在下午四点，因为新娘、伴娘们换衣服、化适合礼服的妆容可是十分费事的。

这一次伴娘们和新娘礼服都换成了西式,主题是粉色的渐变色,从新娘的白色婚纱开始一直到最后一个伴娘的粉红色抹胸短款小晚礼服。

霍以瑾由于担任的是在仪式上给新娘递戒指的伴娘,便只能穿着最显嫩、最接近白色的一款浅粉色的礼服,没什么花里胡哨的妆饰,只是稍微绾了个发,简单又大方。

宋媛媛一脸羡慕嫉妒恨地表示:"不知道的还以为你是我妹妹呢。"

"有个头比姐姐高的妹妹?"

"……总裁大人,不带这么打击人的。"

"不哭啊,没事的,你虽然矮,但你没胸啊。"旁边一看就是损友类型的一个伴娘如是安慰道。

"你!"

一时间所有伴娘都笑开了。

笑笑闹闹,下午四点很快就要到了,这时才有伴娘忙碌中发现新娘最重要的四样东西(西式婚礼传统:一件旧物,一件借物,一件礼物,一件蓝色的东西)少了一样,婚纱是宋媛媛母亲当年的婚纱(旧物),手环是和最好的闺密借的,捧花是蓝色的,但什么是送的?

宋媛媛看了看霍以瑾,示意问她能不能说。

霍以瑾干脆就直接说了:"这场婚礼是我送的。"

沉默三秒钟后伴娘们羡慕嫉妒恨的尖叫声差点震翻了教堂的屋顶。

于是继伴娘服之后,总裁大手笔送闺密一场天价婚礼的新闻再一次红遍了网络,粉丝有志一同地表示,我不敢求总裁送我一场婚礼但求总裁把我娶了!

楚清让一刻不停地刷着手机微博,心想:哼,晚了,你们的总裁已经答应娶我了!

呃……好像有哪里不太对。

婚礼仪式上一切顺利,也没出现什么新娘落跑,新郎旧爱跑出来砸场子的狗血事件。宋媛媛的父亲宋先生挽着女儿的胳膊把她送上圣坛后哭得像个泪人,小天使孤儿院的孩子们穿着得体的小礼服充当了花童的角色,身体不能动的小桥由楚清让推着坐在第一排观礼,牧师代表上天问新郎新娘可愿与对方共度一生,在得到肯定答案后,送上了最真挚的祝福。

在所有来宾起身鼓掌的祝福声中,吴方和宋媛媛以甜蜜的一吻结束了整场仪式。

仪式之后，晚宴之前，是最传统的新娘抛捧花环节。

包括霍以瑾在内的女性和小孩儿都起哄站在了新娘身后，等待着这一份祝福。不像大部分小说里女主角千躲万躲不想抢到捧花，霍以瑾是真心挺想要，因为……如果然还是不能忍无法在朋友圈"傲视群雄"。

而就在捧花被高高抛起的那一刻，霍以瑾身边的人忽然一下子默契地都让开了，正好让她接到了那一束蓝色捧花。

宋嫒嫒笑着转身："你送我一场婚礼，我也送你一场，可好？"

必须好啊！楚清让大概是比霍以瑾还激动的那一个了，也不知道现在就开始筹备婚礼最快能什么时候娶到新娘！

所有人都发出了善意的哄笑。

但让楚清让郁闷的是都到这份儿上了，网上竟然还没有消息！你们是要闹哪样？！

整场婚礼，只要不是需要伴娘陪在新娘身边的时候，楚清让就像是要立志做一块狗皮膏药似的，紧贴在霍以瑾身旁，半步不离。如果不是怕影响不好，他都想把自己粘在霍以瑾身上死不下来了。但无论是中午那顿基本只是红领巾内部吃吃喝喝的中式喜酒，还是晚上那顿到处都是人的西式婚礼自助餐，大家都像是瞎了一样，对他和霍以瑾的同进同出熟视无睹。

如今连安排霍以瑾接捧花这一出都有了……

你们就一点都不震惊吗？别说你背过去之后那此起彼伏的惊呼声就不叫震惊啊，我不信！但是怎么就突然都这么地道了呢？苦苦守着一个惊天八卦就是不和别人说！

为什么？

大家的心里其实也在想着，霍氏国际这是要逆天吗？前不久才和林氏能源就新能源的问题达成战略同盟，今天霍家二小姐就和女神风投的CEO兰瑟高调出席友人婚礼，搞垄断都不是这么个搞法儿吧？！好想跟别人八卦有没有？！但是根本不敢说啊！呜呜呜，三巨头哪个都惹不起！

当新娘宋嫒嫒和新郎吴方在著名乐队的演奏下跳了第一支舞之后，这场婚礼的舞会算是正式开始了。

楚清让的悲剧也正式拉开帷幕。请霍以瑾跳舞的人大概都能直接从舞池一路排到教堂外面去了，最可恨的是这些人还男女不忌！

邀请霍以瑾跳舞的男人们，楚清让还可以用眼神一一瞪回去。但女人怎么办？孤儿院的孩子们怎么办？最重要的是谢燮和林楼这两个人他瞪了也没用啊,连新娘宋媛媛都玩开心了非要进来掺和一脚。不对,好像女人来找霍以瑾共舞就是从宋媛媛这个新娘开始的!

本来身为伴娘的霍以瑾只是和那边伴郎团中的一个陪着新娘新郎跳了一曲,后来见小桥眼巴巴地看着,霍以瑾就主动和坐在轮椅上的他玩笑着跳了一曲。结果自此就像是打开了什么奇怪的开关,先是引得孤儿院的小孩儿挨个来找霍以瑾跳舞,等楚清让好不容易把这些孩子都盼完了,想着总算轮到自己这个正牌男友了吧……宋媛媛就来了。

女人能和女人跳吗?为什么不行!婚礼上,新娘的话就是最大的。说实话,两个美女共舞,不比一个美女和一个丑男的搭配来得养眼?几乎所有的人都在起哄,霍以瑾也就从容优雅地上了,男步跳得比在场大部分男性还流畅好看!

新娘之后是伴娘,伴娘之后是伴娘的女性朋友们,朋友还有朋友,几乎 LV 市和宋家来往不错的世家圈里的小姐们都轮了一遍。

各个名媛的微博后面不知道有多少霍以瑾的粉丝在眼巴巴地想着:放过那个总裁让我来!

霍以瑾的身份就这样成功从吉祥物完成了到职业伴舞的华丽转变。再加上霍以瑾从小就有这方面的专门训练,她根本不会觉得累,反而把这当成了一件放松的事情乐在其中。

也就基本没给楚清让留什么时间,他只能一边推着小桥,一边眼神幽怨地望着舞池里的霍以瑾。

等小桥神助攻借着身体不适的名义把霍以瑾好不容易拉回来的时候,林楼和谢燮又端着鸡尾酒过来了。这俩货看楚清让不爽已经是不需要说的事实了,虽然他们肯定不会破坏霍以瑾和楚清让,但学霍大哥那样致力于给楚清让添堵还是不成问题的。

两个人轮流找理由和霍以瑾跳了一圈又一圈,也不知道林楼和霍以瑾说了什么,反正基本后面都是林楼的专场。

小桥都只能无奈地给了楚清让一个"我只能帮你到这里了"的眼神。

一直到婚礼结束,大部分来宾都脚步虚浮地飘着坐上各家司机所开的车离开后,楚清让都没能和霍以瑾跳成舞,他的眼神都已经不能用幽怨来形容了。

霍以瑾倾身上前,啄吻着楚清让的唇角,用带着酒后特有的慵懒语调安抚:"乖啊,以后有的是机会。"

楚清让满血复活！就是这么没出息！就是只要霍以瑾哄一哄心情就瞬间美丽了！不服你咬我啊！

很多、很多年后，楚清让还会这么和他的小孙女讲。当午夜十二点的钟声敲响之前，王子不早不晚地刚刚好按时把不会变身灰姑娘的女王殿下安安全全地送回了魔王的巢穴（魔王霍大哥：呵呵）。

第二天，新婚的吴氏夫妻开始了他们的环球蜜月之旅。

一周后，楚清让终于明白了林楼那天在宋媛媛的婚礼上到底对霍以瑾念了什么咒，林家派来常驻C国的负责人与林楼终于交接完毕，这天上午十点，霍以瑾在机场送别了林楼。

楚清让本来也想来送的，奈何他还有工作，《主守自盗》剧组休息够了自然又要开工了，又因为公众人物的身份太惹眼，被林楼、谢燮乃至霍以瑾一起残酷地拒绝了。

谢燮则因为公司的突发事件而"遗憾"地让霍以瑾代表了他。

"我以前可没发现他这么舍己为人过，把轻松的活儿推给我，自己去处理麻烦的事情。"霍以瑾笑着与林楼一起打趣谢副总，她不想谢燮和林楼因为这事儿生疏了，"对于谢燮来说，送人才是最要命的，他那个玻璃少女心根本见不得这种送别的场面，生怕他哭得太丢人。"

"我知道。"林楼依旧是那么一副吸血鬼出行的打扮，大檐帽、大围巾外加一副大墨镜的全副武装，不少人都在朝这边看，以为是在机场遇到了什么大明星。

幸而林楼的保镖团不是吃素的，这才给霍以瑾和他留下了足够的私人空间。

林楼借着墨镜遮挡，近乎贪婪地注视着眼前的霍以瑾，就像是看一眼少一眼似的，怎么都舍不得放开。

他和霍以瑾同岁，从小学一路升到中学，当了整整十二年的同学，六年的同班同学，却从来都只能如现在这般在暗处悄悄地看着她，不敢靠近，不敢深入，不敢……让她有一丝一毫的发现。

小学时，他看着她牵着她哥的手走进了他的隔壁班，他想，她笑得可真漂亮，要是能和那个女孩在一个班该多好。中学的时候，他们终于一个班了，她是班长，他是体委，她是学生会会长，他是体育部部长，他看着她和谢燮一起上学一起下学，他想，她笑得还是那么漂亮，要是能和她当朋友该多好。

长大后，他们终于是朋友了，他却又想着……

人心不足蛇吞象，不管他想什么，此时都已经不重要了，他知道她很幸福，就已经是他这一辈子最满足的事情了。

"你会一直幸福下去的，对吧？"

"当然，我们都会一直幸福下去。"

那天婚礼上，林楼与霍以瑾在月下共舞时这样一问一答。

他一手握着她的手，一手握着她的腰，呼吸着她身上淡淡的皂荚香，感受着她温热的气息，好像他已经拥有了全世界。

今日机场之上，他笑得轻松随意："我又不是不回来了，也不知道谢燮那个家伙伤感个什么劲儿。"

她跟着他一起笑了："是啊，真不知道谢燮的脑回路在想什么。"

入关之前，林楼在一众保镖的层层包围下，最后回头看了一眼霍以瑾，她笑得还是那么漂亮。

林家的私人飞机上，林楼终于摘下了隐形眼镜，露出了自己本身的瞳孔颜色——白得仿佛与眼白已经融为一体的白色瞳孔，只有在模糊间才能依稀看出那十分淡的粉色作为区分瞳孔与眼白的特征。

他的头发、眼睫毛以及眉毛其实也是这样的银白色，只不过都被特意染成了黑色作为掩饰。从小到大，一直如此。

当年中学的时候全校都以为他那一头白毛是叛逆的标志，但谁能知道呢，那才是他真正的发色。

随行的管家在林楼没入座前就拉下了整个机舱的窗帘，避免林楼直接曝晒于阳光之下。他看着神色恹恹的林楼，最终还是决定僭越地问一句："您这又是何苦呢？"

林楼闭目养神，并没有回答管家的问题。因为对方确实是僭越了，他已经不是小孩子了，很清楚自己在做什么，以及这么做会得到什么结果，他很肯定自己能接受这个结果，并不需要别人在他已经做完之后再说什么。

于是整个机舱就这么尴尬地沉默了下去。

一路无言，林楼甚至小睡了一会儿，直至快到 E 国他才终于开口问了管家一句："陈叔，你知道什么是白化病吗？"

"当然知道。"管家陈叔几乎不用思考就立刻答道，他伺候了林楼和他母亲两代人近几十年的光景，对白化病可以说是再清楚不过，"用医生的话来说，白化病就是由于酪氨酸酶缺乏或功能减退引起的一种皮肤及附属器官黑色素缺乏或合成障碍所导致的遗传性白斑病。患病者视网膜无色素，虹膜和瞳孔呈现淡粉色，怕光。皮肤、眉毛、头发及其他体毛都呈白色或黄白色。简单来说就是像您和夫人的外表这样，白头发白眼睛，有可能会怕一点光，但在其他方面您和正常人是一样的，您不比他们寿命短，不比他们体格弱，更不比他们智商低，只是外表不太一样……"

管家陈叔越说越激动，他想和林楼说这话已经很多年了，这也是林楼早逝的母亲想告诉林楼的——你与别人一样，甚至比他们更出色，根本没什么好怕好自卑的。

林楼对这一席话却没什么触动，因为从小到大他不知道从爷爷奶奶那里听了多少遍类似的话，他早已习以为常，他也从来没有因为自己有别于常人的长相而产生过什么自卑的心理，他只是……"你知道它在我看来是什么吗"？

陈叔回答不上来，只能安静地等待林楼的答案。

林楼想了想，却最终什么都没说，因为他也不知道该如何说。

白化病一般不是家族遗传就是近亲结婚的结果，换句话说就是它是别人传给林楼的。如果林楼结婚，他也会就这样传给他的孩子，孩子还有孩子，子子孙孙无穷匮也。哪怕大部分不会发病，只一个就够受的了，自己就是个很好的例子。

他可以不在乎白化病从小到大带给他的影响，但他又如何能保证他的儿子会不在乎？他的孙子不在乎？

他会烦恼为什么从小到大就自己与别人不一样，会烦恼为什么身边的人不是拿他当脆弱的瓷器，就是看他如怪物，不只是言语会伤人，好奇的眼神也会。最烦恼的是当看到喜欢的女孩时会犹豫自己和她在一起会不会害了她。

林楼身边所有的人都告诉他，你与别人是一样的，没什么不同，你能跑能跳，会长命百岁。但若他真的与旁人一样，又何须别人来反复告诉他这些根本不需要说的话？

因为他日晒后容易出现各种光感性皮炎甚至是并发细胞癌，视力只是常人的十分之一，眼睛会畏光、流泪，眼球震颤甚至是散光，最可怕的是还有可能在体力或者智商上发育较差等，这些种种都是白化病有可能遇到的事情。

林楼从小到大不知道看了多少遍这些内容。他比较幸运，小时候基本和正常孩子一样，长大了才渐渐有了畏光的毛病，却也不见再有其他上述的问题。

但他又怎么敢保证他的孩子还能像他这么幸运？他怎么敢对他爱的人保证，他们的孩子一定是好的？！

所以如果不能保证这些的话，他宁可不要爱人，也不要孩子！

林楼的母亲早逝，没人能说得清这和她的白化病有没有关系，她小时候也和林楼一样，除了体表体征以外与正常孩子无异，但等渐渐长大了，各式各样的毛病就接踵而至，特别是在生了林楼之后，更是以一种肉眼可见的速度憔悴了下去。林楼的父亲深爱林楼的母亲，到最后却也只得到了一捧黄土，和一个与妻子一样是白化病的独子。

林楼算过一笔账，在他母亲早逝的这件事里，痛苦的是两个家庭。他的母亲、他的父亲，他的祖父祖母、外祖父外祖母，以及他自己。而如果他不结婚呢？痛苦的便只有他自己。

没有一条路可以让所有人幸福，他选择了让尽可能多的人幸福的那条路。

当然，如果，他是说如果，如果他爱霍以瑾，霍以瑾也爱他，那么他大概也会和他的父母那样，为了爱情奋力一搏。他不会替霍以瑾决定她能不能爱什么人，又或者是该不该爱什么人。但——林楼笑着想，幸运的是她不爱他。

所以也就没有如果了。

现实是，在等了这么多年后，他终于和霍以瑾成为很要好的朋友，而霍以瑾也找到了她的良人，能永远笑得那么漂亮。这就够了。

对总裁的第十六印象：谢谢大家，我们在一起了。

楚清让一直在琢磨着该如何和霍以瑾公开关系，但由于《主守自盗》的密集工作只能作罢，他安慰自己，工作完之后又是一条好汉！

可惜好汉先生最终还是没来得及比自己女友更汉子，就在《主守自盗》拍摄完成之后，好汉楚先生被他的女友抢先一步安排好了一切，通知他随时可以公开了。

"正好还能顺便为电影的上映预热，多好的话题。"霍以瑾如是说。

作为一个成功的商人，霍以瑾这种哪怕是自己的八卦新闻都能利用一下的性格和她大哥、祖母等长辈是一脉相承的。

"先是咱俩在一起的消息，之后是小金熊电影节的送选，参选，以及红毯颁奖礼，不管能不能得奖都是个系列话题，电影节之后紧接着就是正式上映的时间，不愁没有上座率。"

《主守自盗》本身偏一些讨论人性、社会等深层次方面的文艺，如果不花大力气宣传，真的很容易最后落得个叫好不叫座的结局，对于导演来说口碑很重要，但对于商人霍以瑾来说什么都是虚的，钱才是真的。

楚清让在高兴的同时又有点憋屈，倒不是说他反对利用自己的恋情做宣传，但这样处处周详、环环相扣的安排，怎么想都应该由他来吧？！

亲爱的，你这么酷炫，我真的很怕有天你发现自己也能和自己生孩子，干脆不带我玩了啊啊啊。

看着那边莫名其妙又在抽风的楚清让，霍以瑾也有点小忧伤。

男友一天不闹一回蠢就不爽怎么破？

"过来。"最后，霍总裁还是只能使出情侣间的大招，一吻封唇，整个世界都安静了。

在小桥做手术之前，楚清让终于从地下转入地上，名正言顺地成为总裁的男人，得偿所愿地可以开始光明正大地和霍以瑾秀恩爱，整个人都荡漾得不得了，画风也如脱缰野马一般再难转回男神频道。

休息在家给霍以瑾做个饭要拍照发微博；中午给霍以瑾送个爱心便当要拍照发微博；下午在霍以瑾的公司等着霍以瑾下班好出门约会，必须要拍照发微博！

秀得全世界在还没反应过来他俩真成了之前,已经习惯性地举起了手中熊熊燃烧的火把。

楚清让各种乐此不疲,最后更是直接把微博名改成了"想叫霍清让但经纪人不让只能还叫原名的楚清让V",并趁着霍以瑾不备,把她的名字改成了"想让楚清让叫霍清让但他经纪人不让的霍以瑾V",用以明志。

而也是通过这件事,就像是打通了楚清让秀恩爱的任督二脉一般,他觉得再没有什么会比直接用霍以瑾的微博号发微博更能秀恩爱的方式了。

于是……

(友情提示:微博和微博评论阅读顺序是自下而上。)

想叫霍清让但经纪人不让只能还叫原名的楚清让V(楚清让):啊,对不起,这次是真的搞混两个账号了。//@ 想让楚清让叫霍清让但他经纪人不让的霍以瑾V(霍以瑾):老规矩,又一次发错账号了。

@ 想叫霍清让但经纪人不让只能还叫原名的楚清让V(楚清让):厨艺增长的正确方式——找个根本不会照顾自己又死也不按时好好吃饭视工作为生命的女朋友。[照片][照片][照片]

我想当霍以瑾的女朋友:别的我不管,只想说,不给放总裁正脸好意思发微博?同意的请点赞。

FFF团资深会员:烧烧烧!

(以下省略N)

——————以上为热门评论——————

@ 楚楚你画风变了:自从男神谈个恋爱谈成男神经病之后,我发现……也挺好的。

@ 总裁大人我的嫁:总裁一发微博我就知道准又是楚楚你这个小妖精在调皮了。

@ 楚清让全国后援会:为什么别人家男神是男神,我家男神却非要当男神经病呢[手动拜拜],男神你好歹拿一下你的偶像包袱吧,它被丢弃了这么多年好伤心的好伐?

@ 坐看花式秀恩爱:这根本是已经连掩饰都懒得掩饰了吧?!

@ 懒得想名字了:如果微博开通合并账号的功能,我第一个给影帝大人您报名,省得如此智商捉急地掩耳盗铃,您不累,我都替我们家总裁大人累。

后面还有 N 条评论，点击查看 >

霍以瑾已经决定假装自己没有微博了。

…………

终于到了小桥即将做手术的那一周，果然如霍以瑾当初所料，他吃到了幸运鸡腿。

所有人都在恭喜着小桥，只有小桥撇嘴，对霍以瑾道："我觉得我终于参悟到了幸运鸡腿的真奥义。"

霍以瑾一边给他喂，一边故意阴沉沉道："你知道得太多了。"

然后，小桥用全身最大的劲儿把鸡腿弄到了盘子外面，面无表情道："哎呀，一不小心掉出去了。"

所有人都愣住了。

霍以瑾的反应自然是最快的，捡起鸡腿道："三秒定律，食物掉在干净的桌面上，三秒以内还是能吃的，拯救成功。"

所有的孩子都很配合地笑了，却都小心翼翼地以他们自以为别人不会发现的担忧目光看着小桥。

幸运鸡腿的存在意义就在于它的"灵验"，而小桥的手术成功率……却低到了一个可怕的程度，大人们本想用幸运鸡腿给他信心，反而让他操心别的孩子的想法。故意把鸡腿弄掉，这样一来，无论最后手术结果如何，都能圆得回来，成功了自然是鸡腿灵验，失败了自然也是鸡腿灵验，因为它掉了。

霍以瑾看着小桥，无奈地揉了揉他的头："你真的是知道得太多了。"

小桥的一双眼睛还是又大又亮，他看着她说："存在即合理，我身体都这样了，老天爷总是要给我一些补偿的。"

老天爷如果能说话，它一定会对小桥说，你也太小瞧我能给予你的补偿了。

在《主守自盗》入围了小金熊电影节，导演严正、主演楚清让、祁谦等主创人员受邀走上颁奖礼晚会红毯的那天，手术后恢复得不错的小桥第一次真正意义上只靠自己从轮椅上站了起来，脚踏实地，从未有过的感觉。

当时宋媛媛和绵绵都在疗养院陪他通过网络收看颁奖礼的直播，在她们因为小桥能站起来而激动的时候，小桥却只顾得上为楚清让和祁谦高兴。

因为《主守自盗》不仅入围了最佳导演的提名,还意外得到了最佳男主角和最佳男配的提名,并一举拿下这三个大奖,成为当晚最大的赢家。

导演严正终于一偿夙愿,让世界明白他除了会拍赚钱的商业片也能拍出艺术电影。祁谦凭借这个最佳男配奖,成功打破了由他爹祁避夏保持的在国际各大电影节上获奖最多的纪录。而楚清让则为自己又添了一个影帝的头衔。

C国网络上的网友们因为这样从未有过的战绩而引以为傲,相关消息的转发量甚至一度引起了微博服务器的系统崩溃。

以霍以瑾为代表的电影投资商也终于松下了一口悬着的气,有了这三个奖杯,哪怕文艺电影不卖座,也肯定是不会赔本了。特别是霍以瑾的公司NOBLE服饰,本就在国际上有着不小的名气,如今算是彻底稳固了一线奢侈品大牌的地位,完成由"需要赞助电影才能以软广告出现的牌子"到"电影会主动说起这个牌子以突出剧中主角或配角的有钱程度"的质的转变。

当三个奖项结果都出来之后,各国的摄像师不约而同地给了前排霍以瑾不短的镜头,各国主持人对此的花式调侃十分相似——也许这位红裙子小姐才是这届小金熊的最大赢家。

然后霍以瑾已经对外公开的身份背景就开始被各国娱乐媒体深扒给他们的观众——出身C国传统豪门,祖母是伊莎贝拉,大哥是霍家家主霍以瑱,至交好友中有林楼、祁谦,男友是楚清让,自己本身又一手缔造了NOBLE服饰的今天……

怎么看怎么是人生大赢家啊!

继爆红C国网络之后,霍以瑾成为全球的网红。

不过这些对于霍以瑾来说却还不如楚清让在上台领奖时说的一句获奖感言让她开心,他说:"终于能真正休息下来安心在家给我瑾做饭了,希望能争取表现,早日转正。"

虽然没能按照预期在三个月内结婚,但霍以瑾还是很希望能尽快结婚,好腾出时间专注发展事业。

微博上的粉丝在疯狂地转发着一个新段子——我个人觉得最应该为楚清让颁发的是"最佳秀恩爱技能"奖,为楚清让和霍以瑾一起颁发"最该烧死的存在"奖。不信大家可以感受一下:[图片]×9

图片里的主要内容是楚清让最近几天的微博内容,以及他在颁奖典礼上的那一句希望转正的感言。

走红毯之前,楚清让的微博分别是这样的,"和我瑾第一次一起出国旅行,好开心,我瑾今天真漂亮![霍以瑾在机场的背影照]""和我瑾第一次住得如此之近,就在隔壁,只隔了一堵墙![墙的照片]""马上就要出发去会场了,我瑾真漂亮![霍以瑾化妆时的黑白侧影照]"

走红毯的时候,楚清让微博是这样的,"和我瑾全程手挽手[霍以瑾的手]""偷拍一张我瑾坐在礼堂里的照片,怎么感觉看上去比昨天更漂亮![霍以瑾侧影]""刚刚经纪人不让我在颁奖台上照我瑾,伤心,也不知道颁奖晚会的直播有没有把我瑾拍得美美哒,跪求私信截屏!"

无数粉丝表示,爱女友成痴的程度简直丧心病狂,还能不能好好当影帝了?微博里除了霍以瑾敢不敢有点别的主题?

楚清让一本正经地真的回答了一句:不敢。

之后楚清让更是以实际行动贯彻了这句话,自电影节之后回国开始,除了给霍以瑾投资的《主守自盗》卖力宣传以外,楚清让基本告别了影视圈的工作,微博也很少上了(他表示,真热恋了谁有空天天刷微博?有这时间看看女友工作的样子发发花痴也是极好的),一旦发微博,就确定一定以及肯定是发霍以瑾相关的事情,各种秀恩爱。

霍以瑾的粉丝惊恐发现,想要了解霍以瑾的最新动态,刷霍以瑾的微博还不如刷楚清让的。

最后连很满意楚清让这个状态的霍以瑾都忍不住想问一句:"女神风投这是要倒闭了吧?"

"怎么可能?!"楚清让立刻否定了。

女神风投主要搞的是天使投资,是风险投资的一种,简单来说就是你看好某个新概念又或者技术,在对方事业刚刚起步缺人缺钱的时候给予前期投资,然后坐等回报。

最典型的例子,某知名水果手机最初的投资人马尔库拉,他仅用了二十五万的投资换来了今日水果公司百分之三十的股份,市价保守估计在几十个亿。

楚清让目前就已经进入了获得回报的后半期,手上掌握着不少国际上赚钱的大企业的股份,不需要他去操心公司的运作,只要坐等收钱就OK,所以他才能这么闲。

楚清让觉得很有必要让他的女朋友知道这个,因为:"没有钱我怎么养你？"

"我养你。"霍以瑾自然而然地回答道。

其实说完霍以瑾就后悔了，因为……

楚清让的少女心被成功点爆，这位没羞没臊的程度远超一般人的想象，完全不会觉得被老婆养有什么丢人的，只会跟个高中女孩似的又蹦又叫，然后……发微博：好开心好开心好开心，我要出门跑三圈冷静一下，我瑾说要养我一辈子！

微博下很快就有了评论："你缺钱？""花式秀恩爱又创新高""我家总裁大人肯定没说'一辈子'这三个字！"

谢燮刚好推门进来，然后就带着一脸"见鬼了"的表情退了出去。楚清让这种二八少女怀春荡漾的傻样，他无论看见几次都觉得伤眼。等了一会儿，确定楚清让已经缓和之后，谢燮这才重新敲门进来，在谈完工作后一脸严肃地和霍以瑾说："如果这就是你想出来的逼着我进来之前不得不敲门的硌硬招数，那么，你赢了。"

晚上下班之后，霍以瑾就带着楚清让去疗养院看小桥。小桥手术成功之后便是各种复健训练，第一次真正去尝试着做一些在正常人看来再平常不过的小事。好比，站起来。

不过小桥目前也就只能站起来一会儿，他这辈子都不可能和正常人一样。事实上，他能挨到够做矫正手术的年纪，并真的在很小的成功概率中活下来，已经快跟幸运女神的私生子比肩了。当初说什么手术之后就会变得和大家一样，不过是一个所有人都知道的不可能的另类祝福，所以如今这样小桥并不会失望，反而万分知足。

最起码，他在霍以瑾面前表现得很开心。

看着小桥故作开心的样子，霍以瑾说不上来的难受。小桥没有说出"不如让我死了算了"的丧气话，但他的身上却无处不在散发着这种感觉。疗养院里也不是没有人这么背后议论过，觉得也许死亡才是对他最大的仁慈。

不是小桥没有了小时候的坚强和乐观，而是他渐渐开始长大，明白了更多的事情。好比他即便手术成功也只能依靠别人活着，现在他还小，有很多人愿意可怜他，愿意做慈善给他钱，但等他长得更大了呢？等他成年了呢？他从一出生就没有给这个社会、给身边的人创造任何价值，反而一直是让别人不断地给他东西、照顾他，一味地为他付出……

那个孩子开始感觉到不安了。

小桥曾经想努力活着，为了孤儿院的院长，为了那些关心他的人，为了他自己，更因为他真的以为手术之后能和正常人一样，努力学习，努力工作，能赚很多钱回报曾给予过他帮助的人。

　　但当他发现他无论如何都没有办法变成正常人时，他又该怎么办呢？

　　这个问题甚至连霍以瑾都不知道该如何回答的。

　　其实也不是真的就没有出路，好比像霍金一样，当个纯靠脑力的科学家。但科学家又哪里是那么好当的呢？

　　小时候我们会为了自己将来是当科学家还是当宇航员而烦恼，长大之后我们才会发现自己当年想得有点多，小桥很聪明这点没人否认，但也不是聪明到绝无仅有。哪怕是霍金，他也是在二十岁才开始得了渐冻症，有之前二十年正常学习的基础。

　　但小桥这样却连学校都去不了。

　　霍以瑾倒是有心想给小桥花钱请老师单独去教，但怎么才能让小桥接受呢？又怎么让将来也许无法成为科学家的他不会更自暴自弃呢？

　　等霍以瑾再回过神来的时候才发现楚清让已经直接把车开到了望庭川，并没有送她回霍家："有事？"

　　"本来准备了一个惊喜，想等彻底完成再给你，如今我却觉得不如早点告诉你。"楚清让回答道。

　　霍以瑾虽然觉得自己现在没什么心情看惊喜，但也知道这是楚清让的一片心意，便没有阻止，她在心里打定主意，无论如何，一会儿都要表现得开心一点，不让楚清让失望。

　　善意的谎言，霍以瑾曾经觉得那也是一种欺骗，如今才发现，果然还是要分情况的，这个世界真心没有那么绝对。

　　等去了楚清让的家里，楚清让拿出了一个纸箱子，然后打开了电脑里一个文件夹。

　　"这是什么？"

　　"你看看不就知道了？"楚清让笑着递上了纸箱。

　　纸箱子里其实是小桥这么多年一直在写的日记，他拿笔写字其实也是有点勉强的，总是歪歪斜斜，但他依旧坚持了下来。说实话，以一个七岁的孩子来说，他会的字真不少。当然，不会写的时候也会选择用画画代替，又或者请人代笔，霍以瑾认出了不少宋媛媛的笔迹。

　　小桥写了不少傻气的话，比他对外表现出来的更像一个孩子。

霍以瑾匆匆翻了翻几本日记，发现里面的语言十分简单，却很有画面感，让她对小桥的成长仿佛身临其境，看到有趣的地方还会忍不住会心一笑。

日记里小桥很少会写自己身体的痛苦，但也不算是只报喜不报忧，大部分内容，呃，怎么说呢，都给了霍以瑾一种原来小桥的世界是这样的感觉。好比他会写今天和绵绵吵架了，唉，女孩子真麻烦，明明是她骂了我，结果最后她却因为她骂我的话哭得比我还伤心，末尾还要神来一笔地说一句昨天看到的那朵奇形怪状的云今天也不知道还能不能再看到。

"你怎么有这个？"

"当然是小桥给我的。"在手术之前，小桥把他的日记交给了楚清让保管，并特意告诉楚清让可以给别人看，他不介意。很显然，小桥当时在想如果自己死了，便用这些日记安慰面冷心热的霍以瑾。

日记的最后是小桥把日记交给楚清让之前的那一晚写的，他很笨拙又认真地写下了特意给霍以瑾看的最后一段——我过的每一天都很开心，哪怕没有父母，没有健康，甚至没有离开过孤儿院太远的地方，但那些与开心并没有太大的关系，顶多是开心和更开心的区别。所以，我真的很开心，所以，请不要为了我不开心。

小桥还不太会说大道理安慰人，也不知道怎么像个大人一样交代遗言，他只会说，我很开心，活着的每一天都很开心，所以哪怕是这就死了也很开心，请不要因为我而不开心。

但就是这样的小桥，在手术成功活下来之后，反而变得不知道该如何开心下去了。

楚清让把笔记本递到了霍以瑾眼前，霍以瑾这才发现那个文件夹是一些关于封面和文档的东西，她终于猜到了楚清让的打算："你想出版他的日记？"

"是啊。"楚清让点点头，"不过准确地说不应该用想，而是马上就能出版了。"

霍以瑾再一看封底，C国最大的出版社，半官方性质的那种，很多书籍都畅销海外。

"海外版也有，不过目前只联系了英文的，应该能在差不多的时间和国内同步上市。"

"你真的确定这个能卖出去？"霍以瑾真正想问的其实不是会不会

有人买，而是能被楚清让看上的东西一般都会有很大的价值，无数外媒都说过女神风投的总裁兰瑟有一双魔鬼的眼睛，能看到别人看不到的价值。所以霍以瑾想确定楚清让这到底是出于对小桥的感情，还是他真的觉得这些日记有价值。

楚清让的笑容给了霍以瑾答案，是后者。

"你自己看应该也发现了，小桥的文笔虽然不可能像文学大家那么辞藻华丽，又或者紧凑凝练，但他有属于他的天赋——画面感，他能用最简单的句子勾勒出让人很容易想象出来的画面。妙语连珠谈不上，人生感悟更稀缺，但是这些朴实无华的文字很温暖，那种字里行间流露出的对未来的坚定和希望，相信我，会让很多人觉得很窝心，进而买下它的。"

问：人们在什么时候最容易被感动？

答：当他感觉到人性的温暖与希望的时候。

小桥的日记就带着这样的魔力。日记里幼稚的图画，简单的词句，连小孩子都看得懂，但偏偏经过巧妙的组合会形成一种说不上来的吸引力。

"当然，我也不能否认小桥的身世会成为主要卖点之一。"楚清让据实以告，这也是一种无可避免的手段，他还把他和霍以瑾的影响力算了进去，不过这个可以放到后面再说，"小桥手术之前我就在开始筹划了，我当时做了两手准备，如果他活下来，这就是授人以鱼，不如授人以渔的奔头，让小桥明白他不是无用之人，他也能养活自己，甚至是去回报社会。"

有些人恨不能当一辈子米虫，无事生产，觉得让别人养着自己理所当然；但也有那么一些人，会更希望自己能去创造价值，能为这个社会做些什么，只一味索取他会不安。小桥属于后一种，所以真正对他好不是一味地给他钱，是让他也能依靠自己去做些什么。

"如果他去世了，那日记出版后的所得就会按照他日记里希望的那样，全部捐给小天使孤儿院。"楚清让真的是一个很体贴的人，即便他自己并不承认，"当然，同时也能用不断的忙碌拖住你，让你不要太伤心地想念小桥的，咳，假设他去世了的话。"

霍以瑾觉得哪怕这里面没有她，只是楚清让遇到了小桥，他也一定会为了他的这个小粉丝去做这些的，一定。

"我本来想等着弄好了之后再和小桥说，一起当作惊喜送给你，但看到你今天的样子，我就改变了主意。我想告诉你，亲爱的，你不是救世主，不能操所有人的心，但是没关系，有我陪你一起，帮一个是一个。"

某年某月某日，霍以瑾的祖母伊莎贝拉告诉她："懂你的人最温暖。"

最后被定名为《有一个男孩叫小桥》的小桥日记，紧赶慢赶终于赶在当年小桥被孤儿院院长捡到的十月十日全国上市，那天同时也是被小桥认作是生日的日子，转眼间他就已经八岁了。

霍以瑾和楚清让以及整个红领巾团队在孤儿院为小桥过了一个十分热闹的生日，他再一次吃到了幸运鸡腿，预祝他的日记能全国大卖。

也不知道那个幸运鸡腿是不是真的带有某种奇怪的魔力，还是楚清让的眼光真的很好，再不然就是楚清让和出版社以及公关团队的炒作运作能力太逆天，或者是三者都有，小桥的日记在上市的两个月内就销售出了十万册，迅速登上了全国各大图书销售排行榜的前排。

十二月二十五日圣诞节，英文版的《有一个男孩叫小桥》在 A 国顺利面市，并在接下来很短的时间内取得了完全不逊色于国内的成绩。

不少国际友人都表示希望能够给小桥捐款寄礼物，最后却被小桥拒绝了，丰厚的版税稿酬让他已经不再缺钱，如果对方是寄给孤儿院里别的孩子他不会拒绝，寄给他就算了，他不仅不缺钱，甚至还在琢磨着怎么把一部分钱捐给孤儿院而不被孤儿院的院长拒绝。

第二年年初，E 国知名出版社以天价迅速拍下了小桥日记在 E 国的发行版权。而以此为标志，正式宣告了《有一个男孩叫小桥》的全球风靡，打破了各国多项图书销售类的纪录。

白齐娱乐买下了这本书的影视版权，后来拍摄的电影不出意外地再一次掀起了一股全球热潮。

这本被誉为创造了销售奇迹的书籍，不仅解决了小桥这一生的生活问题，也如楚清让所料的那样为小桥找到了人生方向，他也许未必真的能成为一个像霍金那样的天才科学家，但只要他努力，肯定能成为一个出色的作家。比起理科，情商方面更高的小桥明显更适合走比较抽象的文艺之路。

当然，这些都是以后的事情了。

如今还是日记即将出版却还没出版的那年秋天，楚家在苦苦挣扎数月资金仍无法到位后，不得不宣告了破产。

楚父不愿意认命，于是他极富创意地带着媒体找上了霍以瑾所在的 NOBLE 服饰。

找霍以瑾？

是的,找霍以瑾。

也不知道楚父是怎么想的,他觉得虽然因为私生子名单和楚母私下约见楚清让的视频让他再没了立场道德绑架楚清让,但他还可以逼着霍以瑾这个正在和儿子交往的女朋友就范,逼着霍家不得不出手帮他一把。

霍以瑾在刚听到保安部部长打公司内线和她说楚父带着一群人和媒体在 NOBLE 服饰外面静坐时,她甚至有点怀疑是不是自己的耳朵出了问题,她凭什么帮他?

"他的意思是要么我帮他,要么就不走?"霍以瑾只能想到这种无赖思路。

"不。"谢副总摇摇头,表示霍以瑾远远小看了楚父的恶心程度,"他说如果你想顺利嫁入楚家,并得到楚清让生父生母的祝福,他很乐意这么做,而如果在同时你能高抬贵手地帮一帮长乐实业(楚家的公司)上上下下几百员工,和 Anti-chu 打一场官司要回部分钱就更好了。"

"哈?是他脑子有坑还是我脑子有坑?他是以什么自信觉得我一定会这么圣母的?"霍以瑾不可思议极了。

谢副总嗤笑道:"他是以为民众的脑袋有坑。"

C 国自古以来就重孝,兼之古代男尊女卑的传统婚姻观念影响,一直到今天,很多人的想法都是但凡男方对丈母娘家好一点,那就是打着灯笼也没处找的好女婿,女方则要是敢哪怕有一丁点对婆家不用心的地方,那就是恶毒、该死。

同理可证,楚家有难,霍以瑾不帮忙,说得过去?

最可怕的是这种想法不是楚先生一个人有,而是整个长乐实业的失业员工以及部分被煽动了的网民都是这么觉得的。

他们说,你霍以瑾和霍家又不是没有钱,既然有钱为什么不帮一下婆家?而且我们也不是要你的钱,只是想让你帮忙打个官司而已,明明是很简单的一件事。你不帮就是为富不仁,大难临头各自飞,只认钱的拜金女人!

这论调奇葩到让谢副总想抽人。

霍以瑾听完之后不怒反笑,她真的算是开眼了,强盗逻辑到这个程度也是不容易。

先不说她还没和楚清让结婚,没什么婆家不婆家的一说,更不用说楚清让和楚家关系不仅不好,还势如水火,只说打官司要钱是这么好打的吗？她能替破产的长乐实业告 Anti-chu 什么？恶意竞争？有证据吗？没有证据那怎么赢？不赢怎么办？

这些不是没有人想到，只是他们想到了也不会去管，他们只会认为谁让你霍以瑾有钱有能耐呢，你霍以瑾不是号称什么乐于助人嘛，那你为什么不帮我们？既然你那么乐善好施，那就活该你被我们赖上，你就必须给我们解决了。如果你赢不了官司就是你不上心解决，你不上心那赢不了的后果就该你来赔！

这种简直比吃了苍蝇还让人恶心的小心思，简直是司马昭之心，路人皆知。

但偏偏霍以瑾不能跳脚，不能骂，因为谁让她现在没事，出事的是她男友的家族呢？一旦她表现得强势一点，那肯定就会有很多键盘侠和圣母病要站出来指责她了。

他们看的永远不是谁有理谁没理，而是谁看上去更"可怜"。

更有人会说，既然楚清让和楚家有心结，那你霍以瑾作为楚清让的女友，你为什么不从中调解一下呢？楚清让不帮楚家，到底他自己这么想的，还是你自私不让他帮呢？

归根结底一句话，谁让她有钱。

仇富心理是一种很微妙的心理，一般人在平时未必会有多严重，甚至是轻到仿佛不存在，可一旦遇到了霍以瑾现在遇到的这种情况，它就能很神奇地起到严重的偏向性。

楚先生就是算到了这点，才有胆子带着员工来 NOBLE 服饰的写字楼下闹事。选择从霍以瑾下手，而不是直接去霍氏国际找霍以瑱这个"亲家"，自然是因为霍以瑾一个"女流之辈"怎么看都比较容易因为被诈到而妥协。

"你别出去了，就当你不在。我去解决，我和楚家没关系，也就没什么所谓帮不帮的。事后什么事都推到我身上就好了。"谢副总在这种时候也只能想到这么一个自污的办法。

"你和我出面能有什么区别？不过是欲盖弥彰和不盖而已，到最后还是我的错。"甚至是霍以瑾如今的沉默都已经是错了，故意躲着不出面，网上不是没有声音在骂霍以瑾装的，连婆家都不帮，还提什么帮别人。

"那就这么妥协了你甘心？"谢副总怎么都不想咽下这口气，他也不相信霍以瑾能咽下。

"怎么可能甘心！"霍以瑾从小到大就还没被谁这么威胁过，她也永远不会接受任何人的威胁。楚先生以为他能威胁她什么？网络上的名声？别闹了，虽然她总爱开玩笑和谢燮他们说自己是网红不是总裁，但关键时刻她只会是 NOBLE 服饰的总裁！

说句挺那啥的话，NOBLE 服饰是奢侈品，本身面向的市场就不是大部分人能买得起的那种，她不觉得她在网上的名声不好能对 NOBLE 服饰本身产生多大的影响。如果现在爆的是什么衣服质量问题，又或者是设计抄袭，霍以瑾大概会愁死，但只是自己作为总裁的名声……那算什么啊？

所以在和谢副总说完之后，霍以瑾就起身离开了办公室，带着谢副总以及她的一干女秘书、女助理下了楼。

一群纤细高挑的女孩子走在外面一群闹事者的包围里，气势却一点都没落下。

霍以瑾径直走到楚先生面前道："楚先生是吧？抱歉啊，之前只在电视和报纸上见过您。楚家没出事之前，大概是您太忙了，也没见您给楚清让平时打个电话什么的，倒是最近打得挺勤的。"

霍以瑾的讽刺之意不言而喻，她对楚先生的敌意不仅是因为他这次威胁她，主要还是为楚清让抱不平。但凡在楚清让小时候他们能对楚清让好点，楚家和楚清让也不至于走到今天这一步。可对方对此不仅没有丝毫反省，反而变本加厉地想要利用楚清让。摊上这样只会坑儿子的父母，也许当年楚清让被换走才是真正的幸运。

楚先生很显然听明白了霍以瑾的意思，也已经准备好了应对的台词。

但没等楚先生开口，霍以瑾就继续道："您先别说话，听我把话说完。

"您也许觉得您虽然出轨了那么多次，在外面养了那么多儿子情妇，有心养儿子玩困兽斗，无心经营公司，最后走到如今这一步的这些种种都是有什么见鬼的苦衷和理由，但在我看来我却是没兴趣听的，也没那个必要听。我属于不听理由的。

"您和楚清让的恩怨我比您以为的要了解得多。您今天来到底是为了什么，又是为了谁，这些大可以放在后面讨论。

"我现在只想问您一句，您越过您那么多私生子以及亲儿子楚清让直接找上我，楚清让他知道吗？"

"他、他不接我电话，我也是没办法，我……"

"这么说就是他不知道咯？您有想过您这么一闹，这么一逼，会对我造成什么影响吗？您可以不在乎我，那么您有想过楚清让在知道之后该如何自处、该如何面对我吗？还是说在您看来，您的幸福要比您儿子的幸福重要得多？管他会不会感情不和，管他会不会和女友闹翻，我的需求才是第一位的？"

"我没什么需求，我是在说楚家，是在说这长乐实业上上下下几百员工！"楚先生表现得大义凛然极了，"在这些人面前男女之间的私人感情总该先放一下吧？"

"如果放下私人感情，您又有什么立场站在这里威胁我？"霍以瑾双手环胸，表情冷硬，"您是不是忘了？我还没和楚清让结婚呢！我和他还在谈恋爱的阶段，不提和他私人感情提什么？即便结婚了，我嫁的也是楚清让，不是楚家，不是长乐实业。公司是您的，是您经营不善弄垮的，您又凭什么要求我的兄长给您的过错买单？"

想帮楚家，肯定不是以霍以瑾的 NOBLE 服饰一力就能做到的。楚先生的目的也很显然是希望能通过霍以瑾逼着霍以瑾身后的霍家出手，霍家不是霍以瑾的，而是她哥的。

霍以瑾永远是强势的，不会屈服，也决不低头，哪怕过刚易折，她也不会改变。

"所以你的意思是……"楚先生怎么都没想到霍以瑾会比她的大哥霍以瑱还要强硬，这种我就是不帮你，你能把我怎么样的态度是他始料未及的。

我的意思还不够明显吗？当然是让你给我立刻滚蛋！

就在霍以瑾还没开口这么说的时候，楚清让终于带着人匆匆赶到了，风尘仆仆，气喘吁吁，卡在这个关键时刻，给他爸爸楚先生先跪下了。

"您就非要逼死我才甘心吗？"他问他。

"您就非要看着我孤家寡人了才开心？"他问他。

"您就非要我连一丁点的幸福也没有了才满意？我没有亲情，没有家，没有归宿，就只剩下以瑾了，看着连她这个唯一都没有了你很有成就感？"他问他。

楚清让表示，扣大帽子这种事情谁不会？演戏比谁惨又有多难？我可是专业的！楚清让那被逼到极致，要哭不哭，故作坚强，又实在是没辙了的表情，不知道让多少在屏幕后面看到的人心都碎了。

这么三问之下，局势立刻就变了，最起码在看到视频的网友心目中，楚先生再一次回到了千夫所指的正确位置。

楚清让不给楚先生留任何机会,把自己小时候的事儿都说了出来,他是一点都不介意利用那段往事的:

"一出生我就被抱错去了条件艰苦的县城,养母改嫁后的丈夫喝醉了酒就往死里打人,最后他也真的打死了自己的亲儿子,养母受不了刺激得了精神病。对待妻子和亲生儿子都是如此,您觉得养父对我这个不明不白的野种会如何?

"好不容易十三岁被亲生父母找到了,生母却偏爱她养大的儿子,对我熟视无睹。生父在外面有一大堆亲儿子,根本不缺我一个,被楚天赐陷害,我一个人住在外面,最后甚至连外面都容不下了,非要把孤身一人的我远远地送出国才能安心……您当时可有一点想过我?可有一点想过只有十几岁的我该如何面对这种另类的遗弃?

"但谁让你们是我的父母呢,谁让你们生了我呢?我不能怨你们,怨了就是我不孝了,我惹不起,总躲得起吧?你们不养我,我自己养自己呗,你们不把我当家人,我自己找呗。

"结果在我的事业好不容易有了起色,终于找到了一辈子的爱人时,您又出来搅局了。

"您这到底是要干什么?"

是啊,楚父这到底是要干什么?坑死自己的儿子才甘心吗?所有听到这话的人都不禁这么想道,怎么会有这样的爹,儿子一再忍让,一再退步,他却不感到羞愧,反而步步紧逼,得寸进尺。

"我没求你帮我什么,你小时候是我对不起你。你身世可怜,只是楚家这么多员工又有哪个不可怜?他们谁不是上有老下有小,说丢了工作就丢了工作,但最后的三倍工资都发不出来,他们的孩子怎么办你有想过吗?是我当日瞎了眼,那么多儿子里只有你有出息,却偏偏辜负了你,但你现在既然有本事,就帮帮他们吧,啊,求求你了,帮帮他们吧。"

楚先生咬死了不是为了自己,只是为了自己的员工。

楚清让等的就是他这句话,顺势就道:"楚先生,您这是要偏心偏到什么时候?都到这一步了,还说这样的谎话有意思吗?所有的儿子里就我有出息?那拥有 Anti-chu 的楚北又算什么?您与其让我去告 Anti-chu,为什么不直接带着人去找楚北呢?那岂不是更方便?"

长乐实业的员工在前面楚家旧事时都表现得很漠然,因为那与他们无关。就像楚父说的，楚清让小时候可怜，他们谁又不可怜了？但听到说Anti-chu是楚先生的私生子楚北的公司时，他们却不可能再沉默下去了。

大家都有脑子，你说Anti-chu害得楚家破产，但Anti-chu却是你的私生子开的，儿子会恨老子恨到这种程度吗？别是你和你那个私生子联合起来给我们大家演的戏吧？

于是，楚清让成功成为被父亲和他的私生子联合起来坑的又一苦主。

"你说什么？"楚先生是真的不知道楚北就是Anti-chu的幕后老板，但这个时候他这么说也是没人会相信的，你刚说了对别的儿子都不错，怎么就能不知道其中最看好的楚北的产业？他这个产业哪里来的？还不是你这个当老子给的钱？

楚清让好像是觉得就这样还不够似的，当着众人的面给楚先生磕了重重的三下，立刻就出了血，可见磕下去的时候有多狠。

再抬头时，他说："不管您是真不知道，还是在演戏，谁让我是您儿子呢，这真的是最后一次了。如果您签下保证，和我断绝父子关系，让楚太太也签下和我断绝母子关系的文件，我就帮您最后一次。不是为了我自己，而是为了我的爱人以后不再受到骚扰。如果只是我，您再怎么做，我都下不去这个断绝关系的手。但您万不应该来找以瑾的麻烦，不说她一个女孩子，她是您的小辈，您这么逼她，让她怎么办？只要您签了，我会仁至义尽地去告Anti-chu，不管告不告得赢，遣散费由我一力承担，能安排工作的我也会尽力，如何？"

霍以瑾在一边终于明白了楚清让留楚先生到今天的真正目的，他要和他断绝关系，他要所有人都看着他是怎么仁至义尽，怎么被逼得不得不和他断绝关系！

霍以瑾太过强硬，楚清让却能屈能伸，在任何时候都能忍得下去，实在是和霍以瑾再互补不过。

最后的结果可想而知，哪怕楚先生不想就这么放过楚清让这个儿子，他带来的那些楚氏员工也会逼着他不得不签下这个协议，典型的搬起石头砸自己的脚。

霍以瑾自始至终都没说话，只是看着楚清让跪下的身影，想着这样的他却比任何时候都显得高大笔挺。

楚清让最后被搀起来的时候，他一下子就抱住了霍以瑾，在她耳边小声说了一句"配合我"，然后便大声道："你又何必为了我去当这个恶人?我知道你在为我的过去抱不平,你心疼我,但我又如何能狠得下心让你单独面对这些?这个恶人就由我来当吧。"

顺利洗白霍以瑾刚刚的强势,也洗白了自己。

爱情永远是最好的借口。

霍以瑾需要做的就是配合几个对应的表情,还算轻松。

因楚清让的卖力演出,网上基本没谁会站在楚先生甚至是楚氏员工那一边了,只觉得他们太过贪婪自私。

连官方媒体都出了一个微博"道德绑架——请不要让'道德'二字蒙羞"。

而霍以瑾和楚清让这对情侣则因为这件事,成功登顶了国民情侣。感情真挚,总是为彼此考虑,关键时刻哪怕让别人误会自己也要保护对方……天呐,这还让不让人找对象了?和楚清让/霍以瑾一比,我对象那个妈宝/没担当的就是渣啊!

楚北的身份在NOBLE服饰楼下被楚清让干脆利索地曝出来之后,被誉为那一年的年末大戏就此拉开了帷幕,引起了社会各层的广泛关注。

不是大家都这么闲,实在是参与进这事的人成分比较复杂。

楚家是世家,闹出来的事儿却是金融经济,楚清让和楚天赐被抱错的事儿则涉及了医院医疗,后来小桥的日记上市还影响了一下文学界,楚清让本人又是影帝外带霍以瑾这么一个网红,大概除了体育界和这事儿不搭边儿以外,基本都快成为全民参与的大事件了。

大家好像都能从这件事情上看到一些自己比较关注的影子,并从中得到些什么反馈。

娱乐圈想着楚清让不愧是楚清让,哪怕休息在家给女友做饭的时候,都能连续霸着头条不下来,这宣传的技能太强了吧?

金融圈在想着,我怎么能在不把自己牵扯进去的情况下,从楚家的战争中获得点好处呢?

丢孩子的仁爱私人医院则在想着该怎么挽回形象,他们吃的是整个南山半坡的富人饭,失去了信任,这可就不是客源少不少的问题,而是关乎还能不能继续开下去的大事。

世家圈看的就要复杂一些了,一如他们兔死狐悲的复杂心情。楚家好歹是名门,突然就倒下了,还不是死于政治斗争,而是死在自己的下一代手里,这事儿怎么听怎么玄乎,让人难以接受。

至于与之完全没有牵扯的普通人,那看的就是个纯乐子了,还有什么豪门狗血八卦能比这个更劲爆?这极大地丰富了大家业余的娱乐文化生活,聊天的时候不说一两句楚家,出门都不好意思和人打招呼。

网上为这事儿更是都快吵翻天了,并再一次打破了公共平台转发量、评论数以及参与总人数的吉尼斯世界纪录。

后来等事情好不容易有点降温的趋势了,楚太太要和楚先生离婚的消息再一次如冷水入油,就这样炸开了。

有说楚太太这么做是不对的,也有说她做得对的。不管怎么样吧,楚家的事算是短时间内别想从大众的视野消失了。连同之前的事嘈嘈杂杂地再一次吵了起来,各有各的立场,这中间的每个环节好像都能拉出来当个不错的辩论主题。

但不管怎么讨论吧,还是有一个不改的共同认知——楚先生是人渣,楚清让这个儿子真的已经仁至义尽了。

大家都在说,你瞧,这个世界就是这么奇怪,孝顺的孩子往往不得父母心,得了父母心的却偏偏是往死里坑爹妈的货色,就这爹妈还在偏心,但到最后却还是需要孝顺的孩子出马收拾烂摊子。

"孝顺"的楚清让每每看见这样的言论都要笑着跟霍以瑾分享:"也不知道楚先生看到了这条没有,看到了一定会把鼻子都气歪了吧?哎呀呀,真应该想办法让他看一看呢。"

霍以瑾很是同仇敌忾地点点头:"必须让他看到!"

霍以瑾没有因为楚先生如今人人喊打的事情抹消多少对楚先生的厌恶,反而更加生他的气了,因为霍以瑾获得了来自她大哥的禁足令。

霍大哥对于霍以瑾当日只带着几个人就下了楼的轻率举动很不满。

"当时楚家那些失去了工作的员工已经在情绪不理智的边缘了,你就带着那么几个人下去,万一发生暴动,够干什么的?别以为我没看出来,你和楚清让之前根本就没说好。他是后来赶到给你圆场的。用那种强硬的态度跟人硬碰硬,你不要命了吗?我告诉你霍以瑾,你不要你的命,我还要呢!"

霍大哥这辈子最大的黑历史就是小时候很傻地以为他妹妹死了的那段时间,那给他留下了足够深刻的心理阴影,他和霍以瑾万事好商量,独独在健康啊生命之类的字眼上没商量,零容忍。

于是霍以瑾就以二十五岁的高龄再一次享受了一把小时候的禁足待

遇，工作全部没收，每天的活动范围仅限家里，老管家赵伯全程监督。赵伯对于霍以瑾的身先士卒也是十分生气，再怎么样，霍以瑾的安全都应该是第一位的。用电脑、手机等设备的时候只能娱乐，连男友和朋友来探望的时间都会有一定的限制。

"你这是禁足还是享受？"谢副总在电话里很是感慨了一番苍天无眼，为什么他小时候调皮捣蛋之后的禁足就是被逼着在家写作业，而霍以瑾却是被逼着娱乐？！

同人不同命的霍以瑾却觉得谢副总的禁足比较幸福："享受？我这些天都快闲得长毛了好吗？！"

霍以瑾是真的拿工作当兴趣爱好来对待的，哪怕强迫症得到了缓解也没改变这点。

"我没被禁足过。"林楼和楚清让在多线通话里同时道。这俩一个是被全家觉得亏欠良多的宝贝疙瘩，一个是全家都懒得搭理的小透明，自然也就基本和"禁足"二字绝缘了。说实话，对于霍以瑾和谢燮还有点小羡慕呢。

所以说，幸福往往是对比出来的，很多人其实都是身在福中不知福。

等林楼和谢燮都挂了电话，霍以瑾才问楚清让："楚家的事情你到底打算怎么办？这么多天了一点动静都没有。"

网上闹得那么大，几乎所有知道这事的人都有一个共同的疑问，楚清让什么时候告楚北？

楚清让对外一直保持沉默，对霍以瑾的回答也只是一句："还没到时候。"

"那什么时候才能到时候？"

"楚北主动找我的时候。"

"楚北主动找你？"他有病吗？哪怕是想象力很丰富的霍以瑾也实在是想不到楚北有什么理由必须找上楚清让。

"因为他讨厌我呗，还能因为什么。"楚清让的语气听起来轻松极了，好像已经等不及被楚北找上门了，"我暗中帮了 Anti-chu 的事最初只有我知道，后来你和谢燮以及谢燮找的那个黑客朋友也知道了，还有没有别人我就不知道了，但我能知道楚北肯定不知道。"

霍以瑾听了一脑门子知道不知道的，还是没想明白楚清让的打算。

楚清让也没为难霍以瑾，据实以告："我正等着要和楚北演一出化干戈为玉帛的好戏。"

在楚清让最初的计划里最后这一段肯定不是什么化干戈为玉帛,但无论他最初到底打算干什么都不太适合说给霍以瑾听,也不适合如今把那个计划付诸行动。早在还没和霍以瑾重归于好的时候,楚清让就已经对计划做出了改动,重新谱写了一个只有楚先生和楚太太倒霉,剩下的大家都得到幸福的好结局。

"你不会以为我真的能放着长乐实业上上下下那么多突然失业的员工不管吧?"楚清让这么问霍以瑾。

霍以瑾尴尬一笑,她还真以为楚清让就是这么打算的。

楚清让在心里想着,嗯,我当初确实是这么打算的,但为了霍以瑾他肯定要改:"那些人我不敢沾,谁知道会不会留下什么隐患,但我也是会为他们打算的,好比给他们找一个敢接手他们的人。"

那个人就是楚北。

前面说过了,楚太太和楚先生是老来得子,意思就是他们之前很多年都没有儿子,以楚先生那种性格,他肯定是会在外面要些私生子以备不测的,楚北就是给了他这个想法的源泉。

楚先生的其他私生子可以说是他处心积虑要的,楚北却真是个意外,他妈就是那种典型的上当受骗在不知情的情况下当了小三的倒霉灰姑娘,还是虐恋情深版。

楚先生在这个故事里当了一把霸道总裁,一夜风流后,被误当陪酒小姐的姑娘就这么失了清白又怀了孕。于是乎当B超能照出来是儿子后,楚先生就有了多要些个私生子的想法,哄骗着姑娘给他把这个儿子生了下来。

姑娘以为楚先生年轻又多金,和她是真爱,又听楚先生说家里不同意他和普通人结婚,需要生米煮成熟饭,怕家里把还在肚子里的孩子打掉,必须先生下来这饭才能算是熟了,便信以为真地答应了。

但这姑娘也不是真的就是个傻子,一开始是被楚先生哄住了,后面又怎么可能一直上当受骗,很快,楚先生已有家室的事情就暴露了。

姑娘也算是个有骨气的,死也不肯当小三,哪怕楚先生抬出来"我爱的其实是你"的终极大招也没用,姑娘抵死不从,甚至想要去找楚太太来压住楚先生。然后楚先生这个奇葩就把姑娘给囚禁了,一直囚禁到楚北出生。

谁也说不清楚先生对这姑娘到底有没有喜欢，反正能说得清是被囚禁的姑娘黑化了。

之后的故事大家都知道了，楚北从小被他恨着自己父亲的母亲抚养长大，还没学会说话就学会了恨，在楚先生面前小意温柔，背地里却恨不能弄垮他的一切。他们母子的仇恨目标一直很明确，要让楚先生失去当年那说把她囚禁了就把她囚禁的肆无忌惮的力量。

处心积虑到今天，不管外面如何闹，楚北的母亲却是实打实地开心，看上去一天比一天年轻。

有这么一个神奇的娘，自然也就造就了楚北神奇的性格，要不Anti-chu这种奇葩名字也就不会诞生于世。

而能挤对得楚氏破产也足够说明他的脑子不错。

于是，这位脑子不错，性格神奇的，楚先生真正的大儿子，很快就想通了是楚清让在背后利用他，并在想通后一如楚清让所料地找上了他，开门见山道："别整那么虚头巴脑的，直说吧，我做什么才能让那个男人更痛苦？"

楚北对于楚清让利用他这个事其实没多大感觉，因为楚清让求的目的和他一样——不让楚先生好过。

要是楚清让急吼吼地直接和楚北说咱俩合伙弄死咱俩的老子吧，楚北还不一定能看得上楚清让，会觉得这家伙太没脑子了。如今通过这些事，楚北看到了楚清让的脑子，也看到了他的可怕之处，他自然知道怎么做才更有利于自己。

最主要的是，楚北真心欣赏楚清让能让楚先生这么痛苦的本事的，相信楚清让还留有后手能让楚先生更痛苦。

楚清让虽然觉得他最后一定能说服楚北，但没想到楚北会这么利索，在诧异之余也没有多磨叽，干脆利落地把他的打算说了出来。

现在外面都在传楚先生和楚北联合坑人，楚先生虽然人人喊打了，但被迫和楚先生相提并论，楚北肯定不太高兴。

所以楚清让告诉楚北的就是："Anti-chu处处和长乐实业过不去的事你知道，我知道，大家都知道，但是没证据。那么为什么你不能反过来说呢？

"反过来？其实是代替楚先生执掌长乐实业的楚天赐处处和我过不去，然后把脏水泼给我？我身为楚先生的私生子，以为楚天赐是楚先生和楚太太真正的儿子，心有愧疚，步步忍让？"这个说法倒是能说得通，却没办法坑楚先生啊。

楚清让摇摇头："这怎么够？"

楚清让安排的故事是这样的：

楚北身为楚先生的私生子，一直自强不息，建立Anti-chu的目的就是希望楚家能意识到，他根本没想过回去，图楚家什么。

但木秀于林风必摧之，楚北不想和楚家搅和，楚家却始终不愿意放过楚北。楚天赐怕自己养子的身份争不过楚北这个好歹流着楚家血液的人，处处陷害楚北。楚先生一开始不知道，知道的时候，楚家已经出现了亏空，便继续利用楚天赐这杆枪给楚北泼脏水，把楚家的失败安到Anti-chu的头上，说是他们搞间谍活动搞破坏。

楚北身为儿子一直不知道幕后黑手是自己的父亲，只以为是楚天赐，不想手足相残，让父母着急伤心，便只能默默认下这些污蔑，这才步步忍让。

楚北听后表示，他应该公道地说一句，在坑死楚家的这个事情上，他不如楚清让。

"别人能信吗？"

"为什么不信？楚先生利用楚天赐的事是真的，我这里有大把的证据，至于他利用楚天赐到底是干什么，我不说，谁又能知道？"楚清让要弄得楚先生身败名裂，自然是把什么证据都提前准备好了的。

楚北只剩下了点头的份儿。

"而且这不是还有我给你做证嘛。我在楚家失业的员工面前立了军令状，要和你打官司。但如果我最终和你达成私下的谅解，你接收了楚家目前还没找到工作的员工，咱俩握手言和。别人又会怎么想？"

"想我还算是有良心？"从针对楚家的那一天开始，楚北其实就没想过自己能得什么好名声。

"他们会好奇我为什么能和你达成谅解，然后自己找到之前我说的'真相'，在公关这方面我相信你对我的能力总是没有异议的吧？"这一手楚清让已经玩得是炉火纯青了。

论影帝这个职业的真正用途。

"但是安置这些人……"

"你不想要楚家吗？"楚清让把他之前准备好给楚北的饵抛了出来，"楚家只是一时的资金断链，只要注入这笔钱，楚家这盘棋就还有下活的可能。"

　　楚先生如今还在闹，为什么？就是为了这个可能性。但是没人肯借给他钱，一是楚清让和楚北在暗中的破坏，二是大家都想吞下楚家这块蛋糕，巴不得他破产，谁又可能巴巴地去做什么费力不讨好的事情。

　　"当你得到了楚先生最后的希望时，他会如何呢？他会'疯'，我这里有个安保措施极佳的精神疗养院可以推荐给你。"楚清让的养母就在这里得到了"全方位的照顾"。

　　最后，楚北顺利地得以"正名"；楚家易主，长乐实业的员工重新有了工作，得到了很好的安置；楚太太和楚先生离婚成功，被她之前的娘家接了回去，自此失去了消息；楚先生和楚清让的养母当了一对好病友；全国人民得到了茶余饭后维持了好几个月的八卦……

　　"你得到了什么呢？"霍以瑾问楚清让，"别跟我说什么精神上的快乐啊，我不信。"

　　"小桥的书怎么能卖得那么火？"因为上市的时候正好赶上了楚家战争甚嚣尘上的好时候，搭着楚清让的顺风车被全国关注，"我现在的口碑怎么能这么好？你嫁给我之后怎么能全无婆家困扰？《无与伦比的伊莎贝拉》没上映之前怎么能依旧维持着这么高的关注度？"

　　都是因为楚家闹大的事情啊。

　　"我得到的多了去了。"楚清让总结，"只是你不是我，所以你不太能知道，不过我会全部都告诉你的。"

　　霍以瑾一愣。

　　"我总觉得我们之间缺少沟通，早晚会出问题，所以我保证，从此以后我会努力地全无保留，有一说一，有二说二，好吗？"楚清让很认真地看向霍以瑾。

　　感情这种事情是需要磨合的，不是你爱我，我爱你的就能完了，两个不同的人，需要通过不断地发现问题—解决问题—商量着达成一致，经过岁月的洗礼才能真正做到和谐地共同生活。

　　楚清让和霍以瑾都各有各的心理问题，性格、脾气也各不相同，楚清让太想讨好霍以瑾，想要迁就她，却反而让霍以瑾不痛快……这些问题都需要慢慢解决。

　　楚清让不知道何年何月何日才能如愿，但他知道他和霍以瑾有一辈子的时间慢慢磨合。

一如霍以瑾的祖父和伊莎贝拉，哪怕老了他俩还会因为不同的饮食习惯争得像两个幼稚的孩子呢，但谁能说他们不爱彼此？

楚清让目前只想着一件实事——第一次告白是霍以瑾主动，第一次约会是霍以瑾主动，第一次亲吻是霍以瑾主动……无数个第一次都是霍以瑾，求婚这个事怎么着都不能再让霍以瑾抢到前面了！

"你说我怎么求婚才能显得比较让霍以瑾满足呢？"楚清让找阿罗参详，"霍以瑾貌似挺喜欢总裁小说的，我从中取取经？"

"你快拉倒吧，作死都没这么作的。"阿罗是个难得的明白人，"怎么求婚不重要，重要的是霍以瑾她哥同意了吗？谢燮那关你过了吗？据说他家管家赵伯也很难缠啊，还有那个什么林楼，你确定他真的能消停？"

想娶公主，后面总会跟头龙；想娶女王，后面会跟一排喷火龙。

霍以瑾发现楚清让最近变得有点奇怪，好像在瞒着她什么，神神秘秘的，连着他身边的人也变得很奇怪，总是在回避与她对视。

"他有小三！"谢副总不吝啬用最大的恶意去揣测楚清让。

霍以瑾毫不客气地给了谢燮后脑勺一下："别闹，我这儿很正经地跟你讨论问题呢。"

"我没闹啊，我也在很正经地给你提供可能性！"谢副总为自己据理力争，"我告诉你，这年头渣男可多了，知人知面不知心。"

"我相信他不会。"霍以瑾很坚定。

"为什么？"谢副总对于霍以瑾这种莫名的信心难以理解，虽然都说人恋爱之后会掉智商，但就谢副总所了解的来看，女人在恋爱后对于男友的掌握程度却会一个个堪比福尔摩斯再世，特别是在怀疑对方有小三这方面总能一击就中。反倒是霍以瑾这样对楚清让毫不怀疑地……"你其实根本不爱他吧？"

霍以瑾瞪了一眼谢燮："我又不是小孩子，怎么会连自己的感情都分不清？只是我也不知道为什么，就是相信他不会背叛我。"

"你完了。"谢副总夸张地惨叫一声，不怀疑男友一般只有两种可能：一、她不爱他，二、她爱惨了他。当然了，能让霍以瑾对"楚清让爱她不会背叛"这件事这么有信心，这也足够从侧面说明了楚清让的平时表现到底有多可靠。

谢副总对楚清让彻底认输。一如楚清让所料，他求婚之路上最先倒下的肯定是谢燮这个纸老虎。

阿罗对楚清让简直无力吐槽："你故意整出这么些个事儿，就是为了从霍以瑾的角度直接收服谢燮？那万一霍以瑾没有相信你，你岂不是偷鸡不成蚀把米，很容易把一桩求婚的美事变成人间伦理惨剧啊亲。"

"我对霍以瑾有信心。"交往了这么长时间，要是楚清让还不了解霍以瑾，摸不透她的脑回路，他也就不用说什么爱她至深了。

"那接下来呢？"

"以不变应万变，我又不是会读心术，能算无遗策地猜到霍以瑾全部的所思所想。"楚清让顶多是能知道个大概，好比基于他和霍以瑾的感情以及霍以瑾的性格，推算出霍以瑾肯定不会怀疑他会做什么对不起她的事情，进而通过霍以瑾之口成功击破谢燮。至于接下来霍以瑾的反应，楚清让只能说霍以瑾的想象力一定很丰富，但丰富到哪种程度他就不能把握了。

事实上，霍以瑾"不能把握"的想象力这次反而挺正常的（反正她自己是这么认为的），她结合总裁小说的基本套路，对楚清让最近种种奇怪行为找到了有理有据的解释："他想给我一个惊喜！"

离真相已经真的很近了。

"惊喜？"谢燮皱眉，"总要有个什么理由让他准备惊喜吧？"

霍以瑾的脸色大变。

楚清让在霍以瑾看来就是个典型的总裁文女主角性格，非常注重什么纪念日啊、节日惊喜的，哪怕在平时的交往里也不忘时不时制造个小浪漫。如今这么煞费苦心地准备，那肯定是因为有什么重要节日要到了，但糟糕的是她怎么都想不起来："我该怎么办？"

忘记什么普通节日或者纪念日也就算了，要是忘记这个看上去很重要的日子，霍以瑾已经可以想象戳在自己头上的箭头标签了——渣男。

"你是女的，不怕。"谢副总这么安慰霍以瑾。

霍以瑾幽幽地看了一眼谢副总："这是性别的问题吗？"

谢副总试着套入了一下他家里的情况，妈妈充满期待地准备了纪念日惊喜，爸爸却忙着家族里的事情给全然忘记了，结局……"你自求多福吧亲。"

一场家庭矛盾的爆发如今看来已经是不可避免的了。

霍以瑾忧伤极了，为什么我家男友就这么注重这些呢？

"别身在福中不知福啊，我告诉你。"谢燮算是发现了，他上辈子一定是作恶多端，这辈子老天爷才会特意安排这么一个霍以瑾作为对照组在他身边。小时候他被他妈天天圈在家里写作业，她却被她全家劝着出门玩一玩；长大工作之后他天天盼休息，她被她哥惩罚的方式是只能休息；哪怕谈个恋爱呢，对方的烦恼也是如此讨人厌！这比直白的秀恩爱还让人手痒得想抽她！

那一天，谢副总的烦恼日常依旧是"为什么我会和霍以瑾成为朋友"这一千古难题。

最后霍以瑾决定的策略也是以不变应万变，她先把礼物准备好，不管那个节日是什么，等楚清让说了之后她就顺水推舟送上礼物，以示自己没有忘记这个纪念日。嗯！霍以瑾觉得自己简直不能更机智，默默地给自己点了三十二个赞。

于是这次轮到楚清让觉得霍以瑾最近很奇怪了，这次她怎么能这么安静，不科学！

但不管这两人怎么互相揣测对方，日子依旧要过，转眼就到了《无与伦比的伊莎贝拉》的首映礼。

虽然《无与伦比的伊莎贝拉》是伊莎贝拉逝世十周年的献礼，但翁导最后选择的电影上映日期却不是伊莎贝拉去世日期，而是她的生日。呼应她遗言中引用的那一句电影台词"死亡不是终点，而是另外一场旅行的开始"。

首映礼那天万人空巷，哪怕不能进去看首映礼，也有无数粉丝在电影院外徘徊，因为翁导力排众议地采用了一个很奇葩的首映方式——电影不仅会在电影院里播放，还会在外面广场的大屏幕上如赛事转播一般同时播放，所有在广场上的人都能看到。白氏电视台甚至获得了首映礼全程的独家转播权。

不少人都觉得翁导这是破坏了电影界的基本秩序，你电影刚上映就已经免费对外播放了，那你后面怎么赚票房？又让别的电影往后怎么做？

翁导却很坚持，他拍这部电影本身就不是为了赚钱，私下里他已经跟主要投资方的霍氏兄妹保证，赔的钱他会全部补上。因为他只是想圆自己一个梦，他想让所有人都知道，他爱她，他不是个连告白都不敢的懦夫，他最终没和她在一起，只是因为她不爱他，而不是别的什么原因。

这种执念已经成魔，连霍家兄妹都有点害怕他们要是不成全翁导，会不会闹出什么不堪设想的后果。

　　首映礼上群星熠熠，不局限于参与了电影演出的各个大牌巨星，和伊莎贝拉生前有过交情的老牌巨星以及翁导这些年捧起来的当红明星悉数到场，不少人都在调侃说哪怕是小金人的颁奖礼来的重量级名人都不会比这次首映礼更齐全了。因为有霍家的面子在，来的名人不局限于娱乐圈，各界名人会聚一堂，再难复制。

　　霍以瑾左手她哥，右手楚清让地走了一次红毯压轴（翁导和饰演霍以瑾祖母的女星走了开场），在闪成一片的镁光灯和粉丝的尖叫声中，留下了永远的纪念。

　　"真正的人生大赢家也就如此了吧？"网上围观的粉丝以这个标题刷起了高楼。

　　电影首映礼前面的废话很少，很快就进入了看电影的主题，灯光熄灭，电影开场，饰演十六岁自己的楚清让站在伊莎贝拉的病床前，听她对他说："演戏是一件快乐的事。"

　　翁导做了最后的剧本调整，并没有把伊莎贝拉和楚清让的全部对话放在片头，只放了最关键的一句，之后就倒叙起了伊莎贝拉的回忆，从她放弃绘画艺术转入电影学院开始，演绎了她跌宕起伏的一生。电影全场三个小时，一直演到了霍以瑾十六岁那年伊莎贝拉重病入院，如一个圆一般，再一次回到了伊莎贝拉与楚清让在病房前的对话。

　　就在所有人都觉得这便是要结束的时候，电影却在尾巴处再一次插入了一个关于霍以瑾和楚清让相遇的插叙，讲述楚清让是怎么得以见到伊莎贝拉的原因。

　　霍以瑾剃光了自己头发的举动，让观众是既窝心又觉得总裁小时候怎么能傻得这么可爱。

　　然后霍以瑾的假发被吹飞，楚清让英雄救美。粉丝们惊呼原来还有这段往事，也算是真正给了他们一个有关于霍以瑾为什么最后选择楚清让的交代。

　　电影真正的结尾就结束在霍以瑾和楚清让手拉手准备从人群中跑走的那一幕，霍以瑾的背影与初入电影学院的伊莎贝拉缓缓重叠。阳光下，是伊莎贝拉本人的原声引用的电影台词遗言，她说："死亡不是终点，只是另外一场旅行的开始。"

　　翁导没有拍伊莎贝拉的死亡，也许是不舍，也许是无法面对，只是通过霍以瑾的背影点题，预示着霍以瑾作为伊莎贝拉后代是被她精心教养长大的生命延续。

在所有人都以为这会是一个悲伤的文艺片时，翁导却想到了这样一个别出心裁地预示着勃勃生机的结尾。

片尾曲以幻灯片的形式放了很多伊莎贝拉生前的照片，从年老时开始，一张张倒叙着换到了她第一次问鼎小金人影后上台领奖时最美的笑颜。

灯光重新亮起，掌声久久无法平息，所有人和镜头都不由自主地对上了霍以瑾，他们这才发现，霍以瑾穿的那一身显得有些复古的长裙正是现在电影屏幕上伊莎贝拉穿着的礼服，只是因为霍以瑾和伊莎贝拉的气质不太一样，这才让人在一开始并没有联系在一起。

翁导从电影还没开场时就已经埋下了这个"开始"的伏笔。

只播放这一次，不会再有的片尾曲结尾处，出现了霍以瑾祖父年轻时的身影，他就坐在颁奖礼下面的观众席，为伊莎贝拉的获奖不断鼓掌。那是连霍以瑾都没看过的片段。

而就在霍以瑾还没来得及惊讶时，与霍以瑾的祖父造型十分相似的楚清让已经单膝下跪，将早就准备好的戒指打开递到霍以瑾的面前，没有任何花里胡哨的前缀，也没有什么心灵鸡汤式的告白，只有一句最质朴的话："嫁给我，好吗？"

不论场内场外，所有人都在起哄："嫁给他，嫁给他，嫁给他。"

最后的最后，是广场大屏幕上霍以瑾把指若削葱的白皙右手递给楚清让的动作，以及一句很轻但十分坚定的："好。"

…………

总有那么一天你一定会遇到那么一个人，让你原谅世界之前对你全部的苛待。——楚清让

番外：关于总裁大人的二十六个字母。

A—anniversaries（纪念日）

结婚之后，霍以瑾才发现楚清让是个纪念日控，不管是什么节日，不论大小，他都特别爱庆祝，时不时还会来个节日惊喜。

我的目标是让我瑾婚后每天过得都像是第一次谈恋爱！——楚清让。

楚清让想得挺好，安排得挺好，老天爷也很配合，但是吧……

……这些其实都是虚的，最重要的还是当事人之一的霍以瑾的态度。很显然，作为大忙人的总裁大人并没那个工夫每天过节日。

网上有男同胞表示，这个世界上比"明天是什么日子"更可怕的问题是在晚上的时候被幽幽地问一句"今天是什么日子"。

霍以瑾对此深有体会，因为刚刚她才被这么问了一句。

倚在床头，霍以瑾抱着笔电打字的手顿了一下，都不太敢看身旁一脸怨念的楚清让，她硬着头皮不太确定地猜道："你的生日？"

楚清让的表情更加幽怨了起来。

"咱们第一次约会的纪念日？"霍以瑾真的都快败给楚清让了，要是楚清让只关心几个比较重要的日子，好比结婚纪念日什么的，她肯定记得住，但楚清让偏偏还要记什么第一次约会、第一次牵手、第一次亲吻、第一次交往、第一次交往百天，甚至连第一次吵架之后和好的日子都要庆祝一下周年，她哪里能记全？！

楚清让还是摇摇头。

霍以瑾懒得猜了，最终祭出大招——她合上笔电，一个翻身就跨坐到了楚清让身上，手指娴熟地划过他的人鱼线，暗示意味十足："如果我说咱们现在关灯睡觉，你闭嘴的可能性有多大？"

特别大！

总裁小说百试百灵的终极套路——用身体安慰，再一次超越了一切，获得了大成功。

霍以瑾事后躺在床上想，她有点明白为什么总裁们都爱抽事后烟了，因！为！压！力！实！在！是！太！大！了！

第二天一早，霍以瑾起身准备和楚清让去晨练，结果就听楚清让趴在枕头上眨着眼睛充满期待地问:"你知道昨天是什么日子吗?"

"……楚清让,你给我适可而止一点啊!"霍以瑾要是还看不出楚清让在玩什么把戏她也就不用混了。

B——brother(兄弟)

霍大哥面对女汉子到不可思议的自家妹妹霍以瑾,总觉得他这其实是有个弟弟。

C——charity(慈善会)

霍以瑾的父母为她建了一个慈善会,当她的儿子出生后,她也效仿自己的父母给儿子建立了一个慈善基金组织。这次慈善会的建立不再是当年她父母很功利性的那样为她祈福,霍以瑾只是希望她的儿子长大以后能不要忘记"善良"这一人类之所以能被称之为人的最大美德。

D——dog(狗)

霍以瑾和楚清让结婚后,她发现最大的好处就是……她终于可以如愿以偿地养个宠物狗了。

虽然宠物缘依旧欠佳,但好歹有楚清让帮忙照顾,能让她也沾沾光。

千挑万选,霍以瑾才最终决定养雪橇三傻中的哈士奇,为了般配谢副总家的"儿子",她给哈士奇最终起名为"孩子"。

谢副总:般配在哪里你告诉我?!

E——English(英语)

霍以瑾的儿子上幼儿园的时候英语很不好,身为混血,他却一点先辈的母语天赋都没能继承,愁坏了霍以瑾。

我儿子必须是第一!——永远都在力争上游的总裁大人想。

最终,这事还是楚清让给解决了,他在教孩子学习方面意外的有天赋,简单来说不过四个字,联想记忆。

好比,家庭这个单词。

"父亲的英文怎么念?"楚清让问儿子。

"father."儿子虽然不会背单词,但念还是不成问题的。

"哪个单词开头?"

"F."

"那我和你的和是哪个单词?"

"and, A."

"母亲呢?"

"mother，M．"

"我爱你用英文怎么说？每个单词的开头又分别是什么？"

"I love you．I、L、Y．"

"爸爸和妈妈，我爱你，把他们的第一个单词念一遍。"

"f、a、m、i、l、y．family！"

楚清让得意扬扬地找老婆表功，成了。

也好比 right（右；对）。

这一次他们的儿子愁的就不是读和背了，而是他左右不分，不识方向的那种，而是他总是记不住左右对应的英文单词，经常搞混。

楚清让表示，简直小菜一碟，他只对儿子说了一句："男左女右知道吧？"

"知道。"

"知道为什么吗？"

儿子老老实实地摇摇头，这还用什么为什么吗？

"因为身为女性的妈妈永远是 right 的。"

霍以瑾对教儿子单词时还不忘各种表忠心的丈夫简直无语了。

F—friend（朋友）

霍以瑾的朋友不多，只有谢燮、林楼以及宋媛媛。但贵精不贵多，他们当了一辈子的好朋友，永不背叛，永不褪色。

当他们牙齿掉光、垂垂老矣的时候，四人的感情依旧如昔，历久弥新。

霍以瑾真的很满足。

G—gentle（绅士；温柔）

楚清让对霍以瑾一直很绅士，无论是婚前还是婚后都保持着 lady first（女士优先）的优良传统不曾改变。

只除了在某个特定的时间，特定的地点，特定的情景下，做某些特定的运动时……不那么绅士。

H—happiness（幸福）

霍以瑾的一生顺风顺水，一直都很幸福快乐。楚清让的一生命途多舛，但他觉得自己也很幸福，因为他有霍以瑾。

I—if（如果）

如果楚清让在长大后没有遇到霍以瑾，结果会怎么样呢？

彻底毁了楚家的楚清让迎来了他独自一人的第三十个年头，他始终没有放弃寻找他的女神，却也始终没有结果。

直至青城的大屋因为最后的拥有者去世被公开拍卖时，楚清让出资买下了大屋，这才终于得知了大屋最后的一任拥有者叫赵广志，生前是LV市名门霍家的管家，历经三代，深得主人家的喜欢。

而霍家，与楚清让差不多年龄的只有一位霍二小姐霍以瑾，典型的白富美，与楚清让的女神简直是南辕北辙的两个人。

经过想方设法地多方打听，楚清让这才得到了最关键的信息，霍以瑾小时候有哮喘，她在幼儿园时期的经历是一片空白。

借着女神风投与NOBLE服饰的一次合作洽谈，楚清让见到了霍以瑾本人，看着在谈判桌上神采飞扬、飒爽果敢的女汉子，楚清让有百分之六十的把握觉得霍以瑾就是他的女神。于是，在中午吃饭的时候，楚清让小声叫了一声"大壮"作为试探。

霍以瑾一愣，不可思议地看向楚清让："你、你是？"

"赵小树，还记得吗？清让还是你给我起的名字呢。"千回百转间，楚清让最终还是压下了全部的激动，只是如多年老友重聚般带着淡淡的喜悦，真诚，又不会太过热情。

霍以瑾则依旧不那么会聊天地扫兴道："其实那个名字我当时是特意圈起来想建议你不叫的，咳，因为是我哥喜欢的。"

…………

那一天，他们从中午饭吃到了晚饭，他们说了很多话，他们因为过去的稚嫩记忆笑了很多次。最后，楚清让笑着目送霍以瑾上车离开，约定日后再联络。

然后，他们就如大部分老同学重聚后客气地说完"日后有空再联系"那样，再也没有联系。

因为，霍以瑾无名指上的银色戒指耀眼的光仿佛能晃瞎楚清让的眼。

"所以你就这么放弃了？"现实中，和楚清让相遇并顺利结婚的霍以瑾这么问楚清让，虽然楚清让这个梦很扯淡，但霍以瑾还是蛮好奇结局的。

楚清让紧紧地抱着霍以瑾道："是啊，我虽然没有做人的底线，但我还是有爱你的底线的，你结婚了，你很幸福，对于我来说就够了，我不会成为阻碍你幸福的人。"

楚清让没有说的是，在梦里，他虽然没有打扰霍以瑾的幸福，却一直在默默地等她，等了一辈子。

幸好，那只是一个梦。

J—jealous（嫉妒）

儿子和楚爸爸的关系从小到大都十分微妙，他们不仅是父子，更是竞争者，深深地嫉妒着彼此能够和霍以瑾那么亲密。

K—knowledge（了解；知识）

楚清让教育儿子："知识改变命运。"

儿子不懂："怎么改变？"

"如果我当初没有当演员，而是选择念书念到博士，那我就不会遇到你妈妈了。"

"……"

L—love（爱）

所有的孩子在小时候都会把父亲当作无所不能的大英雄来崇拜，霍以瑾的儿子大概是个特例，他只会缠着霍以瑾问："爸爸有什么做不到的吗？"

潜台词：这样我才好打倒他，赢了他！

霍以瑾很为难，她也不知道有什么是楚清让做不到的。

楚清让狞笑着，一边狠捏儿子的脸，一边道："爸爸我这辈子唯一做不到的就是停止爱你的妈妈。"

M—magic（魔法）

霍以瑾的儿子上小学后开始写作文，作文课上，老师以"我的妈妈会＿＿＿"这种半拟题的形式给孩子们当堂布置下了任务。

儿子不假思索地在作文本上写道：我的妈妈会魔法。

走过来看进度的老师很无语，不想打击孩子的积极性，只能耐心地说："很有想象力。但是你妈妈怎么会魔法呢？"

"妈妈能让爸爸分分钟变成另外一个人。"

"……"

N—name（名字）

在儿子没出生之前，楚清让因为一些原因，一直坚信这会是个女儿，他喜欢女儿，不喜欢儿子。他充满期待地找霍以瑾商量："你说咱闺女叫个什么名字好呢？霍宝贝怎么样？"

"……你觉得呢？我们家是要排辈的好吗？"

（谢燮：不排辈就可以叫霍宝贝了吗？！）

"哦，对，那咱们闺女这一辈是个什么字？"

霍以瑾卡住了，霍家人丁稀薄，她之前又完全没考虑过下一代的问题，所以……"我就来找哥你了。"

霍大哥只问了一个问题："为什么你们对于孩子姓霍这个事能毫无异议到一点违和感都没有？"

"我女儿为什么不能姓霍？"霍以瑾很不解。

"别人会以为楚清让是倒插门的吧？"

"我老婆都不介意别人以为是她嫁给了我洗手做汤羹，为什么我要介意别人以为是我倒插门？"楚清让是这么回答的。

"……你们会幸福的。"霍大哥给这对奇葩夫妻跪下了。

霍以瑾和楚清让想了N个月之后，终于给孩子起了一个一看就是他们孩子的名字——霍之楚，小名楚楚。

"就这破名字你们真好意思说想了几个月？"谢燮的吐槽一如既往的犀利。

O——oath（誓言）

C国是个很传统的国家，这几天C国的结婚证上开始流行写一句誓言：喜今日赤绳系定，珠联璧合。卜他年白头永偕，桂馥兰馨。此证。

楚清让在微博上晒结婚证时，配的文字便是结婚证上的这句话。

终其一生，他都遵守着他的誓言，只有霍以瑾一个妻子，只爱她一人，尊重她，珍惜她，忠诚于她。

P——pregnant（怀孕）

霍以瑾婚后三年终于怀孕了。

楚清让很显然是夫妻中最咋呼的那个，生生把怀孕注意事项的书和视频看出了恐怖片的效果，辗转反侧多日后对霍以瑾道："要不咱们把孩子打了吧。"

"……"

"我不是不想要孩子，我就是害怕书里说的怀孕之后有可能碰到的流产，大出血，甚至是癌症……"

霍以瑾："你就不能盼我点好？"

"……我能承受得住一辈子没有孩子，却承受不了失去你。我查过了，它现在还只有米粒大，连大脑都没有，根本不能称之为一个人。"楚清让对即将有孩子的喜悦早已被霍以瑾会因此丧命的想法吹散了,一百个孩子都比不过一个霍以瑾,"谁也不能阻止我让你幸福!"

哪怕是我的孩子也不行。孩子长大了也很麻烦,有可能会不听话,会叛逆,会伤了霍以瑾的心,比外星生物要侵略地球还要可怕。

霍以瑾在楚清让的想象力冲破银河系之前拉住了他:"你难道不想要一个和我长得很像的女儿?"

楚清让不想要孩子还有一个原因就是他不喜欢儿子,不喜欢孩子像他,但如果是一个像霍以瑾的女儿……他被这个前景打动了,于是他让步了:"这小东西但凡让你遭一点罪,我就剥夺他继续活下去的权利!"

"楚清让,你叫谁孩子小东西呢?我孩子的生存权利你凭什么剥夺啊!"

"我不管!"这是楚清让第一次在霍以瑾面前如此坚持,史无前例地铁了心了。

大概没有长出大脑的孩子也是有先天的危机意识的,在出生之前一点都没给霍以瑾找事,不要说什么一般孕妇都会有的每天吐啊吐的,霍以瑾总觉得肚子里揣着一个比平时还轻松不少,最起码没有大姨妈需要担心了。

等能通过B超确定性别的时候,楚清让第一时间陪着霍以瑾去看了,是个女孩!

为此楚清让整整高兴了三天,就差登报庆祝了。然后他想让霍以瑾打孩子的想法就彻底没有了,每天只关心两件大事:一、照顾老婆,二、为即将来到的迷你版霍小瑾努力傻笑。

二月十四日凌晨两点十四分,霍以瑾的孩子于这个准得特别奇葩的点上不早不晚地呱呱坠地,顺产,母子均安。霍以瑾的状态还是那句话,一点没费事,半点不遭罪。从凌晨一点多感觉有点肚子痛,到吃着巧克力慕斯进产房生子,前后都不够一个小时。

楚清让一路跟进了产房,全程监护,一刻不离地看着,不让孩子有一丝一毫可能遭遇他当年那样的狗血。

负责接生的医生一脸喜气地恭喜楚清让:"是个儿子。"

"……"说好的女儿呢?!女儿呢!女儿!

孩子在子宫里的时候摆的姿势有点奇葩,关键部位一直扫不到,于是就这样一路被当作女儿期待着出生了。

楚清让接受得还算快，因为不幸中的万幸，孩子不像他。他安慰自己，老话说得好，儿子像妈。没事，还是有机会能得到一个霍小瑾的，嗯，只不过是男版，其实一旦接受了这个设定，想想还有点小激动呢！

儿子很快就从红皮猴子进化成了人见人爱的白皮包子。楚清让却越看越觉得不对劲儿，直至他有天无意中看到了霍以瑱小时候的光屁股照，他才终于明白了这种违和感从何而来。

……老话还说了，外甥像舅！

"楚楚哭晕在厕所"系列。

Q——queen（女王）

霍以瑾是女王。每一个认识她的人都赞同这一点。

R——rain（下雨）

霍以瑾不喜欢下雨天，因为那会影响到她的外出工作。

楚清让很喜欢下雨天，因为这样便有理由不让老婆去上班，可以一起窝在家里一整天，特别幸福！

S——secret（秘密）

楚爸爸和刚出生的儿子有个秘密。

每当霍妈妈看不到的时候，楚爸爸就会对着儿子一脸严肃地教育："不要随便抱我老婆，不要随便亲我老婆，不要大半夜闹着占用我老婆的时间，OK？"

T——taboo（忌讳）

霍以瑾不是个迷信的人，很少有什么忌讳。在她和楚清让结婚之前，她也是如此和楚清让主张。

"婚礼之前的忌讳五花八门，咱们注意几个主要的意思一下就可以了吧？"

"我全听你的。"楚清让全无异议，只要霍以瑾能嫁给他，让他干什么都行！自扯了结婚证开始，楚清让就始终处在一种"天上真的掉馅饼了"的不可置信的狂喜中，根本没有多余的智商思考太多问题。

霍以瑾对于这一情况满意极了。

"我祖母说婚礼上有两个绝对不能打破的禁忌，我挺同意的。第一，新郎不能提前看到新娘穿婚纱的样子。"

"你是在告诉我，婚礼那天，从你化妆开始到仪式之前，我有好几个小时都不能见到你？"楚清让最怕的就是霍以瑾哪天和别人跑了。天知道哪里来的别人又或者霍以瑾为什么会和别人跑,但他就是止不住地担心!Anything is possible!有好几个小时不能把霍以瑾控制在自己的视线范围内,能忍?

霍以瑾看着楚清让没说话。

楚清让立刻怂了,能忍,必须能忍,怎么可能忍不了?一切为了家庭团结!

霍以瑾很满意楚清让的识相:"第二,婚礼的前一天,新娘和新郎不能见面。"

"……我刚刚好像幻听了。"楚清让开始逃避现实,由几个小时升级到二十四个小时,这已经严重超出了他能承受的心理范围。这些时间都快够霍以瑾跑出地球了!不行!绝对不行!

霍以瑾继续不说话地看着楚清让。

"我偷偷地看着你,不让你发现还不行?"楚清让委屈极了。

"不行!"

最终,两人各退一步,以"阿罗代替楚清让看着霍以瑾"为条件勉强达成一致。

但这还不是让楚清让崩溃的,真正让他崩溃的是霍以瑾这么做的理由,他这辈子都忘不了当他得知霍以瑾这么一通"折腾"的理由后那一刻的复杂心情。

真相揭露得很快,并没有让楚清让久等。

婚礼之上,神坛前,霍以瑾对楚清让小声道:"小说里说总裁在第一次看到女主角穿上婚纱的那一刻会很感动,为什么我没有?"

"……"大概是因为你对自己的身份定位至今都没找准?

U—universe(宇宙)

楚清让和霍以瑾的恋爱曲折又艰难,耗时多年,差点都没成了,但最后他们还是成了。

楚清让表示:所以说这就是宇宙的意志啊,我们不在一起,宇宙都看不过去。

V—vacation(度假)

楚清让一直想无休止地度假,工作狂霍以瑾却一直在想尽办法地避免去度假。

W—wedding(婚礼)

排除万难，霍以瑾终于得到了一场人人艳羡的世纪婚礼，这极大地满足了她永远都能是别家小孩儿的完美心理，哪怕是作为这场婚礼强制买一送一的赠送品楚清让同学，也没让霍以瑾丢脸，成为唯一能与她天价的镶钻皇冠头纱比肩的婚礼装饰品。

X——xylophone（木琴）

儿子小时候某天收到了一份神秘礼物——七彩的木琴。为此霍家受了整整一周的魔音穿耳，直至霍以瑾把儿子连带着木琴一起打包送去给她哥照顾一段时间，家里才重新恢复了宁静。

最终的大赢家楚清让笑得特别开心。

Y——young（年轻）

在楚清让心中，霍以瑾永远是最年轻漂亮的那个。

Z——zero（零）

儿子问："说得好听，我妈永远是漂亮年轻的，哼，这也太假了。"

楚清让一脸"愚蠢的凡人啊"的表情看着儿子："哪里假？我的审美每晚都要清零一次，在第二天会根据你妈妈外貌的变动而变动。"

所以，每一天，霍以瑾都刚刚好是他最爱的样子。